호르헤 루이스 보르헤스 Jorge Luis Borges

1899년 아르헨티나의 부에노스아이레스에서 태어났다. 1919년 스페인으로 이주, 전위 문예 운동인 '최후주의'에 참여하면서 본격적인 문학 활동을 시작한 그는 부에노스아이레스에 돌아와 각종 문예지에 작품을 발표하며, 1931년 비오이 카사레스, 빅토리아 오캄포 등과 함께 문예지《수르》를 창간, 아르헨티나 문단에 새로운 물결을 가져왔다. 한편 아버지의 죽음과 본인의 큰 부상을 겪은 후 보르헤스는 재활 과정에서 새로운 형식의 단편 소설들을 집필하기 시작한다. 그 독창적인 문학 세계로 문단의 주목을 받으며 세계적인 명성을 얻기 시작한 그는 이후 많은 소설집과 시집, 평론집을 발표하며 문학의 본질과 형이상학적 주제들에 천착한다. 1937년부터 근무한 부에노스아이레스 시립 도서관에서 1946년 대통령으로 집권한 후안 페론을 비판하여 해고된 그는 페론 정권 붕괴 이후 아르헨티나 국립도서관 관장으로 취임하고 부에노스아이레스 대학에서 영문학을 가르쳤다. 1980년에는 세르반테스 상, 1956년에는 아르헨티나 국민 문학상 등을 수상했다. 1967년 66세의 나이에 처음으로 어린 시절 친구인 엘사 미얀과 결혼했으나 3년 만에 이혼, 1986년 개인 비서인 마리아 코다마와 결혼한 뒤 그해 6월 14일 제네바에서 사망했다.

KB106497

아르헨티나 사람들의 언어

SELECTED WORKS: Volume I
by Jorge Luis Borges

EL TAMAÑO DE MI ESPERANZA Copyright © María Kodama 1995
EL IDIOMA DE LOS ARGENTINOS Copyright © María Kodama 1995
EVARISTO CARRIEGO Copyright © María Kodama 1995
All rights reserved.

Korean Translation Copyright © Minumsa 2018

Korean translation edition is published by arrangement with
María Kodama c/o The Wylie Agency (UK) Ltd.

이 책의 한국어 판 저작권은 The Wylie Agency (UK) Ltd.와 독점 계약한
㈜민음사에 있습니다.

저작권법에 의해 한국 내에서 보호를 받는 저작물이므로
무단 전재와 무단 복제를 금합니다.

아르헨티나 사람들의 언어

보르헤스
논픽션 전집 I

El idioma
de los argentinos

호르헤 루이스 보르헤스
김용호 황수현 엄지영 옮김

민음사

일러두기

1. 이 작품집은 1926년에 발간된 『내 희망의 크기』를 1부로, 1928년에 발간된 『아르헨티나 사람들의 언어』를 2부로, 1930년에 발간된 『에바리스토 카리에고』를 3부로 구성해 담았다.
2. 원서에 실린 각주는 주석 내용 끝에 (원주)로 표기했다.
3. 『아르헨티나 사람들의 언어』의 원서에 있던 작품 「트루코」는 『에바리스토 카리에고』에서 중복으로 수록되어 2부에서 제하고 3부 「덧붙이는 글」 부분에 수록했다.
4. 이 책의 2부 『아르헨티나 사람들의 언어』의 「두 길모퉁이」에 수록된 글 「죽음을 느끼다」는 보르헤스 논픽션 전집 2권의 2부 『영원성의 역사』에도 수록되어 있으나 각 권의 맥락을 고려하여 각각 황수현, 이경민 번역으로 싣는다.

차례

1부
내 희망의 크기

2부
아르헨티나 사람들의 언어

3부
에바리스토 카리에고

I부

내 희망의 크기

서문

보르헤스의 책에 서문을 쓴다는 건 여러 가지 이유로 쉽지 않은 일이다. 하지만 나는 이 글을 통해 보르헤스의 독자들에게 한 가지 사실을 알리고 싶었는데, 그것은 『내 희망의 크기』라는 책이 1926년 프로아 출판사에서 출판된 뒤 그의 작품 목록에서 영원히 추방됐다는 것이다.

보르헤스는 위대한 재판관처럼 면밀히 조사한 후 이 책이 완전히 절판됐다고 믿었겠지만 사실 '영원히'란 말은 '결코'처럼 인간에게 허용되지 않는 단어이다.

1971년 오후에 보르헤스는 옥스퍼드 대학교에서 명예박사 학위를 받았다. 수여식 후 우리는 한 무리의 팬들과 담소를 나눴는데, 그때 한 친구가 『내 희망의 크기』에 대해 언급했다. 그러자 보르헤스가 즉각 반발하면서 그 책은 존재하지 않는다고 말했다. 그러면서 그는 그 책을 더 이상 찾지 않는 편이 좋을 것이라고 충고했다. 우리는 화제를 바꿔 가며 이야기를 나눴고, 그는 내게 그 친구들에게 더 재미있는 이야기를 해 주라고 요구했다. 그것은 예를 들면 우리가 아이슬란드를 여행한 이야기 같은 것이었다. 모든 일이 그렇게 끝난 것처럼 보였다. 하지만 다음 날 한 학생이 전화를 걸어 그에게 그 책이 보들레이안 도서관[1]에 있다고 말했다. 존재하는 책이었기에 마땅히 있을 터였다. 통화가 끝난 후에 보르헤스가 조용히 웃으면서 말했다. "마리아! 뭘 어떻게 하겠어? 내가 완전히 졌어."

보르헤스가 내다 버린 작품에 대한 호기심과 신비 때문에 이런 일들이 자주 일어났다. 그리고 이 책이 선집의 일부라고 믿는 사람들은 어떤 식으로든, 예를 들어 불행하게도 복사본을 만들어 유통시켰다.

그 후 보르헤스는 이 책의 일부를 프랑스어로 번역해 플레야드 출판사의 작품집에 포함시키는 데 합의했다. 그때 나는 보르헤스가 더 이상 이 책의 금지를 중요하게 여기지 않는다고 생각했다. 그래서 스페인어 독자들과 특히 연구자들도 이 작품에 무슨 일이 있었는지 스스로 알고 판단할 필요가 있다고 생각했다.

독자들은 목차만 살펴봐도 이 책에서 다루는 주제가 향후 평생 동안 보르헤스가 갈고닦을 주제와 같음을 알게 될 것이다. 나는 이 책의 많은 부분이 젊은 시절 보르헤스의 책 사랑에 빚지고 있다고 생각한다. 이 책에는 문학성과 아르헨티나

I 영국 옥스퍼드 대학교의 도서관.

성에 대한 고민이 밀물과 썰물처럼 번갈아 드러나 있다. 페르난 실바 발데스[2]부터 밀턴과 공고라[3]를 거쳐 오스카 와일드에 이르기까지, 문학 비평가로서 느끼는 보르헤스의 불안이 드러나 있다. 또한 크리오요성[4]과 팜파스, 변두리 지역, 카리에고, 우루과이에 대한 애정 역시 항상 나타난다. 여기에 「끝없는 언어」와 「형용사의 활용」처럼 페이지와 언어에 대한 고민과 형용사의 절제된 사용을 주장하는 장들이 첨가된다면 설령 약간의 변화가 있을지언정 보르헤스가 향후 우리에게 끊임없이 제기할 모든 문제의식이 포함되어 있다는 것을 알게 될 것이다. 그는 의도적 신조어나 크리오요 단어를 포기하자고 설파했고, 아르헨티나 방언 사전에서나 찾을 수 있는 용어도 사용하지

---

2 Fernán Silva Valdés(1887~1975). 우루과이의 시인, 탱고 작곡가, 극작가. 『향연(香煙, Humo de incienso)』(1917)과 『시간의 물(Agua del tiempo)』(1921), 『토박이의 시(Poemas nativos)』(1925) 등이 대표작이다.

3 루이스 데 공고라(Luis de Góngora, 1561~1627). 스페인 코르도바 출신의 시인으로 케베도와 더불어 전형적인 바로크 시의 양대 산맥을 형성했다. 작품에서는 고도로 난해한 수사법을 구사하여 공고리스모의 창시자가 되었다. 교양인을 대상으로 했기 때문에 과식주의 또는 교양주의라고 불린 공고리스모는 17세기 스페인에서 유행한 바로크 시의 양식으로 과식적 시풍으로 유명하다. 독특한 문장 구성과 대담한 어순의 전환, 참신한 어휘의 선택 등 극단적 기교를 통해 순수한 미를 표현하고자 했다.

4 크리오요는 일반적으로 아메리카 대륙에서 태어난 백인을 뜻하지만, 아르헨티나의 경우 외국 이민자와 비교하여 아르헨티나 태생을 크리오요라고 한다.

말자고 주장했다. 나는 이러한 이유 때문에 보르헤스가 『내 희망의 크기』를 강하게 부정했다고 생각한다.

책의 내용과 관련해서는 아직 젊을 때임에도 보르헤스가 부에노스아이레스에 대한 사랑과 보편성에 대한 사랑 사이에서 이미 균형을 잘 잡고 있다는 것을 알 수 있다. 세월이 조화롭게 변모시킬 균형을 결국 그의 희망의 크기가 이미 획득한 것이다. 그는 부에노스아이레스를 신화적으로 건설했으며, 이 도시에 한 편의 시와 형이상학을 제공했다. 크리오요 어휘의 "의미를 확장했고", 심지어 "크리오요주의[5]가 세계와 주체, 신, 죽음에 대해 논하는 대화자가 될 수 있도록" 만들었다. 즉 아르헨티나의 본질적 실체를 통해서 보편적인 것을 비출 수 있었다.

어쩌면 완벽한 것을 모색했던 열정 때문에 위대한 심판관은 젊은 시절 그 책을 부당하게 대우했는지 모른다. 그래서 나는 독자들도 그 작품이 여전히 존재한다는 사실을 아주 기쁘게 여기리라고 생각한다.

1993년 10월

마리아 코다마[6]

---

5 토착 전통에 영감을 받은 20세기 초의 라틴아메리카 문학 운동.

6 María Kodama(1937~). 보르헤스의 부인으로, 작가이자 아르헨티나 문학 교수이다.

내 희망의 크기

나는 해와 달이 유럽에만 있다고 여기는 사람들이 아니라 아르헨티나에서의 삶과 죽음에 의미를 두는 사람들인 크리오요들에게 말하고 싶다. 아르헨티나는 천형의 유배지로, 멀고도 낯선 것만을 동경하는 땅이다. 나는 양키를 동경하는 사람이 아니라 아르헨티나의 진정한 실체를 아무 두려움 없이 사랑하는 청년들과 이야기하고 싶다. 내가 오늘 하고 싶은 이야기는 우리의 조국 아르헨티나에 관한 것이다. 현재와 과거는 물론 미래의 아르헨티나에 대해 그들과 이야기하고 싶은 것이다. 미리 준비하지 않는다면 아르헨티나의 미래는 결코 활기찰 수 없을 것이다. 그래서 오늘 내가 가장 바라는 것은 바로 그런 미래에 관해 이야기하는 것이다. 이런 소망에 축복이 있기를! 미래의 향기에 축복이 있기를!

우리 아르헨티나인들은 그동안 무엇을 해 왔는가? 크리오요들이 처음으로 달성한 업적은 아마도 부에노스아이레스에서 영국인들을 내쫓은 것이리라. 나는 독립 전쟁이 당시 상황에 적절한, 낭만적 규모의 전쟁이었다고 생각한다. 하지만 아메리카 대륙의 다른 쪽과 비교해 보면 대중적으로 널리 공유된 기획이었다고 평가할 수는 없다. 연방이란 부에노스아이레스만의 생활 방식이 국가의 규범이 되도록 방치한, 크리오요들만의 독특한 국가 구성 방식이다. (자신이 하는 일의 의미도 제대로 몰랐던) 크리오요 우르키사[7]가 몬테카세로스에서 무너뜨린 체계였다. 에르난데스의 마르틴 피에로[8]처럼 무례한 가우초[9]들의 목소리 외에는 다른 사람들의 생각을 전혀 수용하지 않은 기획이었다. 사실 연방이란 크리오요주의 주창자들의 아름다운 기획이었다. 하지만 가우초들의 짐 꾸리기와 거친 꿈을 제외

---

7 후스토 호세 데 우르키사(Justo José de Urquiza, 1801~1870). 부에노스아이레스주를 제외한 아르헨티나 연방의 수반(1854~1860)이었다. 1852년 카세로스 전투에서 아르헨티나 연방의 독재자 로사스(Rosas)를 패퇴시켰다.

8 아르헨티나의 작가 호세 에르난데스(José Hernández, 1834~1886)의 서사시 『마르틴 피에로(Martín Fierro)』의 중심인물. 이 작품은 가우초 문학의 대표작으로, 역사적 자주성의 회복과 가우초의 의의를 호소한다.

9 남미의 아르헨티나, 우루과이, 브라질 대평원이나 팜파스에 살며 유목 생활을 하던 목동이다. 대부분 스페인인과 인디언의 혼혈이다. 아르헨티나와 우루과이의 독립에 커다란 역할을 했으나 독립 후에는 대부분 농장의 일꾼이나 도시의 날품팔이 노동자로 전락했다.

하고는 실제로 아무런 비전도 제시하지 못했다. 그러므로 '마소르카 부대'[10]만큼 용서할 수 없는 기획이었다.

사르미엔토[11]는 확고한 미국 추종자로서 크리오요 문화에 대한 이해가 부족했다. 심지어 크리오요 문화를 증오하기까지 했다. 그는 문명을 통해 아르헨티나를 발전시키겠다는 신념 하나로 이 땅을 서구화했다. 그 후에 아르헨티나에 어떤 일들이 있었는가? 루시오 V. 만시야[12]와 에스타니슬라오 델 캄포,[13] 에두아르도 윌데[14] 등이 각각 역사의 한 페이지를 장식한 뒤에

---

10 로사스 독재 치하에서 반(反)로사스 세력을 공격했던 테러 조직.

11 도밍고 파우스티노 사르미엔토(Domingo Faustino Sarmiento, 1811~1888). 아르헨티나의 대통령을 지낸 문필가이자 교육가이며 정치가이다. 독재자 로사스의 연방주의를 반대했던 중앙 집권주의파의 주요 인물로 《엘 손다(El Zonda)》라는 주간 신문을 창간하고, 칠레에 망명하여 라틴아메리카의 고전으로 꼽히는 『문명과 야만: 후안 파쿤도 키로가의 생애(Civilización y barbarie — Vida de Juan Facundo Quiroga)』(1845)를 썼다. 서민 교육과 자유를 위해 투쟁한 뒤 1868년부터 1874년까지 아르헨티나의 대통령을 역임했다.

12 루시오 빅토리오 만시야(Lucio Victorio Mansilla, 1831~1913). 아르헨티나의 군인이자 언론인, 작가, 외교관, 정치인으로, 원주민 지역들을 탐사한 후 1870년 『랑켈 원주민 지역에 대한 탐사(Una excursión a los indios ranqueles)』를 썼다.

13 Estanislao del Campo(1834~1880). 아르헨티나의 군인, 공무원, 작가. 시집 『파우스토(Fausto)』(1866)로 큰 사랑을 받았다.

14 Eduardo Wilde(1844~1913). 아르헨티나의 의사, 언

세기말의 부에노스아이레스는 탱고에 빠져들었다. 더 정확히 말하면 토요일 밤마다 부에노스아이레스 외곽 지역의 콤파드리토[15]와 천박한 여성들이 탱고에 빠져든 것이다.

그 후 1900년에서 1925년에 이르는 사반세기 동안 에바리스토 카리에고[16]와 마세도니오 페르난데스,[17] 리카르도 구이랄데스[18]라는 세 사람이 등장했다. 유명세로만 따지면 그루삭[19]과 루고네스,[20] 잉헤니에로스,[21] 엔리케 반츠스[22]와 같은 시대적 인물들을 먼저 언급해야 했겠지만 내 생각은 다르다. 그들은 다른 작가들의 기존 방식을 답습한 작가들로, 이 글의 목적과는 맞지 않기 때문이다. 이 글의 목적은 기존의 규범처럼 단순하게 작가의 기교적 완결성을 분석하는 것이 아니다. 그보다는

론인, 정치인, 외교관. 1880년 세대의 주요 작가였다.

15 아르헨티나의 라플라타강 주변 지역에 거주하는 서민 청년을 지칭하던 말로, 탱고와 밀접한 관련이 있는데 탱고를 만든 주요 집단이 그들이기 때문이다. 사회적 편견 때문에 의미가 바뀌어 문제를 일으키고 젠체하며 칼싸움을 일삼는 이들을 경시하며 부르는 말이 되었다.

16 Evaristo Carriego(1883~1912). 요절한 아르헨티나의 시인으로, 보르헤스가 많이 언급하는 작가이다.

17 Macedonio Fernández(1874~1952). 아르헨티나의 작가, 철학자로, 보르헤스, 훌리오 코르타사르 등 후대 작가들에게 큰 영향을 끼쳤다.

18 Ricardo Güiraldes(1886~1927). 아르헨티나의 시인, 소설가. 『돈 세군도 솜브라(Don segundo sombra)』(1926)란 작품으로 가우초 문학의 혁신을 이끌었다.

19 폴 그루삭(Paul Groussac, 1848~1929). 프랑스에서 태어나 아르헨티나에서 활동한 작가, 문학 평론가.

오히려 작가의 독창적이고 본질적인 특징을 깊이 파헤치는 것이다.

지금까지 우리의 유산에 대해 대충이나마 간략하게 훑어보았다. 나는 독자들 또한 우리의 유산이 근본적으로 부족하다는 데 동의하리라고 생각한다. 우리 아르헨티나에서는 여태까지 단 한 명의 신비주의자나 철학자도 탄생하지 못했다. 삶을 진정으로 깨닫거나 이해하는 사람이 없었다는 것이다. 아르헨티나인이 가장 멋지다고 여기는 남성은 여전히 돈 후안 마누엘[23]로, 신체적 능력 면에서 위대한 모범이자 삶의 의미 또한 확신했던 인물이다. 하지만 정신적으로는 빈약해서 결국 자신의 폭정으로 무너졌다. 산마르틴 장군[24]은 어떤가? 그는

---

20 레오폴도 루고네스(1874~1938). 아르헨티나의 시인, 수필가, 언론인, 정치인. 보르헤스를 포함한 젊은 세대 작가들에게 큰 영향을 끼쳤다.

21 호세 잉헤니에로스(José Ingenieros, 1877~1925). 의사, 정신 분석학자, 범죄 연구자, 사회학자, 작가. 그는 1918년 대학 개혁 운동의 중심인물이었던 대학생들에게 커다란 영향을 끼쳤다.

22 Enrique Banchs(1888~1968). 아르헨티나의 시인으로, 스페인 황금 세기의 영향을 받았다.

23 후안 마누엘 데 로사스(Juan Manuel de Rosas, 1793~1877). 1829년부터 1852년까지 아르헨티나 연방을 통치한 독재자. 1852년 카세로스 전투에서 우르키사에게 패배한 후 사임했다.

24 호세 프란시스코 데 산마르틴(José Francisco de San Martín, 1778~1850). 아르헨티나의 장군이자 페루의 정치가. 스페인의 지배를 받던 남아메리카 남부 지역의 독립 운동을 전개해 성공시켰다.

견장(肩章)과 흐트러진 금실 장식 외에는 이미 안개 속의 인물처럼 지워졌다. 아르헨티나 사람들 사이에서 유일하게 전설처럼 특별 취급을 받는 사람이 있다면 그는 바로 이리고옌[25]일 것이다. 그렇다면 죽은 사람들 중에서는 어떨까? 아마도 아주 먼 옛날 사람인 산토스 베가[26] 정도일 것이다. 그에 관해 수많은 글이 쓰였기 때문이다. 하지만 실체 없이 펜에서 펜으로 옮겨 다니는 허명(虛名)만 존재할 뿐이다. 아스카수비[27]는 그를 재치 있는 노인으로 불렀고, 라파엘 오블리가도[28]는 성품이 고귀한 동포로 묘사했으며, 에두아르도 구티에레스[29]는 낭만적 건달,

---

25 이폴리토 이리고옌(Hipólito Yrigoyen, 1852~1933). 노동 계급의 지원을 받으며 생애 두 차례(1916~1922, 1928~1930)나 대통령을 지낸 아르헨티나 정치인으로, '빈민의 아버지'로 불렸다.

26 Santos Vega(1755~1825). 아르헨티나의 전설적 가우초로, 바르톨로메 미트레(Bartolomé Mitre)가 1838년 처음 문학적으로 형상화했다.

27 일라리오 아스카수비(Hilario Ascásubi, 1807~1875). 파울리노 루세로(Paulino Lucero)라는 필명으로 활동한 아르헨티나의 시인. 로사스 정권에 반대한 작가로 가우초 문학 작가로 분류된다. 대표작으로 『산토스 베가(Santos Vega)』(1872)가 있다.

28 Rafael Obligado(1851~1920). 아르헨티나의 1880년 세대에 속하는 시인, 작가. 아르헨티나 문학에서 가장 중요한 작품 중 하나로 꼽히는 『산토스 베가』(1885)를 남겼다.

29 Eduardo Gutiérrez(1851~1889). 아르헨티나 풍속주의 작가로 유명하다. 특히 대표작 『후안 모레이라(Juan Moreira)』는 가우초 소설의 고전이다.

모레이라의 목가적 선구자로 간주했다. 하지만 전설이란 모름지기 그렇게 시시한 것이 아니다. 그러므로 아르헨티나에는 전설다운 전설은 물론이고 하다못해 거리를 떠도는 유령조차 없는 것이다. 이것이 우리 부끄러움의 실체이다.

아르헨티나의 자연은 장엄하지만 철학은 빈곤하다. 셀 수 없이 다양한 부에노스아이레스를 제대로 표현할 어떤 철학도 발현되지 못했기 때문이다. 수목이 아름다운 벨그라노부터 유장하고 온화한 알마그로, 느릿한 강변의 팔레르모, 하늘빛 다채로운 비야오르투사르, 고즈넉하게 높은 싱코에스키나스, 광활하게 펼쳐진 자연을 뽐내는 비야우르키사, 팜파스의 원형인 사아베드라에 이르기까지 다양한 부에노스아이레스의 모습을 표현할 수단이 전혀 없는 것이다. 에머슨[30]은 "아메리카는 우리 눈앞에 펼쳐진 하나의 시이다. 넓은 경관이 상상력을 현혹하기에 시간이 지날수록 시적으로 더욱 풍부해질 것이다."라고 말했다. 그러고는 그 자신이 휘트먼[31]의 감성과 비슷한 마흔네 편의 에세이까지 썼다. 나는 오늘의 1925년 부에노스아이레스에서도 에머슨의 말이 재현되리라 믿는다. 하나의 도시 이상으로 성장한 부에노스아이레스는 이제 국가로서 그 위대함에 걸맞은 시와 음악, 미술, 종교 및 형이상학까지 발현할 수 있을 것이다. 그것이 내가 가장 바라는 것이고, 우리 모두 그것

30 랠프 월도 에머슨(Ralph Waldo Emerson, 1803~1882). 미국의 시인, 사상가.

31 월트 휘트먼(Walt Whitman, 1819~1892). 미국의 시인으로, 『풀잎』이 대표작이다.

을 체화하도록 노력해야 할 것이다.

현재 통용되는 의미라면 나는 진보주의나 크리오요주의 어떤 것에도 동의하지 않는다. 진보주의란 우리를 미국인이나 유럽인처럼 만드는 것으로, 결국 다른 사람이 되도록 집요하게 강요하는 것이다. 크리오요주의는 예전에는 차페톤[32]을 조롱하는 단어였는데, 지금은 모레이라의 전원생활을 동경하는 향수 어린 단어로 변모했다. 그러므로 두 가지 사상 가운데 어느 것에도 동의할 수 없다. 하지만 굳이 택하라면 크리오요주의를 택할 것이다. 내가 이 글을 기획한 목적은 오늘날 단순한 '가우초주의'처럼 평가되는 크리오요주의에 올바른 의미를 부여하는 데 있다. 사실 크리오요주의란 세상과 개인, 신은 물론 죽음과도 소통하는 철학이기 때문이다.

세상 사람 모두가 우리의 신념 부족을 비난할지라도 나는 실망하지 않는다. 철저하게 신념이 없다는 것은 믿음의 또 다른 형태이기 때문이다. 우리는 루키아노스와 스위프트, 로런스 스턴, 조지 버나드 쇼 등의 작품에서처럼 신념 부족을 새로운 창작 원천으로 삼을 수도 있다. 그렇다면 거대하고 격렬한 불신이야말로 자랑스러운 우리의 유산일 수 있다.

1926년 1월

부에노스아이레스에서

32 아메리카에 갓 도착한 스페인인이나 유럽인.

크리오요 『파우스토』

아르헨티나의 가우초 기마병에 관한 이야기는 이미 반세기 전에 등장했다. 금속판 마구(馬具)마저 번쩍여 아주 화려해 보이는 오로라빛 말을 탄 부에노스아이레스의 한 기마병이 레온 호수에서 올라오는 다른 기마병을 보고 말에서 내린 이야기이다.(형용사는 자네 방식일세, 루고네스.) 그는 아나스타시오 엘 포요라는 이름으로만 알려져 있었는데, 아마도 과거 언젠가의 동료였을 것이다. 그들은 서로 끌어안았고, 장밋빛 말이 다른 말의 갈기에 귀를 긁었다. 말들의 몸짓은 주인의 포옹에 대한 반응이었다. 그들은 풀밭에 앉아 하늘과 강을 자유롭게 만끽하며 아주 편안하게 이야기를 나눴다. 당시 호수에서 나온 가우초 아나스타시오가 놀라운 이야기를 했다. 그것은 다른 세상의 이야기로, 유명한 건달 크리스토발 말로가 "키스로 나를 불멸의 존재로 만들어 주오."라고 요청하는 이야기였다. 악마에게 영혼을 판 인간에 관한 내용은 괴테의 파우스트 이후 끊임없이 되풀이되는 이야기였지만 다른 가우초 라구나는 물론 강변의 버드나무 숲도 처음 듣는 이야기였다. 화자는 사건의 몇 가지 악마적 측면을 강조했지만 과도한 허세나 파우스트의 절실함조차 없이 담담하게 이야기했다. 그는 주인공의 야망이나 사악함에 대해서는 전혀 언급하지 않은 채 모든 욕망의 대상인 마르가리타와 그의 애처로운 운명에 관해서만 반복적으로 이야기했다. 아과르디엔테[33]를 많이 마시며 팜파스에 관한 스쳐 지나가는 생각과 추억을 곁들여 이야기 나눈 뒤 두 사람은 일어나서 각자 장밋빛 말과 오로라빛 말에 안장을 얹고 흩어졌다. 어디로 갔느냐고? 나는 아나스타시오 엘 포요가 호수의 신처럼 갑작스럽게 등장한 건 알지만 그 뒤에 어디로 갔는지는 모른다. 하지만 나는 그가 행복했으리라고 믿고 싶다. 그처럼 순수한 사내들은 항상 행운을 목표로 직진하기 때문이다. 또한 그들이 반 시간 동안 나눈 우정과 잡담이 의미 없이 보낸 수많은 시간보다 신성하다고 믿고 싶다. 언젠가는 나도 브라가도[34]로 여행을 떠날 것이다. 그곳 호숫가에서 중국 골동품에 둘러싸인 채 오래된 마테 차를 마시며, 그토록 영원한 인간의 죽음과 기적들에 관해 이야기할 것이다. 비록 낡은 동전처럼 흐릿하게일지언정 그들의 위업을 기억하는 사람

---

33 럼주 또는 소주와 같은 증류주.

34 에스타니슬라오 델 캄포의 『파우스토』의 배경인 도시로 부에노스아이레스주에 있다. 보르헤스는 이 도시를 브라가오(Bragao)로 잘못 표기했다.

들과 말이다. 예전에 나는 시야말로 인간에게 영원성과 죽음의 의미를 깨닫게 해 준다고 생각했다.

우리의 아메리카를 가장 잘 묘사하는 작품으로, 나는 에스타니슬라오 델 캄포의 『파우스토』를 꼽는다. 나는 그 작품에 등장하는 두 가지 고귀한 조건에 찬사를 보내는데, 그것은 아름다움과 만족이다. 여기서 말하는 만족이란 라틴어의 시시콜콜한 만족, 즉 대부분의 사람이 이해하는 도회적 의미의 공평함 같은 것이 아니다. 그보다는 오히려 그의 시들에서 보이는 선한 의지와 기쁨을 뜻한다. 나는 여태까지 이 작품보다 신나거나 반항적인 동시에 삶을 찬양하는 책을 본 적이 없다. 이 책의 가장 탁월한 특징은 바로 그 안에 표현된 행복과 아름다움으로, 그것은 그동안 내가 몇 명의 완벽한 여성에게서만 볼 수 있었던 모습이다.

나는 오늘날 누구도 더 이상 행복을 찬양하지 않는다는 걸 안다. 낭만주의자들이 행복을 구석에 처박는 대신 불평을 고양했기에 페르난데스 모레노[35] 같은 낭만주의 시인들이나 단조로운 시를 흥얼거리는 시인들, 즉 운율에 맞춰 우울하게 노래하거나 자유분방한 재기(才氣)만 뽐내는 시인들이 각 행에 여백을 주기 위해 지나치게 유희를 즐기면서 오늘날 행복을 무시하고 있다는 걸 잘 안다. 하지만 나는 여전히 행복이 불행보다 시적이며, 재기보다 더 존중받을 미덕이라고 생각한다.

---

35 발도메로 페르난데스 모레노(Baldomero Fernández Moreno, 1886~1950). 아르헨티나의 시인으로, 섬세한 낭만주의적 요소들을 조화시키면서도 주제와 언어에서 지속적 개혁을 추구했다.

친애하는 독자들이여! 추론하는 이성 덕택에 서로 다른 이미지들을 결합할 수 있고, 형용사를 불규칙하게 활용해 새로운 언어를 창출할 수도 있다. 기존의 관습에 고분고분 따르기보다 새롭고 멋진 솜씨를 자주 사용할 수도 있다. 하지만 그렇게 솜씨를 부려 본들 다음과 같은 기적을 만들지는 못한다.

안장을 얹으면서 말하는 게 좋겠구먼……
이제 마지막 잔을 드세나,
그러곤 우물에 술병을 던져 버리세,
물 위에 빈 병이 떠다니도록.

이 연(連)은 초승달처럼 신선하고 가벼우며 원초적 매력으로 가득한데, 그런 매력이 『파우스토』는 물론 아르헨티나의 다른 전원시들에까지 긍정적인 영향을 끼쳤다. 다음처럼 원초적인 아르헨티나의 전원시도 있다.

자, 내가 목동이었다면
네가 목동의 부인이었다면,
나는 생각한다,
우리 양 떼들이 서로 섞여 다녔을 거라고.

오유엘라[36]가 쓴 긴 연작시 역시 뛰어난데, 이 시는 1862년

---

36 칼릭스토 오유엘라(Calixto Oyuela, 1857~1935). 아르헨티나 한림원장을 지낸 고전주의 시인, 수필가. 『노

유럽으로 여행을 떠나는 아스카수비에게 바친 것이다. 그중에서 데시마[37] 몇 줄을 옮겨 본다.(오유엘라, 『라틴아메리카 시선집(Antologiía hispanoamericana)』 3권, 1095쪽)

유의하세요, 이것이 예절이랍니다.
미리 알리는 게 좋을 거예요,
그곳 사람들이 지은,
덩그러니 넓은 유리 집을 방문하시려면.
가신다면 말은 놔두세요,
반쯤 외진 곳에
혹시 발길질해서
유리를 깨뜨리는 일이 없게요,
당신에게 물어내라고 하지 않게요,
원래보다 훨씬 더 비싸게…….
성령께
당신을 위해 기도할게요,
은총의 마리아께
망토로 모든 것을 보호해 주시길 기도할게요.
하느님께서 허락하시길,
항해하는 모든 분께,

래들(Cantos)』과 『새로운 노래들(Nuevos cantos)』을 통해 순수한 형태의 고전주의적 전통을 추구했다.

37 스페인의 정형시 양식으로, 1연이 8음절 10행으로 구성된다.

구름 한 점 없는 하늘과
날뛰지 않는 파도와
커다란 물고기의 꼬리조차
때리지 않는 선박을.

—「마지막 뽐내기(Prosopopeya final)」

에스타니슬라오 델 캄포! 사람들이 당신의 시에는 진정한 가우초성이 없다고들 말합니다. 단지 시간 여행을 통해 세상을 사막까지 확장시켰을 뿐이라고요. 하지만 저는 압니다. 그 여행에는 우정과 사랑은 물론 다양한 현실이, 미래는 물론 과거와 현재에 편재한다는 것을 말입니다.

알시나주의자[38]였던 에스타니슬라오 델 캄포! 당신은 제게 가장 소중한 친구였습니다. 당신이 우리에게 남긴 작품은 아르헨티나의 색채에 조예가 깊고, 기타의 아름다운 선율과 함께 우리의 삶을 더욱 활기차게 만들어 줄 것입니다.

군모에 오른손을 넣은 채 파본에서 처음으로 총을 맞은 군인이었던 에스타니슬라오 델 캄포! 수많은 세월을 보낸 야영 생활 전체보다 잠깐 깨어 있던 낮잠 시간만을 영원히 기억하게 되다니 얼마나 희한한 일인가요! 이제는 신이 돼 버린, 상상 속의 두 친구가 낮잠을 자는 대신 반 시간 동안 털어놓은 그 불멸의 이야기 말입니다.

38 국민자치당(Partido Autonomista Nacional)의 지도자였던 아돌포 알시나(Adolfo Alsina, 1829~1877)를 지지하는 사람들.

팜파스와 변두리는 신의 모습이다

신의 두 가지 현존 양태, 즉 우리가 경의를 표할 수 있을 정도로 확실하게 신의 존재를 보여 주는 실체가 있다면 그것은 바로 팜파스와 변두리이다. 단지 그 이름을 부르는 행위만으로도 모든 시의 의미를 확장시키고 우리의 가슴을 뜨겁게 만든다. 변두리와 팜파스, 두 존재 모두 자신만의 고유한 이야기를 지니는데, 시간의 우연성에 따라 변하지 않는 사물의 원형적 특성을 보여 주기 위해 나는 그것들을 두 개의 대문자로 표현하고 싶다. 하지만 혹시라도 신의 위대성을 표현하고자 한다면 **토템**이라는 단어를 사용하는 편이 더 적절할 수도 있다. 일반적으로 사물의 개념에 대해 말할 때 토템이란 단어는 종족이나 개인과 긴밀하게 연결된다.(토템은 영국인 연구자들이 개념을 퍼뜨린 북미 원주민들의 단어로, 스페인의 철학자 오르테가 이 가세트[39]의 사상을 독일에 소개한 F. 그래브너[40]와 슈펭글러[41]의 작품에 등장했던 용어이다.)

팜파스. 소리와 메아리처럼 무한한 단어인 팜파스를 누가 처음으로 사용했을까? 나는 이 단어가 케추아어에서 유래했다는 것밖에 모른다. 원래 넓은 평원을 의미했던 단어로, 팜파스에 거주하는 사람들은 단어의 음절을 하나하나 끊어 읽었던 것 같다. 일라리오 아스카수비 대령은 『쌍둥이 꽃(Los mellizos de la flor)』에서 가우초들이 팜파스를 어떻게 인식하는지 서술했다. 가우초들은 팜파스를 국경의 다른 쪽에 있는 황무지이자 원주민 부족들이 거주하는 곳으로 인식했다. 즉 당시 팜파스라는 단어는 먼 곳을 나타냈다. 자료로서도 물론 가치 있고 그의 시를 기억하기 위해서도 우리는 대령의 작품을 유익하게 활용해야 한다. 그래서 여기에 시 한 편을 소개한다.

---

39 호세 오르테가 이 가세트(José Ortega y Gasset, 1883~1955). 스페인의 철학자. 프리드리히 니체와 현재의 실존주의의 중간쯤에 위치한 철학자로, 그의 사상은 관념주의적 '생의 철학'에 기반을 둔다. 대표적 저작으로 『돈키호테에 대한 성찰(Meditaciones del Quijote)』(1914)과 『대중의 봉기(La rebelión de las masas)』(1929)가 있다.

40 로베르트 프리츠 그래브너(Robert Fritz Graebner, 1877~1934). 독일의 지리학자, 민족학자로, 문화권 연구로 유명하다.

41 오스발트 슈펭글러(Oswald Spengler, 1880~1936). 독일의 문화 철학자. 인간의 역사와 문명을 인간 생애의 주기로 표현한 『서유럽의 몰락(Der Untergang des Abendlandes)』(1918)이 대표작이다.

그렇게 팜파스와 산은
정오의 시간에
황무지처럼 보였다.
지평선 이쪽 끝에서 저쪽 끝까지
단 한 마리의 새도 보이지 않았다.

여기 또 다른 시를 소개한다.

부드러운 향기를 품은 꽃들이
팜파스 전역에서 돋아나고 있었다,
휘황찬란한 광채가
산들을 멀리서
뒤덮던 시간에.

("팜파스 전역에서"라는) 두 단어로 이루어진 시작법이 "꽃들"이란 표현과 결합해서 커다란 즐거움을 유발한다. 마치 우리가 풍경에 표출된 무한한 능력, 즉 거대한 힘과 함께 부드러움까지 동시에 보는 것처럼 말이다. 하지만 내가 진짜 주목한 점은 두 시편 모두에서 팜파스를 광활함으로 정의했다는 것이다. 그런데 그런 광활함이 정녕 존재하는가? 다윈은 확신에 찬 목소리로 부정하면서 자신의 의구심을 이렇게 논증할 것이다. "먼바다에서는 사람의 눈이 수면 위 1.8미터 높이에 있어 수평선은 4.5킬로미터 거리에 있다. 똑같은 방식으로 평원이 아무리 넓을지라도 지평선 역시 이런 좁다란 한계에 부딪힐 것이다. 그러므로 나는 사람이 거대한 평원을 미리 상상함으로써

광활함의 진정한 의미를 완벽하게 지운다고 생각한다."(허드슨, 『라플라타의 자연 과학자(The naturalist in la plata)』)

전형적 크리오요로 부에노스아이레스주에서 태어나고 자란 기예르모 엔리케 허드슨[42]은 팜파스에 대해 이렇게 관찰하고 기록했다. 그런데 그의 견해를 왜 의심하겠는가? 우리가 팜파스의 넓이에 대해 경험적으로 인식했기 때문에 우리의 시각에 허위성이 조장되었고, 그 기억이 허위성을 증대시킨다는 것을 왜 수용하지 않겠는가? 나는 며칠 전에 사아베드라에 갔었다. 그곳 카빌도 거리에서 몇 채의 농가와 몇 그루의 피토라카 나무가 있는 둥그런 땅들을 봤는데, 들판이 매우 커 보였다. 스스로에 대해 의구심이 많은 사람으로, 레콜레타구(區)의 집에서 이러한 의구심들에 대해 쓰고 있는 내게도 들판이 매우 커 보였던 것이다. 그때 나는 매우 우쭐했는데, 나 역시 수많은 아르헨티나 사람들처럼 농장주의 자손이었기 때문이다. 나는 아르헨티나와 같은 목축의 나라에 사는 사람들이 평원에 감탄하는 것은 당연하며, 그 평원의 가장 대표적 상징인 팜파스에 대해 존중을 표현하는 것 역시 너무나 당연하다고 생각한다.

팜파스의 상징을 인간적으로 완벽하게 형상화한 것이 가우초인데, 시간이 지나면서 가우초의 이미지가 강변 변두리 지역에 거주하는 사람들로까지 확장되고 있다. 라파엘 칸시노스 아센스[43]는 『문학 주제와 해석(Los temas literarios y su

---

42 Guillermo Enrique Hudson(1841~1922). 아르헨티나의 자연 과학자.

43 Rafael Cansinos Asséns(1883~1964). 울트라이스모

interpretación)』 24쪽에서 변두리에 대해, 시적으로 무한한 감동을 주는 곳으로 사람들에게는 낯설고 투쟁적인 지역으로 보인다고 설명한다. 그것은 진실의 한 모습이다. 세상에서 떨어져 나온 우리 부에노스아이레스는 바벨탑처럼 혼란스럽지만 그림처럼 아름다운 모습이다. 레콩키스타 지역에는 무어인들이 살고, 탈카우아노와 리베르타드 지역에는 유대인들이 거주한다. 엔트레 리오스와 카야오, 아베니다데마요가 격렬하게 투쟁하는 지역이라면 누녜스와 비야알베아르 지역은 한가하게 마테 차를 마시거나 게으른 낮잠이나 수다를 즐기면서 볼일을 보고 꿈을 꾸는 곳이다.

과거의 탱고는 아주 성숙하고도 부드러운 모습으로 남성다움을 증명했다. 「뱃짐(El flete)」과 「북풍(Viento norte)」, 「부엉이(El caburé)」 등이 그러한 정서를 완벽하게 표출한 작품이었다. 하지만 문학에서는 그것들과 비교할 수 있는 작품이 하나도 없다. 프라이 모초[44]와 그를 계승한 펠릭스 리마[45]는 변두리의 일상성을 노래했고, 에바리스토 카리에고는 변두리에 사

(ultraismo)와 전위주의를 지향한 스페인의 시인. 울트라이스모는 1919~1923년에 스페인에서 일어난 시 문학 개혁 운동으로, 보르헤스도 이 운동에 적극적으로 동참했다.

44 Fray Mocho. 아르헨티나의 풍속주의 작가인 호세 세페리노 알바레스(José Seferino Álvarez, 1858~1903)의 필명.

45 Félix Lima(1880~1943). 아르헨티나의 풍속주의 작가, 언론인.

는 사람들의 좌절과 실패의 슬픔을 노래했다. 그 뒤에 내가 등장했는데(내가 살아 있는 동안에 누군가가 나를 칭찬할 필요는 없을 것이다.) 나는 누구보다도 먼저 변두리의 운명이 아닌 풍경 자체를 노래했다. 나는 구름처럼 붉은 창고와 좁은 길을 노래했다. 그 뒤에 로베르토 아를트[46]와 호세 S. 타욘[47]이 변두리의 뻔뻔함과 허풍에 대해 노래했다. 즉 우리 각자가 변두리의 단면들만을 노래했을 뿐 전체적인 모습을 노래한 사람은 아무도 없었다. 나는 마르셀로 델 마소[48]에 대해 잊고 있었는데, 그는 『패배자들(Los vencidos)』 2권에서 변두리의 모습을 아름답게 묘사했지만 부당하게도 잊힌 작가이다. 마누엘 갈베스[49]의 『변두리의 역사(Historia de arrbal)』는 산문집으로, 탱고 가사에 대한 전반적 해설서이다.(나는 모든 탱고 가사가 나쁘다는 것이 아니라 오히려 몇몇 작품의 가사는 아주 뛰어나다고까지 평가한다. 예를 들어 나는 「아파치(Apache)」와 「은종(銀鐘, Campana de plata)」에서 리니그[50]가 사용한 케베도식[51] 패러디를 아주 높게 평가한다. 등대 불

---

46 Roberto Arlt(1900~1942). 아르헨티나의 작가, 기자. 대표적 작품으로 『7인의 미치광이(Los siete locos)』(1929)가 있다.

47 호세 세바스티안 타욘(José Sebastián Tallón, 1904~1954). 아르헨티나의 시인.

48 Marcelo del Mazo. 아르헨티나의 시인, 수필가.

49 Manuel Gálvez(1882~1962). 아르헨티나 북부 지역인 파라나 출신의 시인, 수필가.

50 사무엘 리니그(Samuel Linnig, 1888~1925). 우루과이의 극작가, 탱고 작사가.

51 기지주의. 스페인 바로코 작가인 프란시스코 데 케베

빛 속에서 칼에 입을 찔려 피 흘리던 여인이 건달에게 "네 칼로 인해 내 키스가 더욱 커졌구나."라고 열정적으로 말하던 표현 말이다.)

변두리와 팜파스에는 모든 것이 존재하는데, 그것들이 상처처럼 펼쳐질 때는 똑같이 고통스럽다.

* * *

아르헨티나인들은 신에게 버림받은 자들로서 아무것도 신뢰하지 않지만 네 가지는 확실하게 믿는다. 팜파스는 성스러운 곳이고, 가우초야말로 정말 사내다웠으며, 변두리는 확 트인 부드러운 지역이고, 건달들은 활력이 넘쳤다는 것이다. 내가 언급한 네 가지는 가장 중요한 핵심으로, 이미 잃어버린 지식이 아니다. 『마르틴 피에로』는 물론 두 권의 『산토스 베가』와 『파쿤도(Facundo)』에서 팜파스와 가우초를 표현했다면 금세기 내내 지속될 작품들에서는 변두리와 건달을 다루게 될 것이다. 지금까지 연안 지방의 어떤 크리오요도 아르헨티나의 산이나 바다에 대해 제대로 알지 못했다. 이제는 우리의 시를 정확하게 노래하자. 에스타니슬라오 델 캄포의 『파우스토』에 등장하는 한 움큼의 햇빛조차 강렬한 인상을 남기지 못한 채 풍경으로 기능했을 뿐이다. 그것은 강기슭에서 그냥 흘낏 쳐

도(Francisco de Quevedo)의 문학적 가치관을 따르는 전통으로, 관념과 이미지, 사물들 사이의 유사성과 조응의 관계를 찾아내는 기지적 표현을 중시하는 문학 전통이다.

다본 것으로, 나뭇잎 위에 맺힌 이슬처럼 가볍게 반짝였을 뿐이다. 세상에 존재하는 무수한 재산 중에서 우리에게 허용된 것은 바로 변두리와 팜파스뿐이다. 우리 문학사에서 가장 존경받는 작가 중 하나인 리카르도 구이랄데스가 대평원에 대해 노래했다면 (만약 신이 허락한다면) 나는 변두리에 대해 이전보다 아름답고 우아하게 노래할 것이다. 벤 존슨[52]이 『서툰 시인(The Poetaster)』에서 부른 것처럼 아름답게 노래할 것이다.

> 그것은 높고도 초연하게 노래해야 한다.
> 늑대의 검은 입과 지저분한 발톱으로부터 안전하게.

---

52 Ben Jonson(1572~1637). 17세기 영국의 극작가, 시인, 비평가. 윌리엄 셰익스피어와 동시대에 활약한 문인으로, 1616년 계관 시인이 되었다.

카리에고와 변두리의 의미

독립 100주년을 기념하던 시절 팔레르모 지역의 거리에, 정확히 기억하자면 온두라스 거리에 엔트레 리오스 출신 결핵 환자가 살고 있었다. 그는 기지가 풍부했던 사람으로, 영원을 꿰뚫을 듯 날카로운 시선으로 그 동네를 바라보았다. 당시의 팔레르모는 오늘날의 팔레르모와 아주 똑같지는 않았다. 고층으로 지어진 주택이 거의 없었고, 벽돌로 단장한 현관과 짝을 이뤄 지어진 난간 뒤에는 정원이 있었다. 정원에는 하늘도 잠깐 쉬었다 가는 미개간지가 있고, 파란 하늘과 포도 덩굴을 벗 삼아 소녀들이 뛰어놀았다. 달빛이 더욱 외로워 보이는 해질 무렵에는 가게 뒷방에서 강한 맥주 냄새와 함께 불빛이 새어 나왔고, 동네 어디에서나 늘 싸움이 벌어졌다. 그들은 자신들이 사는 동네가 '불의 땅'이라고 불리고 건달들이 칼을 휘두르며 팔레르모데산베니토의 핏빛 신화를 계승하는 걸 자랑스러워했다. 당시에는 콤파드리토들이 많았다. 사내들은 천박한 소리를 내뱉으며 휘파람을 불거나 담배를 피우면서 시간을 흘려보냈다. 그들은 험상궂게 헝클어진 머리카락과 비단 손수건을 자랑하며 의기양양한 시선을 뿌리고 다녔다. 그들은 굽이 높은 구두를 신고 딸깍거리면서 걸어 다녔다. 파토타[53]와 촌놈들이 활약했던 고전적 시대로, 용기를 뽐내거나 흉내 내는 게 행복인 시대였다. (훗날 에두아르도 구티에레스에 의해 반신(半神)의 지위에까지 오르게 될, 마탄사주 변두리에 살던) 후안 모레이라가 아직은 촌놈들이 부르던 대로 루이스 앙헬 피르포(Luis Ángel Firpo)였던 시대였다. (이 글의 맨 처음에 소개했던 엔트레 리오스 사람) 에바리스토 카리에고는 이러한 사물들을 깊이 관찰하고 영혼의 정수가 될 시로 노래했다.

변두리를 나타내는 낱말과 카리에고라는 작가는 동일한 의미라고 할 수 있을 정도이다. 카리에고의 이미지는 죽음으로 완성됐다. 사랑스러웠던 작가의 비극적 죽음이 촉발한 동정심 때문에 그는 과거의 이미지에 아주 견고하게 묶여 버렸다. 초라했던 29년의 삶과 요절로 인해 그가 쓴 작품의 고유한 정서였던 비통한 분위기가 그에 대한 이미지로 고양된 것이다. 내가 어릴 때 일요일마다 세라노 거리에서 만났던, 끊임없이 험담을 지껄이던 이야기꾼 대신에 연약하고 부드러운 작가의 이미지가 부여된 것이다. 호세 가브리엘[54]의 전기에 등장하

53 공공장소에서 폭력을 행사하는 젊은이 집단.

54 José Gabriel. 에바리스토 카리에고의 전기를 쓴 아르헨티나의 작가.

는 나약하고 무기력한 카리에고의 모습은 그렇게 형성되었다.

모든 사람이 그의 시를 높이 평가하지만 한편으로는 지나치게 감상주의에만 집중하는 경향도 있다. 그래서 아래와 같은 시를 통해 감상벽에도 불구하고 그가 진실한 사랑에 대한 깊은 이해와 통찰력을 잘 보여 준다는 것을 강조하고 싶다.

버려진 집에
사람이 없다면
사랑스러운 목소리는
얼마나 오랫동안 들릴까?
우리가 더 이상 볼 수 없는 얼굴은
기억 속에서
어떤 모습일까?

그가 작품에 주로 사용했던 의인법 역시 높이 평가하고 싶다. 나는 오유엘라가 최고의 작품으로 꼽은 아래의 작품이야말로 의인법을 가장 완벽하게 활용한 사례라고 평가한다.

장님이 당신을 기다립니다,
수없이 많은 밤마다
문 앞에 앉아서. 조용히 들어 보세요.
먼 옛날의 희미한 기억을
정적 속에서 불러냅니다.
눈으로 아침을 볼 수 있을 때의 기억을
젊었을 때의 기억을…… 연인에 대한…… 누가 알까요?

인용된 연의 정수(精髓)는 마지막 행이 아니라 마지막에서 두 번째 행에 있다. 나는 카리에고가 특별하게 강조하지 않기 위해 그 행을 그곳에 배치했다는 생각에 동의하지 않는다. 작가는 이미 「변두리의 영혼(El alma de suburbio)」이라는 이전 작품에서 동일한 주제를 묘사했다. 그러므로 대상을 세밀하게 관찰한 뒤에 그림처럼 사실적으로 표현한 이전 작품의 묘사와 서툰 바느질아치와 달, 장님처럼 작가가 선호하던 상징들을 불러 모아 진지하면서도 감동적인 축제의 마당을 펼친 이 작품의 완성된 묘사를 비교해 보는 것도 괜찮은 일이다.

이 모든 것은 슬픔을 의미하는 상징들이다. 용기를 북돋기보다는 삶에 대해 낙담하게 만드는 상징들이다. 변두리 생활의 본질은 무기력한 삶을 꾸려 가거나 겁에 질려 구슬픈 탄식 소리를 내뱉는 삶이라고 생각하는 것이 오늘날의 통념이다. 하지만 나는 결코 동의하지 않는다. 반도네온[55]을 켜고 빈둥대는 일부의 게으른 모습을 들이민다고 나를 설득할 수는 없다. 일부 감상적인 건달이나 회개한 매춘부의 탄식을 언급해도 마찬가지이다.

탱고에는 두 종류가 있다. 오늘날의 탱고는 비속어와 은어를 사용해 그림처럼 생생한 현실을 보여 준다. 반면에 과거의 탱고는 단순하게 뻔뻔하거나 무식하게 용기만 과시하는 내용으로 이루어졌다. 오늘날의 탱고가 콤파드리토들의 진짜 목소리를 들려준다면 과거의 탱고(음악과 가사)는 건달 문화를 불

55 아르헨티나의 대중적인 악기로, 아코디언과 비슷하다.

신하는 사람들이 만든 허구일 뿐이다. 기본적인 탱고인 「부엉이(El caburé)」와 「쿠스키토(El cuzquito)」,[56] 「뱃짐(El flete)」, 「아르헨티나 아파치(El apache argentino)」, 「하룻밤의 술잔치(Una noche de garufa)」, 「빅토리아 호텔(Hotel Victoria)」 등의 작품에서는 변두리에서 노골적으로 허세를 부리는 건달들의 모습을 아직까지 볼 수 있다. 가사와 음악은 서로를 보완했다. 「동네의 싸움꾼 돈 후안(Don Juan, el taita del barrio)」이란 탱고를 통해 우리는 이토록 사악하고 허풍에 찬 시들을 발견할 수 있다.

> 탱고에서, 나는 아주 황소 같다.
> 내가 더블 컷을 하면
> 그 소리가 북쪽 전체에 퍼질 정도로,
> 설령 내가 남쪽에 있을지라도.

하지만 그것들은 오래된 탱고이고, 오늘날에는 변두리에서 단지 좌절의 레퍼토리만 찾는다. 이처럼 암울한 비전을 갖게 된 데는 분명히 에바리스토 카리에고의 책임도 있다. 그가 변두리의 아름다운 색채를 누구보다 어둡게 묘사했기 때문이다. 하지만 천박한 여인들이 하나같이 병원으로 달려가고 건달들이 마약으로 나른해진다는 탱고 가사는 그와 전혀 관계없다. 그런 의미에서 그의 작업은 같은 엔트레 리오스 출신으로 부에노스아이레스에 거주했던 알바레스의 작품과는 정반대

---

56 원래는 쿠스코 사람이라는 뜻으로, 사창가에 자주 가는 사람을 의미한다.

이다. 하지만 알바레스가 제시한 비전이 매우 빈약해서 시적으로 전혀 중요하지 않은 반면 카리에고가 보여 준 비전은 압도적으로 뛰어났다. 그는 우리의 눈에 자비심을 불어넣었는데, 불행과 나약함을 극복하고 위로를 얻기 위해 자비심이 필요하다는 것은 명백하다. 그러므로 그의 작품에 등장하는 여인 누구도 사랑하는 연인을 얻지 못했을지라도 우리는 그를 용서해야 한다. 그가 그렇게 서술한 까닭은 고통으로 상처받은 영혼을 치유하고 더욱 아름답게 사랑하기 위함이다.

카리에고에 관한 단상이 너무 짧아 이 글을 이해하는 데 어려움이 따를지도 모르겠다. 그의 업적을 재평가하기 위해 언젠가 다시 써야 할 것이다. 카리에고가 이제는 하늘나라에(바로 포르토네스 사람들을 데려갔던 장소인 팔레르모의 하늘 어딘가에) 있는지도 모르겠고, 유대인 시인 하인리히 하이네[57]를 만났는지, 만났다면 서로 친구가 됐는지도 잘 모르겠다.

57 Heinrich Heine(1797~1856). 독일의 유대계 시인, 작가, 평론가, 기자. 신랄한 풍자와 비판 의식, 허무주의적 경향이 강한 시와 사설을 남겼으며, 독일 정부의 미움을 받아 추방되었다.

『보랏빛 대지』

모든 것을 상징으로 만들고 세계를 거침없이 분류하는 독일인은 위대한 철학자이다. 그들은 영원의 관점에서(sub specie aeternitatis)[58] 타인을 이해하고 순서대로 분류한다. 스페인인은 이웃의 적대적 감정에 대해서는 생각하지만 다른 나라의 존재에 대해서는 생각조차 하지 않는다. 프랑스인 역시 다른 나라에 대한 이해가 부족한 사람들로, 오만한 그들 앞에서 지리학은 온통 실수뿐인 학문이다. 반면 일부이지만 유목민이자 떠돌이인 영국인은 다른 존재로의 변화에 익숙해지도록 스스로를 훈련한다. 즉 자신을 미국화하고 아시아화하며 아프리카화해

---

58 17세기 합리주의 철학자 바뤼흐 스피노자의 철학 용어로, 이성에 의한 인식으로 만물의 진실을 파악하는 것을 말한다.

서 구원할 정도로, 느리지만 본능적으로 탈영국화를 꾀한다.

괴테와 헤겔, 슈펭글러는 세상을 상징으로 바꾼 사람들이다. 하지만 가장 뛰어난 업적을 남긴 사람은 영국의 브라우닝으로, 칼리반처럼 천박하거나 어리석은 수십 명의 영혼에게 새로운 상징을 부여했다. 그는 일련의 시를 통해 신 앞에 선 그들의 영혼을 격정적으로 변호했다. 이 밖에도 세상을 새로운 상징으로 채운 사례는 많다. 일본으로 귀화한 래프카디오 헌[59]과 리처드 버튼[60] 제독의 삶이 대표적이다. 버튼 제독은 카바까지 동행했던 순례자들이 인정할 만큼 이슬람교에 정통했는데, 이는 그가 문자 그대로 이슬람 지역 곳곳을 쏘다녔기에 가능했던 일이다. 코르도바의 거간꾼처럼 집시 언어를 완벽하게 말했던 조지 보로[61]나 19세기 내내 완벽한 진보주의였다가 말년에는 크리오요성을 상찬했던 영국인으로 차스코무스[62]에 살았던 위대한 자연 과학자 허드슨의 삶 또한 기억할 만하다. 특히 허드슨은 일련의 투쟁과 사랑으로 가득한 모험 소설 『보랏빛 대지(The Purple Land)』에서 새로운 상징들을 창출했다.

---

59 Lafcadio Hearn(1850~1904). 그리스에서 태어난 일본인 소설가로, 일본 이름은 고이즈미 야쿠모이다. 1890년 시마네현에서 교사 생활을 하면서 일본에 정착했고, 고이즈미 가문의 여성과 결혼하면서 일본으로 귀화했다.

60 Richard Burton(1821~1890). 영국의 유명한 군인, 외교관으로, 아시아 및 아프리카의 언어와 문화에 정통한 동양학자로도 유명하다.

61 George Borrow(1803~1881). 영국의 소설가, 여행기 작가.

62 아르헨티나 부에노스아이레스주에 있는 도시.

크리오요주의의 가장 중요한 소설인 『보랏빛 대지』에 대해 아르헨티나의 작품이라고 이야기하고 싶다. 영어로 쓰였다는 이유만으로 우리에게서 멀어졌지만 언젠가는 그가 창조한 순수한 크리오요를 복원해야 할 것이다. 연안 지방의 크리오요로 오랫동안 느릿느릿 마테 차의 무게를 달던 착하고 굼뜬 인물을 말이다. 줄거리는 별것 없다. 리처드 램이라는 사람이 우루과이 몬테비데오에 건너가 그곳에 거주하던 10대의 아르헨티나 여인과 결혼한 후 우루과이의 농촌을 구석구석 돌아보면서 그들의 일상과 정서를 엿보는 내용이다. 램이라는 인물은 위대한 청년으로 묘사된다. 그는 활력 있고 잘못을 바로 시정할 줄 아는 사람이며, 세르반테스가 묘사했듯이 금방 사랑에 빠지는 인물이다. 지적 능력이나 열정의 측면에서도 고귀했다. 하지만 그는 수개월 동안 우루과이 농촌의 목장들을 돌아본 끝에 가우초 문화의 장점을 인정하게 되었다. 이것은 당시 사람들이 가우초에 대해 지니고 있던 견해, 즉 정서적 폭력과는 다른 것이었다. 끝에서 두 번째 장은 이 작품의 요약으로 볼 수 있다. 이 장에서 작가는 세로에 있는 민둥산 시나이에서 가우초의 삶을 칭송하고, 법률에 의한 가우초에 대한 비난과 정죄에 대해 사과한다. 사르미엔토가 『문명과 야만』을 통해 내놓은 가우초에 대한 문제 제기를 램의 목소리를 통해 명확하게 부정하며 종결시킨 것이다. 가우초는 소탈하고 충동적이며 규칙이 없는 자유분방한 삶을 선택했다. 하지만 그렇다고 그것이 사르미엔토가 언급한 야만을 의미하지는 않는다. 더군다나 사르미엔토가 유일하게 크리오요성을 구현했다고 비난한 마소르카 부대의 건달을 의미하는 것은 더욱 아니다. 소설에는 플로레스 지방의 서커스 조련사이자 술집에서 쉴 새 없이 떠드는 루세로라는 인물이 등장한다. 허드슨은 루세로의 입을 통해 농촌 생활에 영향을 끼치는 도시의 정치에 대해 말한다. 슈펭글러 역시 아르헨티나에 아직 소개되지 않은 책[63] 2권 113쪽을 통해 동일한 점을 말한다. 어설픈 독립에 의해 형성된 허드슨의 크리오요 정서는 고통과 불행을 침착하고 금욕적으로 수용한다는 점에서 에르난데스와 유사하다. 하지만 마지막에 피에로를 부정한 에르난데스와 허드슨의 크리오요 정서는 다르다. 위대한 연방주의자로 전(前) 연방주의자 프루덴시오 로사스[64]의 지휘 아래 카세로스에서 우르키사와 전쟁까지 치렀던 에르난데스였지만 그는 가우초의 법에 따라 죽음에 이르지 못했다. 그는 작품 마지막에서 다음과 같은 견해를 밝힘으로써, 불행하게도 자신이 한 말은 물론 피에로까지 부정하기에 이른다. "가우초 역시 집을 소유해야 한다./ 학교와 교회, 법률 역시 갖춰야 한다." 이는 사르미엔토의 주장과 정확하게 일치하는 내용이다.

『마르틴 피에로』와 『보랏빛 대지』의 또 다른 차이는 너무나 분명하다. 불가피하게 고통을 수반하는 비극적 운명을 고양시키느냐와, 증오와 지체에도 불구하고 사랑에 대한 확신을 결코 포기하지 않는 행복한 운명을 찬양하느냐의 차이이다. 이것이 바로 램의 열정에 찬 25년과 피에로의 엄숙한 40년 사

---

63 『서유럽의 몰락』.

64 Prudencio Rozas(1800~1857). 아르헨티나의 독재자 후안 마누엘 로사스의 형제. 목장주, 군인.

이에 존재하는 가장 큰 차이이다.

『보랏빛 대지』는 삶에 대한 호기심과 주체의 변화가 담겨 있는 책이다. 허드슨은 이야기의 화자에게 결코 화를 내거나 소리치지 않고 그를 꾸짖지도 않는다. 타자 역시 다른 주체이며 나 역시 그에게는 타자일 수 있다는, 민주주의의 진리를 결코 의심하지 않기 때문이다. 심지어 나 역시 '결코 아니길 바라는' 존재일 수 있다. 허드슨은 각각의 영혼의 미덕과 결함부터 특별한 착오 방식에 이르기까지 영혼들의 절대성을 심도 있게 제기하고 평가한다. 그는 그런 방식으로 인물들의 운명을 결코 잊을 수 없게 묘사한다. 게릴라 산타 콜로마의 운명부터 칸델라리아의 운명까지 그렸으며, 럼주에 취해 넘치는 에너지를 주체하지 못한 채 쉴 새 없이 떠드는 영국인 이민자의 운명은 물론 에피파니오 클라로의 불행한 운명까지 묘사했다. 그중에서도 가장 슬프고 아름다운 운명을 꼽으라면 자신의 모든 것을 바쳐 이방인을 사랑한 중국 여인 모니카의 운명일 것이다.

『보랏빛 대지』에 묘사된 삶들, 특히 「옴부(El ombú)」[65]라는 장에 등장하는 인물들은 영원하거나 이상적이지 않다. 그들은 신에 의해 창조된 사람처럼 일시적이고 현실적인 모습이다. 그들의 실체를 입증하기 위해 작가는 (대부분 고귀하지만) 구체적인 삶의 모습들을 그린 뒤 개별 주체를 군중으로 확대한다. 물론 리처드 램은 영원한 인물이다. 그는 모든 이야기의 영웅이며 지극히 정상적인 돈키호테이다. 착하고 예쁜 여인을 묘

---

65 옴부는 팜파스에 있는 거대한 나무로, '피토라카'라고도 불린다.

사하는 것처럼 자연스럽게 항상 희망을 품고 살아가는 용맹한 모습으로 그려진다. 그들이 사는 모습에 대해 들으면 친근함을 잃지는 않아도 가끔씩 시기하는 마음이 들 정도였다. 한 남자를 묘사하며 농촌의 수많은 달빛을 그렸고, 그는 그 달빛 속에서 두려움과 경계심도 없이 수없이 많은 길을 걸었다. 그리고 수없이 많은 우연한 사랑을 겪은 후에 유일한 사랑을 확신하기에 이른다.

끝없는 언어

둘 다 실속 없고 서툴기는 마찬가지이지만 아르헨티나에는 두 가지 언어 행위가 있다. 하나는 프랑스풍을 흉내 내는 사람들의 것으로, 그들은 일상적인 스페인어의 관습보다 새로움을 중시하지만 게으름뱅이처럼 이제야 막 연습하기 시작한 사람들이다. 다른 하나는 성스러운 연방[66]을 신봉했던 사람들처럼 스페인어가 완벽하다는(모두들 그렇게 생각하지만 정말 그렇다면 얼마나 좋겠는가?) 한림원의 주장을 신봉하는 순수주의자의 행동이다. 첫 번째는 언어적 독립을 모색하는 사람들로, "뭔가에 종사하다(ocuparse de algo)"라는 어법을 선호한다. 반면 두 번째는 "뭔가에 종사하다(ocuparse con algo)"라고 말

66 로사스가 주창했던 연방제.

하는 것을 더 좋아하는 사람들이다. 'con'과 'de'의 소리 차이로 인해(각각 동반과 소유를 나타내는 두 개의 뉘앙스가 동사와 어울리지 못하기에 이곳에 모든 이데올로기적 효과는 결여된다.) 일종의 경이로운 갈등이 형성된다. 하지만 나는 이런 혼란에는 별로 관심이 없다. 나는 누군가의 입을 통해 "뭔가에 종사하다(ocuparse de algo)"라는 말을 들을 때마다 그것은 문법책에 의하면 "스페인어의 훌륭한 철학과 본질을 부인하는 것"과 동일한 의미라고 해석하게 되는데, 내 생각에 참 바보스럽게 여겨진다. 중요한 것은 언어를 확대하는 언어 정책을 촉구하는 것이기 때문이다.

누군가는 언어가 이미 풍부하므로 풍부한 유산에 뭔가를 첨가하는 행위는 무익하다고 말할 것이다. 나는 언어의 완결성에 대한 믿음에 대해 솔직하게 반박할 수 있다. 말이나 행동이 투박한 사람은 거대한 사전에 포함된 무수한 단어들이 애매모호하다는 데에 놀랄 것이다. 하지만 표면적인 풍부함과 본질적인 풍부함을 구별하는 것이 중요하다. 어떤 사람은 운율에 맞춰 매춘부(prostituta)라는 의미를 똑바로 전달할 수 있다. 즉시 사전을 찾아서 매춘부를 뜻하는 메레트리스(meretriz), 부스코나(buscona), 무헤르 말라(mujer mala), 페리파테티카(peripatética), 코르테사나(cortesana), 라메라(ramera), 페렌데카(perendeca), 오리손탈(horizontal), 로카(loca), 인스탄타네아(instantánea)라는 단어부터 트롱가(tronga), 마르카(marca), 우르가만데라(hurgamandera), 이사(iza), 트리부토(tributo)에 이르는 수많은 단어를 보자. 모퉁이의 콤파드리토들은 거기에 이로(yiro), 이라도라(yiradora), 레아(rea), 투라(turra), 미나(mina), 밀롱가(milonga)라는 단어들을 덧붙일 수도 있을 것이다. 하지만 그것은 언어의 풍부함이 아니라 허세일 뿐이다. 그런 단어들을 잔뜩 나열해 봤자 우리의 정서나 생각이 확장되지는 않기 때문이다. 동의어가 단지 비슷한 소리의 중복을 피하고 기도문에 음악성을 부여하는 하찮은 정도로만 사용되는 것이다.(나는 한림원이 동의어를 상찬했으며, "단어를 바꿔 사용하는 것이 언어를 갈고닦는 것"이라는 프란시스코 케베도[67]의 풍자적 경구를 진지하게 필사했다는 것도 안다. 하지만 이러한 농담 자체가 "현학적 말투"였으며, 사실 그의 의도는 학자들의 생각과는 많이 달랐다. 케베도에게는 플로베르를 사로잡았던 청각적 개념의 문체에 대한 고민이 전혀 없었다. 그러므로 케베도의 진짜 의도는 한림원의 필사에서 보이는 것처럼 "단어의 교체"가 아니라 "구문을 교체하는 것"이었다. 나는 인쇄된 책 몇 권을 살펴봤는데, 그중 하나가 1699년 벨기에의 안트베르펜에서 코르넬리오 베르두센(Cornelio Verdussen)이 인쇄한 작품이다.)

나는 언어의 세부적인 면에서 (허구적 기술로 공인된 관습에 불과한) 문법을 항상 고수하려 노력했고, 어휘의 본질적인 면에서는 사용 가능한 단어의 수를 끝없이 확장하려 했다. 그런 몇 가지 구상을 여기서 체계적으로 제시하고자 한다.

---

67 프란시스코 데 케베도(Francisco de Quevedo, 1580~1645). 17세기 스페인 바로크 시대의 풍자 시인. 후일 네루다는 그를 역사상 가장 위대한 '민중 시인'이라고 평했다.

1. 명사에서 파생된 형용사, 동사, 부사

우리는 이미 '창(lanza)'이라는 명사에서 비롯된, '식물의 잎이 창끝처럼 뾰족한(lanceolado, lanceado)' 것을 나타내는 형용사나 '창으로 찌르다(alancear)', '착수하다(lanzarse)', '던지다(lanzar)'를 뜻하는 동사를 사용하고 있으며, 그 외에도 이 글에 아직 인용하지 못한 수많은 파생어를 가진다. 하지만 이러한 파생어들을 소수의 특권층뿐 아니라 모든 사람이 폭넓게 사용해야 한다.

2. 접두어의 분리 가능성

독일어에는 모든 종류의 명사나 동사, 형용사에 동일한 접두사를 첨가하는 기능이 있다. 이는 전치사를 쉽게 덧붙이지 못하는 스페인어와 아주 다른 점이다. 그래서 제한적인 스페인어에 비해 독일어가 훨씬 더 풍성해질 수 있다. 예를 들어 독일어에는 분산과 흩뜨림을 의미하는 'zer'와 뿌리, 근원 등을 나타내는 'ur'라는 접두사가 있다. 'urkunde'는 '원전(原典)'을 의미하고, 'urwort'는 '말의 뿌리, 근원'을 뜻하며, 'urhass'는 '증오의 뿌리'를 나타낸다. 접두사 'un'을 사용해서 '비인간적인(unmenschlich)'이라는 형용사와 '비인간적인 괴물(unmensch)'을 뜻하는 명사를 만들어 낸다. 반면 스페인어의 형용사 '비인간적인(inhumano)'의 경우에는, 그에 합당한 명사 '비인간적인 괴물(deshombre)'을 나타내기 위해 다른 접두사와 단어를 사용해야 해서 매우 혼란스럽다.

3. 자동사의 타동사 전환 및 타동사의 자동사 전환

이러한 기법과 관련해서 존 키츠[68]와 마세도니오 페르난데스의 수많은 작품에 등장하는 다양한 사례들은 일단 신경 쓰지 않겠다. 우선 약간 촌스럽기는 해도 자동사를 수동태의 형태로 바꾼 루이스 데 공고라의 유명한 사례가 있다. 그는 "털옷을 입고 밀림에 산다."[69]라고 노래했다. 케베도는 타동사를 재귀동사로 바꿔 자동사로 변환했는데, 내 생각에는 이것이 훨씬 낫다. 그는 "노파들을 폐물처럼 침묵시키며(이것은 죽음을 의미한다.) 이런저런 여자들이 최근에 태어나고 있다."[70]라고 노래했다. 물론 "훌륭한 독자가 벌써 지루해하는 베르그송의 연구들"[71]처럼 자동사를 수동태로 잘못 변환한 사례도 있다.

---

68 John Keats(1795~1821). 퍼시 비시 셸리, 조지 고든 바이런과 함께 18세기 영국 낭만주의의 3대 시인 중의 한 사람으로, 보르헤스에게 큰 영향을 끼쳤다.

69 "Plumas vestido, ya las selvas mora."라는 원문에서, 타동사(vestir)가 수동태(vestido)로 변환돼 사용되었다.

70 "Unas y otras iban reciennaciéndose, callando la vieja (esto es, la muerte) como la caca."라는 원문에서, 타동사(reciennacer)가 재귀동사(reciennaciéndose)로 변환돼 사용되었다.

71 "Las investigaciones de Bergson, ya bostezadas por los mejores lectores"라는 원문에서, 자동사(bostezar)를 수동태(vbostezadas)로 변환해 사용했다.

4. 어원적으로 엄밀한 단어의 사용

오래된 단어들을 새롭게 만들 때는 성실하면서도 엄격한 즐거움을 느낀다. 그와 함께 약간의 놀라움은 물론 상당한 냉철함도 느낀다. 나는 라틴성을 보존하려고 노력한 일부 영국인들의 작품과 고전 작품만을 참조한 채 수많은 단어의 원래적 용례들을 거슬러 올라갔다. 그렇게 해서 단어의 일상적 의미에 얽매이지 않는 "고뇌의 완성(perfección del sufrir)"[72]과 "양심을 없애다(desalmar)"란 표현들을 사용했으며, 문체에 대한 다양한 모험을 즐길 수 있었다. 하지만 단어에서 익숙한 환경과 분위기만을 찾는 작가들은 이와는 정반대로 사용한다. 단어 중에는 표현은 다르지만 의미는 똑같은 경우도 있고, 반대로 똑같은 표현이지만 다른 의미로 사용되는 것들도 있다. 예를 들어 어느 한 시기에 루벤 다리오[73]는 '경이적인(maraviolloso)'과

---

72 1925년 3월 잡지《프로아(Proa)》에 실린「이별의 이중성(Dualidad en una despedida)」이라는 시에 나오는 표현이다.

73 Rubén Darío(1867~1916). 니카라과의 시인으로, 모데르니스모(Modernismo) 운동을 주창하여 라틴아메리카는 물론 스페인의 현대시에도 지대한 영향을 끼쳤다. 모데르니스모 운동이란 1888년 시 분야를 중심으로 시작된, 당시 라틴아메리카 시단을 풍미하던 고전주의 시학을 혁신한 최초의 라틴아메리카 문학 운동이다. 모데르니스모는 영미권의 모더니즘과 다른 용어로, 영미권의 모더니즘이 근대성에 대한 회의를 표출한 반면 모데르니스모는 근대성의 표현, 즉 문학적으로 근대성을 따라잡으려는 노력의 표출이다.

'훌륭한(regio)' 또는 '푸른(azul)'처럼 아주 이질적인 단어들을 완전히 똑같은 의미로 사용했다. 그와 반대로 사용하는 작가에 따라 의미가 달라지는 단어들도 있다. 예를 들어 셰익스피어가 사용한 달이 세상의 장엄함을 드러내는 과시였다면 하이네의 펜 아래에서는 달이 흥분 상태를 표현하는 징후로 사용됐다. 고답파 시인들이 달을 돌로 된 사물처럼 차갑게 표현했다면 훌리오 에레라 레이시그[74]는 사진가가 촬영한 것처럼 물기를 가득 머금은 보라색 구름 속의 달로 표현했다. 그런가 하면 오늘날의 어떤 문인은 바람이 들쑤실 수 있는, 종이로 된 천박한 달로 표현할 수도 있을 것이다.

한 줌도 안 되는 문법 사항에 관한 내 의견은 명확하다. 문법만으로는 심금을 울리는 어휘를 만들기에 부족하다는 것이다. 그래서 나는 모든 작가들이 언어의 결핍을 인식하도록 깨우치려 노력해 왔으며, 언어를 확장하고 변형하는 것이 우리 모든 작가의 의무이자 영광이라는 사실을 주지시키려 노력했다. 의식 있는 모든 문학 세대들이 그래 왔기 때문이다.

나는 이 글을 위대한 술 솔라르[75]에게 바친다. 바로 그가 이 글의 아이디어를 제공했기 때문이다.

---

74 훌리오 에레라 이 레이시그(Julio Herrera y Reissig, 1875~1910). 우루과이 전위주의 문학의 선구자였던 시인.

75 Xul Solar(1887~1963). 오스카르 아구스틴 알레한드로 슐츠 솔라리(Oscar Agustín Alejandro Schulz Solari)의 별명. 그는 1920년대 아르헨티나의 전위주의 화가 겸 작가로 '상상 언어의 창조자'로 유명하다.

시어에 대한 장광설

스페인 한림원은 스페인어에 대해 장황하게 설명한다. "온 세상에서 세르반테스가 사용했던 아름다운 언어라는 명성을 획득할 정도로 풍요로운 우리 스페인어. 스페인어가 지금처럼 생생하고 표현 능력이 뛰어난 어휘는 물론 매력적이면서도 다양한 색조와 함께 감미로우면서도 조화로운 리듬을 보존하기 위해 문법과 운율, 수사학이라는 세 가지 훌륭한 유산을 모두 일치시키기 바란다."

이 단락에는 스페인어의 우수성이 다른 사람의 부러움을 유발함에도 그것을 즐기지 못하고 있다고 생각하는 도덕적 옹색함부터, 문맥을 벗어나서 표현 능력이 뛰어난 어휘라고 말하는 지식인에 이르기까지 궁색함이 차고 넘친다. (몇몇 파생어와 의성어를 제외한) 어휘들의 표현 능력에 감탄하는 것은 아레날레스 거리가 바로 아레날레스라고 불렸다고 감탄하는 것이나 마찬가지이다. 하지만 나는 한림원의 자만에 찬 어구가 내포한 부수적인 면보다는 본질적인 면, 즉 스페인어의 풍요로움에 대한 고집스러운 단언에 대해 논의하고 싶다. 스페인어는 진짜로 그렇게 풍요로운가?

아르투로 코스타 알바레스(Arturo Costa Álvarez)는 『우리의 언어(Nuestra lengua)』 293쪽에서 프랑스어와 스페인어를 비교하기 위해 발렌시아 백작이 사용한 아주 단순한 방법에 대해 설명한다. 그 백작이란 사람이 확인한 숫자에 의하면 스페인 한림원 사전에 등록된 어휘가 거의 6만 개에 이르는 반면 프랑스어 사전에는 겨우 3만 1000개에 불과한 어휘만이 등록됐다. 그렇다면 이러한 조사 결과를 통해 스페인어 사용자가 프랑스어 사용자보다 2만 9000개의 표현 수단을 더 가졌다고 말할 수 있을까? 그러한 추론대로라면 우리는 아주 자랑스러워할 수도 있다. 하지만 어휘의 단순한 수적 우위가 지적이거나 표현적인 우위를 뜻하는 것이 아니라면 우리가 우쭐해할 이유는 전혀 없다. 반면에 어휘의 수적 기준이 유효하다면 독일어나 영어로 사고하지 않는 모든 철학은 아주 빈곤할 수밖에 없다. 두 사전 모두 10만 개 정도의 어휘들을 모아 놓았기 때문이다.

나는 개인적으로 스페인어가 풍요롭다고 생각한다. 하지만 그렇다고 그것을 게으르게 보존하기보다는 끊임없이 확대해야 한다고 생각한다. 나는 모든 어휘가 완벽을 추구할 수 있다는 점을 증명해 나갈 것이다.

표면적으로 세상은 온갖 사고들이 뒤섞여 있는 아주 무질서한 곳이다. 하늘의 전망부터 시골에 만연한 체념과 같은 냄새, 목구멍을 간지럽히는 담배의 떨떠름한 즐거움, 거리에 휘

몰아치는 바람, 손가락에 걸려 있는 다루기 쉬운 지팡이에 이르기까지 어떤 사물이라도 우리의 의식에 갑작스럽게 떠오를 수 있다. 그런 상황에서 세상의 다양한 수수께끼를 효과적으로 정리해 주는 것이 바로 언어, 즉 우리가 현실을 설명하기 위해 만들어 낸 명사이다. 둥그런 것을 만져 보고 새벽빛처럼 노란 빛을 바라보며 약간의 달콤함으로 입이 간지러울 때 우리는 이 세 가지 다른 것들을 하나로 합쳐 오렌지라고 허구화한다. 달 또한 허구이다. 여기서 다룰 필요가 없는 천문학적 영역을 제외하면 지금 레콜레타 담벼락 위로 솟아오르는 노란 동그라미와 예전에 5월 광장의 하늘에서 수없이 봤던 붉은 빛 조각 사이에는 아무런 유사성도 없다. 사실 모든 명사는 사물의 요약이다. 우리는 차갑고 날이 서 있으며 상처를 입히고 견고한 데다 번쩍번쩍 빛나고 끝이 뾰족하다고 말하는 대신에 '비수(匕首)'라고 발음한다. 또한 태양이 멀어지고 그늘이 짙어진다고 하는 대신 '날이 저문다'고 말한다.

내 생각에 중국어에 있는 등급 접두사는 형용사와 명사 사이의 형태적 탐색이다. 그것은 이름과 출처를 찾는 대신 사물을 스케치한다. 바(把)라는 양사(量詞)는 항상 손으로 만든 물건을 지칭하는 데 사용되며, 지시 대명사(또는 수사)와 사물의 명칭 사이에 삽입된다. 예를 들어 '이다오(一刀, 칼 한 자루)'라고 말하는 대신 '이바다오(一把刀, 한 자루의 칼)'라고 말한다. 같은 방식으로 접두사 '취안(圈)'은 '둘러싸다'의 의미를 가지며, 마당이나 울타리를 친 땅(집)을 표현하는 데 사용한다. 접두사 '장(張)'은 '평평한 물건'을 의미하는데, 주로 문지방이나 벤치, 돗자리, 판자와 같은 단어들 앞에 사용된다. 그 밖의 문장의 부분들은 크게 차이가 나지 않는데, 단어의 유사한 분류는 문장에서의 위치에 따라 달라진다. 이 모든 것은 F. 그래브너의 『원시인의 세계(Das Weltbild der Primitiven)』 4장과 브리태니커 백과사전에 나오는 더글러스(Douglas)의 중국학 관련 부분을 참고했다.

나는 모든 언어에 존재하는 창조적 특징을 의도적으로 강조하고 있다. 언어란 실재성을 반영해서 건축하는 일이다. 지식을 얻기 위한 다양한 학문적 노력으로 고유의 세계가 건설되고, 그것을 구체화하기에 적합한 어휘들이 만들어졌다. 수학은 아라비아 숫자와 특정한 부호를 사용해 어떤 학문에도 뒤지지 않는 특별하고 세밀한 언어를 만들어 냈다. 형이상학과 자연 과학, 예술 또한 공통의 어휘들을 무수히 축적해 왔으며, 신학 역시 회개나 자존(自存), 영원처럼 아주 중요한 어휘들을 발전시켰다. 그런데 오직 (아르투어 쇼펜하우어가 어휘를 통해 상상력의 유희를 즐기는 예술이자 명확하게 구어적인 예술이라고 정의한) 시(詩)만이 모든 어휘를 빌려서 사용한다. 시는 상이한 어휘들을 활용한다. 계율주의자들은 시어에 대해 설파한다. 하지만 정작 우리가 시어를 원할 때는 준마나 미풍, 자줏빛 등 공허한 어휘들만 건네준다. 그런데 이와 같은 어휘에서 어떤 시적 설득력을 찾을 수 있는가? 이것들이 어떤 시적 감성을 지닌단 말인가? 새뮤얼 테일러 콜리지[76]는 산문으로는 견딜 수 없어서 운문으로 행하는 작업이 시라고 대답했을 것이다. 나

76 Samuel Taylor Coleridge(1772~1834). 영국의 시인, 비평가.

는 일부 시어의 우연한 행운을 부정하지는 않는다. 우리는 에스테반 마누엘 데 비예가스[77] 덕분에 '호우가 내리다(diluviar)'라는 시어를 갖게 됐으며, 후안 데 메나[78] 덕분에 '영광으로 가득 채우다(congloriar)'와 '합류하다(confluir)'라는 단어를 가지게 됐기 때문이다.

당신이 장엄함을
미덕과 영광으로 가득 채우길 바랐던 만큼
수많은 사람들이 본받으려고 노력했습니다,
당신 삶의 모든 미덕과 현명함을.

하지만 의도적인 시어, 즉 일반적 어휘로 표현할 수 없어서 새로운 어휘를 만드는 행위는 아주 다른 일이었을 것이다. 표면적으로 아주 복잡한 세상을 표현할 때, 우리는 어휘들을 끝없이 조합해서 사용할 수 있음에도 사실은 아주 일부분만 조합했다. 어느 날 오후에 저 멀리서 해가 지고 그때 워낭 소리가 집요하게 울리고 있다는 사실을 알았다면 왜 우리는 그것을 표현하는 새로운 어휘를 만들지 않았는가? 왜 새벽 거리의 파괴적이고 위협적인 모습을 표현하는 새로운 단어를 창조하지 않았을까? 아직 밝은 오후임에도 첫 번째 가로등이 켜졌을 때 그 가로등의 완벽한 무능력에 감동한 마음을 표현하는 새로운

---

77 Esteban Manuel de Villegas(1589~1669). 스페인 황금세기의 시인.

78 Juan de Mena(1411~1456). 스페인의 르네상스 시인.

단어를 왜 조합하지 않았을까? 비열함 뒤에 숨어 있는 우리 자신에 대한 불신을 표현할 또 다른 단어는?

나는 내 생각이 몽상적이며 지적인 가능성과 실제 사이에는 엄청난 거리가 있다는 것을 안다. 하지만 다가올 미래에는 내가 바라는 것보다 훨씬 커다란 일들이 일어나리라는 것도 확신한다.

형용사의 활용

많은 사람들이 변하지 않는 호메로스풍의 형용사 사용에 대해 안타까워했다. 사람들은 이제 대지를 공급자요, 파트로클로스[79]를 신적인 존재로만 묘사하고, 모든 피는 언제나 검은색으로만 표현하는 방식에 대해 지겨워하기 시작했다. 알렉산더 포프[80]는 『일리아스』를 플라테레스크 양식[81]으로 번역한 시인이다. 그는 호메로스가 신이나 영웅들에게 특징 형용사를 집요하게 사용한 이유가 숭배적 특성에 있다고 진단했다. 형용사를 바꾸

79 그리스 신화에서 트로이 전쟁의 영웅으로, 메노이티오스의 아들이며 아킬레우스가 매우 아낀 전우 또는 애인이다. 호메로스의 『일리아스』에서 중요한 인물로 나오는데 그의 죽음으로 인해 트로이 전쟁의 양상이 완전히 바뀐다.

면 신에 대한 불경으로 보일까 봐 할 수 없었다는 것이다. 나는 그러한 의견에 동의하지 않고 그렇다고 반박할 수도 없다. 하지만 이러한 의견이 단지 인물들에게만 적용될 뿐 사물에는 적용되지 않는다는 점에서 볼 때 확실히 불완전한 이론이다. 레미 드 구르몽[82]은 문체에 관한 논문에서 호메로스풍의 형용사들이 예전에는 매혹적이었는지 몰라도 더 이상은 그렇지 않다고 주장했다. 하지만 나는 이러한 견해들 중 어느 것에도 만족할 수 없다. 그래서 과거의 그런 특징 형용사들이 지금도 동일하게 사용되는지 논의해 보고 싶다. 몇몇 어휘들에 관습적으로 사용된 형용사들이 특별한 의미 없이 단순한 전치사처럼 사용됐는지, 그렇다면 형용사에 특별한 독창성을 부여해 보는 실험은 불가능했는지 논의해 보고 싶은 것이다. 우리가 습관적으로 '도보로(a pie)' 걷는다고 말하지 '발로(por pie)' 걷는다고 말하지 않는 것처럼, 그리스인들 역시 '씁쓸한 파도'라는 식으로 형용사를 관습적으로 사용했다. 두 경우 모두 아름다움을 표현하려는 의도는 없었다.

우리는 대부분의 스페인어 시구, 심지어 황금 세기의 시구에서조차 형용사의 불명확한 의미에 대해 생각해야 한다. 프

---

80 Alexander Pope(1688~1744). 18세기에 가장 유명했던 영국의 시인으로, 호메로스의 작품들을 번역한 것으로도 유명하다.

81 원래 스페인의 르네상스 건축 양식의 일종으로, 다양한 요소들이 혼재된 양식을 의미한다.

82 Remy de Gourmont(1858~1915). 프랑스의 상징주의 시인, 소설가, 문학 평론가.

라이 루이스 데 레온[83]은 「욥기」를 번역해 두 작품을 발표했는데, 실망스럽게도 두 작품 모두에서 형용사를 불명확하게 사용한다. 하나는 산문체로 쓴 유대식 로망세[84]로, 문법적으로 세심한 주의를 기울이지 않은 채 시와 산문의 문체만 혼합해서 사용한다. 또 다른 작품은 이탈리아 형식의 3행시로, 이 시에서는 하느님이 후안 보스칸[85]의 제자처럼 묘사된다. 두 시 모두 「욥기」 40장에 관한 것으로, 하느님이 자랑하는 피조물 중 괴물 같은 짐승 코끼리를 묘사하는 부분이다. 그 시구를 글자 그대로 옮기면 다음과 같다.

축축한 늪지대의
갈대밭 그늘에서
풀을 뜯고 있다.
어두컴컴한 그늘을
개울가 버드나무들이 곧 에워쌀 것이다.

3행시에서는 다음과 같이 말한다.

---

83 Fray Luis de León(1527~1591). 스페인 아우구스학파의 수도사, 르네상스 시인. 살라망카 대학에서 가르치던 그는 성서를 스페인어로 번역했다는 죄목으로 종교 재판을 받고 실형을 살았다.

84 중세 스페인에서 성행한, 8음절 시구로 된 짧은 서사시.

85 Juan Boscán(1492~1542). 스페인의 르네상스 시인, 번역가. 그는 가르실라소 데 라 베가와 함께 이탈리아 서정시를 스페인에 소개한 것으로 유명하다.

수목과 갈대가 드리운
차가운 그늘 아래 산다.
진흙으로 뒤덮인 거무칙칙한 늪은 그의 기쁨이다.
나뭇가지들로 가득한 무성한 숲은
그림자로 그를 감싸 안고,
시냇물이 찰랑거리는 버드나무 숲은 쾌적한 휴식을 준다.

차가운 그늘. 거무칙칙한 늪. 무성한 숲. 쾌적한 휴식. 여기 형용사를 동반한 네 개의 명사가 있는데, 사실 형용사의 의미는 명사에 이미 포함돼 있다. 이것을 보고 프라이 루이스 데 레온의 작품에는 불필요한 사족이 많다고 이야기하고 싶은가? 나는 그렇게 생각하지 않는다. 우리에게는 지난 300년 동안 문학에서 게임의 규칙들이 어떻게 변했는지 살펴본 것으로 충분하다. 요즘의 시인들이 어휘를 풍성하게 하는 데 형용사를 활용한다면 옛날 시인들은 휴식을 주면서 의미를 강조하는 데 활용했기 때문이다.

케베도와 『도덕 서한문(Epístola moral)』의 이름 없는 작가는 특징 형용사를 신중하면서도 아주 행복하게 활용했다. 아래에 무명작가의 서한문 일부를 옮겨 본다.

얼마나 조용한가! 느릿느릿 숨 쉬며,
산을 지나치는 미풍은.
갈대밭을 지나는 바람은 얼마나 시끄럽고 수다스러운가!
현명한 사람의 미덕은 얼마나 조용한가!
얼마나 장황하고 시끄러운가!

겉만 번드르르한 부질없는 야심가는.

이 연에는 아주 깊은 울림이 있는데, 그것은 '수다스러운(gárrula)'과 '겉만 번드르르한(aparente)'이란 두 형용사의 조화를 통해 이루어진다.

프란시스코 데 케베도라는 시인이 유일하게 형용사의 완성을 이해했다. 어느 누구도 그처럼 특징 형용사에 정확하면서도 중요한 기능, 즉 영원불멸한 사색적 기능을 부여하지 않았다. 그는 형용사를 통해 완벽한 은유를 촉진했고("잠에 굶주린 눈", "초라한 고독", "뜨거운 방종", "침묵의 바람", "빼앗긴 입", "팔 수 있는 영혼", "팔아 버린 품위", "핏빛 달"), 조롱의 의미를 갖는 형용사를 창조했으며("노파와 간음하는", "공고라 시 작법을 탈피한", "장서(丈壻) 관계를 맺은"), 심지어 명사들을 결합해 형용사로 변환하여 사용했다.("증조모의 턱뼈", "상인의 간청", "박쥐의 단어", "부엉이의 추론", "사자 머리의 진혼곡", "물라토: 황혼의 남자") 나는 그가 다가올 미래에 그를 추종할 계승자를 예견한 선구자였다고는 말하지 않겠다.

구스타브 슈필러[86]는 셰익스피어의 화려한 형용사 활용에 빠지면서 그동안 자신의 특징이었던 예리한 통찰력과는 모순된 모습을 보여 준다.(『인간의 정신(The Mind of Man)』(1902), 378쪽) "세상처럼 무한한 시간(hora mundi infinita)"과 같은 표현들을 사용함으로써 셰익스피어에 대한 과도한 사랑을 드러낸

86 Gustav Spiller(1864~1940). 헝가리 태생의 영국 심리학자.

다. "걸신들린 시간"이나 "헤픈 시간", "지칠 줄 모르는 시간", "가벼운 발걸음의 시간"처럼 빈약한 표현들에도 결코 낙담하지 않는다. 문학예술에서 동의어를 이처럼 값싸게 나열하는 것은 결코 좋은 일이 아니다. 어떤 사람이 처음에는 3을 쓰고, 다음에는 삼을, 그다음에는 III를, 마지막으로는 9의 제곱근을 쓴다고 해서 그 사람을 위대한 수학자라고 여기지는 않기 때문이다. 그것은 표현을 바꾼 것이 아니라 단지 기호만을 바꾼 것이다.

반면에 밀턴은 형용사를 능숙하게 사용했다. 그의 주요 작품에는 다음과 같은 표현들이 등장한다. "불멸의 증오", "격렬한 화염의 소용돌이", "죄악의 불", "오래된 밤", "눈에 보이는 암흑", "음탕한 도시", "착실하고 순수한 마음" 등.

수사학자들이 상세하게 조사하지 못하는 문학적 폐습이 있다. 그것은 형용사를 장식처럼 흉내 내는 악습이다. 훌리오 에레라 레이시그의 『버려진 공원(Los parques abandonados)』과 『해질 무렵의 정원(Los crepúsculos del jardín)』을 살펴보면 이러한 장식적 성격의 형용사들을 충분히 발견할 수 있다. "겨울의 추위"처럼 악의 없이 사용한 경우를 말하는 것이 아니다. 미리 계획한 체계에 따라 수다스럽고 허세에 찬 형용사를 사용하는 경우를 말하는 것이다. 다음 연에서 사용된 수상한 형용사들에 대해 엄정하게 조사해 보면 내 말이 사실임을 알 것이다. 「탄식(El suspiro)」이라는 4행시의 시작 부분을 살펴보자.(『돌의 순례자들(Los peregrinos de piedra)』, 153쪽)

내 조각에 키메라처럼 합쳤다.

너의 하얀 가슴과 가녀린 님프를
바닷새의 신비로운 적막이 흐르는
어느 스칸디나비아의 주조(鑄造) 작업장에서.

이 문체를 조심스럽게 다뤄 보자. 연인을 정의하기 위해(어쩌면 정의하지 않기 위해라는 편이 훨씬 정확할 수도 있겠다.) 에레라 이 레이시그는 먼저 키메라의 상징, 즉 사자와 뱀 그리고 염소라는 세 동물이 합쳐진 신화적 상징에 호소한다. 그런 뒤 님프의 상징과 갈매기 및 앨버트로스의 신비주의를 활용한 후에 마지막으로는 아무도 모르는 스칸디나비아의 주조 작업장까지 불러들인다.

허세에 찬 형용사를 사용한 다른 사례를 좀 더 살펴보자. 이번에는 루고네스의 사례로, 가장 사랑받는 소네트[87]의 첫 부분이다.

오후가, 우리 안식처의 평화를 비추는
가벼운 붓질로
집의 금록옥 색조에
미묘한 장식을 만들었다.

이러한 특징 형용사를 사용하려면 우리는 그것을 상상하는 노력을 기울여야 이해한다. 그런데 이것은 아주 피곤한 일

87 14행으로 이루어진 시.

이다. 먼저 루고네스는 하늘이 금록옥빛으로 물든 어느 날 오후를 상상하도록 자극한다.(나는 보석상이 아니라서 잘 모르겠다.) 그런 뒤 그 지정된 순간에 어려운 금록옥빛 하늘이 집에 장식, 그것도 다름 아닌 미묘한 장식이 되도록 가벼운 붓질을 해야 할 것이다. 다른 어떤 방식도 아닌 오직 가벼운 붓질이어야 한다. 나는 어린애처럼 그런 유희를 즐기지는 않겠다. 그러려면 얼마나 많은 일이 필요한가? 나는 결단코 그런 유희를 실천하지 않을 것이고, 루고네스가 그것을 실천했다고도 믿지 않는다.

나는 여기까지 형용사의 전통적 개념을 격렬하게 비판했다. 형용사를 나태하게 내버려 두지 말자고 주장했고, 형용사와 명사 사이에 존재하는 논리적 적합성이나 부적합성을 살펴봤으며, 형용사의 변형적 사용에 대해 살펴봤다. 하지만 형용사의 사용에는 조건이 있는데, 내 기준은 아직까지 매우 서툴다. 그래서 헨리 워즈워스 롱펠로[88]의 사례를 참조하고자 한다. 그는 몇 편의 시에서 "생기 없는 수다쟁이"에 대해 말했다. 아주 만족스러운 형용사는 곤충 자체나 날개가 유발하는 귀찮은 소리를 암시하는 것이 아니라 그를 둘러싼 여름이나 낮잠을 암시하는 것이다. 또한 에스타니슬라오 델 캄포가 사용한 아주 만족스러운 감탄사나 감탄 종결어도 있다.

---

88 Henry Wadsworth Longfellow(1807~1882). 「인생 찬가」, 「에반젤린」 등의 시로 널리 알려진 시인으로, 미국에서 단테의 『신곡』을 처음 번역했다.

아, 그리스도여! 누가 그것을 가졌을까요?
아름다운 장밋빛 조랑말을!

여기서 문법학자는 "아름다운(lindo)"과 "장밋빛(rosao)"이라는 두 개의 형용사를 볼 것이고, 아마도 첫 번째 것이 의미를 명확하게 전달하지 못한다고 비판할 것이다. 하지만 나는 한 단어밖에 보지 못했다.(왜냐하면 "장밋빛 조랑말(overo rosao)"은 사실 한 단어이기 때문이다.) 조랑말이 "장밋빛"이란 단어로 정확하게 정의된다면 "아름다운"이란 단어는 정정할 필요 없이 감탄의 형태로 강조를 나타낸다. 델 캄포는 우리를 완전히 이해시키기 위해 말〔馬〕을 새롭게 창조해 열중하며 갈망하기까지 한다. 이것이야말로 우아함 아닌가?

설령 장황하거나 거짓일지라도 모든 형용사는 한 가지 기능을 수행한다. 그것은 독자로 하여금 수식된 명사에 주의를 멈추도록 강제하는 기능이다. 그것은 서술이 아니라 묘사에 더 잘 어울리는 미덕이다.

나는 쓸데없이 형용사의 절대적 교리를 주장하지는 않겠다. 형용사를 배제함으로써 문장을 강화할 수도 있고, 어떤 형용사를 조사함으로써 문장을 보증할 수도 있으며, 수많은 형용사를 사용함으로써 불합리한 문장을 신뢰하게 만들 수도 있기 때문이다.

우루과이의 나무 숭배

우루과이 문학에는 나무뿌리처럼 촘촘하고 빽빽한 분위기가 있다. 커다란 나무와 기다란 능선을 따라 국가가 형성됐기에 사람들이 세이바 나무 숲처럼 다양한 문학을 만들었다. 다양하게 굽이치는 강물이 이리저리 뒤섞이면서 부레옥잠을 끌고 다니듯 시간이 흐르면서 포도송이처럼 다양하게 모여든 밀림의 감성이 고동치는 문학인 것이다. 상쾌함이나 휴식이라고만 여겼던 그리스인의 숲이 아니라(오이디푸스 왕은 "태양이나 바람이 없어도 숲은 천 배로 열매를 맺는다."라고 말했다.) 다양한 생각으로 인해 수많은 갈등이 잔가지처럼 얽혀 있는 드라마틱한 숲이다. 그것과 가장 대비되는 문학이 바로 아르헨티나의 시이다. 아르헨티나 시에 등장하는 사례와 상징은 항상 반듯함의 원형인 파티오[89]와 팜파스뿐이었다.

두 나라의 책 두 권만 비교해 봐도 이러한 주장에 쉽게 동의할 수 있다. 약간 지루하기는 해도 나름대로 의미도 있고 커다란 영향을 끼친 책들인 아스카수비의 『산토스 베가』와 후안 소리야 데 산마르틴[90]의 『타바레』를 비교해 보자는 것이다. 산마르틴 시인은 우루과이의 무훈을 진흙탕처럼 노래함으로써 우울한 정서를 보여 준다.

우리 언덕의 옴부를 이야기하자,
강변의 초록색 계피나무를,
백 년 묵은 야자나무와 부레옥잠을,
냔두바이[91]와 탈라[92]와 세이바 나무를……

시인은 수목이 무성한 들판과 함께 울창하고 빽빽한 어감을 갖는 명사들을 나열한다. 그와 대조적으로 아스카수비는 바다와 비교될 정도로 넓게 범람하는 고귀한 평원을 배제하고 금욕적 즐거움만을 추구한다. 평원은 바다와 유사하다. 설령 자주 넘칠지라도 항상 자신의 본모습을 곧 복원하기에 크리오요들은 집 앞의 황량한 평원을 해변이라고 불렀고, 평원을 거

---

89 스페인식 집의 안뜰.

90 Juan Zorrilla de San Martín(1855~1931). 우루과이의 시인, 언론인, 외교관. 대표작으로 『조국의 전설(La leyenda patria)』(1879)과 『타바레(Tabaré)』(1888)가 있다.

91 3~13미터 정도의 높이로 자라는 식물로, 아르헨티나와 브라질, 파라과이 , 우루과이 등에 널리 분포한다.

92 느릅나뭇과의 나무.

의 덮어 버린 숲에는 섬의 이름을 부여했다.(우루과이 가우초 문학사에 커다란 흔적을 남긴 바르톨로메 이달고[93]의 작품에 최초로 등장한 두 명의 가우초 화자들은 팜파스가 아닌 섬에서 온 사람들로 여겨졌다.)

여기까지는 나무를 단지 묘사의 대상으로 다뤘다. 하지만 아르만도 바세우르[94]와 에레라 이 레이시그와 같은 후대의 작가들은 나무에 모범성의 덕목을 부여하고, 얽혀 있는 가지들과 유사한 방식으로 개념들을 상호 결합한다. 문체 자체가 잎이 아주 무성한 나무로 자랄 때까지 말이다. 우리가 이런 문체에 대해 감탄하면서도 절망하는 것은 그것이 우리 아르헨티나인에게는 너무도 낯선 경험이기 때문이다. 아르헨티나인들은 쓸데없이 "버려진 공원"이나 돌아다니는, 팜파스와 반듯한 길에 사는 사람들이다. 내가 뉘앙스에 대해 말하는 것임은 분명하다. 크리오요주의는 우리 모두를 하나로 묶지만 뉘앙스는 그것만으로도 충분히 많은 것을 설명할 정도로 훨씬 실질적이다. 예를 들어 산악과 숲의 사람인 루고네스는 우리 마음속에서 항상 외지인이다.

후아나 데 이바르부루[95]와 페드로 레안드로 이푸체,[96] 에밀

93 Bartolomé Hidalgo(1788~1822). 우루과이의 시인, 가우초 문학의 선구자.

94 알바로 아르만도 바세우르(Álvaro Armando Vasseur, 1878~1969). 우루과이의 시인.

95 Juana de Ibarburu(1892~1979). 후아나 데 아메리카(Juana de América)로 알려진 우루과이의 시인.

96 Pedro Leandro Ipuche(1889~1976). 토착주의의 선구

리오 오리베,[97] 마리아 엘레나 무뇨스[98] 등 현재의 우루과이 작가들에게 나무는 하나의 상징이다. 이푸체의 『심연(深淵)의 대지(La tierra honda)』가 대표적인데, 그 작품에서 작가는 가지와 갈망을 연결하고 뿌리를 성스러운 기원으로 해석하는 일련의 범신론적 형상화를 통해 나무의 상징을 가슴 깊이 새겨 넣는다. 오리베의 『붉은 새의 언덕(La colina del pájaro rojo)』에서는 밤 자체가 나무의 강력한 상징이다. 밤 자체가 대지 위에 몸을 잔뜩 웅크리고 있고, 「요한복음」을 읽을 때처럼 별들이 산산조각으로 부서져야만 하는 나무인 것이다. 마리아 엘레나 무뇨스에게 나무는 하나의 사원이자 어법을 고양하고 감동시키는 불안한 정서이다.

우루과이의 시에서는 대지로부터 끊임없이 생명력을 공급하는 나무가 가정을 지켜 주는 수호신 중의 하나이다. 나는 또 다른 신도 알고 있는데, 바로 바다이다. 바다는 마리아 에우헤니아 바스 페레이라[99]가 오랫동안 기원을 드린 신이며, 오늘날에는 카를로스 사바트 에르카스티[100]가 숭배하는 신이다.

자로 알려진 우루과이의 시인.

97 Emilio Oribe(1893~1975). 우루과이의 시인, 철학자. 모데르니스모 계열의 서정적인 시 작품이 두드러진다.

98 María Elena Muñoz(1905~1964). 우루과이의 시인.

99 María Eugenia Vaz Ferreira(1875~1924). 우루과이 최초의 여성 시인.

100 Carlos Sabat Ercasty(1887~1982). 우루과이의 시인.

천사들에 관한 이야기

천사들에게는 우리보다 이틀 밤낮의 역사가 더 있다. 하느님은 해와 달을 넷째 날에 창조했다. 막 창조된 해와 달 사이에서는 고작 약간의 밀밭과 과수원에 불과한 새로운 땅을 바라볼 수 있었을 뿐이다. 최초의 천사들은 별이었다. 그래서 히브리 사람들은 천사와 별의 개념을 아주 조화롭게 사용했다. 나는 많은 사례 중에서 「욥기」 38장 7절의 내용을 소개하고자 한다. 하느님이 폭풍 속에서 세상의 창조에 대해 회상하며 말하는 장면이다. "그때에 새벽 별들이 함께 노래하며 하느님의 아들들이 다 기쁘게 소리하였느니라." 이것은 프라이 루이스가 아주 문학적으로 기록한 판본으로, 하느님의 아들들과 노래하는 별들이 천사의 역할을 대신한다는 것을 쉽게 알 수 있다. 「이사야」 14장 12절[101]에서도 "아침의 계명성"을 추락한 천사로 부르는데, 케베도는 그 문장을 잊지 않고서 자신의 시에서

"불복종하는 계명성, 반란에 가담한 천사"라고 묘사한다. 나는 고독한 밤의 진정한 주인인 별과 천사를 이렇게 동일시하는 것이 정말 멋지다고 생각하기에 별들의 생명력을 찬양함으로써 영혼을 불어넣은 히브리인들의 공적을 높이 평가해야 한다고 생각한다.

구약 성서 도처에서 다양한 천사들의 무리가 등장한다. 그중에는 평야를 똑바로 걸어오는 희미한 천사들에 관한 이야기가 있는데, 그들의 초인적 특징을 즉각적으로 알아차릴 수는 없다. 반면에 새벽이 올 때까지 성스러운 밤 내내 야곱과 대적한, 머슴처럼 힘이 센 천사도 있고, 하느님의 군대를 이끌던 여호수아를 도와 전투에 참여한, 전쟁터의 천사도 있다. 도시를 위협하는 천사도 있고, 고독에 익숙해진 천사도 있다. 하느님의 호전적인 군대에는 약 200만 명의 천사가 있다. 하지만 천사들이 가장 잘 갖춰진 보고(寶庫)는 바로 「요한 계시록」이다. 그곳에는 강력한 천사들이 등장한다. 그들은 무력으로 용을 정복하고, 용이 날지 못하도록 지구의 네 귀퉁이를 밟고 있으며, 바다의 3분의 1을 피로 바꾸고, 하느님의 진노의 포도주를 던져 버린다. 그들은 유프라테스강에 묶여 있다가 폭풍우처럼 풀려나 3분의 1의 사람을 죽이는 존재로, 하느님의 진노를 해결하는 도구이다.

이슬람교에도 천사들이 등장한다. 카이로의 이슬람교도

---

101 "너 아침의 아들 계명성이여, 어찌 그리 하늘에서 떨어졌으며, 너 열국을 엎은 자여, 어찌 그리 땅에 찍혔는고."

들은 천사들에게 사로잡혀 살고 있는데, 그들의 실제 세계와 천사들의 세계가 거의 하나로 합쳐져 있다. 에드워드 윌리엄 레인[102]의 설명에 의하면 예언자를 따르는 사람들에게는 각각 2~5명 또는 60~160명에 이르는 수호천사가 분배돼 있다.

『천상의 위계』는 사도 바울 때문에 기독교로 개종한 디오니시오스의 작품으로 잘못 알려졌지만 실제로는 5세기 무렵의 또 다른 디오니시오스[103]가 집필한 작품이다. 이 책에는 케루빔과 세라핌의 차이를 상세하게 구별할 수 있을 정도로 많은 천사들의 서열이 자료로서 완벽하게 정리되어 있다. 예를 들어 2품 지천사(智天使)인 케루빔에게는 하느님의 완벽하고 무수한 시각을 부여해 지식과 지혜를 중재하도록 했다면 1품 치천사(熾天使)인 세라핌에게는 인간의 마음을 하느님의 사랑으로 활활 불태울 수 있도록 세 쌍의 날개와 불 칼을 지닌 채 황홀하고 떨리는 몸짓으로 하느님과 직접 교류하는 능력을 부여했다. 박식한 시인의 원형인 알렉산더 포프는 1200년 후에 다음과 같이 유명한 시행을 묘사했을 때 분명 이러한 차이를 알고 있었을 것이다.

---

102 Edward William Lane(1801~1876). 영국의 동양연구가, 번역가, 사전 편찬자.

103 역사상 유명한 두 명의 디오니시오스 아레오파기테스(Dionisios Areopagites)가 있다. 한 명은 사도 바울의 제자로 아테네의 주교가 된 1세기의 인물이며, 다른 한 명은 5세기 무렵의 인물로 비잔틴 제국의 신학자, 신비주의 작가이다. 둘을 구별하기 위해 후대의 인물을 위 디오니시오스라고 부른다.

황홀한 세라핌은 불길에 휩싸인 채 경배를 받고

완벽한 지성주의자들인 신학자들은 천사들을 두려워하지 않고 몽상과 날개로 뒤덮인 세상에 이성의 힘을 침투시키려고 노력했다. 그 작업은 사실 쉽지만은 않았는데, 천사를 인간보다는 우월하지만 신성보다는 열등한 존재로 정의하려고 노력했기 때문이다. 예를 들어 독일의 사색적 신학자 리하르트 로테[104]는 그토록 어중간한 논리를 다양하게 기록했다. 그런데 천사들의 속성을 기록한 그의 리스트는 성찰해 볼 가치가 충분하다. 그는 천사들의 속성에 지적 능력과 자유 의지, 비물질성(그럼에도 물질과의 우연한 결합에 적합한), 비공간성(어떤 공간을 채우거나 공간에 갇힐 수 없는), 시작은 있으나 종결은 없는 영속성, 불가시성은 물론이려니와 영원성의 속성인 불변성까지 포함시켰다. 나는 리스트 작업 능력과 관련해 신학자들의 요약 능력이 뛰어났음을 인정한다. 그들은 단어나 기호에 의존하지 않고 신학자들끼리의 대화를 통해 초자연적이지 않은 경이로운 사물들을 창출해 냈다. 예를 들어 무(無)에서는 창조하는 것이 불가능하며, 심지어 죽은 자를 부활시킬 수도 없다. 책에서 볼 수 있듯이 인간과 신 사이에 위치한 천사들의 영역은 아주 잘 정리되어 있다.

유대 신비주의자들 역시 천사들의 속성에 대해 정리했다. 에리히 비쇼프[105]는 1920년 독일 베를린에서 『카발라의 구성

104　Richard Rothe(1799~1867). 독일의 루터파 신학자.

105　Erich Bischoff(1865~1936). 독일의 종교학자.

요소(Die Elemente der Kabbalah)』라는 책을 출판했다. 그는 이 책에서 신성의 영원한 발현인 세피로트[106] 열 개를 나열했다. 그런 뒤 세피로트 하나하나에 신의 이름과 천상의 구역, 인간 육체의 한 부분, 천사의 품성, 열 가지 기본 계율을 대응시켰다. 스텔린(Stehelin)은 『랍비 문학(Rabinical Literature)』에서 히브리어 알파벳의 처음 열 개를 각각 가장 높은 세상과 연결한다. 그렇게 해서 '알레프'[107]는 첫 번째 계율의 지혜와 연결된다. 불로 뒤덮인 하늘에서 '나는 스스로 존재하는 자'라는 신의 이름을 가진 존재이자 '신성한 동물'로 불린 세라핌과 연결된 것이다. 유대 신비주의자들을 불명확한 사람들이라고 비난한 사람들은 분명히 틀렸다. 그들은 오히려 이성을 열정적으로 사랑한 사람들이었고, 오늘날 우리가 느끼는 것처럼 아주 엄격한 인과율로 이뤄진 신격화된 세상을 마련했다.

그토록 많은 천사의 무리가 문학에 자연스럽게 삽입됐는데, 그 사례 역시 무수히 많다. 예를 들어 후안 데 하우레기[108]가 성 이냐시오(San Ignacio)에게 바친 소네트에서 천사는 성서적 능력인 강한 전투력을 잘 보여 준다.

---

106 카발라의 용어인 세피로트(Sefirot)는 세상에 현현한 신을 지칭한다. 세피로트는 근원에서 뻗어 나온 나무와 같은 모습이고 각 가지는 신이 드러낸 힘을 반영하거나 근력을 나타낸다. 세피로트는 상이한 빛이나 투명한 그릇 열 개로 구성된다.

107 히브리어 알파벳의 첫 글자.

108 Juan de Jáuregui(1583~1641). 공고리스모에 반대했던, 스페인 황금 세기의 시인, 문학 이론가.

바다 위를 보아라, 먼 바다를 태우고 있으니까
순수함으로 무장한 강력한 천사가.

루이스 데 공고라는 천사를 귀부인과 소녀 들을 만족시키기에 적당한 귀중한 장식으로 사용했다.

그날이 언제일 것인가?
오! 세라핌, 네가 실수로 풀려날 날이,
강철 매듭으로 된 크리스털의 손아귀에서.

나는 로페 데 베가[109]의 소네트에서 오늘날 20세기에나 사용될 것 같은 즐거운 은유를 발견했다.

몇 송이의 천사들을 걸어 놓았다.

후안 라몬 히메네스[110]의 시에 등장하는 천사들은 시골의 향기를 풍긴다.

방랑하는 접시꽃 빛깔의 천사들이
초록색 별들을 진정시켰다.

---

109 Lope de Vega(1562~1635). 스페인 황금 세기의 가장 중요한 시인, 극작가 중 한 명.

110 Juan Ramón Jiménez(1881~1958). 1956년 노벨 문학상을 수상한 스페인의 시인.

우리는 이제 거의 기적처럼 이 글의 진정한 목표에 다가서고 있다. 그것은 천사가 여전히 살아 있다는 점을 어떻게 정의할까 하는 문제이다. 인간은 상상력을 발휘해 수많은 괴물(트리톤,[111] 히포그리프,[112] 키메라, 히드라,[113] 유니콘, 악마, 용, 늑대 인간, 키클롭스,[114] 파우누스,[115] 바실리스크,[116] 리워야단[117] 등)을 묘사해 왔는데, 천사를 제외한 모든 괴물은 이미 사라졌다. 오늘날 어떤 시에서 피닉스[118]를 언급하고 켄타우로스[119]의 산책을 노래할 것인가? 아무도 노래하지 않을 것이다. 하지만 어떤 시가 됐건, 설령 현대시라도 천사는 물론 천사와 함께 반짝이는 그들의 둥지를 없애지는 않을 것이다. 변두리나 들판에 해가 질 때면 나는 항상 천사들을 상상한다. 떨어지는 태양 빛에 어울리는 사물의 색조로 인해 각기 다른 색깔이 다른 시절의 기억

---

111 그리스 신화에서 포세이돈의 전령으로 상반신은 인간, 하반신은 물고기의 모습으로 묘사된다.

112 수컷 그리핀과 암말 사이에서 태어났다고 전해지는 상상의 동물로, 상체는 독수리, 하체는 말의 모습이다.

113 그리스 신화에 나오는 목이 아홉 개인 괴물.

114 그리스 신화에 나오는 외눈박이 거인들.

115 로마 신화의 전원의 신. 반인반수(半人半獸)의 모습에 자연의 불가해한 힘을 그대로 지니고 있다.

116 유럽의 신화와 전설 속 상상의 동물로, 그 노란 눈을 보기만 해도 죽음에 이르는 무서운 힘을 가지고 있다. 닭의 머리에 뱀의 몸을 지녔다.

117 성서와 페니키아 신화에 등장하는 사나운 바다 괴물.

118 이집트 신화에 나오는 불사조.

119 그리스 신화에 나오는 괴물로, 상반신은 사람의 모습이고 하반신은 말이다.

이나 전조를 떠올리게 만드는 길고 적막한 순간에 천사들을 상상하는 것이다. 천사들을 낭비할 필요는 없다. 그들은 우리와 함께 살면서 아마도 높이 날고 있는 마지막 신의 모습일 것이다.

모험과 규칙

내밀하고 감상적인 문체로 보아 분명 휘트먼의 영향을 받았을 찬미가에서 아폴리네르[120]는 작가들을 두 종류로 분류한다. 하나는 규칙을 연구하는 학구파 작가들이고 다른 하나는 모험을 즐기는 작가들이다. 아폴리네르는 자신은 모험을 즐기는 작가라며, 자신이 저지른 잘못과 실수에 대해 양해를 구했다. 그 일화가 매우 감동적이어서 나는 공고라에 대한 거부 반응을 떠올렸다. 공고라 역시 비슷한 상황에서 무지(無智)를 단

120 기욤 아폴리네르(Guillaume Apollinaire, 1880~1919). 프랑스의 초현실주의 시인. 그는 작품을 쓰면서 주제에 맞도록 문장을 도형화했는데, 이는 글꼴, 문장의 모양이나 행간으로 시각 디자인의 의미를 전달하는 타이포그래피의 예로 설명된다. 캘리그라피(Calligraphy)라는 용어를 그가 처음 사용했다.

호하게 인정했기 때문이다. 그는 다음과 같은 소네트를 썼다.

> 네 말없는 신성한 공포에 되돌려 준다,
> 친밀한 고독을, 성스러운 발은.

두 작가 모두 밭을 갈 때 어떤 황소가 필요한지 정확하게 알았기에 실수를 저지르자 곧바로 용서를 빌었다. 1600년대에 박식한 재치를 고백하는 행위는 오늘날 군부 쿠데타 시대의 무례를 고백하는 일처럼 아주 적절하고 호감을 얻는 일이었다.

모험과 규칙. 길게 보면 모든 개별적 모험은 결국 사람들의 규칙을 풍성하게 해 준다. 시간이 지나면서 혁신적인 행위들이 공인받고 정당화되기 때문이다. 하지만 그 과정은 매우 느리게 진행되곤 한다. 페트라르카주의자[121]와 8음절주의자 사이의 논쟁은 아직까지 유명하다. 역사가들의 평가에도 불구하고 진정한 승리자는 이탈리아 서정시 운율을 답습한 가르실라소 데 라 베가[122]가 아니라 혁신을 주장한 크리스토발 데 카스티

---

121 페트라르카주의는 프란체스코 페트라르카(Francesco Petrarca, 1304~1374)의 영향을 크게 받은 16세기 프랑스 르네상스 문학이다. 페트라르카는 이탈리아 르네상스 시대의 유명한 시인으로, 특히 그가 소네트 형식으로 쓴 300여 장의 운조(韻調)나 시상이 모두 아름다워 이 형식이 유럽 여러 나라에서 시작법의 표준이 되었다.

122 Garcilaso de la Vega(1498~1536). 스페인의 대표적 르네상스 시인으로, 후안 보스칸과 함께 이탈리아 서정시를 스페인에 소개했다.

예호[123]이다. 나는 대중적인 서정시에 대해 말하고 있는데, 서정시를 낭송하는 사람들이 많음에도 오늘날까지 후안 보스칸의 시작법을 따르는 사람은 많지 않다. 에스타니슬라오 델 캄포나 에르난데스는 물론이고 길모퉁이에서 불평으로 가득 찬 「무애(無愛, Sin amor)」[124]나 「동네의 싸움꾼(El taita del arrabal)」[125]을 부르며 용기를 과시하는 조직의 불량배조차도 이탈리아풍의 시들에 동의하지 않기 때문이다.

모든 모험은 미래의 규범이고, 모든 행동은 어쩔 수 없이 습관이 되곤 한다. 사람들과 대화할 때 우리가 사용하는 어휘, 형제들끼리 자주 사용하는 특정한 개념 등 일상생활의 세세한 부분까지도 이런 운명을 겪는다. 깊숙한 내면에서 흐르는, 보이지 않는 기준에 맞추게 되는 것이다. 시를 창작하는 사람들에게는 이런 보편적 진실이 두 배로 일어난다. 운율을 통해 듣는 것이 습성인 곳, 연의 순환적 시스템이 1년 사계절처럼 불가피하게 흐르는 곳이 바로 시의 세계이기 때문이다. 예술은

---

123 Cristóbal de Castillejo(1490~1550). 스페인의 대표적 르네상스 시인. 이탈리아 운율의 수용을 주장한 가르실라소 데 라 베가, 후안 보스칸, 디에고 우르타도 데 멘도사(Diego Hurtado de Mendoza) 등에 맞서 스페인 시의 혁신을 주창했다.

124 프란시스코 로무토(Francisco Lomuto)가 작곡하고 가브리엘 시갈(Gabriel Sigal)이 작사한 탱고 음악으로, 1922년 발표됐다.

125 호세 파디야(José Padilla)가 작곡하고 마누엘 로메로(Manuel Romero)와 루이스 바욘 에레라(Luis Bayón Herrera)가 작사한 탱고 음악으로, 1922년 발표됐다.

불면의 규칙이 지배하는 곳이다. 엄격함은 물론이고 아주 매끄러운 형태를 획득할 때까지 수많은 밤을 지새워야 한다. 사실 울트라이스모 운동은 무질서가 아니라 새로운 법칙을 창조하고자 하는 의지를 드러냈다. 우리는 은유를 전적으로 신뢰했다. 다만 루고네스풍의 작가들이 여전히 위세를 떨치며 사용한 불쾌한 운율 맞추기나 시각적 비교법을 거부했을 뿐이다.

예술을 연습하는 과정에서 개인이 모험에 도달할 가능성은 거의 없다. 고통스럽지만 반드시 그 사실을 알아야 한다. 모든 시대마다 독특한 특성이 있는데, 우리가 유일하게 물려받은 업적이란 그런 특성을 강조하는 행위일 뿐이다. 우리는 부주의하게, 잘 알지도 못하면서 루벤주의에 대해 이야기한다. 9음절 시의 간섭이나 행간 휴지의 왕복, 호화롭고 장식적인 요소들의 취급 등에 관한 일화는 사실 루벤 다리오에 관한 이야기가 아니다. 그것은 그가 없을 때 다른 사람들, 아마도 하이메스 프레이레[126]나 루고네스가 한 발언들임이 분명하다. 천재로 여겨지던 사람들이 시간이 흐르면서 사기꾼과 선구자, 장래가 유망한 사람으로 나뉜다. 거기에 무관심과 맹목적인 동정을 결합해 우연한 아름다움을 가장한다. 우리는 모두 이미 15년 전에 기묘하고 원시적인 면에서 『마르틴 피에로』를 모사한 놀라운 모조품을 목격했다. 다른 가우초 시 문학의 영향을 받았음이

---

126 리카르도 하이메스 프레이레(Ricardo Jaimes Freyre, 1868~1933). 볼리비아에서 아르헨티나로 귀화한 시인, 외교관, 역사가. 라틴아메리카 모데르니스모와 관련된 인물이다.

분명하고 수사학적으로도 아주 풍부한 『마르틴 피에로』를 모방한 작품 말이다. 우리 현대인에게 천재적인 작업은 없다. 작업이란 우리가 알던 고귀한 지식 더미와 향기로운 목재에 근거를 둔 행위이다. 모닥불을 높이 피우기 위해 강탈해 온 지식과 불꽃 속에서 훈연 냄새를 풍기며 밝게 빛나는 목재에 의존한 것이다.

모든 모험은 접근하기 어려우며, 우리의 산발적 행동은 장기 말처럼 미리 정해진 운명대로 쉽게 미끄러진다고들 말한다. 예술의 비뚤어진 주변 지역을 극복하고 테라스에서 도시의 견고한 정확성을 고백하는 사람에게 이 말은 분명하게 실현된다. 이런 고전주의의 고유한 특성은 바로 규율에 대한 예속과 경건한 수행이다. 진부한 형용사를 사용하며 고전주의에 대한 숭배를 실토하거나 새로운 이미지를 창출하며 숙명론에 냉소를 보내는 작가들이 있다. 우리는 그러한 전형성을 벤 존슨에게서 찾을 수 있다. 또 드라이든[127]은 그를 "왕과 같은 작가들을 침입한" 작가로 인정했으며, 논증적이고 자전적인 내용의 책을 집필하면서까지 그의 신조를 찬양했다.

모험과 규칙. 사실 나는 두 가지 수련 방식을 모두 좋아한다. 하나의 방식이 다른 방식과 너무 붙어 있지 않기를 바라고, 새로운 무모함이 낡은 장식의 대가(代價)가 아니기를 바라며, 많은 재주를 한꺼번에 부리지 않기를 바랄 뿐이다. 갑작스럽게 찾아온 고독 속에서 빛나는 몸짓도 즐겁지만 오래된 목소리

127 John Dryden(1631~1700). 영국의 시인, 극작가, 비평가.

또한 즐겁다. 오래된 목소리는 사회와 사람을 알리고, 다른 모든 우정처럼 우리 모두가 똑같다고 느끼도록 만들어 주기 때문이다. 그래서 우리 모두가 서로 용서하고 사랑하고 고통을 느끼기에 적합하다. 사랑하고 걷고 죽는 사소한 행위야말로 아주 중요하고도 영원하다.

토착화된 민요

크리오요 민요의 수많은 장점 중의 하나가 스페인의 민요라는 것이다. 나는 감히 호르헤 푸르트[128]의 『라플라타 가요집(Cancionero rioplatense)』을 다시 만들 수 있다고 장담하는데, 이에 필요한 것은 오직 가위와 프란시스코 로드리게스 마린[129]이 세비야에서 출판한 다섯 권짜리 스페인 민요책뿐이다. 하지만 푸르트가 쓴 사랑의 속삭임부터 부재에 대한 불평, 오만, 관능의 구절들이 모두 스페인에 뿌리를 두는 것은 아니다. 그것은 뿌리부터 줄기, 장작, 나무껍질, 가지, 낙엽, 열매에 이르기

---

128 호르헤 마르틴 푸르트(Jorge Martín Furt, 1902~1971). 아르헨티나의 민속학자.

129 Francisco Rodríguez Marín(1855~1943). 스페인의 시인, 민속학자.

까지 모두 아메리카에서 기인했다. 나는 정원사에서 시작해 동전 지갑으로 넘어갈 것이다. 그것은 아르헨티나의 구리에서 시작해 스페인의 동전이 됐다가 아직 스페인 부르봉 왕가의 사자 문양을 지우지 못한 동전이다. 그 창조적이지 않은 행위야 반쯤 실망스럽지만 민요를 익살이나 허풍쯤으로 간주함으로써 충분히 보상받을 수 있다. 그것들은 아르헨티나의, 아주 전형적인 아르헨티나의 것이다. 우리는 여전히 스페인어로 사랑하고 스페인어로 고통받는다. 하지만 우리는 크리오요성을 주장하고 자랑스러워한다.

허세에 관한 민요를 말할 때 나는 선정적인 민요를 생각하지는 않았다. 사실 선정적인 민요는 스페인에서도 많이 불리는데 아르헨티나와 별로 다르지 않다. 아무튼 콤파드리토에 대해 부에노스아이레스의 민요는 다음과 같이 노래한다.

> 나는 몬세라트[130] 동네 출신이라네,
> 그곳은 칼날이 번쩍이는 곳,
> 주둥이로 말하는 것을,
> 가죽으로 지탱하는 곳.

그리고 다른 민요는 말한다.

> 나는 로레아 광장[131] 출신이라네,

130 부에노스아이레스의 대통령궁 앞에 있는 서민 부락.
131 부에노스아이레스의 국회 의사당 근처에 있는 광장.

그곳은 비가 한두 방울 정도가 아니라 억수로 쏟아지는 곳,
그림자가 나를 놀라게 하지는 못해,
흔들리는 사람 그림자조차도.

안달루시아의 민요 두 편을 살펴보자. 단어는 다르지만 정서는 같다.

우리는 피콘 동네 출신이라네,
내가 말한 것을 실수하지는 않지.
누군가 용감한 자 있다면
기타를 걸고 나와 보게나.

오늘 밤 비가 쏟아질 거야,
하늘은 낮고 구름이 끼어 있으니까.
몽둥이세례가 쏟아질 거야,
누군가의 갈빗대에.

이 스페인 민요들에는 평온한 남성성이 없다. 아주 심오한 가치를 지닌 주체가 스스로를 밝히는 민요들이다.

확신을 갖는 사람은 확고하다,
스스로 물줄기를 만든다.
똑같다고 단언한다,
야생마를 확신하는 것도.

나는 경주마 같은 사람이다,
홀로 일어서는.
다니면서 나는 적수를 만나지 못했다.
재갈을 물고 들판으로 가 야생이 되었다.

나는 노래하면서 죽을 거야,
나는 노래하면서 묻힐 거야,
나는 노래하면서 하늘로 갈 거야,
나는 노래하면서 이야기할 거야.

이 민요의 마지막 행은 아주 고상하다. 앞의 세 행은 『마르틴 피에로』의 유명한 구절과 아주 흡사하다. 어느 쪽이 먼저고 어느 쪽이 뒤에 나왔는지는 모르겠다. 마지막 행은 시인이 가장 소박하고 진실하게 내린 결정으로, 나는 결코 도달하지 못했다. 최후의 심판에 대한 고백과 삶에 대한 요약, 영원한 것에 대한 논쟁이야말로 진정한 시이다. 「시편」의 작가[132]부터 호르헤 만리케,[133] 단테, 브라우닝, 우나무노,[134] 휘트먼과 아마도 우리 파야도르[135]에 이르기까지 시인들은 결코 다른 것에 대해서

132 다윗 왕.

133 Jorge Manrique(1440~1479). 스페인 르네상스 이전의 시인.

134 미겔 데 우나무노(Miguel de Unamuno, 1864~1936). 스페인의 작가이자 사상가로 소설 『안개(Niebla)』가 대표작이다.

135 팜파스 지역에서 칠레, 아르헨티나, 볼리비아, 우루과

는 생각해 보지 않았다.

한 가지는 부인할 수 없다. 스페인의 근엄한 민요는 토착화되면서 오만함을 잃었다. 훌륭한 스승이 제자에게 말하듯 우리와 동등한 입장에서 말하게 된 것이다. 청중에게 훈계하는 방식으로 노래한 스페인 민요 한 편을 옮겨 보겠다.

> 한 여인을 사랑하는 것은 아무것도 아니지,
> 둘을 사랑하는 것은 헛되지,
> 셋, 넷을 사랑하는 것,
> 그래, 그것은 거짓이지.

여기 부에노스아이레스주에서 자주 불리던, 변형된 크리오요 민요가 있다.

> 한 여인을 사랑하는 것은 아무것도 아니지,
> 둘을 사랑하는 것은 헛되지,
> 셋, 넷을 사랑하는 것,
> 이제 그것은 역량의 문제지.

격언과 관련해서도 같은 일이 생긴다. 우리는 격언이 무엇인지 이미 알고 있다. 격언이란 죽음이 삶에 주는 충고이다. 시간이 많다며 삶을 낭비하는 사람들에게 절제와 지혜를 가르

이의 민속 음악인 파야다를 즉흥적으로 부르는 가우초를 일컫는다.

치는 것이다. 크리오요는 격언을 지나치게 믿지는 않는다. 수염을 치렁치렁 늘어뜨린 스페인의 조언자들, 교육적 강연으로 케베도의 수많은 작품을 낙담시킨 자칭 철학자들은 아르헨티나에서 근엄한 사람보다는 늙은 비스카차[136]로 치부되었다. "제정신인 사람이 이웃집에 대해 아는 것보다 미친놈이 자기 집에 대해 더 잘 안다."라는 스페인의 격언은 "외눈박이가 이웃집에 대해 아는 것보다 장님이 자기 집에 대해 더 잘 안다." 라는 식으로 가벼워졌고, "1년을 따라다니는 것보다 제시간에 도착하는 것이 훨씬 낫다."라는 격언은 "초대받는 것보다 제시간에 도착하는 것이 훨씬 낫다."로 희화화되었다. 지금 부에노스아이레스에서는 "깨진 유리로 면도하는 것보다는 손안의 새가 훨씬 낫다."라는 격언도 들린다. 『독설가(El criticón)』[137] 3부에서 건방진 두 주인공이 거리에서 큰 소리로 웃고 떠들던 속담이 이곳에서는 이렇게 변화된 것이다.

익살스러운 민요와 관련해서는 원한에 사무친 스페인의 전통적 풍자 민요와 단순히 시시덕거리는 크리오요의 민요를 구분해야 한다. 원한에 사무친 스페인 민요는 끝이 없지만 여기서는 몇 가지만 소개하고자 한다.

---

136 호세 에르난데스의 『마르틴 피에로』에 등장하는 사악하고 교활한 인물.

137 발타사르 그라시안(Baltasar Gracián, 1601~1658)의 3부작 소설로, 각각 1651년과 1653년, 1657년에 출판되었다.

지옥 저 너머
200레구아[138] 거리에
장모를 위한
순례 길이 있다.

한 수사(修士)가
홀로 자고 있다고 불평했다.
누군가가 수사의 방에
소를 한 마리 집어넣을 수 있었더라면!

누군가가 수사를 보는
행운을 지녔더라면
우물 입구에서
밀어 버리는 행운을!

지옥에 추억을
보내고 싶은 사람은,
지금이 그녀를 대머리로 그릴 기회다.
우리 장모가 죽어 가고 있으니까.

스물다섯 개의 몽둥이를
의자는 가지고 있지.

---

138 예전에 유럽과 라틴아메리카에서 쓰던 거리 단위로, 1레구아는 약 5572미터이다.

너는 원하니
네 갈빗대에 의자를 박살 내길?

어젯밤 네 창문에서
검은 그림자를 보았지.
남자라고 생각했지,
갈리시아 놈팡이라고.

아무 해도 끼치지 못하는 수다는 그만두고……
비수로 찔러 버릴걸,
그래서 배를 갈라놓을걸.

이런 종류의 익살은 크리오요 민요에도 있다. 하지만 스페인의 잔혹함만큼은 결여돼 있다.

지옥 저 너머에
우리 장모가 살고 있지.
나를 태워 버릴까 무서워.
그녀를 보진 않을 거야.

나는 그 노파와 싸웠지,
마누라 때문에.
장모는 나를 빗자루로 때리고
나는 장모를 양초로 때렸지.

다음 민요에서는 부에노스아이레스 사람들이 예전 건달의 프랑스풍 차림, 즉 비단 손수건이나 빳빳하게 풀을 먹인 와이셔츠 깃에 대해 비웃는다.

그저 빳빳하게 풀 먹인 와이셔츠 깃을 세우고
그저 코트만 풀어 헤친 채
그저 너희는 비단 손수건을 원하니?
그저…… 내가 저절로 죽기를 원하는구나!

하지만 오늘날의 크리오요 민요는 사색과는 어울리지 않는다. 청중에게 연속된 이야기를 말하듯 하다가 갑자기 엉뚱한 소리를 하기 때문이다.

여러분, 제 말씀 좀 들어 보세요.
옛날에 내게 조랑말이 있었죠.
한쪽은 연분홍색이었고요.
다른 쪽은, 물론 연분홍색이죠.

조그만 실개천가에서
두 마리 황소가 물 먹는 걸 보세요.
한 마리는 붉은 빛이고
다른 놈은 내달렸죠.

바닷가에서
달구지 하나가 한탄했어요.

한숨지으며 말했죠.

기다려, 네 조각으로 나누고 있으니까.

이렇게 쪼개지고 급박한 논거들을 통해 하나의 결론을 도출할 수 있는가? 내 생각에는 그렇다. 크리오요 정신이 깃들어 있는 민요야말로 우리 민족 특유의 기쁨과 불신을 제대로 표현할 수 있다고 생각한다. 그것이 내가 생각하는 크리오요성이다. 가우초주의라든지 케추아어를 사용한다든지 후안 마누엘주의라든지 하는 나머지 것들은 광신도들의 문제일 뿐이다. 본질적 특성을 제쳐 두고 지엽적 특성을 취하는 행위는 죽음을 배태시키는 암흑일 뿐이다. 지방색의 힘으로 크리오요 예술을 고양하겠다고 생각하는 사람들이 그런 어둠에 기대는 것이다. 현대의 두 가지 사례만 인용해도 충분할 것이다. 그것은 파데르[139]의 회화와 카를로스 몰리나 마세이[140]의 문학이다. 잉카의 싸구려 그릇이나 울부짖는 여인을 그린다고 '물론이지'라는 뜻을 표현하기 위해 스페인어 'claro' 대신 케추아어 'velay'를 쓰는 것은 애국이 아니다.

크리오요 정신은 내재적이며, 그 넓은 시야는 우주에 관한 것이리라. 이미 반세기 전에 부에노스아이레스주에 있던 선술집에서 정반대의 입장을 취하던 흑인과 농민이 아주 긴 시

139 페르난도 파데르(Fernando Fader, 1882~1935). 프랑스에서 태어나 아르헨티나에서 활동한 인상파 화가.

140 Carlos Molina Massey(1880~1964). 아르헨티나의 풍속주의 작가.

간 동안 논쟁을 했다. 그런데 그들은 곧바로 형이상학으로 달려들었다. 그들은 사랑과 법률에 대해 논하고 시간과 영원성에 대해 토론했다.(에르난데스, 『마르틴 피에로의 귀환(La vuelta de Martín Fierro)』)

《프로아》[141]를 폐간하면서 보내는 편지

재창간했던《프로아》를 폐간하면서
리카르도와 브란단[142]에게 보내는 편지

최후의 심판을 그려 봅니다. 황량한 심판자가 저 멀리, 열다섯 블록이나 떨어져 있는 머나먼 들판으로 우리를 몰아갈

141 보르헤스와 마세도니오 페르난데스, 리카르도 구이랄데스, 알프레도 브란단 카라파 등이 1922년 창간한 문학잡지. 창간과 동시에 아르헨티나 최고의 문학잡지로 인정받았지만 재정 문제로 1922년 발행 중단과 1924년 재발행을 거쳐 1925년 폐간되었다. 1982년 다시 간행되기 시작했으며, 현재는 아르헨티나 작가의 집으로 운영되고 있다.

142 알프레도 브란단 카라파(Alfredo Brandán Caraffa, 1898~1978). 아르헨티나의 대표적 전위주의 시인. 대표작으로 『침묵의 구름(Nubes en el silencio)』(1927)과 『광대한 사랑의 목소리(Voces del amor inmenso)』(1943) 등이 있다.

겁니다. 그곳에는 거대한 가스탱크와 장밋빛 창고들이 있겠죠. 장밋빛은 걷거나 여러 가지 심판의 말을 타고 하늘에서 내려올 천사들의 색일 테니까요. 그것이 최후의 심판일 것입니다. 살아 있는 것은 모두 심판을 받거나 찬양받을 테고, 그렇게 되면 우리는 지옥은 없지만 천국은 많음을 알게 될 겁니다. 천국 중의 하나(부에노스아이레스에 있는, 내 연인의 눈에 있던)에서 우리는 다시 모일 겁니다. 가끔씩 문학 모임을 가질 테고, 축배도 재정적 어려움도 없이 끊임없이 대화를 나눌 겁니다. 그곳에서 열정적인 사람들끼리 서로 격의 없이 토론하고, 모두 즐거운 마음으로 타인들이 살아가는 이야기를 들을 겁니다. 사실 기독교 교부학자들은 세상 종말의 즐거운 모습에 대해 거의 말하지 않습니다. 하지만 저는 종말의 즐거운 도래를 미리 준비하는 것, 즉 새벽에 신을 맞을 준비를 하는 것이 우리의 즐거운 의무라고 생각합니다. 우리는《프로아》를 통해 그런 준비를 했습니다. 그보다 잘할 수는 없었다고 생각합니다. 우리는 그동안 얼마나 아름다웠습니까?

구이랄데스 씨! 소박한 기타의 좁은 입, 산안토니오데아레코[143]를 비추는 그 검고 동그란 창을 통해 당신은 머나먼 땅에 대해 아주 잘 이야기합니다. 제 생각에 브란단은 왜소해 보이지만 시적으로는 놀라운 성취를 이룬 인물입니다. 장시(長詩)로 우리 모두를 매혹시킨 후에도 항상 새로운 시도를 모색하는 사람입니다. 담배 한 대 물고 크리오요의 반신(半神)처럼 부

143 부에노스아이레스주에 있는 도시.

드럽게 걸어 다니는 마세도니오는 "괴로움" 사이에 세상을 창조한 뒤에 즉시 그 고통을 감소시킬 줄 압니다. 로하스 파스[144]와 베르나르데스,[145] 마레찰[146]은 식탁에서 메타포의 능력을 발휘했으며, 이푸체는 깊은 목소리로 우루과이 세이바 나무 숲이 전하는 급박한 비밀들을 노래합니다. 라몬[147]은 최근에 합류해 매일 오는데, 그 역시 자신의 고유한 위치를 확보하고 있습니다. 또한 퀸투스 호라티우스[148]가 바람에 색채를 부여하기 위해 "검은 바람"이라고 부른 것과 같은 바람이 가끔씩 미칠 정도로 불어 대는 변방의 습한 사주(砂洲)를 열정적으로 돌아다니는 놀라운 칠레 친구들도 있습니다. 예술과 우정의 가능성만을 믿었던 우리는 열 명, 스무 명, 서른 명의 신앙이었습니다. 우리가 행한 것들이 이토록 아름다운 일이었습니다.

하지만…… 세상에는 아주 거룩한 권리가 있습니다. 그것

144 파블로 로하스 파스(Pablo Rojas Paz, 1896~1956). 아르헨티나의 작가.

145 프란시스코 루이스 베르나르데스(Francisco Luis Bernárdez, 1900~1978). 아르헨티나의 시인, 외교관.

146 레오폴도 마레찰(Leopoldo Marechal, 1900~1970). 아르헨티나의 시인, 극작가, 소설가, 수필가. 20세기 아르헨티나 문학사에서 가장 중요한 소설 중 하나로 꼽히는 『아단 부에노스아이레스(Adán Buenosayres)』의 저자이다.

147 후안 라몬 레스타니(Juan Ramón Lestani, 1904~1952). 아르헨티나의 작가, 정치인.

148 퀸투스 호라티우스 플라쿠스(Quintus Horatius Flaccus, 기원전 65~기원전 8). 고대 로마 공화정 말기의 시인.

은 실패하거나 홀로 걷거나 고통받을 우리의 권리를 말합니다. 신비롭게도 나 자신에게서 아주 거룩한 것이 나옵니다. 그래서 신까지도 우리의 연약함을 질투했지요. 신 또한 스스로 인간이 됨으로써 고통을 더했고, 그래서 포스터 속의 십자가처럼 다시 빛나게 됐습니다. 저 역시 이제는 내려가고 싶습니다. 그들에게 《프로아》에서 저를 배제하라고, 이제는 종이로 된 왕관을 옷걸이에 걸어 두겠다고 말하고 싶습니다. 변두리에 있는 수백 개의 거리들이 저를 기다리고 있습니다. 달과 고독과 가끔은 달콤한 술을 들고서 말입니다. 저 역시 팜파스에 사는 사람들이 리카르도를, 코르도바 산악 지형에서는 브란단을 큰 소리로 부르고 있다는 것을 압니다. 그러므로 이제는 《단일 전선(Frente Único)》[149]에 안녕을 고합니다. 솔레르[150]도 안녕, 모두들 안녕! 그리고 아델리나, 언제나 한결같던 당신의 그 고마운 은총으로 제게 모자와 지팡이를 건네주세요. 저는 이제 떠나렵니다.

1925년 7월

149 1920년대 아르헨티나에서 발행된 무정부주의 신문.

150 부에노스아이레스의 주거 지역.

주석

1. 페르난 실바 발데스의 작품들

가우초 문학은 항상 우리의 관심과 향수를 불러일으켰다. 일라리오 아스카수비 장군은 완전한 연방 건설과 함께 크리오요성을 고양하던 1850년대부터 이미 가우초주의의 완벽성을 노래하고 싶어 했다.[151] 그는 이때부터 『쌍둥이 꽃』을 노래하기 시작했는데, 그것은 아주 차분한 통속 소설 같은 작품으로,

---

151 일라리오 아스카수비는 1872년 파리에서 『쌍둥이 꽃(Los mellizos de la flor)』이란 장시를 출판했는데, 화자인 산토스 베가가 쌍둥이 형제 루이스와 하신토의 일상을 서술하는 방식이었다. 보르헤스는 가우초 문학을 대표하는 작품 중 하나인 이 작품의 구상 연도를 1850년대로 인식하고 논지를 전개하는 것이다.

스페인의 식민 통치가 지속되던 마지막 30년 동안 가우초들의 잔잔한 일상을 기록한 작품이다. 그렇다. 가우초의 황금시대를 모색한 1850년대부터 누군가는 점쟁이나 허풍선이처럼 오래된 날짜를 인용해 가면서 아득한 곳에서 가우초성을 찾고 향수를 불러일으키는 작업을 실행했던 것이다. 그로부터 20년 후에는 연방주의자 호세 에르난데스가 아스카수비의 기획을 이어받아 『마르틴 피에로』를 출판했는데, 그것은 로사스의 가부장적 통치가 시작되기 이전 가우초의 삶에 눈길을 돌린 작품이었다. 그 후 스페인의 식민 통치 기간을 은총의 시대로 평가한 오블리가도가 가우초를 노래했는데, 아주 유쾌한 산토스 베가의 입을 통해 뜬금없이 자유주의 담론을 풀어놓기도 했다.[152] 람베르티[153]와 엘리아스 레굴레스,[154] 호세 트레예스[155]도 가우초를 노래하는 행렬에 참여했다. 긴박한 시대를 노래한 그들의 순수한 시에도 페르난 실바 발데스가 노래한 비탄의 전통

152 라파엘 오블리가도는 1885년 산토스 베가와 친구 카르모나의 이야기를 시로 노래한 『산토스 베가』를 출판했다.

153 호세 람베르티(José Lamberti, 1847~1915). 페핀 람베르티(Pepín Lamberti)로도 불리는 아르헨티나의 자유주의 사상가.

154 엘리아스 레굴레스 우리아르테(Elías Regules Uriarte, 1861~1929). 우루과이의 작가, 정치인.

155 호세 마리아 알론소 이 트레예스 하렌(José María Alonso y Trelles Jarén, 1857~1924). 우루과이 가우초 문학의 시인으로, '늙은 판초(El Viejo Pancho)'라는 필명으로 널리 알려졌다.

이 엿보인다.

실바 발데스의 『토박이의 시(Poemas nativos)』는 가우초를 모방한 노래가 아니라 크리오요의 세련된 시로 구성되어 있기에 결코 '고향을 노래한 시'라고 부를 수는 없다. 이 작품의 형태는 이미 『시간의 물(Agua del tiempo)』에서 예견됐다. 『토박이의 시』에도 전작처럼 두 명의 서로 다른 인물, 심지어 성격이 정반대되는 인물이 등장한다. 한 명이 『향연(香煙, Humo de incienso)』에 등장했던 상징주의자라면 다른 한 명은 재주가 아주 좋은 가수로 이미 『별이 떨어졌다(Ha caído una estrella)』와 『종달새(La calandria)』에 등장했던 인물이다. 우리는 가수가 상징주의자를 거의 죽였다는 것을 알고 있다. 그럼에도 상징주의자는 오후에 가끔씩 부활해서 아래와 같은 시들을 무심하게 노래하곤 한다.

> 얼굴에 스핑크스의 입술을 가졌다.
>
> —「타바(La taba)」[156]

나는 연들을 잔뜩 채워 유사한 잡동사니로 만들어 버린 책임을 그 상징주의자에게 돌리고 싶다. 그는 파넬라[157]와 차, 과자 등을 판매하는 파라과이 상점에 크리오요 장난감을 지나치게 채워 넣은 것이다. 그렇게 용서할 수 없는 허풍선이가 아래

156 양의 복사뼈나 그와 비슷한 물건을 공중에 던져 떨어지는 위치에 따라 승부를 겨루는 놀이.

157 정제하지 않은 설탕 덩어리.

와 같이 아름다운 노래의 행위자라는 것이 믿기지 않을 뿐이다.

물 위에 바퀴들이 떨어지면, 실개천은 좋다.
(악을 선으로 갚으면서)
상처받은 자신의 물로 가장자리를 채워 나가니까.

—「짐마차(La carreta)」

우리는 “물을 필요로 하지만/ 간청하지 않는/ 커다란 떡갈나무 숲처럼”이란 시구나 나무들이 물 한 잔도 요구하지 않았다는 표현에 깜짝 놀란다. 그것은 알마푸에르테(Almafuerte)[158]란 표현처럼 심리적 허위로 가득 찬 지루한 개념일 뿐이기 때문이다.

반면 다른 표현, 예를 들어 의욕을 상실한 크리오요이자 반쯤은 낭만주의자였던 사람이 죽었다는 표현은 얼마나 멋진가? 반쯤은 노래하는 사람처럼 반쯤은 말하는 사람처럼, 두 가지 형태를 동시에 사용해 동쪽 벌판에 대한 그의 시각을 노래한다.(실바 발데스는 그 옛날 파야도르들의 즉흥적인 노래 대결처럼 숫자를 붙여 가며 노래한다.) 즉 들판에 대한 커다란 그리움과 전원의 행복한 생활에 대한 믿음을 노래하는 것이다. 그는 「포도밭(El pago)」과 「황금빛 나무(Árbol dorado)」, 「클라리온(El clarín)」, 「망아지들(Los potros)」처럼 아름다운 시를 많이 노래했

158 ‘강력한 정신’이란 뜻으로, 아르헨티나의 시인 페드로 보니파시오 팔라시오스(Pedro Bonifacio Palacios, 1854~1917)의 별명이다.

다. 나는 그의 시들을 진심으로 좋아한다. 그래서 「파라나 구아수강의 노래(Canción al Paraná Guazú)」[159]의 시행을 일부 옮겨 보겠다. 그 강에 영원히 머무르고 싶은 갈망이 졸졸 흘러가는 시냇물 소리에 잘 표현되어 있기 때문이다. 즉 불멸성에 대한 갈망이 그 어떤 것보다 깊게 뿌리내리고 있다.

파라나 구아수강
나는 네 거야, 태어날 때부터 네 거야.
내 노래 역시
너를 위해 불리지.

파라나 구아수강
사랑이 사랑으로 되갚는 것이라면
내가 죽는 날
너 역시 나에게 노래할 테지.

기술적인 주석 한 가지를 덧붙이고 싶다. 나는 사실 정신적 가치 없이 형태의 유사성만을 단순하게 강조하는 시각적 비교 방식을 좋아하지 않는다. 그럼에도 실바 발데스의 작품에는 나를 매혹시키는 시각적 형상이 참 많다. 그 시각적 형상들에 삶이자 모든 행위의 전제 조건인 드라마틱한 과거와 현재와

159 파라나 구아수강은 아르헨티나의 엔트레 리오스주와 산타페주를 나누는 강으로, 파라나 삼각주 중에서 가장 큰 강이다.

미래, 즉 시간이 살고 있는 것이다.

말이 전속력으로 달려갔다,
무수한 발자국으로 씨앗을 흩뿌리면서……

2. 올리베리오 히론도[160]의 『전사지』

히론도가 내게 끼친 영향은 부정할 수 없다. 나는 변두리 지역의 일몰이나 좁은 길, 방랑하는 소녀와 함께 천국의 난간을 노래하는 장시를 쓰던 때 그의 시를 접했다. 시골 역을 출발한 기차에서 떨어져 나와 건강하고 새롭게 부활하는 데 그의 시가 큰 도움이 된 것이다. 경적 소리와 지나다니는 사람들을 벗어나 그의 옆에 있게 되자 나는 스스로가 촌놈처럼 느껴졌다. 이 글을 시작하기에 앞서 나는 용기를 얻기 위해 마당을 바라보았다. 네모난 하늘과 달이 항상 나와 함께 있다는 것을 확인해야 했기 때문이다.

히론도는 격정적인 사람이다. 사물을 오래 관찰하다가 갑자기 손으로 때린다. 그런 뒤 그것을 짓눌러 구겨 보관한다. 그런 행위에 진기함이란 없기에 실패도 없다. 그의 책을 50쪽 읽는 동안 나는 그의 솜씨의 냉혹한 숙명성을 파악했다. 그는 다채로운 수단을 부지런히 사용했는데, 나는 그중에서도 그가

---

160 Oliverio Girondo(1891~1967). 아르헨티나의 시인. 『전사지(轉寫紙, Calcomanías)』는 1925년에 출판된 시집이다.

선호한 두세 가지 방법을 강조하고 싶다. 그러한 구상이 직관적이었음은 알지만 이해하기를 바라기 때문이다.

히론도는 활기 찬 열정에 시각적이면서 즉각적인 표현을 사용했다. 그는 간소한 문체가 부각되도록 노력했다.(제대로 이해하자면 영웅적이면서 자발적인 간소함이다.) 사실 이런 방식은 만화, 특히 전기 만화를 그린 선배들의 방식과 유사하다. 몇 가지 사례를 옮겨 보겠다.

> 가수는 9킬로그램을 감소시키는 민요를 더듬거렸다.
>
> —「술판(Juerga)」

> 눈으로 보기에, 호텔업자들은 요금을 두 배로 부풀렸다.
>
> —「성주간 전야(Semana Sata-vísperas)」

『아이네이스』[161]에서 다리에 부딪히는 성난 강물을 묘사하거나("성난 아락세스 강물이 다리에 부딪히고") 성서의 인물을 표현할 때 사용한 은유("메마른 땅이 즐거워하고, 고독이 날뛰며 백합처럼 번창할 것이다.")처럼 무기력한 사물들을 자극하고 고양하던 오래된 은유들이 그의 펜 아래서 위엄을 갖춘다. 내가 전에 말했듯이 히론도의 시선에서 사물은 서로 대화하고 거짓말하며 영향을 주고받는다. 그에게는 사물의 고유한 침묵까지도 능동적이고 인과 관계를 갖는다. 아래에 몇 가지 사례를 옮겨 보겠다.

---

161 고대 로마의 시인 베르길리우스의 장편 서사시.

마을을 에워싼 돌담 위
유령의 얼어붙은 호흡과 함께, 밤이
고야풍의 야간 집회를 축하하고 있다!

—「톨레도(Toledo)」

침묵이 지배하는 통로
건장한 기둥!

—「에스코리알(Escorial)」

교회 발치에
시골집들이 무릎을 꿇고
서로 부둥켜안은 채
교회를 일으켜 세우고 있다.
마치 경비인 것처럼
낮잠에 취하고
시끄러운 종소리에 취해 있다.

—「급행열차(El tren expreso)」

자신들이 다루는 작가들의 계보를 규정하는 것이 비평가들의 악습이다. 나 역시 이런 관습을 따르면서 이곳에 라몬 고메스 데 라 세르나[162]와 크리오요 작가 한 명의 이름을 적어 넣

162 Ramón Gómez de la Serna(1881~1963). 1914년 세대에 속하는 스페인의 전위주의 시인. 그레게리아스라는 간결하고 유머가 넘치는 글쓰기를 시도했다.

고자 한다. 그는 에두아르도 윌데로, 위대한 작가 올리베리오 히론도와 유사한 시인인데 예술성 면에서는 조금 떨어지지만 훨씬 더 유희적이다.

3. 『하누카의 촛불』[163]

나를 매혹시킨 언어의 아름다움에 대한 솔직하고도 부인할 수 없는 갈망으로 나는 라파엘 칸시노스 아센스의 『하누카의 촛불(Las luminarias de Hanukah)』을 열심히 살펴보았다. 마드리드에서 출판된 그 책은 작가의 감상적인 목소리를 명확하게 보여 주는 작품으로, 스페인 산문 문학의 완결성을 대표한다. 작가는 스페인의 높은 고원 지대에서 이스라엘에 이르기까지 지표면에 흩어진 수많은 갈망의 강을 작품에 풀어놓았다. 유대 왕국에 대한 거대한 향수, 즉 찬송가로 스페인을 밝힌 위대한 유대계 스페인의 시대에 대한 불멸의 향수가 모든 페이지에서 아름답게 고동친다. 수 세기 동안 무자비한 암흑 속에 놓였던 이스라엘이, 이 책을 통해 수많은 영광과 함께 오랜 박해로 고통받던 연극의 땅, 토르케마다[164]와 예우다 알레비[165]의 조국 스페인에서 감동적인 희망의 노래를 고양하는 것이다.

이 소설은 자전적으로, 화자인 라파엘 베나세르는 다른 사

---

163 라파엘 칸시노스 아센스가 1924년에 출판한 소설. 하누카는 11월 말이나 12월에 개최되는 유대교 축제일이다.

람이 아니라 바로 칸시노스 자신이다. 종교 재판 과정을 자세하게 조사하고 유대인 선조의 이름을 획득함으로써 그렇게 고통으로 점철된 어두컴컴한 유대인 혈통에까지 연결됐다고 느낀다. 노르드세 박사는 막스 노르다우[166]로, 목초지를 바다로 확장하는 인물이다. 또 다른 영웅들은 자기 민족에 대한 생각과 그러한 생각을 특별한 이미지로 정의하는 데만 사로잡힌 채 서로 격려하고 말하고 모욕당하는 인물들로 그려졌다. 이러한 이미지들이 내게는 그 책의 첫 번째 품격으로 다가왔다. 나는 라파엘 칸시노스 아센스가 동시대의 누구보다 훌륭하게 은유법을 사용했다고 생각한다. 칸시노스는 은유와 비유를 통해 사고했는데, 그것이 대화에 딸린 허세가 아니라 본질적인 내용이라 매우 놀라웠다. 이러한 사실을 파악하기 위해서는 그의 작품을 자주 읽는 것으로 충분하다. 그와 개인적으로 친밀한 나는 그가 습관적으로 사용하는 언어가 그의 문체와 그렇게 다르지 않고, 그래서 그가 새로운 언어를 발굴하는 데 뛰어나다는 것을 안다. 칸시노스는 아름다움에 대해 사고하기에 별이나 그림자, 구름다리 등이 모두 이론을 비추거나 고양하는 데 도움이 된다.

---

164 토마스 데 토르케마다(Tomás de Torquemada, 1420~1498). 스페인 도미니크 교단의 사제로 최초의 종교 재판을 이끈 것으로 유명하다.

165 Yehuda Halevi(1075~1141). 유대계 스페인 의사, 시인, 철학자.

166 Max Nordau(1849~1923). 가장 중요한 시온주의 지도자 중 한 명.

나는 먼저 『하누카의 촛불』의 상상적 논거에 대해, 칸시노스가 그 주제를 정한 순수한 의도에 대해 설명하고 싶다. 그는 미학적 강령을 의식적으로 사용했을 뿐 서투른 바보짓을 통해 진기함을 끼워 넣지 않았다. 소설의 순수한 줄거리라는 면에서 유대인 방랑자들이 우연한 사건에 대한 불안을 갈겨쓰건 말건 칸시노스는 괴로워하지 않는다. 그의 작품 세계는 명확하고 단순하며, 유쾌한 의식주의(儀式主義)가 지배한다. 그는 신의 질서와 비교될 만한 시간에 두 가지 색채를 부여하고 (낮에는 푸른색을, 밤에는 검은색을) 1년에 사계절만 존재하듯 하나의 연에 4행을 사용했다. 그래서 유감스럽게도 그의 인물들은 매우 도식적이다. 영웅적 인물들이 미리 정해진 틀을 벗어나 다양한 삶의 모습을 보여 주지 못하는 것이다. 결국 그의 모든 시는 인습적이고 상징적이다. 그의 시에서 2인칭 '너'는 항상 연인을 암시하고, 여명은 충실하게 행복을 뜻하며, 별이나 낙조 또는 초승달은 마지막 3행시의 끝에 등장해서 다시 빛난다.

그러므로 『하누카의 촛불』에는 모든 사물의 실체, 즉 피상적 일상생활의 구체적 실제 모습이 표현되어 있지 않다. 또한 행복을 갈망하고 그러한 행복을 누리기 위해 영원한 시간을 갈망하는 우리 주체의 개별적 실체 역시 부족하다.(칸시노스가 심리학자라고 불리는 소설가가 됐더라면 라파엘 베나세르는 내면의 개인적 고뇌를 민족의 슬픔으로 해석하려다 그것에 실패하면서 우리에게 그의 고독을 고백하는 비극적 운명이 될 수도 있었을 것이다.)

모든 문학은 현실을 이해하는 한 가지 형태이다. 『하누카의 촛불』에 등장하는 실체들은 연극에 유용할 정도로 구체적인 날짜와 마드리드의 텅 빈 풍경을 잘 보여 줌에도 불구하고 사실『탈무드』우화처럼 머나먼 곳의 현실일 뿐이다. 그것은 인간의 경이로움에 대한 확장된 명상과 즐거운 소멸을 제공한다. 하지만 그것은 헤겔이『미학(Ästhetik)』2권 446쪽에서 밝힌 것처럼 동양의 특징들이다.

그가 사용한 시간 역시 서양의 것이 아니다. 움직이지 않기 때문이다. 그것은 현재와 과거, 미래를 포함한 영원성의 시간이다. 느릿하고 풍요로운 시간이다.

4.『성녀 잔 다르크』:[167] 일대기를 다룬 연극

세상에 이미 널리 알려졌던 작가 조지 버나드 쇼는 70세에 가까워지면서 아침부터 밤까지 온종일 사유에만 몰두했다. 휴일도 포기한 채 온종일 작품 집필에만 매달린 그가 말년에 출판한 작품들이야말로 가장 뛰어나고 풍요로운 작품으로 평가받는다. 마지막 재능을 유감없이 발휘한『므두셀라로 돌아가라(Back to Methuselah)』[168]와『성녀 잔 다르크(Saint Joan)』는 그의 끊임없는 사유 과정을 드러내는 작품으로, 이제는 이러한 사유 과정이야말로 그의 가장 유명한 특징으로 알려지게 되었

---

167 아일랜드의 극작가 조지 버나드 쇼(George Bernard Shaw, 1856~1950)가 1923년 출판한 희곡.

168 버나드 쇼가 1921년 출판한 희곡.

다. 나는 처음부터 이 작품들을 그의 가장 뛰어난 희곡 작품으로 판단했고(나는 이 작품들이야말로 20세기를 대표하는 가장 위대한 작품이라고 조용히 단언한다.) 그가 누구에게도 뒤지지 않는 뛰어난 작가라고 말하고 다닐 것이다. 나는 이론과 정서적 즐거움, 즉 지식인의 비평에 독자의 애정을 결합해 아주 즐거운 마음으로 그의 작품을 읽곤 했다. 나는 쇼의 완전한 작업에 감탄했는데, 『성녀 잔 다르크』에서 아주 사소한 자기 표절조차 발견하지 못했기 때문이다. 나의 빈약함과 비교해 아주 놀라운 일이었다.

성녀 잔 다르크는 영웅이었고, 버나드 쇼는 그녀의 영웅다움을 축소하지 않았다. 그것은 유다르고 아주 아름다웠다. 횔덜린[169]은 "사람들은 오직 진정한 신성만을 믿는다."라고 생각했다. 지난 세기에는 수많은 사람이 신성을 믿지 않은 채 소설화하는 데 몰두했는데, 나는 유감스럽지만 그들이 상상력과 유추하는 능력을 동원해 작업했다고 말하고 싶다. 그들은 단지 죽음의 중재자일 뿐이었다. 그래서 모든 열정이나 존재의 풍성함, 삶의 덕행까지도 진실성이 결여되는 결과를 낳았다. 그래서 애꾸눈 아르고스부터 자유로운 사상가 예수 그리스도, 길모퉁이조차 나가지 못하는 유대인 방랑자, 가치 없는 모레이라, 순결한 돈 후안 테노리오, 펜조차 잡을 줄 모르는 말없는 셰익스피어에 이르기까지 감성적으로 수용할 수 없는 인물들만을 제공했다. 부활하도록 강요된 라사로의 운명은 몇몇 사

169 요한 크리스티안 프리드리히 횔덜린(Johann Christian Friedrich Hölderlin, 1770~1843). 독일의 시인.

람의 빈축을 샀고, 새로운 이야기를 궁리해 낼 능력이 없는 작가들은 오래된 이야기의 동기들을 뒤죽박죽 섞었다. 유다가 귀족적이고 기품 있었다거나 예수가 막달레나를 유혹했다는 등 음모론적 가십들을 유포했다. 얼마나 많은 죽음이 개입했던가? 또 얼마나 많은 비존재가 개입했던가?

하지만 버나드 쇼의 『성녀 잔 다르크』는 그러한 속임수를 사용하지 않는다. 과학과 문학 자체에 커다란 의심을 품었던 이 위대한 회의주의자는 영웅주의의 소명 의식을 믿었고, 자신의 성스러움을 결코 의심하지 않았던 성녀 잔 다르크를 진심으로 믿었다. 그의 작품에서 잔 다르크는 십자가의 고통을 겪었고, 비극 속 다른 인물들은 그녀의 고통을 확신할 수 있었다. 그의 작품에는 부차적 인물이 전혀 없다. 모든 인물이 자신의 고유한 운명을 개척하며 살아간다. 수많은 강철처럼 전쟁에 내몰리고 혼란스러워진 삶에서 모든 인물이 한편으로는 자신의 삶을 정당화하려 애쓰고, 다른 한편으로는 내면의 양심에 기대면서 신의 은밀한 우정을 믿는다. 정말 그렇게 되었더라면 얼마나 좋을까? 작가는 모든 영혼의 품위를 존중하고 결코 자아를 망각하지 않는다. 특히 마지막 철면피의 자아까지도 존중하기에 그 역시 우리 모두가 그렇듯 달의 주인이자 세상의 주인이다. 영혼의 유일성을 이토록 꼼꼼하고 친절하게 존중하는 것은 브라우닝의 유산으로 보인다. 하지만 그의 작품을 읽으면서 떠올리는 이름이 브라우닝만은 아니다. 그와 대조적인 플로베르의 이름도 떠올리게 된다. 고풍스러운 습관과 잡동사니 덕택에 갈기갈기 찢긴 카르타고란 인물을 창조해 낸 플로베르와 달리 버나드 쇼는 유리 진열장도 골동품도 없이 잭 뎀시[170]와 동시대의 영어를 사용해 중세를 창조해 낸 것이다. 어쩌면 신이 기존에 창조한 것과 똑같은, 완전히 똑같은 시대를 창조한 것이다.

5. 레오폴도 루고네스의 『로망세집』[171]

레오폴도 루고네스는 누군가의 영향을 거의 드러내지 않는다. 이 책은 아주 급하고 서툴며 불필요한 군소리가 많다. 하지만 군소리가 많다는 것은 별로 중요하지 않다. 잘 쓰인 시인지 아니면 잘못된 시인지는 전혀 상관없다. 내가 열정을 불살라 밤을 새우고 고독 속에서 끊임없이 낭송했던, 스페인어로 쓰인 최고의 소네트들 역시 수많은 군소리들을 담고 있었다. 그 시들은 엔리케 반츠스의 거울에 대한 소네트와 후안 라몬 히메네스의 『덧없는 귀향(El retorno fugaz)』은 물론 헛되이 신을 기다리며 겨울밤을 보내는 예수 그리스도를 노래한 로페 데 베가의 고통스러운 소네트 등이었다. 솜씨 나쁜 목수이자 보석상이요, 타성에 젖은 시인들인 고답파 작가들은 완벽한 소네트에 대해 말한다. 하지만 나는 그런 시들을 어디서도 본 적이 없다. 게다가 완벽이란 도대체 어떤 것인가? 원은 완벽한 형

170 월리엄 해리슨 잭 뎀시(William Harrison "Jack" Dempsey, 1895~1983). 헤비급 세계 챔피언을 지낸 미국의 프로 권투 선수.

171 레오폴도 루고네스가 1924년 출판한 시집.

태이다. 하지만 원을 잠깐만 바라보고 있어도 우리는 곧장 따분해진다. 우리는 루고네스의 방식에서 군소리란 어쩔 수 없는 숙명이라는 사실 역시 단언할 수 있다. 만약 어떤 시인이 과거 시제를 뜻하는 'ía' 또는 'aba'로 각운을 맞춘다면 한 연을 끝내는 데 수백 개의 단어를 사용할 수 있다. 이런 경우에 군소리는 부끄러움만을 유발하는 불필요한 군소리이다. 하지만 루고네스처럼 'ul'로 각운을 맞춘다면 경우가 다르다. 푸름(azul)을 자유롭게 사용하기 위해서는 즉시 무언가를 푸르게 칠해야(azular) 하거나 트렁크(baúl) 또는 다른 불필요한 물건을 사용하기 위해 여행을 만들어야 한다. 마찬가지로 'arde'로 각운을 맞추는 사람 역시 이처럼 우스꽝스러운 의무를 지게 된다. "나는 그에게 무슨 말을 해야 할지 모르겠다,/ 하지만 나는 잠시 동안 불타는(arde) 화로와/ 오후(tarde) 5시 30분의 또 다른 화로/ 일부 과시(alarde)용 지역의 또 다른 화로/ 어느 비겁한(cobarde) 농땡이 지역의 또 다른 화로를 생각하겠다고 약속한다." 고전주의자들은 이미 그것을 예상했다. 언젠가 'baúl'과 'azul' 또는 'calostro(초유(初乳))'와 'rostro(얼굴)'로 각운을 맞춘다면 각운이 잘 맞는 우스꽝스러운 농담이 될 거라고 말이다. 하지만 루고네스는 그것을 진지하게 수행했다. 자, 보자, 친구들! 아래의 아름다운 문장은 어때 보이는가?

> 망사 천처럼 연약한 머리카락에서
> 환상이 나래를 펼치고
> 음흉하게 푸른 머리핀은
> 예민한 가슴에 불을 붙인다.

이 4행시는 트럼프 게임의 마지막 카드로, 아주 나쁜 시이다. 불필요한 군소리를 과도하게 사용하는 데다 의미조차 파악할 수 없어 정신적으로 비참하기 때문이다. 그런데 이처럼 기품도 없는 데다 바보스럽고 천박한 4행시가 바로 『로망세집(Romancero)』의 요약이다. 이 작품집의 원죄는 비존재라는 면에 있다. 백합부터 금발, 비단, 장미, 샘은 물론 원예와 재봉에 사용하는 다른 화려한 물건들을 성가실 정도로 처바르지만 작품집은 존재론적 측면에서 거의 공백이나 다름없다. 나는 언젠가 백조와 전시장과 함께 아르헨티나에 잔존하는 루벤 다리오풍의 시는 「장미원(La rosalada)」이 유일하다고 말했다. 하지만 나는 오늘 실수를 고백해야겠다. 루벤 다리오의 부족은 여전히 살아 있고, 저수지에 떠 있는 초승달처럼 꼬리를 흔든다. 『로망세집』이 바로 그 증거이다. 돌이킬 수 없을 정도로 서글픈 증거이다.

나는 선한 의지로 그 작품을 읽었다. 하지만 처음과 마지막 카시다[172]와 가곡 몇 편을 제외하고는 대부분의 시가 먼 옛날부터 내려오는 오래된 오류를 반복하고 있다고 단언할 수 있다. 가장 단순하고 명확한 것조차 이해하지 못한 채 태양을 과거에 그랬듯 황금으로 덧씌우고, 새가 지저귈 때는 진주로 변화하며, 불쌍한 밤 개구리에 대해서는 "달이라는 피아노의 유리건반"이라고 말한다. 나는 고귀한 은유들을 좋아한다. 하지만 모든 것을 잡동사니로 떨어뜨리는 이러한 은유는 좋아하지 않

172 아라비아의 시체(詩體)인 카시다는 보통 단운시(單韻詩)로 풍자, 애가(哀歌), 협박, 찬미적인 것이 있다.

는다.

『로망세집』은 저자의 특성을 잘 보여 주는 작품집이다. 레오폴도는 수많은 책을 복화술 훈련처럼 읽었기에 모든 지적 작업이 낯설지 않았다. 하지만 창조 작업은 예외이다.(그가 창출한 그 고유의 아이디어는 하나도 없다. 정복의 법칙에 따르면 그에게 속한 풍경은 우주에 단 하나도 없다. 영원성의 관점에서 바라본 사물이 하나도 없기 때문이다.) 영원한 천재가 되고자 집요하게 연습하던 것을 그만두고 쉬고 있는 오늘날, 이제 영광스러운 위치에 다가선 오늘날 레오폴도는 자신의 고유한 목소리로 말하기를 원했다. 그리고 우리는 『로망세집』에서 그의 목소리를 들었다. 하지만 그는 우리에게 하찮은 것들만 말했을 뿐이다. 그의 성실함에 비하면 얼마나 부끄러운 일인가? 얼마나 굴욕적인 일인가?

분석 연습

당신이나 나나 심지어 프리드리히 헤겔조차도 시를 어떻게 정의해야 할지 모른다. 하지만 우리의 무지는 단지 말로 표현하는 문제에 한한다. 우리는 성 아우구스티누스의 시간에 관한 유명한 정의에 다가갈 수 있다. “시간이란 무엇인가? 만약 누군가가 내게 묻지 않는다면 나는 안다. 하지만 누군가에게 대답해야 한다면 나는 그것을 모른다.” 나 역시 시가 무엇인지 모르겠다. 대화는 물론 탱고 가사와 은유에 관한 책에서, 속담은 물론 심지어 시에서까지 가능한 모든 곳에서 시성(詩性)을 발견하려는 전문가임에도 나는 시가 무엇인지 잘 모르겠다. 나는 최종적으로는 모든 사물에 대해 이해할 수 있다고 믿기에 시에 대해서도 결국에는 이해할 수 있으리라고 생각한다. 그것을 추측하고 그것에 설레는 것만으로는 충분하지 않다. 나는 그것을 알고 싶다. 당신이 도와준다면 아마도 그 길의 간격을 조금은 좁힐 수 있을 것이다.

오늘 작업은 아주 힘든 것이다. 아주 권위 있는 작가가 쓴 두 편의 시를 분석하는 일로, 다른 모든 시처럼 수용할 수 있는지 없는지 분석하는 작업이다. 돈키호테의 위대한 불멸성 때문에 어쩔 수 없이 감수하는 시로, 『돈키호테』 I권 34장에 나오는 로타리오의 기도 장면이다.

밤의 정적 속에서
달콤한 꿈이 사람들을 점령할 때……
En el silencio de la noche, cuando
ocupa el dulce sueño a los mortales...

둘째 연에 반대되는 시구가 등장하는데, 사랑에 빠진 사람이 밤잠을 이루지 못하는 내용이다. 그는 욕망과 불면에 빠져 아침이 밝아올 때까지 성스러운 밤을 꼬박 지새운다.(태양이 동쪽 문을 장밋빛으로 붉게 물들이며/ 그 모습을 드러낼 때/ 한숨과 고르지 않은 어조로/ 나는 오래된 싸움을 되풀이한다.) 11음절로 구성된 첫 번째 행으로 가 보자.

밤의 정적 속에서

모든 편견이나 두려움을 없애고 하나하나 상세히 분석해 보자.

'en el'. 이것은 자체로는 아무 의미가 없는 두 개의 불완전 단어로, 다른 단어들을 인도하는 현관과 같다. 첫 번째 단어

'en'은 라틴어의 'in'에 해당한다. 이 단어의 가장 중요한 기능은 공간에 대한 배치로, 그 뒤에 은유의 미묘한 기능을 통해 시간이나 다른 범주로도 사용한다. 'el'은 정관사로 뒤에 올 명사를 통해 무언가를 말할 것이라는 약속이자 징후이다. 그런데 이 두 단어는 너무나 자주 결합해 사용하기 때문에 우리는 'en el'을 거의 한 단어처럼 여긴다.

다음은 'silencio(정적)'란 단어이다. 로드리게스 나바스[173]가 "아무 소리도 없는 곳의 평온과 고요"를 나타내는 단어라고 단순하게 정의했지만 그 적절한 의미는 여전히 알 수 없다. 순수한 청각적 부재, 즉 소리가 없다는 것이 단어를 특별하게 만드는 작은 기적을 이룬다. 특히 이 단어가 명사임을 성찰할 때 기적은 성장하고 점점 확대된다. 이것은 언어의 신화학이자 완전한 무의식이며 아주 차분한 은유로서 기능한다. 우리는 모두 침묵에 대해 말하지만 그것이 무엇을 의미하는지 아는 사람은 거의 없다. 우리 귀에 들리는 핏빛 소문이 고독 속에서 이를 부인하기 때문이다. 그럼에도 신용할 수 있는 단어가 여전히 부족하다. 베르길리우스는 "고도의 정적"에 대해 말했는데, 형용사의 사용에 놀라서는 안 된다. 그래서 기자들까지도 정적을 깊다고 일컫고, 그 정적을 지하실이나 탑과 배치해서 표현했다. 대(大)플리니우스[174]는 '정적'이라는 단어를 목재의 매

173 마누엘 로드리게스 나바스(Manuel Rodríguez Navas, 1848~1922). 스페인의 문헌학자, 사전 편찬자.

174 Gaius Plinius Secundus Major(23~79). 고대 로마의 관리, 군인, 학자. 소(小)플리니우스의 숙부로, 백과사전

끄러움을 표현하는 데 사용했으며, 문학적 장식에도 천박함에도 통달했던 복음사가 요한은 핏빛 달과 검은 태양, 세상의 네 모퉁이에 있는 천사들 뒤에서 "하늘은 거의 반 시간 동안이나 적막해졌다."라고 이야기했다. 이러한 과시는 나쁘지 않다. 하지만 넋을 잃을 정도로 적막을 찬양하고 그것에 대문자를 사용해서 강조하려면 단어와 상징이 모두 모여 있는 19세기를 살펴봐야 한다. 칼라일[175]이나 마테를링크,[176] 위고[177]와 같은 화술가들이 언어에 휴식을 주지 않은 채 정적에 대해 수많은 말을 쏟아 냈다. 오직 에드거 앨런 포만이 시답잖은 말을 믿지 않고, 단어의 수다스러움에 대항해 "정적, 그것이 가장 단순한 언어"라는 시를 썼다.

다음은 'de la'이다. 이들 또한 불완전 언어로 더 이상 설명할 필요가 없다.

다음은 'noche(밤)'란 단어이다. 사전에는 "하루 중 태양이

처럼 박학다식했다. 사상가라기보다는 근면하고 지식욕이 왕성한 수집가로, 현존하는 『박물지』 37권의 저자이다.

175 토머스 칼라일(Thomas Carlyle, 1795~1881). 영국의 평론가, 역사가. 이상주의적 사회 개혁을 제창해 19세기 사상계에 큰 영향을 끼쳤다. 저서로는 『의상 철학』, 『프랑스 혁명사』, 『영웅 숭배론』, 『과거와 현재』 등이 있다.

176 모리스 폴리도르 마리 베르나르 마테를링크(Maurice Polydore Marie Bernard Maeterlinck, 1862~1949). 벨기에의 시인, 극작가, 수필가.

177 빅토르 마리 위고(Victor-Marie Hugo, 1802~1885). 프랑스의 시인, 소설가, 극작가.

지평선 아래에 머물러 있는 시간"이라고 정의되어 있다. 이것은 시간의 흐름을 측정하는 실용적 정의 방식이다. 하지만 별도 없고 가로등 옆의 토담은 물론 도랑처럼 보이는 긴 그림자마저 없는 밤, 즉 아무것도 없는 밤은 어떤 밤인가? 밤이 없는 밤을 노래하거나 달력이나 시계에서 지시하는 밤이 등장하는 시가 있던가? 지금 아무도 밤을 그런 식으로 느끼지 않는 것은 분명하다. 모든 인간이 시를 쓰는 순간에는 밤을 다른 사물로 인식하기 때문이다. 시인에게 밤은 하늘과 땅에 대한 공동체의 예시 능력이다. 낭만주의자들이 느끼는 둥근 하늘이며, 길고도 얼큰한 상쾌함이다. 밤은 개념이 아니라 공간적 이미지로서, 다양한 이미지들의 전시장이다.

우리는 언제부터 밤을 바라보기 시작했을까? 확인할 수는 없겠지만 어느 날 갑자기 바라보지는 않았을 것이다. 당신이나 내가 처음부터 밤에 대해 지금처럼 존경하는 마음을 가지지는 않았을 것이다. 수많은 목동과 천문학자와 항해사들이 수없이 많은 밤을 지새운 뒤에야, 신을 저 멀리 하늘 위에 위치시킨 종교와 수천 킬로미터나 떨어진 곳에서 밤을 끌어당겨 온 천문학의 굳건한 믿음이 형성된 후에야 비로소 그런 마음이 생겼을 것이다. 하늘을 열 가지 층위로 나눈 남쪽 바다 사람들과 서른세 단계로 분류한 중국인들 덕분에 밤에 대해 존경하는 마음을 갖게 됐을 것이다. 그리고 작가들 역시 이런 마음을 갖는 데 아마 누구보다도 많이 기여했을 것이다. 설령 원하지 않았더라도 밤에 대한 내 시각에는 베르길리우스의 『아이네이스』에 등장하는 "그들은 외로운 밤 아래 어둡게 걸었다.(Ibant obscuri sola sub nocte per umbram)"의 사랑스러운 밤과 산 후안 데 라 크루스[178]의 새벽보다 다정한 밤, 구이랄데스의 『유리 방울(El cencerro de cristal)』[179]을 읽은 아름다운 밤이 있을 것이다. 1915년의 수많은 밤 가운데 아주 낭만적인 하룻밤, 흥얼거릴 줄은 알지만 쓸 줄은 몰랐던 내가 "창백한 달빛 아래/ 해적선에서 태어났다"라는 노래를 읽으며 향기로 취했던 밤 말이다.

나는 예전에 『심문(Inquisiciones)』 157~159쪽에서 밤에 대한 고전적 개념과 오늘날 주로 사용하는 개념의 차이를 지적했다. 라틴 사람들은 시간을 아주 엄격하게 두 가지 색채로만 바라봤는데, 그런 그들에게 밤은 항상 검은색이요, 낮은 항상 하얀색이었다. 케베도의 『스페인 시 선집(El Parnaso español)』에도 그렇게 평가 절하된 하얀 낮에 관한 몇 가지 표현이 보존되어 있다.

다음은 'cuando ocupa(점령할 때)'란 표현이다. 이 두 단어 사이에는 근거가 희박한 휴지(休止)가 있다. 하지만 루고네스에 의하면 그런 휴지는 시의 장엄한 특권이다. 그것은 시적인 것과 산문적인 것을 구별하는 경계이다. 그러한 휴지가 명백한 운율을 만들기 때문이다. 하지만 이곳에 없는 4행시의 마지막 행[180]처럼 아마도 첫 행과 각운을 맞추지 않았더라면 (루고네스

178 San Juan de la Cruz(1542~1591). 스페인 르네상스의 신비주의 시인.

179 리카르도 구이랄데스가 1915년에 출판한 시집.

180 이곳에 없는 마지막 두 행은 다음과 같다.

나의 끝없는 불행에 관한 슬픈 이야기를

에 의하면) 이것이 시인지 산문인지 결코 알 수 없을 것이다. '점령하다'라는 뜻의 라틴어 'occupare'는 'invadere'와 'corripere'의 동의어로서 군사적 의미를 갖는 단어이다. 하지만 더 나은 동사를 찾을 수 없었던 세르반테스는 그 단어를 여기서 가끔씩 사용했다.

다음은 'el dulce sueño(달콤한 꿈)'란 표현이다. 이 얼마나 오래되고도 기지에 찬 글쓰기 방식인가? 이러한 형용사를 접한 알베르토 이달고[181]는 그 속에서 은유를 찾아냈다. 꿈과 달콤한 꿀맛이 서로 조우하고, 천천히 맛을 음미하는 행위와 잠깐이지만 삶을 방치하고 유유자적하는 행위가 대비된다. 하지만 유감스럽게도 그처럼 근사한 사람은 결코 존재한 적이 없으며, 단지 이곳에서는 'placentero(즐거운)'와 'dulce(달콤한)'의 점진적 동의화 외에 다른 기적은 없다. 이곳에서 이미지는(만약 어떤 이미지가 있었다면) 단지 언어의 타성과 인습, 무심함만을 만들었다.

마지막으로 'a los mortales(사람들을)'란 표현을 살펴보자. 예전 세르반테스의 시대에는 'mortal(사람)'이란 단어가 반드시 'morir(죽다)'라는 의미를 포함했지만 지금은 아니다. 예전에는 'mortal'이 다른 것들을 의미했고, 오늘날에 그렇듯 세련된 단어였다.

하늘과 나의 클로라에게 바친다.
La pobre cuenta de mis ricos males
Estoy al cielo y a mi Clori dando.

181 알베르토 이달고 로바토(Alberto Hidalgo Lobato, 1897~1967). 페루의 전위주의 시인, 소설가.

* * *

지금까지 분석한 세르반테스의 두 행에는 어떤 창조적 행위도 없다고 생각한다. 그의 시에 만약 창조적 능력이 있다면 그것은 세르반테스의 능력이 아니라 언어의 능력이다. 세르반테스의 행의 유일한 미덕은 사용한 단어들이 지닌 허위의 능력이다. 프랜시스 베이컨[182]은 언어에 대해 "광장의 우상"이자 대중의 속임수라고 일컬었다. 시란 바로 그런 곳에 사는 것이라고 말이다. 하지만 케베도와 브라우닝, 휘트먼, 우나무노의 몇몇 시행을 제외하면 내가 아는 시는 모두 서정시일 뿐이다. 어제의 시, 오늘의 시 그리고 앞으로 존재할 미래의 시에 이르기까지 모두 서정시이다. 이 얼마나 부끄러운 일인가? 얼마나 안타까운 일인가?

182 Francis Bacon(1561~1626). 데카르트와 함께 근대 철학의 개척자로 알려진 영국의 철학자, 정치인.

밀턴과 그의 운율 비판

이미 약 300년 전에 아주 유명한 시인이 운율에 대해 아주 거만하고 엄격하게 정의했다. 그는 단순한 시작 견습생이나 초보 시인이 아니라 소네트와 서사시에서 불멸의 업적을 남긴 시인이었다. 그것은 바로 밀턴의 『실낙원』 표지에 나오는 시론이다. 하지만 유감스럽게도 그토록 의미 있는 자료가 현재 우리에게는 통용되지 않는다. 자유시의 효력이 문제시될 뿐만 아니라 심지어 유명한 시인이 거부하기까지 하는 요즘이기에 나는 밀턴에 대한 해석과 해설이 매우 시의적절하다고 생각한다.

이제 밀턴의 텍스트를 소개하고자 한다.

이 글은 그리스의 호메로스와 로마의 베르길리우스의 시처럼 영국에서 쓴 영웅시, 운율이 없는 자유시에 관한 것이다. 각운은 사실 좋은 시나 시행에(특히 장대한 작품에서) 꼭 필요한 부가물이나 장식품이 아니다. 그것은 야만적 시대의 발명품으로, 천박한 사상과 뒤뚱거리는 박자를 고양하기 위한 것이다. 근대의 유명한 시인 몇 사람이 사용함으로써 각운이 호감을 얻은 것도 사실이다. 그들은 원하지도 않고 예속감과 귀찮음을 느꼈을지라도 관습을 질질 끌면서 수많은 사물을 각운에 맞춰 표현해야 했다. 그것은 각운의 지배를 받지 않으면서 시를 짓는 것보다 대개는 더 나쁜 결과를 낳았다. 그래서 아주 정의롭게도 이탈리아와 스페인의 뛰어난 시인들이 길거나 짧은 시를 지으며 각운을 거부했으며, 영국의 뛰어난 비극 작가들도 오래전부터 각운을 없앴다. 각운은 현명한 귀에는 진정한 음악적 즐거움을 주지 못하는 아주 사소한 것이었다. 진정한 즐거움은 적절한 수단에만 존재하는 쾌락이다. 그것은 동일하게 끝나는 소리에 있지 않고 적당한 양의 음절과 행에서 행으로 변화무쌍하게 전개되는 정서에 존재한다. 고전주의 작가들은 시와 수사에서 이 점을 망각했다. 그러므로 내가 이렇게 각운을 생략한 것은 약점이 아니라(아마도 그렇게 판단하는 천박한 독자들도 있을 것이다.) 영웅시에 오래된 자유를 복원한 모범 사례로 존중받아야 한다. 골치 아픈 운율 맞추기라는 근대적 구속을 해방시킨 첫 번째 영국 시인으로 말이다.(『실낙원』, 「운문」)

이상이 밀턴의 경고로, 나는 이곳에 그의 주장을 완벽하게, 글의 형식을 따라 간략하지만 단도직입적으로 옮겼다. 그의 글에서 우리는 각운이 세 가지 측면, 즉 역사와 쾌락, 지적 측면에서 모두 열등하다고 추론할 수 있을 것이다.

역사적 측면은 명백하다. 각운이 시의 본질이라고 생각하는 1001명의 방빌[183] 계승자들에게는, 그들이 모든 문학을 모르는 체한다는 사실을 환기시키는 것으로 충분하다. 그리스인들은 자신들의 입장에서 음절의 양을 사용했고, 스칸디나비아 음유 시인들은 두운법을 사용했다. 쇼펜하우어 역시 시학에 대한 일부 주석에서 밀턴과 유사하게 말했다. 리듬이 각운보다 훨씬 고귀한 도구로, 그리스와 로마 사람들은 각운을 경시했다. 각운은 야만의 시대에 원시인들이 타락하면서 형성된 언어의 불완전성에서 싹텄기 때문이다.(에두아르트 그리스바흐[184] 엮음, 『의지와 표상으로서의 세계(Die Welt als Wille und Vorstellung)』 2권, 36장, 501쪽)

뛰어난 고전주의 작가였던 밀턴과 쇼펜하우어는 이 첫 번째 측면에서 서로를 지지한다. 하지만 그들의 논문 역시 내게는 아무 감동도 주지 않는다는 것을 솔직하게 고백하고 싶다. 그들 또한 각운주의자들과 동일한 실수를 범하기 때문이다. 그들은 시를 상상력과 영혼에 속한 것이 아니라 단순히 청각에 종속된 사물로 강등시켜 버렸다. 게다가 이러한 의고적 주장을 따르면 우리가 라틴 시를 쓰게 될 것이다. 에스테반 데 비예가스의 그리스주의와 라틴주의에 저항하는 데 필요한 소네트의 부담도 줄이지 못했는데 말이다.

두 번째는 쾌락적 측면으로, 각운이 시의 즐거움에 전혀 도움이 되지 않는다는 생각이다. 그것은 개인적 주장이지만

---

183 테오도르 드 방빌(Théodore de Banville, 1823~1891). 프랑스의 시인.

184 Eduard Grisebach(1845~1906). 독일의 작가, 외교관.

나 역시 전적으로 동의한다. ‘flecha(화살)’를 들으면 잠시 후에 ‘endecha(애가)’나 ‘derecha(오른쪽의)’를 들으리라는 것을 안다고 해서 우리가 어떤 즐거움을 얻을 수 있단 말인가? 좀 더 정확하게 말하면 각운을 결합하는 데 필요한 숙련도와 재주, 기량은 감성이 아니라 오직 장난스러운 시에서만 통용되는 기능일 뿐이다. 매일 각운을 듣는다는 것도 덜 유쾌하고, 곤살로 데 베르세오[185]의 쿠아데르나 비아[186]나 2행시에 쓰인 네다섯 쪽의 각운을 듣는 것도 참을 수 없는 일이다. 각운은 청각에서 가장 조잡한 기쁨이며 심지어 비음악적이기까지 하다. 가르실라소의 이러한 시들은 청각적으로 완벽하지 않은가?

유리처럼 순수한 물이 흐른다.
너희는 그 속에서 나무들과
서늘한 그림자로 가득 찬 초록빛 산책로를 바라보고 있다.
Corrientes aguas, puras, cristalinas,
árboles que os estáis mirando en ellas,
verde prado, de fresca sombra lleno.

우리에게 인간이란 결국 휘트먼과 동시대의 사람이다. 하

---

185 Gonzalo de Berceo(1198~1264). 이름이 알려진 최초의 스페인 시인으로, 헌신적이고 신학적인 내용의 작품을 썼다.

186 주로 18~19세기에 사용되던 시의 연(聯)으로, 한 행이 14음절인 4행시.

지만 페트라르카의 가르침에 충실했던 톨레도의 가르실라소에게는 그렇지 않았던 것으로 보인다. 이런 방식을 계속하던 그의 음악이 각운으로 방해받기 때문이다.

새는 이곳에서 분쟁의 씨앗을 뿌린다.
담쟁이덩굴은 나무를 타고 올라간다,
초록빛 가슴을 타고 발걸음을 비비 꼬면서.
나는 보았다네,
내가 느끼는 심각한 악과는 아주 다른
순수한 만족을……

Aves que aquí sembráis vuestras querellas,
Yedra que por los árboles caminas
torciendo el paso por su verde seno,
yo me vi tan ajeno
del grave mal que siento
que de puro contento...

세 번째는 지적인 측면으로 가장 정확하다. 그는 각운주의자들이 단어의 상관성이나 자연적 공감보다 각운의 우발성을 더 추종하는 사람들이라고 고발한다. 이러한 행위는 지적 자살행위로, 아무 생각 없이 오직 허튼소리에 기생하는 것이다. 하늘의 색깔을 상상한 뒤에 즉시 떠돌이를 생각하고, 그 후에는 아무도 본 적이 없는 나무와 일련의 뜨개질을 상상하는 것은 우스꽝스러운 일 아닌가? 하지만 가장 널리 알려진 각운이 바로 이런 식인데, 그것은 우리에게 전혀 일관성이 없는

'azul(푸른)'과 'gandul(나태한)', 'abedul(자작나무)', 'tul(망사 직물)'로 이루어진 각운이다. 하지만 'ado(과거 분사 어미)'로 끝나는 단어를 제외하면 수많은 각운에서 동일한 현상이 발생함에도 사실은 이런 것들을 너무나 쉽게 무시한다. 500~600개의 단어 사이에서는 각운에 적합한 단어를 선택할 수 있지만(그것은 이미 지적인 일이다.) 네다섯 개의 단어 중에서는 쓸데없는 말이라도 의무적으로 사용할 수밖에 없기 때문이다.

각운 맞추기가 비상식적 행위라는 인식이 우리 시대만의 것은 아니다. 지금까지 밀턴의 말을 들었으니 이제는 케베도의 말을 들어 보자. 그는 문학적 새로움을 위한 모든 것을 미리 깨닫고 이미 행했다.

> 나에게 각운을 멍청이라고 부르라고 강요하라
> 더 재능 있고 기품 있는 것을 모르는 멍청이라고.
> 오! 딱딱하고 억센 각운의 법칙이여!
> 싸움에서 중재자로 있을 때,
> 나는 시골 양반에게 망신을 주었지,
> 시가 유대인이라는 단어로 잘 끝났다는 이유만으로.

쇼펜하우어는 앞에 인용한 장에서 각운을 맞추기 위해 개념의 순수한 표현을 깨뜨리는 관습을 "판단력에 대한 최대의 배신행위"라고 비난했다. 귀요[187] 역시 (막스 노르다우가 『퇴화

---

187 장마리 귀요(Jean-Marie Guyau, 1854~1888). 프랑스의 시인, 철학자.

(Degeneration)』 3권 2장에서 인용한 단락에서) 이성의 논리적 배열과 각운에 필연적으로 존재하는 무질서를 대비시켰다. 아득하게 먼 개념을 억지로 끼워 맞추다 보면 새로운 이미지가 발생하는 것은 틀림없는 사실이다. 하지만 좋은 이미지가 하나 형성되는 동안 아주 나쁜 이미지는 열 개나 발생한다. 게다가 시인이 언어의 무질서와 우연성에 머리를 조아리는 거지가 되는 것 역시 사실이다.

이 글이 대단히 편파적이라는 것을 인정한다. 그것은 그동안 각운에 우호적인 글이 너무 많았기에 반대되는 내용을 강조하기 위함이었다.

공고라의 소네트에 대한 검토

사람들이 자주 언급하는 루이스 데 공고라와 그의 유명한 시선집을 분석하는 것은 내 삶에서 가장 즐거운 일 가운데 하나이다. 나는 문인들의 모임에서 기억을 더듬어 가며 그의 시에 대해 몇 번인가 이야기했다. 그런데 그때마다 대부분의 사람이 내 단조로운 말투를 비난했다. 그것은 모든 사람이 코르도바 출신의 시인, 즉 공고라의 시를 아주 높이 칭찬했기 때문이다. 나 역시 오랜 세월 그의 시에 대해 우호적으로 생각했지만 오늘은 감히 꼼꼼하게 분석해 볼 생각이다.

여기 공고라의 유명한 14행시를 옮겨 적는다. 그것은 벨기에의 출판업자이자 서적상인 프랑수아 포펜[188]이 1659년 브뤼

188 장 프랑수아 포펜(Jean François Foppens, 1689~1761). 벨기에의 역사학자, 서지학자.

셀에서 출판한 판본에서 베낀 것으로, 구두점을 제외하고는 모두 원본의 철자법을 존중해 대문자 하나까지 그대로 옮겨 적었다.

황금빛 태양아, 빛을 비추고 꾸미며 색칠해라,
높은 산 늠름한 정상을.
즐겁고 유순하게 쫓아라,
하얀 오로라[189]의 붉은 걸음을.

파보니우스[190]와 플로라[191]의 고삐를 풀어놓아라,
너의 새로운 빛을 흩뿌리면서.
네 고결한 일이자 진정한 습성으로
바다를 은빛으로 들판을 황금빛으로 물들여라.

이 광야를 윤기 나는 들판으로 꾸미기 위해
꽃잎 언저리에서 플레리다[192]가 나온다.
하지만 혹시 나오지 않는다면

네가 산을 비추지도 꾸미지도 색칠하지도 않는다면

189　로마 신화에서 여명 또는 새벽의 여신.
190　로마 신화에서 서풍의 신. 봄을 재촉하는 따스한 미풍.
191　로마 신화에서 꽃과 풍요의 여신으로, 파보니우스의 부인.
192　생동감 넘치는 여인을 나타내는 그리스 이름.

네가 오로라의 붉은 걸음을 쫓지 않는다면
바다를 은빛으로 들판을 황금빛으로 물들이지 않는다면.

진정 얼마나 놀랍고 아름다운 목가적 풍경인가? 새벽 아침에 산악 지대부터 신화와 바다는 물론 벌판까지 동시에 펼쳐지는 것은 또 얼마나 장엄한 광경인가?

서툰 비평가의 악의나 맹목적 우상 숭배는 버려두고 처음부터 하나하나 천천히 분석해 보자. 소네트의 첫 행인 명령형 구문부터 살펴보자.

황금빛 태양아, 빛을 비추고 꾸미며 색칠해라,

공고라는 이 시를 세 개의 동사로 시작한다. 그 단어들이 공고라가 생각하는 서로 다른 세 가지 현실을 나타내는지, 아니면 큰 소리로 태양을 부르기에 합당한 오만함을 나타내는지는 결코 알 수 없다. 사실 내 입장에서는 새벽의 서로 다른 세 순간을 결코 구별할 수 없다. 그래서 세 단어의 일체감을 공감하기에 가장 좋은 방법은 어구(語句)에 표현된 애매모호함이 장면의 찬양과 잘 어울린다고 생각하는 것이다. 이러한 주장에 독자들이 공감할 수 있을지는 모르겠다. 사실 나 자신조차 납득시키지 못하리라는 것도 안다.

공고라와 말라르메[193]에 관한 자애롭고 사색적인 연구에서

---

193 스테판 말라르메(Stephane Mallarmé, 1842~1898). 프랑스의 시인으로, 폴 베를렌, 아르튀르 랭보와 더불어

시들라스 밀네르(Zidlas Milner)는 첫 네 행에 사용된 형용사가 아주 세밀하고 새로운 표현이라고 상찬한다. 그런데 이러한 상찬이야말로 많은 사람들이 실수하는 방식 중 하나이다. 재능 있는 작품이 많았던 1600년대 스페인 문학에서 태양은 황금빛이고 산은 높으며 정상은 늠름하고 여명은 하얗다고 일컫는데, 이를 어떻게 새로운 표현이라고 생각할 수 있단 말인가? 이렇게 상투적 형용사를 사용했기에 세밀함이나 새로움은 전혀 없다. 하지만 어쩌면 더 나은 뭔가가 있을 것이다. 그것은 바로 즐거움을 주는 단서에 대한 강조와 역설이다. '높은 산'이라고 말하는 것은 흡사 '산 중의 산'이라고 말하는 것과 같다. 왜냐하면 산의 본질이 높이 자체이기 때문이다. 어린 소녀들이 초급 독서 모임에서 '달의 달(luna lunera)'이라고 말하는 것이 마치 "달 중의 달(luna bien luna)"을 의미하는 것과 같다.

즐겁고 유순하게 쫓아라,
하얀 오로라의 붉은 걸음을.

일견 자기모순처럼 보인다. 그것은 마치 뱃머리를 따르는 선박이나 자신의 짖는 소리를 쫓아가는 강아지 또는 연기와 불꽃을 쫓는 불태우기를 보는 것 같다. 이제 우리의 실수를 교정하자. 이곳에 진정으로 존재하는 것은 산속의 새벽이 아니다. 진짜 존재하는 것은 바로 신화이다. 태양은 황금빛 아폴로

19세기 후반 프랑스 시단을 지배했을 뿐 아니라 상징주의의 창시자로 간주된다.

이며, 여명은 그리스, 로마의 여신 오로라이다. 얼마나 애석한 일인가? 우리가 300년 전부터 지녔다고 믿어 온 해변의 아침을 빼앗겼으니 말이다.

하얀 오로라의 붉은 걸음을.

이것은 훌륭한 시행이다. 두 가지 색채는 마치 깃발에 있는 색처럼 찬란하고 솔직하다. 그 색에는 후안 라몬 히메네스의 헬리오트로프[194]와 제비꽃, 라일락꽃에서 느껴지던 씁쓸한 맛은 없다. 그것은 르네상스 시 문학에 나타나는 고유의 색으로, 셰익스피어의 작품[195]에서 유사한 짝을 찾을 수 있다.

비둘기나 장미보다 더 하얗고 붉은

셰익스피어의 작품에서 다급한 비너스는 아도니스에게 이렇게 말한다. 성서에서도 동일한 색채의 결합이 널리 알려져 있다. 죄로 물든 붉은 영혼이 양털처럼 하얗게 정화될 것이라는 약속 장면에서 색채의 대비가 이루어진 것이다. 마지막으로 스윈번[196]을 언급하고 싶은데, 그는 즐거움이 아니라 두려움

---

194 연보라색 꽃이 피는, 향기가 좋은 정원 식물.

195 1593년 윌리엄 셰익스피어가 쓴 장편 서사시 『비너스와 아도니스(Venus and Adonis)』를 말한다.

196 앨저넌 찰스 스윈번(Algernon Charles Swinburne, 1837~1909). 영국의 시인, 평론가. 라파엘 전파 운동에 가담하여 시를 쓰기 시작하여 28세에 극시 『칼리돈

을 표현하기 위해 색채를 결합했다. 그는 백색 차르[197]를 다음과 같이 비난했다.

> 이름에는 하얀색, 손에는 붉은색

여명이 흰색이고 그의 발걸음이 붉은색이라는 희소성을 이해하지 못하는 것은 당연하다. 이 시행을 이해하는 데에는 분명 이성보다 상상력이 필요하기 때문이다.

그런 뒤 파보니우스와 플로라가 등장한다. 공포에 휩싸인 채 나는 그들이 지나가도록 멀찌감치 떨어진다. 그리고 이제 나는 이 소네트 가운데 가장 뛰어난 은유 앞에 서 있다.

> 네 고결한 일이자 진정한 습성으로

이 문장에는 태양의 선한 사업이자 예정된 일이 행복하게 기술되었다. 아르헨티나의 가장 훌륭한 창작 시집의 마지막 소네트에는(엔리케 반츠스의 『항아리(棺, La urna)』를 말하는 것이다.) 하나의 이미지가 포함되어 있다. 하나의 이미지라고? 사실은 공고라의 작품과 아주 비슷하다.

의 아탈란타』로 명성을 얻었다.

197 역사적으로 통일된 러시아의 첫 번째 군주인 이반 3세를 '백색 차르'라고 불렀다. 여기서 유래한 백색은 러시아 혁명에서 반혁명 군인, 즉 왕당파의 상징 색이 되는데, 이는 적색을 상징으로 삼은 볼셰비키와의 대비를 나타낸 것이다.

신비한 의무인 것처럼 꽃을 준다,
나무는

신비한 의무, 고결한 일, 진정한 습성. 이러한 어법에는 형용사와 명사 사이에 있는 아리스토텔레스적 스콜라 철학의 논리적 차이가 사라진 채 오직 강조의 '몫'만 남을 뿐이다.

바다를 은빛으로 들판을 황금빛으로 물들여라.

이것은 다른 그림인데, 파우스트 같다고 말할 수도 있을 것이다. 하지만 내 생각에 완전히 파우스트적인 책은 (시공간적 무한성을 찬미하는) 루크레티우스[198]의 『사물의 본성에 관하여(De rerum natura)』뿐으로, 아폴로 시대의 책이다. 그 책으로 인해 나는 역사적으로 찬란한 시대를 불신하게 됐다.

마지막 두 연에서는 무엇을 느끼는가? 아무것도 느끼지 못하는가? 공고라는 여기서 그동안 열심히 노력한 세공사의 세계를 버린다. 그는 사랑을 위해 황금빛 태양과 은빛 바다는 물론 산에 햇빛을 비추고 꾸미며 색칠하는 것과 들판을 황금빛으로 물들이는 것까지 포기한다. 하지만 그러한 희생을 밝힐 요량으로 자신의 사랑에 대해서는 아무것도 이야기하지 않은 채 경치만 다시 나열하기 때문에 사실은 포기하는 척 가장하는 것이다.

---

198 티투스 루크레티우스 카루스(Titus Lucretius Carus, 기원전 99~기원전 55). 고대 로마의 시인, 철학자.

그는 시행을 지나치게 낭비했다. 나는 공고라에 반대한 후안 데 하우레기의 견해에 따라 공격적으로 분석하지도 않았고, 그렇다고 프란시스코 데 코르도바[199]의 열광적 의견을 장황하게 옹호하지도 않았다. 나는 내 방식대로 진실을 이야기했다. 나는 시행들이 지닌 평범함과 나름대로 성공한 표현, 확실한 오류들에 대해서도 설명했다. 주의 깊게 관찰해 보면 발견할 수 있는 결점과 감동을 불러일으키는 부드러움에 대해서도 설명했다. 논리의 힘을 빌리면 모든 시가 망가질 수 있다고, 논리 자체가 그런 거라고 누군가가 말할 수 있을 것이다. 맞는 말이다. 단지 가장 위대한 시인의 빈약함을 통해 모든 시인의 비참한 모습을 보여 주고 싶었을 뿐이다.

나는 희망을 깨뜨리는 사람이 되고 싶지는 않지만 위대한 걸작을 과도하게 믿지 않는다.(위대한 시행이 많았더라면 좋을 텐데.) 우리가 대가들의 작품을 이리저리 뜯어서 맛보고, 그 과정에서 불만이 많으면 많을수록 좋다고 생각한다. 그래야 이 땅에서 자랑스러운 작품이 탄생할 가능성도 그만큼 커질 것이기 때문이다.

199 프란시스코 페르난데스 데 코르도바(Francisco Fernández de Córdoba, 1565~1626). 스페인 황금 세기의 인문주의자. 루이스 데 공고라의 친구이기도 했던 그는 공고라의 『고독(Soledades)』을 옹호했다.

『리딩 감옥의 발라드』[200]

모든 사람이 좋아하는 감미로운 날들은 봄이 끝나 갈 무렵 오곤 한다. 모두를 즐겁게 만들 9월[201]의 쾌청하고 달콤한 날들이 계절의 마지막 순간에 이르러서야 완벽해지는 것이다. 문학도 마찬가지이다. 문학이 몰락하는 순간에 자신의 시대를 완벽하게 정리해서 환하게 비춰 주는 작가들이 있다. 그중에 대표적인 작가가 바로 "낭만주의 제국의 전설적 마지막 황제" 라고 불리는 하이네이다. 그는 자신이 살았던 시대의 표장(標章)과도 같은 나이팅게일과 장미꽃, 수많은 달을 노래했다.

와일드의 작품에는 라파엘 전파[202]와 상징주의라는 두 가

200 1898년 출판한 오스카 와일드의 시집.

201 아르헨티나는 남반구에 있어 9월이 봄이다.

202 1848년 영국에서 시작한 예술 운동으로, 라파엘로를

지 강력한 흐름이 합류했는데, 그 흐름들이 바로 와일드의 시에 내포된 목소리를 만든 확실한 샘물이다. 영국 작품들 중에서 스윈번과 로세티,[203] 테니슨[204]의 작품이 그런 작품들이다. 와일드는 세 사람을 아주 활발하게 활용했는데, 스윈번은 도도한 은유를 창조하는 데 활용했고 로세티에게서는 기교의 집약을 배웠으며 테니슨에게서는 유성음의 표현을 활용했다. 이처럼 명백한 사실을 상기시키는 의도는 와일드가 창조한 작품의 고유한 즐거움을 부인하는 데 있지 않다. 그보다는 와일드라는 시인을 그의 시대에 맞게 위치시키기 위함이다. 와일드는 위대한 시인이나 세심한 산문 작가는 아니었지만 다른 사람과는 다른 생명력을 보여 준 아일랜드 작가였다. 그는 다른 사람들이 긴 페이지에 희석시킨 미학적 신념을 짧은 풍자시에 잘 표현했다. 그는 주변에 있는 아이디어를 대중화시킨 선동가였다. 그의 행동은 오늘날 장 콕토[205]의 활약과 비견할 만했다. 비록 그의 취미가 그 프랑스 시인보다 자유분방하고 장난스러웠지만 말이다. 순수한 재기로 가득 찬 그의 작품은 언제나 동료들의

잇는 매너리즘 화가들에 의한 기계적이고 이상화된 예술을 개혁하기 위한 것이다.

203 단테이 게이브리얼 로세티(Dante Gabriel Rossetti, 1828~1882). 라파엘 전파 운동을 일으킨 영국의 화가, 시인.

204 앨프리드 테니슨(Alfred Tennyson, 1809~1892). 빅토리아 시대 영국의 계관 시인.

205 Jean Cocteau(1889~1963). 프랑스의 시인, 소설가, 극작가, 영화감독. 다다이즘 시인으로 출발해 1차 세계대전 후 전위파 시인으로 두각을 나타냈다.

찬탄을 불러일으켰다. 그는 알마푸에르테나 위고처럼 스캔들만을 추구하는 예술가들이 일반적으로 저지르는 특징인 엄숙주의나 공허에도 결코 빠지지 않았다. 자신을 속이거나 설교할 줄 몰랐던 와일드의 연극적 성격은 칭찬받을 만했다. 특히 그가 지닌 오만한 자부심을 기억한다면 더욱 그렇다. 와일드는 퀸즈베리 소송[206]의 형벌을 피할 수도 있었다. 하지만 자신의 명성으로 판결의 집행을 막을 수 있다고 믿었기 때문에 피하지 않았다는 것 또한 널리 알려져 있다. 유죄 판결이 내려지자 사법부는 만족했고, 판결의 실행 여부에 대해서는 전혀 관심이 없었다. 사법 당국은 그가 프랑스로 탈출할 수 있도록 하룻밤이나 자유롭게 놔뒀지만 뒷골목으로 탈출하고 싶지 않았던 와일드는 다음 날 아침에 다시 체포되고 말았다. 그의 그런 행위를 설명할 수 있는 이유는 많을 것이다. 과도한 자기 숭배나 체념 때문에 탈출을 포기했다거나 어떤 형태로든 삶을 고갈시키는 호기심이나 심지어 미래의 평판을 위한 절박함 때문에 포기했다고 말이다.

그에 대해 이야기할 때는 모든 것이 가능하다. 하지만 와일드의 변심이라는 심리적 수수께끼로 인해 그의 문체가 명확하

---

206 동성애자였던 오스카 와일드는 1891년 퀸즈베리 후작의 막내아들인 알프레드 더글러스와 사랑에 빠졌다. 퀸즈베리 후작은 와일드를 수많은 소년들을 추행했다는 혐의로 고발했고 와일드 역시 명예 훼손죄로 후작을 고소했다. 1895년 재판에서 패소한 와일드는 노동 금고형 2년을 받으며 명예는 물론 부까지 모두 잃은 끝에 1900년 뇌수막염으로 사망한다.

게 변모했다. 그 변심의 진실성을 의심하는 사람도 있지만 나는 거의 확신한다. 내게 어떤 사실은 의심의 여지 없이 확실하기 때문이다. 그의 문체는 완전히 변했는데, 그동안의 장식적 어구를 포기하는 대신 본국의 친근하고 단순한 말투를 사용하게 된 것이다. 감동적인『리딩 감옥의 발라드』에는 현실적 세부 묘사가 풍부하고, 표현 면에서는 무의식적이면서도 시답잖은 게으름이 존재한다. 그는 세 번째 노래에서 "우리는 깡통을 두드리고 찬송가를 울부짖었다."라고 노래했다. 이 문장은 오유엘라의 작품에서 익살스러운 표현을 찾아보기 어려웠듯『살로메』[207]의 작가에게는 불가능했던 표현이다.

하지만 누군가가 그 유명한『리딩 감옥의 발라드』에서 찾을 수 있는 유일한 흥밋거리가 고작 와일드의 자전적 어조나 마지막 모습이리라고 생각한다면 그것은 중대한 오류일 것이다. 나는『리딩 감옥의 발라드』야말로 진정한 시로, 모든 독자가 반복해서 감정을 고백하게 만든다고 생각한다. 표현은 매우 엄격하고 간소하다. 우리는 중심인물에 대해 거의 알지 못한다. 유일하게 아는 사항은 사형에 처해지리라는 것, 즉 부재에 관한 것뿐이다. 그럼에도 우리는 그의 죽음에 감동한다. 간신히 존재하게 만든 인물을 효과적으로 부재시킬 수 있다는 것, 그것이야말로 가치가 큰 업적이다. 와일드가 바로 그런 위업을 달성했다.

207 1893과 1896년 파리에서 초연된 와일드의 희곡.

아라발레로[208]에 대한 비판

룬파르도[209]란 도둑들의 교활한 은어이며, 아라발레로란 그런 은어를 흉내 내는 것으로, 무법자나 악당처럼 거칠고, 술과 건달 의식에 취해 나쁜 짓들을 자랑하는 건달의 겉멋에 찬 말투이다. 룬파르도가 동업자의 어휘로, 매춘부와 도둑의 언어라면 아라발레로는 더 심각하다. 어느 사회에나 어느 정도의 뚜쟁이와 도둑이 있고, 이는 매우 자연스러운 일이다. 그래서 세르반테스도 작품에서 지독한 구두쇠와 그의 부친의 입을 통해 뚜쟁이의 일이란 공화국에서 아주 중요하고 도둑질이란 기계적인 기술이 아니라 자유로운 기술이라고까지 말했다. 하지만 내가 놀란 것은 일반적이고 규칙적인 보통 사람이 가장 비

208 부에노스아이레스 변두리 지역의 말투.

209 부에노스아이레스와 주변 지역에서 사용하는 은어.

열한 위선자처럼 행동하고 감옥의 말투를 흉내 내는 것처럼 보인다는 점이다. 그럼에도 현실은 부인할 수 없는 사실이다. 부에노스아이레스에서 글을 쓸 때는 보통 아주 평범하게 쓴다. 하지만 문어와 구어 사이에 교류가 부족하다는 것은 잘 알려져 있다. 우리는 일반적으로 아주 친밀한 관계에서는 보편적 스페인어, 즉 대다수 크리오요들이 사용하는 성실한 구어를 사용하지 않는다. 그보다는 악명 높은 은어를 사용하는 경향이 있다. 증오와 반감이 담긴 수많은 방언들을 사용하고, 미리 표시된 카드처럼 일부만 아는 기만적 단어들을 건방지게 사용하는 것이다.

그렇다면 그런 오염이 우리의 스페인어에 심각한 영향을 끼칠까? 25년 전에 아르헨티나의 언어에 관한 책을 쓴 루시아노 아베이예[210] 박사는 아르헨티나의 언어가 얼마나 거칠어질지 이미 예견했을 것이다. 사전 편찬자 가르손[211]과 세고비아[212] 역시 (아마 책의 분량과 중요성을 증대시키기 위해서였겠지만) 자신들의 사전에 그런 상황을 솔직하게 기록했다. 그리고 마지

---

210 Luciano Abeille(1859~1949). 아르헨티나의 의사로 『라틴어 문법(Gramática latina)』(1896)과 『아르헨티나어(El idioma nacional de los Argentinos)』(1900)를 집필한 언어학자로도 유명하다.

211 토비아스 가르손(Tobías Garzón). 『아르헨티나 언어 사전(El diccionario argentino)』(1910)을 편찬했다.

212 리산드로 세고비아(Lisandro segovia). 『아르헨티나 사투리 사전(Diccionario de argentinismos)』(1911)을 편찬했다.

막으로 수많은 작가와 수습 작가들 역시 그토록 오염된 언어를 사용한다. 우루과이 작가 '최후의 이성(Last Reason)'[213]이나 로베르토 아를트처럼 일부 작가들은 그토록 타락한 언어를 비교적 잘 사용했지만 거의 대부분의 작가들이 아주 형편없이 사용했다. 하지만 개인적으로 나는 아라발레로의 효력이나 누더기처럼 타락한 언어의 독재성을 신뢰하지 않는다. 여기 그 이유가 있다.

가장 중요한 이유는 어휘가 부족하다는 데 있다. 나는 아레발레로가 규칙적으로 갱신될 뿐만 아니라 오늘날의 건달은 그 옛날 센테나리오 지역의 콤파드리토처럼 말하지 않는다고 확신한다. 다만 일종의 동의어 놀이를 하는 것이며, 그게 전부라고 생각한다. 예를 들어 오늘날 사람들은 작은 방을 말할 때 'bulín' 대신에 'cotorro'라고 말한다. 기호(記號)는 바뀌었지만 의미는 동일하다. 그러므로 그것은 어휘의 풍부함이 아니라 변덕일 뿐이다. 실제로 아라발레로는 범죄자 집단이나 그들과 대화하는 사람들이 사용하는 동의어의 경연장일 뿐이다. 교도소나 뚜쟁이, 강도나 경찰 또는 (프란시스코 케베도의 표현에 의하면) 쾌락의 도구들이나 권총을 의미하는, 한 줌밖에 안 되는 단어들이 존재할 뿐이다. 그러므로 동일한 의미를 가지는 구어는 다양하지만 개념적으로는 매우 빈곤하다. 룬파르도란 은폐의 언어이기에 널리 알려질수록 덜 유용하다. 아라발레로는 항구에서 사용하는 구어와 변하기 쉬운 룬파르도가 혼합

213 우루과이의 작가, 언론인 막시모 사엔스(Máximo Sáenz)의 필명이다.

된 결과물이다. 1897년 간행된 『파수꾼의 기억(Memorias de un vigilante)』[214]에는 수많은 룬파르도 어휘가 지루할 정도로 장황하게 기록되었고, 그중 상당수의 어휘는 오늘날 이미 아라발레로로 변모했는데, 정작 도둑들은 더 이상 그것들을 사용하지 않을 것이 분명하다.

언어에 은어가 끼어드는 것은 전혀 해롭지 않다. 스페인어처럼 세계적인 언어를 기원이 명확한 작은 실개천과 비교할 수는 없다. 차라리 수량이 많고 다양한 강물이 뒤섞이는 큰 강과 비교하는 것이 바람직하다. 아르헨티나의 언어는 지리적 교류와 문학적, 보편적 활용을 통해 강화되었다. 그러므로 수많은 지류를 없애지 않고 그대로 보존한 채 수용할 수 있다. 아라발레로는 언어적으로 말도나도 하천[215]과 같다. 해변과 강변의 말투를 수용했고, 의욕이 없건 가난한 사람이건 팔레르모에 살건 비야말콤에 살건 간에 모든 사람의 감동적인 말투를 수용해 형성된 것이다. 그러므로 이런 언어가 강과 바다 어느 쪽을 두려워해야 한단 말인가?

다음 사례들은 은어를 이해하기에 알맞다. 은어란 사실 르네상스 시대 스페인의 속어로, 케베도와 세르반테스, 마테오 알레만[216] 등 저명한 작가들이 사랑했던 언어이다. 예를 들

---

214 프라이 모초로 알려진 아르헨티나의 작가 호세 세페리노 알바레스의 작품.

215 부에노스아이레스시에 있는 하천.

216 마테오 알레만 이 데 에네로(Mateo Alemán y de Enero, 1547~1614). 『알파라체의 악동 구스만』이라는 피카레스크 소설(악자(惡者) 소설)로 유명한 스페인 황금

어 케베도는 다양한 어휘와 감각적 구어를 열정적으로 사랑했던 작가로 유명하다. 그래서 그는 무도회나 하카라[217]를 표현한 작품은 물론 심지어 환상적인 작품인 『모든 이들의 시간(La hora de todos)』에서까지 은어를 과도하게 사용했다. 세르반테스는 「린코네테와 코르타디요(Rinconete y Cortadillo)」라는 작품을 통해 은어에 탁월한 지위를 부여했고, 마테오 알레만 역시 소설 『알파라체의 악동 구스만(El pícaro Guzmán de Alfarache)』에서 다양한 은어를 아주 풍부하게 사용했다. 후안 이달고(Juan Hidalgo)는 1609년 처음으로 『은어의 어휘집(Vocabulario de germanía)』을 출판했는데, 그 책에는 오늘날 일상어로 변모한 수많은 어휘가 등록되어 있다. 예를 들어 'acorralado(감금된)'란 단어부터 'agarrar(잡다)', 'agravio(모욕)', 'alerta(경계)', 'apuestas(추첨)', 'apuntar(조준하다)', 'avizorar(엿보다)', 'bisoño(신인의)', 'columbrar(보이다)', 'desvalijar(훔치다)', 'fornido(늠름한)', 'rancho(오두막)', 'reclamo(클레임)', 'tapia(토담)', 'retirarse(은퇴하다)'에 이르기까지 이제는 더 이상 설명이 필요 없을 정도로 친숙한 어휘들이 은어로 등록된 것이다. 열다섯 개의 은어 단어들, 즉 천박한 환경에서 사용하던 열다섯 개의 어휘들이 품위 있게 변모되고, 나머지 단어들은 망각 속에 버려진 것이다. 그렇다면 스페인어는 얼마나 부끄럽게 타락했단 말인가? 언어에 얼마나 위험한 일이 벌어졌단 말인가? 훌륭한 작가들이 사랑한 은어들, 수천 개의 어휘들이 스페인

세기의 작가.

217 하카라곡에 맞추어 추는 춤.

어에 완벽하게 삽입될 수 없었다면 우리의 아라발레로, 즉 건달과 거친 촌놈들이 사용하는 우리의 언어는 또 어떻게 될까?

부에노스아이레스에는 지금 이러한 은어가 널리 유포되어 있다. 'soba(구타)'라는 단어부터 'gambas(새우)', 'fajar(습격하다)', 'boliche(간이식당)', 'bolichero(간이식당 주인)'[218]에 이르기까지 수많은 단어가 자주 사용되는 것이다. 처음 세 단어는 '구타'와 '넓적다리', '덮치다'라는 원래의 의미를 보존하고 있지만 마지막 두 단어는 이제 더 이상 '도박장'이나 '도박장 물주'라는 원래의 의미 대신 '간이식당'이나 '간이식당 주인'의 의미로만 사용된다. 도박장이나 간이식당 모두 만남의 장소라는 포괄적 개념에 속한다는 걸 생각하면 그 변환은 쉽게 이해할 수 있다.

우리 룬파르도에는 집시들의 은어 역시 수는 적지만 명백하게 사용된다. 포주와 건달들은 'guita(현)'와 'chamullar(말하다)', 'junar(응시하다)', 'madrugar(새벽에 일어나다)' 등의 단어를 비슷하게 발음하고, 바보, 멍청이를 뜻하는 집시들의 언어 'gilií(바보)'에서 파생된 'gil(부주의한 사람)'이라는 단어 역시 사용한다. 또한 수행하는 행위에 따라 단어를 분류하는 방식도 비슷하다. 그래서 'ojos(눈들)'란 단어의 경우에 은어에서는 '엿보는'의 뜻으로, 부에노스아이레스의 언어에서는 '호기심이 많은'이라는 의미로 사용하고, 'zapatos(신발들)'라는 단어는 은

---

218 'boliche'는 원래 볼링이나 당구 등 작은 공을 의미하는 단어로 도박장이라는 의미였으며, 'bolichero'는 그런 도박장에서 판돈을 대주는 물주를 의미했다.

어에서는 '짓밟는'의 뜻으로, 부에노스아이레스에서는 '걷는'이라는 의미로 사용한다.

은어의 적합성에 대해 깊이 분석해 보면 세고비아의 뚜쟁이 파블로스[219]가 은어를 사용한 것 또한 나름대로 합리적이었음을 알 수 있다. "라 그라할레스와 친해졌기에 그는 그녀와 둘이서 인도를 향해하기로 결심했다." 우리의 악당들이 비극적 가문의 씨앗이고, 그들의 언어를 통해 혈통을 입증할 수 있다고 해서 놀라운 일은 아니다.

농촌을 모르는 은어, 별을 바라본 적이 한 번도 없는 은어, 조용하고 기품 있게만 말해서 정열적인 영혼조차 표현할 수 없는 은어는 오직 기적을 행하는 도공이 영원의 그릇을 빚기를 바라는 푸석한 진흙과 같다. 그러므로 은어가 영원불멸의 생명력을 갖게 하기 위해서는 진실한 열정이 필요하다. 크리오요의 아이러니와 고통을 확신에 차서 발음할 필요가 있는 것이다. 그렇다고 이미지까지 고양시킬 필요는 없다. 나는 사아베드라 지역에서 'baile(춤)'이란 단어 대신에 'fogata(모닥불)'란 단어를 들었고, 'bailar(춤추다)' 대신에 'prenderse en la fogata(모닥불에 빠지다)'라는 말을 들었다. 또한 사멸한 은어에서는 'ahorcado(교수형에 처한 사람)'를 'racimo(포도송이)'로 'voz(소리)'를 'consuelo(위로)'로, 'horca(교수대)'를 'viuda(과부)'라고 부르기도 했다.

아라발레로는 이제 영원을 향해 걸어가야 한다. 하지만 사

---

219 1626년 출판된 케베도의 피카레스크 소설 『부스콘의 생애(La vida del buscón)』의 중심인물.

전에 등록된 500개의 단어 중 고작 절반 정도가 남아 있을 뿐이다. 그것을 복원할 처방은 너무나 간단하다. 호세 에르난데스 같은 작가가 건달에 관해 새로운 서사시를 쓰는 것으로 충분하다. 다양한 인물을 창조해 낸 단 하나의 작품이면 충분하다. 그것이야말로 모든 사람이 신뢰하는 문학 축제이다. 갈가리 찢어진 변두리 지역의 광경에 대해 우리가 느끼는 동정을 표현한 국민 연극이나 탱고가 혹시 전조 현상은 아닐까? 모든 국민이 마르틴 피에로의 일부이기에 이제 모든 건달이 새로운 소설의 주변 인물이 될 수 있다. 소설이라? 크리오요들을 즐겁게 할 소설은 단순하게 산문으로 풀어 헤쳐진 소설일까 아니면 안달루시아의 비센테 에스피넬[220]이 창안한 데시마 양식의 소설일까? 나는 아직 거기까지 예견하지는 못하겠다. 하지만 구성원들이 기도하거나 기타를 치면서 새벽까지 형제애를 노래하기에는 두 번째 것, 즉 데시마 양식의 소설이 훨씬 나을 것 같다.

위대한 시에 언급되는 도시의 주민이 된다면 얼마나 멋진 일일까? 부에노스아이레스는 영원히 지속될 아름다운 도시이다. 최소한 나에게는 그렇다. 중심가는 아직 완벽한 모습을 갖추지 못했지만 높은 집들은 이미 이웃집 정원을 무너뜨릴 정

220 비센테 고메스 마르티네스 에스피넬(Vicente Gómez Martínez Espinel, 1550~1624). 스페인 황금 세기의 사제, 음악가, 작가로, 『종자(從者) 마르코스 데 오브레곤의 생애(La Vida del escudero Marcos de Obregón)』(1618)라는 피카레스크 소설로 유명하다.

도로 빽빽하게 들어차 있다. 수많은 나무와 토담의 사랑이 넘치고, 로사다궁[221]이 멀리서부터 등대처럼 빛을 발한다. 내가 사는 비야알베아르에는 밤새 달이 떠 있고, 비야우르키사와 사아베드라의 변두리에서는 팜파스가 시작된다. 하지만 몇 가지 상징을 이식하지 않는다면 아무리 200만 명이나 되는 서로 다른 운명이 도시를 가득 채우고 있을지라도 부에노스아이레스는 여전히 소리 없는 황무지로 남을 것이다. 물론 시골에는 이미 이식되었다. 그곳에는 산토스 베가와 가우초 크루스[222]와 마르틴 피에로가 살고 있으며, 어쩌면 신들도 존재할 것이다. 하지만 부에노스아이레스는 여전히 시로 노래되기만을 기다리고 있다.

하지만 여기서 예견한 소설이나 서사시가 모두 부에노스아이레스의 언어로만 쓰일 수 있을까? 나는 매우 어렵다고 생각한다. 내가 지적한 언어적 제약과 함께 정서적 족쇄도 있기 때문이다. 우리의 언어는 항상 격렬하고 엄숙하게 스페인을 기억하고 찾는다. 『마르틴 피에로』의 다음 시행에서도 그러한 향수가 들린다.

가슴은 새로운 슬픔을 느꼈다
그 먼 곳에서 크루스 때문에……

---

221 아르헨티나의 대통령궁.

222 마르틴 피에로를 추적하는 인물.

문학적 믿음에 대한 예언

나는 몇 편의 시를 써서 출판했는데, 그 시들은 우리의 삶에 깊숙하게 자리 잡은 이 도시의 두 구역에 대한 기억을 상기시켰다. 나는 한 구역에서는 어린 시절을 보냈고, 다른 구역에서는 아마도 커다란 사랑을 누리고 겪었기 때문에 그 시들을 썼을 것이다. 또한 나는 로사스 시대를 회상하는 글도 몇 편 썼는데, 내가 읽은 편협한 책들과 우리 가족의 전통에 따르면 그 시대야말로 내가 느끼는 오래된 조국이었기 때문이다. 그러자 두세 명의 비평가가 내게 달려들어 궤변을 늘어놓으며 악담을 퍼부었다. 한 비평가는 나를 시대를 거스른 반동이라고 불렀다. 다른 비평가는 거짓으로 동정하며 내가 운 좋게 알고 있는 곳보다 더 생생한 동네들을 지적했다. 그는 내가 우르키사로 가는 96번 전차 대신 파트리시오스로 가는 56번 전차를 택했어야 한다고 말했다. 어떤 사람들은 마천루를 대신해, 또 다른 사람들은 양철로 만든 판잣집을 대신해 나를 공격했다. 나를 제대로 이해하지 못한 그런 비난들 때문에(그들의 비난이 터무니없어 보이지 않도록 이 글에서는 상당히 누그러뜨리며 쓰고 있다.) 나는 「문학적 믿음에 대한 예언」이라는 이 글을 쓰게 되었다. 나는 나의 이런 문학적 신조가 종교적인 것과 같다고 단언할 수 있다. 내 문학적 신조는 내가 만든 것이 아니라 내가 믿는 만큼 내 것이기 때문이다. 엄밀하게 말하면 내가 제안하는 내용은 반대하는 사람들 사이에서조차도 일반적이라고 생각한다.

내 제안은 모든 문학은 결국 자전적이라는 것이다. 우리가 운명을 고백하고 운명에 대해 어렴풋하게 추측할 수 있도록 도와주는 모든 것이 시적이다. 서정시에서는 이러한 운명이 대개 변하지 않고 세심하다. 하지만 언제나 운명의 특성에 어울리고 운명을 추적하는 데 도움이 되는 상징들로 묘사되곤 한다. 공고라의 땋은 머리와 사파이어, 유리 조각이나 알마푸에르테의 개 떼와 진창에 다른 의미는 없다. 사실은 소설에서도 똑같다. 『독설가』라는 교훈 소설에서 중요한 캐릭터는 크리틸로도 안드레니오도 아니고, 그들을 둘러싼 우의적 단역들도 아니며, 바로 천재적 재능을 지닌 그라시안 사제이다. 그의 엄숙한 말장난과 대주교나 명사들에게 바치는 아첨, 불신받는 종교, 지나치게 뽐내는 교양, 달콤한 허식과 뿌리 깊은 증오 등이 중요한 캐릭터 자체이다. 유사한 방식으로 우리는 셰익스피어의 훌륭한 수다와 오래된 이야기에 대해서도 불신을 유예한다. 우리가 진정으로 신뢰하는 사람은 리어왕의 딸이 아니라 바로 극작가이다. 내가 희곡과 소설의 생명력을 부인하려는 것이 아님을 명확히 해 두겠다. 나는 마세도니오 페르난데스가 이미 말했던 것을 주장하는 것이다. 그는 영혼과 운명과 특질에 대한 우리의 갈망은 스스로 무엇을 찾는지 아주 잘 안다고 말했다. 작가는 자신에게 제공된 허구의 삶이 충분하지 않다면 자신의 내면을 사랑스럽게 파헤친다는 것이다.

은유도 마찬가지이다. 매력이 있는 한 어떤 은유도 가능한 경험이다. 어려움은 은유의 창조(화려한 단어를 단순하게 섞기만 해도 얻어지는 간단한 행위)에 있지 않고 독자를 매혹시킬 인과 관계를 만드는 데 있다. 몇 가지 사례를 통해 이것을 설명하겠다. 파리에서 출판한 『돌의 순례자들(Los peregrinos de piedra)』 49쪽에서 에레라 이 레이시그는 다음과 같이 서술했다.

숲은 축축한 면화 속에서 부들부들 떨고
봉우리는 이상주의자의 하얀 황홀에 있다.

여기서 두 가지 희한한 일이 생긴다. 추위를 느끼는 나무들 사이에 엷은 안개 대신 축축하게 젖은 솜들이 있고, 심지어 산의 정상은 황홀경, 즉 사색적인 명상에 들어 있다. 에레라는 이러한 두 겹의 경이에 놀라지 않고 앞으로 나아간다. 시인 자신조차 자신이 쓴 것을 깨닫지 못하는 것이다. 그런데 우리가 어떻게 그것을 깨달을까?

여기 완전히 다른 시행들이 있다. 또 다른 우루과이 시인(몬테비데오 사람들이 화내지 않도록) 페르난 실바 발데스가 쓴 것으로, 길을 수리하는 노동자에 관한 글이다. 내 생각에 이 작품은 완벽하다. 은유는 현실을 잘 반영하고 운명의 순간을 잘 포착한다. 그는 진심으로 현실을 신뢰하고, 현실의 기적에 기빠하며, 심지어 그 기적을 타인과 공유하고 싶어 한다. 그는 다음과 같이 노래한다.

얼마나 아름다운가!
모두들 와서 보게나, 얼마나 아름다운지!
거리 한가운데에 별이 떨어졌다네,
그리고 가면을 쓴 남자가
별 안에 든 것을 보려다가 타고 있다네……

모두들 와서 보게나, 얼마나 아름다운지!
거리 한가운데에 별이 떨어졌다네,
그리고 사람들은 놀라서
빙 둘러섰다네,
별이 사멸하는 것을 보기 위해
하늘의 눈부신 헐떡임 속에서.

나는 기적 앞에 있네.
(누가 감히 그것을 부정하는가?)
거리 한가운데에
별이 떨어졌다네.

가슴 깊이 울리던 자전적이고 개인적인 내용이 가끔은 우연한 사건 때문에 사라진다. 설명할 수 없지만 우연히 마음에 드는 작품이나 시행이 있다. 이미지들은 대부분 유사하지도 정확하지도 않고, 이야기는 게으른 상상력이 만들어서 서툴며, 어투 또한 어눌하고 부자연스럽다. 그럼에도 그 작품이나 고립된 시행이 우리를 기쁘게 하고 기억에서 쉽게 지워지지 않는다. 미적 판단과 정서의 그러한 대립은 대개 서툰 미적 판단에서 야기된다. 주의 깊게 관찰해 보면 우리가 좋아하는 시행들은 언제나 영혼과 특질, 운명을 그린다. 거기서 더 나아가 그저 운명을 암시하는 것만으로도 시적인 어휘들이 있다. 예를 들어 도시의 지도나 묵주, 두 자매의 이름이 그렇다.

몇 줄 앞에서 나는 이미지들이 요구하는 주관적이거나 객관적인 진실의 절박감에 대해 주장했다. 이제 작위적인 뻔뻔함 때문에 운율이 가장 진실한 작품에 거짓된 분위기를 일으킬 수 있고, 그 효과는 대개 반(反)시적임을 지적할 것이다. 모든 시는 일종의 내밀한 고백이다. 모든 고백의 전제는 듣는 사람에 대한 신뢰와 말하는 사람의 솔직함이다. 그런데 운율에는 원죄가 있는데, 그것은 바로 기만의 분위기이다. 이러한 속임수가 결코 드러나지 않아 우리를 그저 귀찮게만 할지라도 속임수에 대한 단순한 의혹만으로도 활짝 핀 열정을 낙담시키기에 충분하다. 누군가는 장식적인 소리가 나약한 시인의 악습이라고 말할 테지만 나는 이것이 바로 운율 있는 시의 고통이라고 생각한다. 누군가는 그것을 잘 감추고 또 누군가는 서툴게 감출 뿐이다. 하지만 그것은 항상 있다. 여기 장식적 소리의 부끄러운 사례가 있는데, 아주 유명한 시인이 저지른 것이다.

도발적 시선으로 너를 읽다가
나는 망상의 끝에 이르렀다.
너의 눈이 메시지를 전하는 비둘기처럼

별에게서 달콤하게 돌아왔다.

네 행이 둘로 줄어들고, 처음 두 행의 존재 이유는 다만 마지막 두 행을 정당화시키기 위한 것임은 명확하다. 이러한 시작법의 속임수는 장식적 소리의 부끄러운 사례인 고전적 밀롱가[223]의 작법과 동일하다.

생선과 감자튀김,
소시지 튀김,
내가 가진 사랑스러운 여인,
아무도 그녀를 빼앗지 못해……

모든 시는 한 주체가, 한 개성이, 한 인간이 체험한 것을 남김없이 고백하는 것이라고 이미 밝혔다. 그렇게 폭로된 운명이 돈키호테와 마르틴 피에로 그리고 브라우닝의 독백하는 주인공들과 파우스트를 소설화한 다양한 버전의 인물들처럼 환상적이고 전형적이거나 몽테뉴와 토머스 드 퀸시,[224] 월트 휘

223 아르헨티나와 우루과이 등 라플라타 지역의 민속 음악이자 춤으로, 가우초 문화에 뿌리를 둔다. 밀롱가에는 두 종류가 있는데, 하나는 팜파스 지역의 전통적 밀롱가이고, 다른 하나는 1931년 세바스티안 피아나(Sebastián Piana)에 의해 형성된 감상적 밀롱가, 즉 도시 밀롱가이다.

224 Thomas De Quincey(1785~1859). 영국의 소설가, 수필가.

트먼과 모든 진정한 시인들의 자전적 소설화처럼 개인적일 수 있다. 나는 후자를 이루고 싶다.

우리는 삶의 파토스를 어떻게 비출 수 있을까? 어떻게 타인의 가슴에 자신의 부끄러운 진실을 끼워 넣을까? 우리가 사용하는 도구들이 역시 방해가 될 것이다. 시란 단어의 의미를 흐리게 하는 단조로운 가락이고, 운율이란 말장난이자 진지한 단어 놀이이며, 은유는 강조의 취소이자 전통적 거짓말로 아무도 진지하게 받아들이지 않는 코르도바 억양[225]과 같은 것이다.(그럼에도 우리는 그것에서 벗어날 수 없다. 마누엘 갈베스가 처방한 '평탄한 문체(estilo llano)'는 배가된 은유이다. '문체'는 어원적으로 '송곳'을 의미하고, '평탄한'은 '반반하고 편평해 요동이 없는 곳'을 의미한다. 평탄한 문체란 팜파스와 유사한 송곳이다. 그러니 누가 그것을 이해할 수 있겠는가?)

어휘의 다양성은 또 다른 오류이다. 모든 학자가 다양성을 권장하지만 나는 다양성은 결코 진실이 아니라고 생각한다. 나는 단어들이 완전히 정복돼 생기가 있어야 한다고 생각한다. 사전이 제공하는 외견상의 평판은 거짓이라고 생각한다. 오랫동안 높은 골목길을 여기저기 쏘다니지 않았다면, 변두리 지역을 마치 사랑하는 여인인 양 갈망하고 겪어 보지 않았다면, 가게 모서리의 토담과 들판, 달빛을 보고(寶庫)처럼 느껴

225 코르도바는 부에노스아이레스에서 북서쪽으로 약 700킬로미터에 위치한 도시로, 이 지역 주민들의 억양은 아르헨티나 언론과 소설에서 익살과 풍자의 대상으로 끊임없이 언급된다.

보지 않았다면 어느 누구도 감히 '변두리 지역'에 대해 쓰겠다는 생각을 하지 않기를 바란다. 나는 이미 가난을 정복했고, 수천 가지 어휘 중에서 내 영혼에 적합한 아홉에서 열 개의 어휘들에 대해 이미 상세히 조사했다. 그리고 어쩌면 한 쪽 분량의 글을 쓰기 위해 이미 한 권 이상의 책을 썼다. 나의 정당성을 밝혀 주고 내 운명을 요약할 수도 있을 그 페이지는 마지막 심판의 종이 울릴 때 아마도 그곳에 참석한 천사들만이 들을 것이다.

간략하게 말하겠다. 하루의 끝임이 분명한 해 질 무렵 거리에 있는 환한 소녀들과 함께 일몰의 어둡고 신선한 바람을 느끼며 나는 과감히 친구에게 그 페이지를 읽어 줄 것이다.

추신

이 책은 기존에 발표했던 글들을 편집한 것이다. 기존에 발표했던 게으른 생각과 은유에 대한 글들, 감정과 불신, 절망에 대한 잡담들을 모은 것이다. 그러므로 이 책을 순서대로 읽을 필요는 없다.《라 프렌사(La Prensa)》와《노소트로스(Nosotros)》,《발로라시오네스(Valoraciones)》,《이니시알(Inicial)》,《프로아》 등의 페이지들을 이미 읽었다면 건너뛰어도 무방하다.

J. L. 보르헤스

2부 아르헨티나 사람들의 언어

이루지 못한 사랑에게
세상은 미스터리,
이루어진 사랑은 이해하는 것 같은
미스터리.

브래들리, 『현상과 실재』

서문

이 책만큼 전체적으로 형식이 느슨하고 조잡한 서문과 그와 유사한 형태의 본문들로 구성되어 굳이 서문이 필요 없는 책도 없을 것이다. 내 펜이 명료함의 도움을 받는다면 다음 페이지들에서도 마찬가지일 것이다. 만약 어둠이 대신 내 펜을 움직인다면 이렇게 써 내려가는 것을 서문이라 이름 붙인다 하여 더 밝게 비추지는 않을 것이다. 서문은 침묵에서 소리로 가는 통로, 중재, 황혼이 되고 싶어 한다. 그러나 본문과 마찬가지로 언어적이고, 언어적인 것의 단점에 천착한다.

살아야 한다는 소명은 열정, 우정, 증오라는 불길한 선택을 강요한다. 게다가 조금은 덜 중요한 다른 선택, 즉 세상사를 해결하도록 강요한다. 책을 통해 그런 경향을 표현하든 표현하지 않든 세상사에 관심이 없는 사람은 아무도 없다. 지금 쓰는 서문은 1927년 나의 취향과 관심(아르헨티나의 희망, 서지학 취향의 글쓰기, 문학사, 형이상학적 최후의 환상이나 명석함, 즐거운 추억, 수사학 같은 것)을 반영한 글이다. 이런 백과사전 분위기의 글은 사실적이라기보다 그럴듯해 보일 뿐이다. 이 글은 기본적으로 세 가지 방향성을 지닌다. 첫째는 언어에 대한 의심이요, 둘째는 미스터리이자 희망인 영원불멸에 관한 것이며, 셋째는 부에노스아이레스에 대한 이야기이다. 첫째 주제를 통해서는 말에 대한 모든 것을 살펴보고자 하며, 둘째와 셋째 주제와 관련해서는 「죽음을 느끼다」라는 제목을 붙인 글에서 함께 언급하고자 한다.

호르헤 루이스 보르헤스

단어의 탐구

I

먼저 나의 무지 가운데 일부를 다른 이들에게 알리고자 한다. 이는 귀소 본능을 가진 내 사고의 우유부단함을 밝혀 다른 의심 많은 누군가가 나로 하여금 그것을 의심하게 하고 함께 고민하여 그 희미한 빛이 다시 밝은 빛으로 변하도록 했으면 하는 바람에서이다. 또한 내가 다룰 주제가 주로 문법적인 것임을 밝혀 두려 한다. 이는 문법에 대한 나의 견해를 비판하고 (우정이란 명목으로) 내게 인간적인 작품을 요구하는 독자들에게 내용을 미리 알리고자 함이다. 사실 나는 문법이야말로 가장 인간적인 것이라고 주장하고 싶지만 독자들을 이해하기에 이번 한 번은 양해를 구한다. 누군가가 내 번민과 기쁨에 대해 알고 싶어 한다면 한 페이지라도 더 읽어 주시길…….

내가 심사숙고하는 문제는 '어떤 심리적 과정을 거쳐 한 문장을 이해하는가?'이다.

이 문제를 연구하기 위해(감히 해결하기 위해서라고 할 수 없기에) 여러 문법이 다루는 유추적(인위적) 분류를 따르지 말고 읽는 이에게 단어를 전달하는 내용에 따라 아무 문장이나 하나 분석해 보자. 아주 유명하고 의심의 여지 없이 명료한 문장으로, 예를 들면 "En un lugar de la Mancha, de cuyo nombre no quiero acordarme,(그 이름을 기억하고 싶지 않은, 라만차의 어느 마을에)"[226]와 이어지는 다른 문장들이다.

분석을 시작해 보자.

전치사 'en(에)'. 이것은 완벽한 단어가 아니고 이어질 다른 단어들에 대한 약속이다. 바로 다음에 오는 단어들이 문맥이 아니라 시간 또는 공간에 중점을 둔다는 것을 가리킨다.

'un(어느)'. 원래 이 단어는 수식하는 단어의 단위를 말하지만 이 문장에서는 그렇지 않다. 여기서는 실재하는 존재를 나타내는데, 그렇다고 특별히 구별되거나 정해진 존재는 아니다.

'lugar(장소)'. 이 단어는 전치사 'en'으로 약속되는 위치를 나타낸다. 단순히 통사적 역할을 할 뿐 앞의 두 단어가 제시하는 표현에 아무 의미를 더하지 못한다. 'en'으로 표현하든 'en un lugar(어느 곳에)'로 표현하든 아무 차이가 없는데, 모든 'en'은 어떤 장소에 있음을 함축하기 때문이다. 장소는 명사, 사물이고, 세르반테스는 공간의 한 부분을 표현하기 위해 이 단어

226 세르반테스의 소설 『돈키호테』의 첫 문장.

를 쓴 것이 아니라 동네나 마을, 촌락의 의미로 쓴 것이라고 내게 답할 것이다. 첫 번째 답변에는 마흐[227]와 흄,[228] 버클리[229] 이후 사물 자체를 인용하는 것은 무모한 행동이고, 진정한 독자에게 전치사 'en'과 명사 'lugar' 사이에는 단지 '강조'의 차이만 있을 뿐이라고 답하고 싶다. 두 번째 답변에는 그러한 구분이 사실이기는 하나 뜻이 명백해지는 것은 바로 뒤에 나오는 단어 'la Mancha' 때문이라고 답하겠다.

'de(의)'. 이 단어는 주로 소속이나 소유를 나타내지만 여기서는 (의외일 수 있으나) 'en'의 유의어로 쓰인다. 여기서는 여전히 미스터리한 문장의 중심 구(句)가 또 다른 장소에 위치하고[230] 곧 의미가 밝혀질 것임을 뜻한다.

'la(라)'. (다들 말하듯) 이 단어는 '그, 저'를 뜻하는 라틴어 'illa(일라)'에서 파생되었다고 한다. 예전에는 어떤 제스처에 의해 유도될 뿐 아니라 정당화되고 고무된 단어였지만 지금은 'illa'의 허깨비로 남아 단순히 문법적 성(性)을 나타내는 역할만 한다. 라틴어의 'illa'는 성별을 구별하지 않으나 스페인어의 성은 창(las lanzas)이 아닌 핀(los alfileres)에 남자다움을 부여한

227 에른스트 마흐(Ernst Mach, 1838~1916). 오스트리아의 물리학자이자 과학 철학자.

228 데이비드 흄(David Hume, 1711~1776). 스코틀랜드 출신의 경제학자이자 철학자, 역사가.

229 조지 버클리(George Berkeley, 1685~1753). 아일랜드의 철학자이자 성공회 주교.

230 미지의 'un lugar'가 'la Mancha'라는 또 다른 장소에 위치함을 나타낸다.

다.(여기서 잠시 그래브너가 문법의 성에 대해 쓴 것을 기억해 볼 필요가 있다. 문법의 성이 원래 어떤 가치의 척도를 나타내고, 많은 언어(셈 어족)에서 여성으로 표현된 것은 남성으로 규정된 단어보다 폄하되었다는 것이 최근의 지배적 견해이다.)

'Mancha(만차)'. 이 이름은 다양한 형태로 표현된다. 작가 세르반테스는 이미 알려진 지명이 그가 창조한 돈키호테의 알려지지 않은 사실에 살을 입혀 현실감을 부여하도록 이를 사용했다. 이 비범한 이달고[231]는 〔이렇게 라만차에〕 빚을 갚을 수 있었다. 만약 여러 나라에서 라만차에 대해 들어 봤다면 이는 세르반테스 덕이다.

이런 사실은 소설가와 동시대인에게 라만차라는 지명이 일종의 풍경임을 말하는 것일까? 나는 감히 아니라고 확신한다. 라만차의 실재는 시각적인 것이 아니라 감성적인 것이며, 편협하여 돌이킬 수도 고칠 수도 없는 깐깐한 시골 기질 자체이기 때문이다. 이를 이해하기 위해 구태여 시각화할 필요는 없다. 라만차라고 부르는 것은 '피구에'[232]라고 부르는 것과 마찬가지이다. 당시 카스티야의 풍경은 괴테식으로 표현하면 드러난 비밀(offenbare Geheimnisse) 중 하나였다. 세르반테스는 라만차를 보지 않았다. 소설을 좀 더 즐겁게 만들기 위해 펼쳐 놓은 고대 이탈리아식 평원만 봐도 알 수 있다. 세르반테스보다 라

231 스페인과 포르투갈에서 하급(시골) 귀족 신분을 지칭하는 말.

232 아르헨티나 부에노스아이레스주의 남서부에 위치한 도시.

만차의 풍경을 속속들이 꿰고 있는 사람은 케베도였다. (알론소 메시아 데 레이바[233]에게 보내는 서한에서) 다음과 같이 시작하는 준엄한 묘사를 보라. "라만차, 다른 곳에서는 겨울에 구름과 강이 포플러 나무 산책로를 만들었는데 거기서는 습지와 늪을 만드는구나……." 그리고 몇 줄 뒤에는 다음과 같이 결정타를 날린다. "동이 텄다. 새벽에 그런 곳을 떠올리는 것은 천박한 일 같다."

* * *

이런 분석을 계속하는 것은 쓸데없는 짓이리라. 다만 이 구의 마지막에 쉼표가 찍혀 있다는 것만 적겠다. 이 문장 부호는 이어지는 'de cuyo nombre(그 이름)'라는 구가 라만차(이 이름은 작가가 확실히 기억하고 싶어 했다.)를 가리키는 것이 아니라 장소를 지시하는 것임을 나타낸다. 다시 말해 이 구부러진 선 혹은 문장 부호는 요약을 위한 짧은 멈춤이나 미세한 침묵으로, 실제로 단어와 다를 것이 없다. 결국 쉼표도 의도를 가지고 쓸 수 있고 단어도 의미 없이 쓸 수 있는 것이다.

이제 일반적인 것에 대해 살펴보자. 이제껏 다룬 문법에서는(아주 총명한 안드레스 베요[234]의 문법도 포함해서) 각각 분리된 모든 단어가 하나의 기호이고 독자적 의도를 나타낸다고 주장

233 Alonso Messía de Leiva. 스페인의 시인으로 케베도의 비서였다.

234 Andrés Bello(1781~1865). 베네수엘라 태생의 칠레 시인, 언어학자.

한다. 이 학설에 대해서는 대중이 동의하고 사전이 이를 뒷받침한다. 사전이 (알파벳순의 무질서에 따라) 모든 단어를 기록하고 고립시켜 매력적이지 않게 정의를 내린다면 각 단어가 사고의 단위임을 어떻게 부정하겠는가? 어려운 작업이지만 앞의 분석이 이를 우리에게 강요한다. "En un lugar de la Mancha, de cuyo nombre no quiero acordarme,(그 이름을 기억하고 싶지 않은, 라만차의 어느 장소에)"라는 표현이 '열두 개'의 생각으로 구성되었다고 믿는 것은 불가능하다. 만약 이런 식이라면 대화를 나누는 것은 인간의 일이 아니라 천사의 일이 될 것이다. 따라서 이것은 사실이 아니며 동일한 개념이 다른 개수의 단어로 나타난다는 점이 그 증거이다. 'En un pueblo manchego cuyo nombre no quiero recordar(이름을 기억하고 싶지 않은 라만차 동네에)'도 같은 의미이지만 단어의 수가 달라진다. 즉 단어는 언어의 실재가 아니고 (각각의) 단어는 존재하지 않는다.

이것이 크로체[235]의 학설이다. 크로체는 이 학설을 확립하기 위해 문장의 부분 요소들을 부정하면서 그것들이 논리를 침해하는 오만한 존재라고 주장한다. (그의 주장에 따르면) 문장은 나뉠 수 없고 문장을 분해하는 품사는 실재에 더해진 추상적 개념이다. 게다가 구어체 표현과 나중에 명사나 형용사 또는 동사로 분류하는 것은 다르다.

마누엘 데 몬톨리우[236]는 크로체주의에 관한 선언(때로는 반

235 베네데토 크로체(Benedetto Croce, 1866~1952). 이탈리아의 역사가이자 철학자로 신헤겔주의자이다.

236 Manuel de Montolíu(1877~1961). 스페인의 고대 로마

박)에서 그 주장을 해명하면서 별로 신비로울 것도 없이 다음처럼 요약한다. "유일한 언어적 실재는 문장이다. 그리고 문장의 개념은 문법에서 부여한 의미 안에서 이해할 것이 아니라 간단한 감탄사나 긴 시 모두를 이해하는, 완벽한 의미를 가진 표현 구조의 개념 안에서 이해해야 한다."(『미학적 현상으로서의 언어(El lenguaje como fenómeno estético)』(부에노스아이레스, 1926))

심정적으로 이 몬톨리우-크로체의 결론은 지지할 수 없다. 그 구체적인 형태는 다음과 같을 것이다. 우리는 전치사 'en'을 먼저 이해하고 나중에 관사 'un'을, 그 이후 명사 'lugar'를 이해하고 곧바로 전치사 'de'를 이해하지 않는다. 우리는 전체 장을, 더 나아가 전체 작품을 하나의 인지 행위로 파악하는 것을 선호한다.

사람들은 내가 속임수를 쓰는 것이라고, 이 학설의 범위는 심리적인 것이 아니라 미학적인 것이라고 말할 것이다. 이에 대한 내 답변은 심리학적 오류가 미학적 성공이 될 수 없다는 것이다. 게다가 쇼펜하우어는 이미 지성의 형태는 시간이며, 시간은 사물을 하나씩 순서대로 보여 주는 아주 가는 선이라고 말하지 않았던가? 그 미세한 선이 무서운 것은 몬톨리우-크로체가 경건하게 인용하는 시들이 우리의 연약한 기억 속에서는 조화를 이루지만 그 시를 쓰거나 읽는 이들의 지속적인 작업에서는 그렇지 않다는 점 때문이다.(무섭다는 표현을 쓴 것은 그 연속되는 이질성이 긴 문장뿐 아니라 페이지 전체를 훼손하기

연구자, 비평가, 번역가.

때문이다.) 에드거 앨런 포의 추론이 이 가능한 진실에 접근했다고 할 수 있는데, 포는 시의 원리에 대한 강연에서 장시란 존재하지 않고 (실제로) 『실낙원』은 연속되는 단문으로 구성되었다고 단정한다. 그의 의견을 달리 표현하면 밀턴 작품의 일관성(그 효과나 전체 인상)을 유지하기 위해 단번에 읽는다면 결과적으로 흥분과 낙담의 반복이 되리라는 것이다. 그리고 태양 아래 가장 위대한 서사시의 절대적이며 최종적인 효과는 필연적으로 별 볼 일 없는 것이 되어 버릴 것이다.

어떤 의견을 내야 할까? 문법학자들은 단어 하나하나의 의미를 분절하라고 한다. 크로체의 추종자들은 마법의 눈으로 한 번에 볼 것을 주문한다. 나는 두 가지 가능성 가운데 어느 것도 믿지 않는다. 슈필러는 그의 아름다운 '심리학'에서(내가 일부러 특징 형용사를 썼음을 알아 두시길) 세 번째 답을 제시한다. 요약이 원래 내용에 거짓 범주와 확정적인 분위기를 더한다는 것을 너무나 잘 알지만 그래도 요약을 감행해 보겠다.

슈필러는 문장의 구조를 주의 깊게 살피고 문장을 표현의 단위가 되는 작은 통사적 집합으로 분리한다. 슈필러의 견해를 따르면 우리가 해체한 예시 문장에서 두 단어 'la Mancha(라만차)'는 하나임이 명백해진다. 카스티야나 싱코에스키나스, 부에노스아이레스와 마찬가지로 의식적으로 나눌 수 없는 고유 명사임이 확실하다. 그러나 여기서 표현 단위는 더 크다. 이미 말했듯이 'de la Mancha(라만차의)'라는 표현법은 'de manchego(만차의)'의 유의어이다.(라틴어에는 소유를 표현하는 두 가지 형태가 있었고, '카이사르의 품격'을 말할 때 'virtus Cæsarea'와 'virtus Cæsaris' 두 가지로 표현할 수 있었다. 러시아어에서는 모든 명사가 형용사로 변형될 수 있다.) 이해를 위한 또 다른 단위는 내가 기억하고 싶지 않은 어법으로, 여기에 어쩌면 'de(의)'를 더해야 할지도 모르겠는데, 타동사 'recordar(기억하다)'와 재귀동사 'acordarse de(기억하다)'는 문법적으로만 다를 뿐이다.(우리가 임의적으로 글을 쓰는 점이 적합한 예가 될 수 있다. 'acordarme'는 한 단어로, 'me acuerdo'는 두 단어로 쓴다.) 계속 분석하여 문장을 네 개의 단위로 나누어 보자. "de cuyo nombre/ no quiero acordarme,/ de la Mancha/ en un lugar(그 이름을/ 기억하고 싶지 않은,/ 라만차의/ 어느 장소에)" 또는 "de (cuyo nombre) no quiero acordarme/ la Mancha /en un lugar de.((그 이름을) 기억하고 싶지 않은/ 라만차/ 의 어느 장소에)"

(어쩌면 고삐 풀린 듯 자유롭게) 슈필러의 내관법[237]을 적용했다. 모든 단어가 의미를 가진다는 주장에 대해서는 분석의 첫 부분에서 (의도치 않았지만 정직하고 조심스럽게) 논리가 맞지 않음을 이미 밝혔다. 슈필러가 옳은지는 모르겠지만 그의 주장이 잘 적용될 수 있음을 증명하는 것만으로 내게는 충분하다.

(게르만 어족처럼) 명사가 형용사 뒤에 위치해야 하는지 아니면 스페인어처럼 형용사가 명사 뒤에 와야 하는지 하는 논쟁적인 문제에 대해 이야기해 보자. 영국에서는 문법적으로 'a brown horse(갈색 말)'의 순서로 말해야 한다. 스페인어는 형용사를 명사 뒤에 써야 하는데, 허버트 스펜서[238]는 영어 구문

237 자기 자신의 내면을 정밀하게 관찰하는 방법을 뜻하는 심리학 용어.

238 Herbert Spencer(1820~1903). 영국의 사회학자, 철학자.

이 좀 더 유용하다고 언급하며 다음과 같이 논리를 제공한다. 'caballo(말)'란 말을 듣는 것만으로도 이미 그것을 상상하게 되는데 그 이후에 'colorado(갈색)'란 말을 들으면 우리가 이미 상상하거나 만들어 놓은 이미지와 반드시 일치하지는 않는다. 다시 말해 이미지를 수정해야 한다. 형용사를 앞에 두면 걱정할 필요가 없다. '갈색'은 추상적인 개념이고 단지 우리의 의식을 미리 준비시킬 뿐이다.

반대하는 사람들은 '말'과 '갈색'이라는 두 개념이 우리 생각에서 동시에 구체적이거나 동시에 추상적인 개념이라고 주장할 수 있다. 그러나 실제로는 논쟁 자체가 성립되지 않는다. 뒤섞인 기호인 'caballo-colorado'와 'brown-horse'는 이미 사고의 단위이기 때문이다.

언어는 사고의 단위를 몇 개나 포함할까? 이 질문에는 답변이 불가능하다. 체스를 하는 이에게는 이동, 캐슬링, 퀸슨 갬빗, a4, Na3K 같은 체스 용어가 표현의 단위가 된다. 체스 초보자는 시간이 필요하겠지만 문장을 점진적으로 이해하게 될 것이다.

모든 표현 단위를 목록화하기란 불가능하다. 순서를 정하거나 분류하는 것도 마찬가지이다. 내가 해야 할 일은 즉시 이것을 증명하는 것이다.

II

(다른 것과 마찬가지로) 내가 내리는 단어에 대한 정의는 말로 하는 것, 즉 단어로 이루어진 말말말이다. 단어를 규정하

는 것은 변덕스러움과 우발성도 포함하는 표현 단위로서의 기능이다. 따라서 '내재성(inmanencia)'이라는 용어는 철학 전공자에게는 하나의 단어이지만 그 단어를 모르는 채 듣고 'in(내부)'과 'manere(머물다)'로 해부해야 하는 이에게는 특이한 문장이다.(마이스터 에크하르트[239]는 더할 나위 없이 깔끔하게 '내면에 머문 행위(Innebleibendes Werk)'로 번역했다.) 역으로는 문법적 분석만을 위한 거의 모든 문장과 진정한 단어, 즉 그것을 자주 듣는 이에게 표현 단위가 되는 단어들이다. 'En un lugar de la Mancha(라만차의 어느 마을에서)'라고 하는 것은 거의 'pueblito(작은 마을)', 'aldehuela(한적한 마을)'(스페인어의 뉘앙스로 인해 이 단어가 더 낫다.)이라고 말하는 것과 같다.

운명의 손에 맡겨진 탐욕을
바다에 던진다.

이는 단일한 표현을 요구한다. 물론 듣는 이마다 다르겠지만 결국은 하나이다.

문장들 중에는 급격한 방식으로, 새로운 표현을 목적으로 하는지와 상관없이 다른 문장들이 생겨날 수 있는 것들이 있지만 파생어의 성격을 잘 드러내 아무도 속지 않을 것이다. 아주 흔히 쓰이는 'luna de plata(은 달)'라는 문구를 보자. 접미사를 바꾸어서 새롭게 만들고자 애써 봐야 아무 쓸모가 없

239 Meister Eckhart(1260?~1328). 중세 독일의 신비주의 사상가로, 도미니크 교단의 신학자이다.

다. luna de oro(황금 달), de ámbar(호박 달), de piedra(돌 달), de marfil(상아 달), de tierra(흙 달), de arena(모래 달), de agua(물 달), de azufre(유황 달), de desierto(사막 달), de caña(사탕수수 달), de tabaco(담배 달), de herrumbre(녹슨 달). (이미 문학에 조예가 깊은) 독자는 우리가 변형 놀이를 한다고 항상 의심할 것이고 (기껏해야!) '흙 달'의 보잘것없는 접미사 첨부 또는 마법적일 수 있는 '물 달' 그리고 앞에서 언급한 접미사 첨부 사이에서 대구(對句)만 느낄 것이다. 또 다른 경우를 적어 보겠다. 매슈 아놀드[240]가 『비평 에세이(Critical Essays)』에서 인용한 조제프 주베르[241]의 글로, 자크베니뉴 보쉬에[242]에 대한 것이다. "인간이라기보다 성인(聖人)의 절도와 주교의 공정함, 박사의 신중함과 위대한 정신의 힘을 지닌 인간의 모습이다." 여기서 주베르는 조금은 뻔뻔스럽게 변형을 한다. (별 생각도 없이) '성인의 절도'라 쓰고 곧이어 언어의 불가피성이 그를 지배하여 대칭되는 분위기의 부주의한 세 문장을 더했다. 마치…… '성인의 절도, 다른 이의 이것, 누군지 알게 뭐야 될 대로 돼라와 위대한 정신 아무거나'라고 단언하는 것과 같다. 원문도 이것보다 선명함이 덜하면 덜했지 다르지 않다. 억양을 넣은 문장들이(더 이상 단어가 아니라) 강조된 단어 흉내와 다름없다. 리듬이 거의 없

240 Matthew Arnold(1822~1888). 영국의 시인이자 비평가, 교육자.

241 Joseph Joubert(1754~1824). 프랑스의 도덕주의자이자 에세이 작가.

242 Jacques-Bénigne Bossuet(1627~1704). 프랑스의 신학자이자 역사가.

는 산문이 이러할진대 천진스레 잠복해 있는 단어에 다른 단어를 더하는 시가 가져오지 못할 것이 무엇이겠는가?

단어(la palabra)는 정의하기에 너무 애매한 개념인 만큼 여기서 옹호하는 비정통적 개념(단어=표현)은 승인된 공식에 해당할 수도 있다. 즉 "어떤 개념을 표현하기 위해 독자적으로 존재하는 음절이나 음절의 집합을 단어라고 부른다." 물론 이것은 그 집합을 한정하는 것이 유사 단어와 다른 것들 사이의 공백이 아닐 경우에 해당한다. 이런 형태의 정서법의 매력은 'manchego(만차의)'는 한 단어이지만 'de la Mancha(라만차의)'는 세 단어로 표현되는 것에서 찾을 수 있다.

언어의 운명에 대해 언급한 적이 있다. 인간은 비밀스레 희미해지는 추억들로 인해 옛 연인에 대해 이렇게 미화하곤 한다. "Era tan linda que...(얼마나 예뻤는지……)" 그리고 접속사, 그 별 볼 일 없는 첨사(添辭)는 이미 과장된 무언가를 만들어 내고 거짓을 말하라고 강요한다. 작가는 그녀의 눈에 대해 "Ojos como...(……와 같은 눈)"이라 말하며 특별히 어떤 비교하는 단어를 더할 필요가 있다고 생각한다. 시가 그런 "como(와 같은)"로 이루어진다는 것을, 단순한 비교 행위(즉 개입을 통해서만 생각할 수 있는 어려운 미덕을 상상하는 것) 자체가 이미 시적이라는 사실을 잊고 있다. 단념한 채 'ojos como soles(태양 같은 눈)'라고 써 본다. 언어학은 그 구를 두 범주로 푼다. 표현 단어(눈, 태양)로 된 의미소와 단순한 구문의 톱니바퀴에 해당하는 형태소가 그것이다. 작가에게 'como(와 같은)'는 형태소처럼 보인다. 구의 모든 감성적 분위기가 이 단어로 인해 결정됨에도 그렇다. 그에게 'ojos como soles(태양 같은 눈)'는 이해하기 위한 동작, 눈이라는 개념과 태양이라는 개념을 연결하는 논쟁적인 생각으로 보인다. 누구나 본능적으로 이것이 잘못된 것임을 안다. 태양을 상상해서는 안 된다는 점, 실제 목적은 '항상 나를 바라보았으면 하는 눈' 또는 '그 눈의 주인과 잘 지내고 싶게 만드는 눈'을 표현하고자 한다는 것을 안다. 결국 분석이 필요치 않은 문장이다.

요약은 쓰임새가 있다. 나는 서로 반대되는 두 가지 논제를 내세웠다. 하나는 품사나 문장의 부분을 부인하고, 이것들을 하나의 평범한 '단어' 또는 여러 단어로 된 표현 단위로 대체하는 것이다.(표현에는 문법적인 범주가 없다. 누군가가 내게 새가 날아가는 것과 날아가는 새를 혼동하지 않는 법을 가르쳐 주길.) 다른 하나는 담화에서 구문의 연속성이 가지는 힘이다. 그 힘 혹은 권위는 별 볼 일 없는 것인데, 이미 우리는 구문법이 아무것도 아님을 알기 때문이다. 이 상호 모순은 골이 깊다. 해답을 제대로 찾지 못하는 것(찾을 수 없는 것)은 모든 글쓰기의 보편적 비극이다. 나는 이 비극, 즉 말하는 것 사이의 위험한 편차, 아무것도, 아무 생각도 하지 않는 것을 받아들인다.

두 가지 무모한(둘 다 사형 선고가 내려진) 기도가 우리를 구원하기 위해 시도되었다. 하나는 라몬 율[243]의 필사적인 시도로, 바로 우연성의 심장에서 역설적인 피난처를 찾고자 했던 것이다. 다른 하나는 스피노자의 시도이다. (예수의 선동이라고 하는데) 율은 자칭 생각하는 기계를 만들어 냈다. 작동법은 다

243 Ramón Llull(1232~1316). 마요르카 출신의 사제.

를지 몰라도 그럴싸하게 포장한 제비뽑기 상자 비슷한 것이었다. 스피노자는 우리의 "기하학적 질서"인 우주를 허물기 위해 여덟 가지 정의와 일곱 가지 공리(公理)를 내세운 것이 아니다. 확인할 수 있듯이 스피노자가 그의 기하학화된 형이상학을 가지고, 또는 라몬 율이 단어로 번역할 수 있는 알파벳과 문장으로 번역할 수 있는 단어들을 가지고 언어를 피할 수는 없었다. 둘 다 자신의 시스템에 언어를 자양분으로 제공하였다. 이해할 수 있는 어떤 것, 즉 말을 사용하지 않고도 직접적인 표현을 통해 대화하는 천사들만이 언어를 비켜 갈 수 있다. 그러면 결코 천사가 될 수 없고 언어를 사용하는 "이 낮고 상대적인 땅에서" 글을 쓰고, 판에 박힌 글을 쓰는 것이 경험할 수 있는 최고의 실체라고 은밀히 생각하는 우리는 어떠한가? 우리가 물러서야만 하는 포기 혹은 미덕이 우리 자신에 대한 것이길. 우리 말 속의 구문법과 그 배신하는 맥락, 부정확, '어쩌면' 너무 심한 강조, '그러나' 거짓과 그림자의 반구(半球), 그것이 우리의 운명일 것이다. 그리고 (살짝 비꼬는 실망감을 가지고) 언어의 가장 쉬운 분류법이 문장을 능동태, 수동태, 현재 분사, 비인칭 등으로 나누는 기술임을 고백하는 것이다.

화법의 차이는 구문 습관에 따른 것이다. 한 가지 구의 골격 위에 여러 구를 만들 수 있다는 것은 명백하다. '은 달'에서 '모래 달'이 나왔음은 이미 언급했다. (문법의 가능한 도움을 받아) 이렇듯 그저 단순한 변이 형태에서 자율적 표현으로 격상될 수 있다. (조금밖에 없는) 본래의 뜻보다는 변형과 우연성과 순간적인 재치가 언어, 즉 (굴욕적이게도) 사고를 풍요롭게 한다.

유사한 개념을 순서대로 정리하겠다고 생각해서는 안 된

다. 아주 다양한 방식으로 정리할 수 있기에 그중 하나가 유일한 방법이 될 수는 없다. 모든 개념은 유사하거나 유사할 수 있다. 논리적으로 반대되는 것들이 예술에서는 동의어가 될 수 있다. 많은 경우 그 감정적 분위기나 온도는 공통된 것이다. 이러한 심리적 분류의 불가능성에 대해서는 더 이상 언급하지 않겠다. 사전이 주장하는 구성(또는 해체)은 속임수이다. 프리츠 마우트너[244]가 『철학 사전(Wörterbuch der Philosophie)』 I권에서 이를 우아하게 비꼬며 확인한다.

244 Fritz Mauthner(1849~1923). 독일의 작가, 평론가, 철학가.

알마푸에르테의 위치

대부분의 요즘 청년들은 알마푸에르테를 버렸거나 배신했다. 대부분의 사람이 오늘은 그를 지지하지 않지만 어제는 그의 불평을 귀담아 듣고 그의 분노에 동조했다. 이제 그에 대해 어떻게 생각해야 할지 모르겠으니 지난 시절의 숭배와 현재의 소원함 사이에 화해의 공식이 부족한 셈이다. 알마푸에르테를 정의하고자 하는 이들은 우리에게 도움이 되지 않는다. 그를 찬양하는 이들은 1905년 알마푸에르테를 젊은이들의 스승으로 지칭한 후안 마스 이 피[245]의 감성적 실수를 반복하는 것이다. 절망과 증오의 대상에게 스승이라니……. 비방하는 이들은 더 큰 실수를 범하면서 그의 상스럽고 과장된 넋두리와 촌스러

245 Juan Más y Pi(1878~1916). 아르헨티나의 비평가이자 작가.

움을 비난한다. 내게는 두 경우 모두 주제넘게 여겨진다. 알마푸에르테가 우리에게 인생의 교훈을 가르쳐서도 안 되고, 우리가 그를 미사여구로 표현한다고 그가 힘들어하지도 않을 것이다. 그의 인간적인 그릇과 기질을 세상의 또 다른 가치로 받아들이자. 다정한 관계는 어렵겠지만 존중은 해야 한다.

먼저 그다지 심하지 않은 분쟁을 해결하고 가는 것이 좋겠다. 이는 프리드리히 니체가 부도덕하고 음침한 아메리카의 손자[246]에 대해 행사한 친권에 대한 것이다. 로하스[247]는 슈퍼(super)를 덧붙인 단어들[248]에 대해 말하면서 알마푸에르테의 "니체풍의 저속한 더듬거림"에 대해 언급한다. 오유엘라는 "알마푸에르테의 『선교사(El misionero)』는 초인 등이 등장하는 최악의 니체 광시곡이다."라고 쓴다. 후안 마스 이 피는 우연의 일치라고 하는데, 언뜻 보기에 이 정중한 말은 근거가 있어 보인다. 무엇 때문에 그리스어나 독일어 선생이 이미 생각한 것을 어떤 크리오요가 생각하면 안 된다 말인가? 왜 재규어가 호랑이의 모조품이며, 약초는 차의, 초원은 황무지의, 알마푸에르테는 프리드리히 빌헬름 니체의 복사판이라고 추정하는가? 그러나 여기 그런 변론을 무력화할 수 있는 주장이 있다. 알마푸에르테가 그 독일인과 같은 순서로 시작해서 기독교적 도덕성의 소멸과 초인의 위기에 대해 동일한 결론에 다다랐다는

246 알마푸에르테를 지칭한다.

247 리카르도 로하스(Ricardo Rojas, 1882~1957). 아르헨티나의 시인이자 극작가.

248 니체의 초인에 대한 언급이다.

것을 인정하는 것은 허용되지만 용어나 상징성까지 같은 것은 허용할 수 없다. 유감스럽게도 알마푸에르테의 구절에는 니체식 표현에 속하는 것들이 넘쳐 난다.

난 알지, 길고 먼 십자가의 길,
아주 신중한 이들이 그들의 광기로 만드는……

그는 이렇게 『하느님께 고백하오니(Confiteor Deo)』에서 니체를 언급한 후 (배신인지 도전인지는 모르지만) 쓴다.

난 안다 수많은 좀벌레가 조금씩
균형 감각을 가진 천재의 머리를 갉아먹는 것을.
정신 병원에는 미친 니체들이
도시 외곽에는 보헤미안 그리스도들이 득실거린다.

나는 언젠가 모두의 가슴에 스멀거리는 탐정 본능으로 인해 『선교사』를 구성하는 일곱 개의 장제목 가운데 차라투스트라가 없다는 사실에 분개한 적이 있다. 지금은 괜찮아 보인다. 왜 그런 인간이 인간에게 주는, 즉 불안정한 인간이 다른 불안정한 인간에게 주는 최후의 조언을 미지의 고상한 책에서 찾으려 하는가? 석양과 절망, 도주와 신에 대해 우리가 언급하거나 하지 않는 것을 왜 도서관을 통해 추인받아야 하나? 예언은 진지하기 때문에 영원한 사건들에 인과 관계를 부여할 필요가 있다. 모세는 중재자 없이 홀로 (목초지로 유명한) 호렙산 꼭대기에 올라 불타는 가시덤불 속 하느님의 음성과 이야기를 나누고 그 음성에 의해 소명을 받았으며, 양 떼 가운데서 놀라움에 사로잡혀 그 민족의 구세주가 되어 산을 내려온다. 마찬가지로 알마푸에르테도 자신의 서민 아파트와 팜파스에서 신의 직속 사법관이 되기를 원한다.

그의 부유하는 언술에도 불구하고 살아남은 두 가지 믿음은 좋은 사람이 될 필요성과 터무니없는 윤리의 무익함이었으며, 이는 그의 항구적인 신념이었다. 그는 박애주의자와 신학자, 도덕주의자를 끔찍이 싫어하여 (한 인간이 다른 이에게 어설픈 최후의 심판을 행하고 박애를 베푼다는 이유로) 용서조차 견딜 수 없어 했다. 그에게 유일하게 당당한 자비는 장님이 느끼는 것처럼 세상이 어두워지고 전신이 마비된 사람처럼 구석에 웅크리고 있거나 비통한 사람처럼 눈물에 젖는 것뿐이었다. 말 그대로 '함께 괴로워하다', 즉 다른 이들과 고통을 나누기를 원했다. 야단법석을 떨며 선한 설교자가 된 그의 축복은 욕설처럼 아슬아슬했다. 그가 짊어진 십자가는 칼자루가 달린 십자가였다. 그는 양날검과 칼끝으로 그 청렴하고 엄격한 미덕을 닥치는 대로 휘둘렀다. 그것은 틀림없이 밉살스럽고도 영리하였을 것이다. 그는 더 이상 말이 필요 없는 명연설가였다. 오늘날 우리는 목소리를 높이는 이들을 인색하게 평가하지만 그는 끝없는 은유의 아버지였고 경이를 창조하는 데 있어서는 누구에게도 뒤지지 않았다.

두 무리의 입맞춤이 부딪친다면
너의 입맞춤에 부딪치는 그것.

『불멸의 여인(La inmortal)』에서는 뽐내며 잘난 척을 한다.

나는 일부러 위의 두 행을 소개했다. 이는 알마푸에르테의 습관을 요약하기에 적절한 예시로 그의 어법을 잘 나타낸다. 독창성과 교훈적 잔소리, 과장, 촌스러움과 고집스러움. 하나의 영혼에 거친 모습과 촌스러움이 공존할 수 있는가? 비평가들은 작가의 이러한 이중성으로 인해 논쟁을 벌여 왔고 지금도 논쟁 중인데, 이는 두 가지 성격의 동거가 가능하고 크리오요에게 이런 두 가지 특성이 공존한다는 잘 알려진 사실을 인지하지 못하기 때문에 벌어지는 일이다. 다양한 특징이 있는 콤파드리토와 관련하여 활력을 가장한 허세와 거칢, 지나친 웅변조의 촌스러움, 분노를 과장하여 표현하는 난폭함을 언급할 수 있다. 콤파드리토의 말과 행동을 정의하자면 마부의 공격성보다 강하고 귀 뒤에 카네이션을 꽂은 자태에다 법정에서 사용하는 알아듣기 어려운 언어를 쓰고 꽃을 노래하는 민요와 같은 것이라고 할 수 있다. 도시의 외곽은 역겨운 물 냄새와 골목길이자 유곽의 난간에 화단과 카나리아 새장이 있는 곳이다. 카리에고는 그렇게 이해했고, 그런 투박하고 섬세한 이중성을 표현하기를 즐거워했다.

> 마치 요조숙녀 역을 맡은 것처럼
> 고상한 척하는! 소녀들에 대해서는……
> 가련한 부탁으로 가득 찬
> 경멸스러운 평판만 남겨 놓았다!

방금 페드로 보니파시오 팔라시오스, 일명 알마푸에르테

는 콤파드레[249]의 뉘앙스를 풍겼다. 이제 그의 이런 풍모를 살펴보고자 한다. 물론 콤파드레는 최후의 심판을 겪었다. 산 후안 모레이라의 예에서 살펴볼 수 있듯이 칭송되고 변모한 콤파드레, 시골뜨기 행색에 영원불멸의 영혼을 지닐지라도 결국에는 콤파드레일 뿐이다. 나는 그의 영광을 훼손하거나 폄하하려는 의도가 아니라 위상을 살피고자 하는 것이다. 시인이 크리오요에다 시골 출신이라는 사실을 밝히는 것이 그의 존재감을 약화시키지 않을 것이라 생각한다. 단지 (불멸의 존재가 된 자를 포함하여 모든 사자(死者)들이 필요로 하는 분위기인) 현실감을 불어넣고 놀라움을 더할 뿐이다. 허세를 부리며 절개를 과시하는 콤파드레의 경박하고 거의 마술적인 행위들. 이제 「심연에서(En el abismo)」라는 10행시를 살펴보자.

나는 첫 소원을 위해
숙명적인 선을 따라간다.
현실의 벽을
느끼지도, 보지도 못한 채
육신의 뜨거움은
내 안의 빛을 흔들지 않았다.

---

249 아르헨티나에서 독립 전쟁 당시 스페인 군대와 맞서 용감하게 싸운 가우초의 후예들을 의미한다. 인디오와 흑인, 메스티소의 피가 섞인 이들은 오랜 세월 팜파스에서 살아온 가우초의 후손답게 강인한 근육과 죽음을 두려워하지 않는 용기를 가지고 있다.

강렬함과 다정함
열정도 내게 흔적을 남기지 않는다…….
나는 영원한 평화 속에서
별처럼 두근댄다!
나는 석회와 자갈 위에
심어진 야자나무 숲이다.
자신감이 넘치고
승화된 자존심으로.
나는 별의 행렬 뒤에
던져진 홀씨이다.
독수리 옆을 나는
밀밭의 사악한 물떼새……
불멸의 그림자가 되기를
열망하는 그림자의 그림자!

그렇게 운율을 맞추기에 적당한 추상적이고 뽐내는 어조로 유희하며 노래하는 사람들이 10행시를 망쳤다. 이와 유사하지만 초보적인 시에서 알마푸에르테를 언급하는 것을 들었다.

확실히 작가 카리에고는 시골의 낮과 밤과 같다. 도심 외곽의 일상은 그에게 친근하다. 소란하지만 비밀스러운 투우나 황무지의 회전목마, 길거리에서 돌차기 놀이를 하며 순위를 매기는 것, 여기저기 모여 담소하는 사내들. 그러나 그 낮과 밤 사이의 틈새는 너무나 격렬하여 카리에고의 시는 들어갈 자리가 없다. (석양과 여명의 견고함, 서쪽과 남쪽의 밀렵 초원, 강을 향해 가며 갈라지는 거리 같은) 그런 틈은 알마푸에르테의 목소리에 있다. 알마푸에르테의 절망적인 목소리에.

글로 쓴 행복

나는 문학의 영속적인 목표가 운명을 표현하는 것이라고 밝힌 바 있다. 행운이나 행복한 운명을 표현하는 것은 어쩌면 예술이 우리에게 줄 수 있는 가장 색다른('특별하고 가치 있는'이라는 이 단어의 두 가지 의미 모두에서) 즐거움일 수 있다는 말을 오늘 덧붙이고 싶다. 우리는 행복해지기를 원하고, 행복을 언급하거나 짐작하는 자체가 이미 우리의 희망에 경의를 표하는 것이다. 그래서 알고 하는 것이든 모르고 하는 것이든 그 존경에 심심한 감사를 표하기를 결코 포기하지 않는다. 많은 작가들이 이를 시도했지만 시도에 그쳤을 뿐 이를 이룬 이는 거의 아무도 없다. 행복이 현실보다 책에서 덜 도망치는 것은 아니라고 단언하는 것이 실망스러울 수 있지만 내 관찰이 이를 증명한다.

메넨데스 이 펠라요[250]가 선정한 『스페인어로 쓰인 최고의 서정시 100편(Las cien mejores poesías (líricas) de la lengua castellana)』

을 보자. 「최후의 심판」 같은 제목이 붙은 것은 저자의 잘못이 아니라 출판사의 잘못이다. '100'과 '최고'라는 함께할 수 없는 단어를 잇달아 쓰게 했기 때문이다.

먼저 등장하는 시는 호라티우스의 「베아투스 일레(Beatus ille)」를 모방한 프라이 루이스 데 레온의 「은둔 생활(Vida retirada)」로, 이 시는 행복한 상태를 표현하려 하지만 암시조차 하지 못하는 듯하다. 축제 같은 그 시에서는 작품성보다 작가의 명성이 앞서는 것 같다. 그렇게 자칭 행복으로 가득 찬 광경에서 벗어나 틈날 때마다 세상에 불평이나 쏟아 내기 위해 교훈적이고 허영심으로 가득 찬 행복을 그린 시를 어떻게 믿을 수 있는가? 프라이 루이스가 은유적으로라도, 일어나지 않는 재해와 먼 재난들을 상상하며 즐거워하지 않고는 시골에서 행복할 수 없다는 것이 (우리와 그 모두에게) 부끄러운 일 아닌가?

> 돛대는 파도에 부딪쳐
> 삐걱거리고, 환한 낮은 눈먼 밤이
> 된다. 하늘에는
> 정처 없는 소리가 울려 퍼지고
> 앞을 다투어 바다를 풍요롭게 한다.

상관없다. 시인은 신중하게도 이미 그 일에 관여하지 않기로 정했다.

---

250 마르셀리노 메넨데스 이 펠라요(Marcelino Menéndez y Pelayo, 1856~1912). 스페인의 작가, 언어학자.

북풍과 남서풍이 경쟁할 때
의심하는 이들의
울음을 보는 것은 내 취향이 아니다.

많은 이들이 최고라고 여기는 유명한 시인이니 또 다른 오류를 언급하고자 한다. 예를 들어 마지막 행을 여기에 적어 본다.

과수원이 바람을 쐬며
천 가지 향기를 전하고
엄청난 소음을 내며
나무들이 흔들린다.
황금과 왕의 지휘봉〔笏〕을 잊게 하며……

작은 뜰에 황금과 왕의 지휘봉이라니……. 그런 야망의 숫자나 장식을 적절치 않게 떠올리는 것은 어리석기 짝이 없는 탐욕으로, 고질적인 단점이자 거짓을 말하는 것이다. 아무리 좋게 보려 해도 이 표현은 유해한 은유의 도움을 구하는 경우에 지나지 않는다.

시선집을 쭉 훑어보면 과거형의 행복은 수없이 많은데 현재의 행복은 하나도 없다. 아라곤의 왕자들과 돈 후안왕의 궁전에서 멋을 낸 여인네들과 소녀들, 군중으로 가득 찬 이탈리카[251]의 경마장과 털북숭이 스페인 사람의 붉은 피망과 단단한

251 고대 로마의 유적지로 스페인 남부 지방 세비야의 산티폰세 지역에 해당한다.

마늘 그리고 다른 많은 것들이 사라진 지금 행복은 얼마나 어렵고 불가능한가! 그러나 너무 빈정거리지는 말자. 행복을 먼 시공간에 두는 것은 보편적인 만성병이고 우리의 1001편의 시가 모두 이 병을 앓고 있다. 멕시코식으로 개조한 경찰의 회색 유니폼에 에나멜가죽 부츠로 단장한 콤파드리토들과 마차(馬車)가 우리의 향수를 자극하지 않는가? 오늘 우리는 가우초를 노래하지만 내일은 영웅적인 이민자들을 위해 울 것이다. 모두 아름답다. 아니, 모두 지나고 나면 아름답곤 하다. 아름다움은 죽음보다 운명적이다.

그러나 시선집은 우리에게 행복에 대한 정확한 개념을 주는 시(작시(作詩)라는 단어는 너무 거만하고 계획적이다.) 몇 편을 보여 준다. 아르날도스 백작의 로망세를 인용해 본다. 시 전체를 소개한 후에 나누어 살펴볼 텐데, 이를 통해 독자가 내 분석이 옳은지 그른지 알아보게 하기 위함이다. 다음처럼 시작한다.

바다 위
성 요한의 날 아침
아르날도스 백작 같은
행운이 또 있을까!
손에 매를 앉히고
사냥하러 가며,
뭍에 닿으려는
갤리선이 오는 것을 보았으니
비단실로 짠 돛과,
털로 꼰 밧줄,

배를 부리는 뱃사람은
노래를 부르며 오기를,
바다는 평화롭고,
바람은 잔잔하며,
깊은 곳에 서식하는 물고기를
수면 가까이에서 노닐게 하고,
날아다니는 새를
돛대에 앉힌다.
거기서 아르날도스 백작이 말했다,
그가 하는 말을 잘 듣게 될 것이다.
"제발, 뱃사람이여, 부탁하노니
지금 그 노래를 나에게 들려주오."
뱃사람이 전하길,
그에게 이렇게 답하였으니
"나는 이 노래를
나와 함께 가는 이가 아니면 들려주지 않소."

이 시 특유의 유쾌함은 어디에서 기인할까? 사람들은 시의 신비로운 분위기가 좋다고들 한다. 개인적으로 시의 마지막 부분의 수수께끼 같은 답변 때문은 아니라고 생각하는데 아마도 사람들은 그 답을 찾는 데는 관심이 없을 것이기 때문이다. 만약 우리가 관심을 가진다면 답을 찾거나 만들어 낼 것이다. 이는 쉬운 일인데, 마법 이야기는 특유의 비법을 지니고 항상 유사한 형태를 띠기 때문이다. (추측건대) 그 유쾌함은 시 초반부의 행복한 장면과 우리가 그토록 추구하는 행복이 사랑이나 보물을 찾는 모험에 있지 않고 작은 배에서 일어나는 것에 불과하다는 놀라운 사실을 알게 되는 데 있다. 인간이 어느 아침 노래하는 뱃사람과 돛대에 내려앉은 새를 보는 것만으로 행복을 느끼던 시대와 시간들은 축복받은 것이다. 우리는 이 시구(詩句) 뒤에는 평탄하고 고요한 삶이 있으리라 추측하고 즐거워한다. 아르날도스 백작의 행운을 믿는 것이 아니라 이를 축복하는 시인의 행운을 믿는 것이다.

게다가 천국을 만드는 것이 일인 종교가 그토록 적은 행운만으로 행복을 계획하는데, 어떻게 지식인에게 섬세하고 믿을 만한 행복의 버전을 요구할 수 있는가? 신학자들의 책에는 천국에 대한 묘사가 넘쳐 난다. 그들의 메마르고 추상적인 관념을 살아 있는 표현으로 만들기란 어려운 일이다. 로테는 행복은 의인의 사후에 더할 나위 없이 행복한 상태로, 하느님의 얼굴을 마주 보고 모든 괴로움에서 멀어져 말로 표현할 수 없는 영원한 기쁨과 영광, 행복 안에서 살며 다스리는 것이라고 말한다. '더할 나위 없는 행복'이라고 용감하게 말하고 '모든 괴로움에서 멀어져'라고 소극적으로 말한 후 '말로 표현할 수 없는 행복' 따위로 마치는 이런 정의에 대해 어떤 의견을 가져야 하는가? 개혁주의 신학자 게르하르트(Gerhard)는 다음과 같이 의심스러운 특권을 더한다. "복이 있는 자는 원하면 언제든 지옥에 있는 친구와 지인을 볼 수 있지만 동정심을 전혀 느끼지 않는다." 이 마지막 구절이 딱히 나를 불편하게 만들지는 않는데, 복 있는 자들이 하느님보다 더 자비롭다면 그것도 예의는 아닐 것이기 때문이다.

또 다른 천국을 보자. 무슬림들의 천국은 크리오요들의 상상으로 만들어진 것 같다. 거만한 자들과 해골들의 천국으로, 선지자를 추종하는 이들은 일흔두 명의 처녀인 천녀(天女)들을 거느리고 8만 명의 하인을 두며 정원의 선선한 천막 아래 머물 것이다. 또한 그의 키는 열 배로 커질 텐데 행복을 열 배로 곱하기 위한 술책이다.(코란의 천국만큼 불만족스러운 것이 코란 학자들이 명상을 통해 그 자리에 오르고 살이 빠진다는 것이다. 그것은 개념적으로는 말로 표현할 수 없는 것이다. 이븐 압바스[252]는 이에 대해 "천국에는 이 세상의 것이 아무것도 없다. 다만 이름이 있을 뿐." 이라고 말한다. 미래의 복 있는 자 또는 "신의 벗"들을 기다리는 것, 단어의 가장 고귀한 좌절, 그 음성학적 끈덕짐!)

이것의 정반대는 바로 세계 주요 종교의 천국 중 하나인 불교의 열반, 즉 니르바나이다. 그 이름 자체가 꺼짐과 소멸을 말하는 것으로 형용할 수 없이 너무 큰 이 천국은 자아 또는 객관성, 시공간, 세계의 완전한 부재이다. 아르투르 쇼펜하우어는 니르바나의 부정성은 절대적이지 않고 그 무(無)는 고유한 것이지 부정의 뜻이 아니라고 한다. 예를 들어 어둠은 빛에 대한 무이지만 (어둠을 가정하고 양(陽)으로 만든 후) 부호만 뒤바꾸면 무(無)도 빛이라는 것을 확신할 수 있다. 마찬가지로 우리의 자아의 무(無, 모든 의식과 감각, 시공간의 구별에 대한 부정)라는 현실도 불가능하지 않다. 사실 그 안에서 행복이나 의지의 상실이 아닌 확고함을 상상할 수는 없고 자리를 찾지도 못한다. 천국은 수없이 많지만 행복은 물론 행복에 대한 기대와 예감은

252　Ibn Abbas. 이슬람교 정통주의 신학자.

보편적으로 부재한다. 문학이 우리 삶의 핵심이 되는 단어를 이미 다 말했고 문법과 은유를 통해서만 혁신이 가능하다고 믿는 경우가 많다. 나는 감히 이를 부정한다. 미분화(微分化)된 노동은 넘쳐 나고 영원한 것, 즉 행복과 죽음, 우정에 대한 유효한 표현은 아직 부족하기 때문이다.

또다시 은유

우리 시의 가장 영광스러운 실수는 기지와 은유의 발명이 근본적으로 시인의 역할이고 따라서 그 가치를 평가할 필요가 있다고 믿는 것이다. 물론 이런 오류를 퍼뜨린 데에는 내 잘못도 있음을 고백한다. 여기서 탕자 노릇을 자임하고 싶은 것이 아니라 은유가 내가 관습적으로 생각하는 방식임을 확언하고자 하는 것이다. 과거에는 은유에 특권을 부여하는 주장에 매료되었다. 하지만 오늘은 그것의 불편함과 그에 따른 '아마도'와 '어쩌면'이라는 특성에 대해 언급하고자 한다.

사람들은 오직 은유로 말하는 시인들에게 매혹되고, 은유야말로 유일한 시적 표현이며 위대한 시적 사실이라고 단언한다. 그럼에도 대중적인 시는 은유를 사용하지 않는다. 아르날도스 백작, 알아마를 빼앗긴 무어인의 왕 폰테프리다 같은 오래전 로망세를 읽다가 공고라의 문학적 로망세나 후안 멜렌데스 발데스[253]의 로망세를 읽어 보면 후자에서는 은유의 빈번한 사용을 확인할 수 있지만 전자에서는 은유를 찾기 어렵다는 것을 알게 된다. 전원풍의 코플라[254]를 아스카수비의 서사시 또는 호세 에르난데스의 서사시와 비교할 때도 마찬가지이다. 이런 사실을 통해 어쩌면 다음과 같은 결론을 도출할 수 있을 것이다. (내 생각에) 사물은 본질적으로 시적이지 않다. 이를 시로 승화시키기 위해서는 우리의 삶과 사물을 연관시키고 혼신을 다해 이를 궁리하는 데 길들 필요가 있다. 별들은 시적이다. 수 세기 동안 인간의 눈이 이를 보아 왔고 그 영원성에 시간을, 그 가변성에 불변성을 부여했기 때문이다. 또한 시에는 "순교자들이 신앙을 만든다."라는 우나무노의 공식이 잘 적용된다는 것을 확언하고자 한다.

> 토르소를 숭배하는, 조각
> 기도가 우상을 신으로 만든다,

이렇게 루이스 데 공고라가 신중히 생각하고 애매하게 썼듯이.(『다양한 소네트들(Sonetos varios)』, 32번)

따라서 나는 문학의 어떤 주제든 의무적으로 시화(poetización)와 개발(explotación)이라는 두 시기를 거친다는 점을 단

253 Juan Meléndez Valdés(1754~1817). 스페인의 시인, 정치가.

254 아르헨티나 민중이 부르던 노래에서 많이 발견되는 4행시.

언한다. 첫 번째 시기는 조심스럽고 서툴며 거의 간결하다. 예감과 두려움의 반복이 유치하게 만들고 자신의 이름을 큰 목소리로 말하는 것조차 힘들다. 감탄과 여유로운 서술, 특징 형용사로 꾸미지 않은 단어를 통해 주로 표현한다. 두 번째는 단호하고 수다스럽다. 주제는 이미 상징적 확고함을 가지고 (가치 있는 기억들로 가득 찬) 이름만으로도 아름다움을 선언한다. 그 목소리는 은유, 즉 유명한 단어들의 조합이다.(나는 진심으로 은유는 시를 지을 때보다 오히려 시를 지은 후에, 문학적이고 이미 잘 꾸려진 시를 원할 때 필요하다고 본다. 은유로 인해 뒤섞인 어휘로 구성된 시는 제약을 가하고, 감동을 주기도 하지만 실패하게 만들기도 한다.)

레미 드 구르몽은 "유럽 언어의 현 상황에서는 거의 모든 단어가 은유"라고 지적한다. 이런 사실은 분명하고 어원학 사전을 훑어보기만 해도 확인할 수 있지만 논란을 불러일으키는 효력이 부족하다. 나는 말을 할 때 은유를 빼놓을 수 없고 은유를 잊고 서로를 이해하기란 불가능하다고 생각한다. 주교(pontífice)라는 단어를 들을 때 다리(puente) 건설자를 생각하고, 구역(zona)을 들으면 허리띠(cinturones)를, 비극(tragedia)을 들으면 밀고자(chivatos)를, 수세미(estropajo)를 들으면 꼰 밧줄(cuerdas trenzadas)을, 그리고 내게 천사들(ángeles)에 대해 말하면 심부름꾼(mandaderos)을, 어떤 문제에 접근하는 것(abordar)에 대해 말하면 해적을 경계할 생각이 드는 것은 왜일까? 물론 바뀔 수 있는 범주가 있다. 공간과 시간, 육체적인 것과 도덕적인 것은 계속 서로 어휘를 교환한다. 여기에 은유가 사용되는가? 거의 사용되지 않는데, 그런 자칭 은유에 아무도 신경 쓰지 않고 두 개념을 동일시하거나 비교하지도 않고 다만 한 가지로 표현하기 때문이다. 동굴(gruta)에서 파생되었다는 이유로 '그로테스크'라는 단어가 은유적이라고 주장하는 것은 마치 10이라는 숫자에 있는 0이라는 상징으로 인해 '절대 무(無)'의 개념이 개입한다고 주장하는 것과 마찬가지이다.(확실히 존재하지 않음, '무(nada)'라는 단어의 실제화는 우연히, 문법적 관성에 의해 만들어진 것이지 추상적 관념에 형체를 갖추게 하려는 노력에 따른 것이 아닌 듯하다. 안드레스 베요에 의하면 예전에는 '무'가 항상 어떤 사물을 뜻했다. '무'라는 것은 '아무것(cosa nada)', 태어나고 자라서 존재하는 어떤 것이라는 표현의 부산물에 지나지 않았다. 그래서 많은 경우에 부정의 의미를 내포하지 않고 사용되었다. "그 남자는 아무것에 쓸모가 있다고 당신은 생각하시나요?(¿Piensa usted que ese hombre sirva para nada?)"처럼 어떤 것을 가리킨다. 그래서 "그 남자는 아무것에도 쓸모가 없다.(Ese hombre no sirve para nada.)"처럼 부정의 의미를 파괴하지 않으면서 다른 부정 단어들과도 함께 쓰였던 것이다. 만약 동사 앞에 쓰여 그 자체로 부정의 의미를 지닌다면 의심의 여지 없이 긍정의 표현들에서도 마찬가지이다. "살아오는 동안 그를 (못) 보았다.(en mi vida le he visto.)"라는 표현은 "내 인생에서 그를 본 적이 없다.(no le he visto en mi vida.)"와 같다. 무(nada)가 부정적 의미를 띠는 것이 아니고, 부정의 의미는 이 단어 자체가 아니라 연관된 단어들로 인해 파생하는 부정 명제가 사용되는 빈도에 따라 의미를 달리하는 것이 그나마 다행이다.)

은유는 여러 수사학 기법 가운데 강조할 때 사용하는 기법이다. 어떤 이유로 이것이 다른 기법보다 우선시돼야 하는지는 모르겠으나 미세한 의미를 찾고 만들 수 있어 항상 더 선호하는 것으로 보인다. 은유적 표현을 많이 접하였지만 그 어느 것도, 가끔 시인처럼 글을 쓰는 가브리엘 이 갈란[255]의 황소의 고통스러운 느림에 대한, 전혀 은유적이지 않은 관찰만큼 내게 강한 인상을 남긴 것은 없다.

……황소들
두껍고 갈색으로 윤나는 입술에서
유순한 걸음에 끊이지 않는
맑은 침으로 된 가느다란 실이 흐른다.

두 가지 예를 더 들어 보자. 브라우닝의 『불모지에서의 죽음(A Death in the Desert)』을 보면 안티오키아의 개종자가 사도 요한의 박해와 죽음에 대해 경건하게 이야기하며 이렇게 말한다. "이 일은 바깥 동굴이나 바위 사이 비밀 동굴(낙타 가죽 위에 그를 눕히고 60일 동안 그의 죽음을 기다린)에서 일어난 것이 아니라 가운데 동굴에서 일어난 것이다. 왜냐하면 정오의 빛이 희미하게 비쳤고, 그 얼굴에서 마지막으로 일어날 수 있는 것을 놓치고 싶지 않았기 때문이다." 셰익스피어는 소네트를 다음과 같이 시작한다. "나 자신의 두려움이나 이 넓은 세상에 닥칠 일을 예견하는 예언자의 영혼도……." 이런 시도는 중요하다. '세상 예언자의 영혼'이 은유라면 이를 쓴 사람의 경솔한 표현이나 단순한 일반화에 지나지 않을 것이다. 그렇지 않고 만약

255 Gabriel y Galán(1870~1905). 스페인의 시인.

시인이 진심으로 이 세계에 공개적이고 완전한 영혼을 가진 인물이 있다고 믿었다면 이미 시적인 것이다.

일반적으로 은유의 발견은 감탄스럽다. 그러나 그 발견보다 더 중요한 것은 담화 속에 은유를 어디에 둘지 자리를 찾는 것과, 은유를 정의하기 위해 선택하는 단어들이다. 두 시인이 같은 은유를 쓰더라도 어떤 경우에는 불행이고 다른 경우에는 매혹시키기에 충분한 효과를 발휘한다. 이런 이유를 공고라의 시에서 찾을 수 있다.(「아야몬테의 후작 부부가 멕시코의 부왕으로 책봉된 함대에(A la armada en que los marqueses de Ayamonte passavan a ser virreyes de México)」)

> 불안한 아마 잎들을 입고 있는
> 나무로 가득 찬 숲 돛단배……
> Velero bosque de árboles poblado
> que visten hojas de inquieto lino...

여기서 숲과 함대를 동일시하는 것은 의심스레 정당화되어 있고, 돛대를 나무로, 돛을 잎으로 변형한 것은 질서를 차갑게 깨트리는 잘못이다. 반대로 케베도는 동일한 상상력을 네 단어를 사용하여 정적인 것이 아니라 동적인 것으로 표현한다. 시간의 흐름에 이를 맡겨 생기를 불어넣는다.(아랑후에스의 카를로스 5세 황제 동상의 비문(碑文))

> 밀림을 항해하게 만들었다……
> Las Selvas hizo navegar...

은유의 전통적 개념은 어쩌면 존재하는 몇 가지 가운데 가장 가능한 것일 수 있다. 바로 은유를 장식으로 여기는 것이다. 나는 이것이 은유법의 은유적 정의임을 이미 알고 나름대로 괜찮은 해석으로 보인다. 장식에 대해 말하는 것은 호화로움에 대해 말하는 것이고 호화로움은 우리가 생각하듯 그렇게 정당화할 수 없는 것이 아니다. 나는 이를 다음과 같이 정의할 것이다. "호화로움은 행복의 가시적 해설이다." 감사하게도 나는 깃발로 장식한 거리와 해변의 테라스가 있는 별장, 석양이 지는 테라스, 멋진 말로 체스를 하는 것에 거부감을 느끼지 않는다. 다만 그런 관대함을 누릴 자격이 있다고 느끼지 못할 뿐이다. 반면 내가 보기에 (이미 아름다움이 계속 행복을 주는) 아름다운 여인이 그 아름다움을 계속 축복하고 기리며 사는 것은 아주 적절하다. 나는 전차를 타고 다니는, 그저 우수에 젖은 남자이며, 산책을 하려고 황폐한 거리를 선택하지만 마차와 자동차가 다니고 유리창이 빛나는 플로리다 거리도 좋고 마찬가지로 은유가 있어 어떤 강렬한 정열의 순간을 축하하는 것도 좋다. 삶이 우리에게 부당한 고통을 주거나 걸맞지 않은 행운을 가져다주면 우리는 거의 본능적으로 은유법을 사용한다. 우리는 세상보다 작지 않기를 바라고, 세상만큼 커지기를 원한다.

과식주의

(몇몇 기호를 사용하는 지적 산물이며 지속적으로 운영되는 특화된 체계인) 수학이 불가해성을 내포한 끊임없는 논쟁의 대상이라면 수천 개의 기호로 이루어진 무리로 거의 제멋대로 다루어지는 언어는 얼마나 난해하겠는가? 문법책과 사전처럼 두껍고 권위를 가진 책들은 이런 혼란 속에서도 엄정한 체한다. 이것들을 공부하고 존중해야 한다는 것에는 의심의 여지가 없지만 이것들은 언어의 발명가나 창조자가 아니라 나중에 만들어진 분류에 지나지 않는다는 점을 잊지 말아야 한다. 단어가 사전적 의미만을 가지는 것도 아니고 문법의 구조와 논리적 사고와 이해의 과정 사이에 확실한 연관 관계가 있는 것도 아니다.

예를 찾아보자. 공고라에 대한 글에서 발췌한 다음 문장이 첫 번째 경우가 되겠다. "돈 루이스는 이제껏 그래 왔고 앞으로도 항상 스페인어권의 가장 위대한 시인이 될 것이다." 두 번째 경우는 많은 통계 자료와 의논을 거친 후 가정할 수 있는 결론이다. "부에노스아이레스는 이제껏 그래 왔고 앞으로도 항상 이 공화국의 가장 큰 항구가 될 것이다." 통사론적으로 두 문장은 일치한다. 문법학자에게는 '앞으로도 항상 ……이 될 것이다'라는 구절이 두 경우 모두에서 동일한 의미를 가지고 반복된다. 그러나 어떤 독자도 이런 통사론적 유사성에 현혹되지 않을 것이다. 두 번째 문장에서 '앞으로도 항상 ……이 될 것이다'라는 구절은 판단과 어떤 가능성을 확인하고 실제로 미래를 상정하는 어떤 것을 가리킨다. 첫 번째 문장에서는 거의 감탄사로 강조한 것이다. 그래서 첫 번째 문장이 감성적이고 애정을 담은 형태라면 두 번째 문장은 지적(知的)이다. 좀 더 비교해 보면 "돈 루이스는 이제껏 그래 왔고 앞으로도 항상 스페인어권의 가장 위대한 시인이 될 것이다."라고 말하는 것은 "의심의 여지 없이 돈 루이스가 스페인어권의 가장 위대한 시인이다."라고 말하거나 "돈 루이스가 스페인어권의 가장 위대한 시인이라는 걸 누가 반박하는지 보자!"라고 외치는 것이다. 두 문장의 일치점은 문법이나 논리 밖에 위치한다. 우리는 그저 직관적으로 느끼면 된다.

노발리스[256]는 다음과 같이 언급한다. "어떤 단어는 특정한 의미를 가지고, 다른 단어는 암시하는 의미를, 또 다른 것은 완전히 임의의, 거짓된 의미를 가진다."(『전집(Werke)』, 3장, 207쪽) 게다가 일상적 의미와 어원적 의미, 수사적 의미, 분위기를 암시하는 의미가 있다. 첫 번째 일상적인 의미는 모르는 타인과

256 Novalis(1772~1801). 독일의 낭만주의 시인, 철학자.

의 대화에서 주도권을 차지하기 위해 사용하고, 두 번째 어원적 의미는 작가들이 가끔 과시하기 위해 사용하고, 세 번째 수사적 의미는 게으름뱅이들이 생각할 때의 습관이며, 마지막의 분위기를 암시하는 의미는 그 누구도 용인하지 않았으나 많은 사람이 사용하고 남용하기까지 한다. 이는 항상 어떤 전통, 다시 말해 모두가 공유하고 용납하는 현실을 전제로 하는, 고전주의의 말기와 같은 것이다. 나는 모든 사물에 이미 그 가치가 매겨지고 선악에 따라 구분되는, 자아와 우정, 문학의 시대로 고전주의를 이해한다. 서툰 수학적 정직성은 이미 유효 기간이 지났고, 단순히 사실을 숫자로 표현하는 것이 이제 현실이 되었다. 단어는 사물을 지칭하는 것이기도 하지만 칭송, 존중, 혹평, 위엄과 교활함이기도 하다. 이는 또한 자신만의 어조와 제스처를 지닌다.(카리에고가 예전에 없던 관대함과 따뜻한 감성을 녹여 만든 '작은 기관(organita)', '재봉사 아가씨(costurerita)', '교외(suburbio)'란 단어가 그 명백한 예이다.) 이 과정은 절대 바뀌지 않는다. (인간의 존재를 찬양하려는 선한 의도로 만든 음모인) 시는 단어를 재생산하거나 개혁하고 사용하기에 안성맞춤이다. 이후 기호들이 포화 상태가 되고, 한 무리의 단어들에는 찬양을, 다른 단어 무리에는 용맹함을, 또 다른 무리에는 다정함을 결부시키면 그것들을 즐길 수 있는 순간이 온다. 기본적으로 공고리스모, 즉 과식주의(過飾主義, culteranismo)가 그러한데 이는 거칠고 소란스러운 아카데미즘이다.

이런 관점에서는 1600년대 코르도바학파가 가장 유명하고, 그 명성은 우두머리의 특별한 개성에 기인한다. 당대 사람들은 이구동성으로 그를 스페인 최고로 인정했다. 물론 로페[257]나 세르반테스, 케베도의 이름을 거명하는 것만으로도 이 오류를 반박할 수 있지만 돈 루이스 데 공고라의 매력을 의심할 여지는 없다. 1628년 이전에 바스케스 시루엘라[258]는 "만약 우리가 이성을 부인하지 않고 진심으로 고백하기를 원한다면 오늘날 공고라의 흔적에 입 맞추지 않고 글을 쓰는 이가 누구이며, 이 횃불이 켜진 이후 그 불빛을 바라보지 않고 스페인에서 시를 쓰는 이가 누구인가?"라고 질문하듯이 말한다. 이 명성의 이면에는 이론화하기를 주저하는, 스페인 문학의 일반적인 고요가 남아 있다. 이 어설픈 고요 안에서 과식주의가 유일한 소란이었으니 사람들이 고마워하는 것이다.

비평가들은 대체로 세 가지 오류를 지적한다. 이는 공고라 본인이 선호했던 것으로 은유법의 남용, 라틴어의 어투, 즉 고어체의 사용 그리고 그리스 신화의 남용이다. 나는 이것들을 구체적으로 다시 살펴보고자 한다.

첫 번째 것은 끊이지 않는 논쟁의 대상이다. 어떤 이들은 과다한 은유가 비난받아 마땅하다고 생각하고 다른 이들은 덕목이라고 생각한다. 나는 (당대의 사람들과 옛 사람들, 과거의 나의 심증에 반하여) 짐짓 그 문제는 미학의 영역이 아니라고 눙칠 작정이다. 도대체 은유가 있는 생각과 그렇지 않은 생각이란 것이 존재한단 말인가? 우리는 어떤 이의 죽음에 대해 간결체 아니면 수사적 형식으로 느끼는가? 시의 유일한 미학적 현실

257 로페 데 베가를 말한다.

258 마르틴 바스케스 시루엘라(Martín Vázquez Siruela, 1600~1664). 스페인의 사제이자 작가.

은 그가 만들어 내는 표현 아닌가? 작가가 이를 설득하기 위해 은유를 사용했는지 사용하지 않았는지 여부는 미학과는 동떨어진 호기심이다. 마치 그가 사용한 글자 수를 세는 것과 같다. 은유는 은유라서 시적인 것이 아니라 그가 성취한 표현에 의해 시적이다. 더 이상 논쟁을 계속하지 않겠다. 크로체에게 동조하는 모든 사람이 나와 의견을 같이할 것이다.

나는 돈 루이스 공고라의 작품에서 빛나는 은유들을 발견했다. 일부러 이 동사를 쓰는 것인데, 그를 추종하는 이 가운데 아무도 그것을 칭송하지 않았기 때문이다. 그중 가장 훌륭한 은유로 스페인어의 영원성을 느낄 「팔라시오의 시(Rimado de Palacio)」의 은유, 만리케의 은유, 시간은 일시적이라는 은유를 여기 적어 본다.

> 시간은 그대를 용서하지 않을 것이다,
> 시간을 줄질하는 나날들,
> 날들을 갉아 내는 해〔年〕들.

스페인의 비평가 기예르모 데 토레(Guillermo de Torre)는 은유에 대한 변론에서 공고라 시를 예로 들어 권위를 부여하고자 다음 문장을 인용한다.

> 바람의 머리를 빗고 숲을 지치게 한다.
> Peinar el viento, fatigar la selva

앞부분은 바람을 빗는 번거로움은 모르겠지만 그것을 머리칼과 동일시하는 데 성공했는데, 뒷부분은 베르길리우스의

충실한 번역에 가깝다.[259]

또한 불가사의한 은유의 예로 『고독(Soledad)』[260]이라는 시의 첫 부분인 '들판의 고독'을 자주 인용한다.

한 해 중 꽃이 만발한 계절
에우로페[261]의 거짓말쟁이 도둑
(반달은 그의 이마의 무기
태양은 그의 머리칼의 모든 광선)
하늘의 빛나는 영광이
사파이어 초원에서 별을 뜯는다.

(페이세르[262]나 살세도 코로넬[263]부터 근대 인물들에 이르기까

---

259 "Venatu invigilant pueri, sylvasque fatigant." 『아이네이스』 9권 605행.(원주) "우리 소년들은 날카롭게 추적하고 숲을 괴롭힌다."라는 뜻이다.

260 1613년 발표되었다. '들판의 고독(Soledad de los campos)', '강변의 고독(Soledad de las riberas)', '숲속의 고독(Soledad de las selvas)', '황무지의 고독(Soledad del yermo)'으로 구성되어 있다.

261 페니키아의 왕 아게노르의 딸로, 해변에서 놀고 있을 때 멋진 황소의 모습으로 둔갑하여 접근한 제우스의 등에 업혀 크레타섬으로 가서 제우스와의 사이에 미노스, 라다만티스, 사르페돈을 낳았다.

262 호세 페이세르 데 오사우 살라스 이 토바르(José Pellicer de Ossau Salas y Tovar, 1602~1679). 스페인의 역사가이자 시인.

263 호세 가르시아 데 살세도 코로넬(José García de Salcedo Coronel, 1592~1651). 스페인의 군인이자 작가.

지) 열정적인 카발라 신비주의자들은 변장한 제우스이자 별자리로, 우리가 봄을 상상하는 것을 도와주지 않는 그 무례한 황소와 그의 느림과 지체에 논리적 정당성을 부여하고자 노력해 왔다. 그러나 여기서 은유는 전혀 중요하지 않다. 중요한 것은 작가가 나열하는 우쭐대는 단어들(위엄 있는 분위기의 단어들)이다. 본래 거기에 비유는 없고 이미지의 구문 형태일 뿐인 흉내 말고는 없다. 은유화한다는 것은 생각하는 것으로, 표현이나 생각을 모으는 것이다. 메넨데스 이 펠라요가 재간행하고 (『미학적 사유(Ideas estéticas)』 3장 494쪽에서) 칭찬한 『시 담론(Discurso poético)』의 저자 돈 후안 데 하우레기는 그런 지식인들의 어리석음을 지적한다. "식자들의 언어는 아직 많은 곳에서 어둠의 이름을 가질 자격이 없고, 오히려 무(無)의 이름을 가져야 한다." 프란시스코 데 카스칼레스(Francisco de Cascales)도 "어둠의 벤치에 우리를 묶어 두는 외로운 단어들의 지긋지긋한 불운"이라고 말한다. 그렇다면 이제 직관이 없는 시가 존재할 수 있는가? 쇼펜하우어는 시란 언어를 통해 상상력을 작동시키는 예술이라고 했다. 그 로맨틱한 정의를 받아들이는 것이 과식주의를 인정하기 위한 전제가 아닌가 하는 생각이 든다. 지성을 진실되거나 거짓된 세상에 소개하는 것과 모든 것을 시각적 내포 의미 또는 임의로 연결된 용어들에 대한 존중에 맡기는 것은 다르다. 거의 모든 시인이 상상력을 소설가나 역사가에게 내주고 단어의 명성만을 거래한다는 점이 유감스럽다. 어떤 이들은 먼 단어에 의지하여 살고, 다른 이들은 화려한 단어에 의지하고, 또 다른 이들은 지소사(指小辭)와 감탄사를 사용하고 '누가 할 수 있을까'와 '결코'와 '만약 안다면'을 상습적으로 사용하는 대단한 사람들이다. 아무도 상상하거나 생각하고 싶어 하지 않는다. 아마 공고라가 그들보다 의식이 있거나 덜 위선적이었나 보다.

라틴어식 표현에 대해서는 공고라가 "스페인어의 더 큰 영광을 위해" 이를 사용했고, 라틴어가 하는 것을 우리의 로망세 시로도 할 수 있다는 점을 증명하고자 하였다는 점은 잘 알려진 사실이다. 이제 스페인의 오만함은 다양한 행동 방식을 취한다. 외국어의 도움을 받지 않고 자신들의 방식, 즉 관용적 표현, 격언, 말투에 그들의 얼마 남지 않은 자존심을 건다. 그들은 언어 습관을 버리려 하지 않는다. 나는 오늘날의 스페인어의 순수성을 고집하는 정통주의자들의 어리석음과 비사교성보다는 라틴어 혼용주의자의 너그러운 자세를 선호한다는 점을 고백한다. 공고라와 케베도가 그랬고, 우르타도 데 멘도사[264]와 사아베드라 파하르도[265] 등 덜 유명한 다른 이들도 그랬다. 프라이 루이스는 안성맞춤으로 히브리어를 사용했다. 세르반테스는 이탈리아어를, 발타사르 그라시안과 케베도는 신조어를 사용했다. 요컨대 스페인의 전통은 전통주의자들이 주장하는 것처럼 전통적이지 않다.

이제 우리는 과식주의의 세 번째 오류를 마주한다. 이는 죽음을 엿볼 수 있는 균열이기에 유일하게 면제나 동정이 없는

---

264 디에고 데 우르타도 데 멘도사(Diego de Hurtado de Mendoza, 1503~1575). 스페인의 인문주의자, 시인.

265 디에고 데 사아베드라 파하르도(Diego de Saavedra Fajardo, 1584~1648). 스페인의 작가이자 외교관.

오류이다. 나는 공고라의 신화에 대한 끊임없는 열정과 그리스 신화, 아니, 신화의 인물들을 대하는 미신적 태도를 지적하고자 한다. 무신론자가 "하느님께 맹세코!"라는 말을 하거나 십자가의 고난을 믿지 않는 이가 "주여, 마귀로부터 나를 지켜주소서."라고 기도하며 마귀를 상상하지 않는 것은 나태한 것이다. 시는 신화의 발견 혹은 친연성을 가지고 신화를 소재로 등장시키는 것이지 아부하거나 타지의 풍경을 이용하는 것이 아니다. 과식주의는 죄를 저질렀다. 그늘과 그림자, 흔적, 단어, 메아리, 부재와 환영을 사용했으며 (믿지도 않으면서) 불사조와 신화와 천사들에 대해 이야기했다. 그지없이 화려한 시의 흉내였으며 죽음으로 아름답게 치장까지 하였다.

돈 프란시스코 데 케베도의 소네트

아니다, 강들이 눈물짓고 화산들이 밤새 시신을 지킨 위대한 오수나[266]의 매장이 아니다. (문학에서 낯선 소재인) 코주부가 웃긴 것도 아닌 것이, 그런 비대칭의 외모는 단지 시각적인 요소이고 우리의 청각을 즐겁게 하지는 못하기 때문이다. 내가 말하는 소네트는 다른 것으로, 비록 선집들에 실리지는 않았지만 세계 문학 혹은 작가의 작품 가운데 가장 강렬한 소네트의 하나로 평가하고자 한다. 『스페인 시단과 카스티야의 뮤즈

266 오수나의 공작(1574~1624). 스페인의 펠리페 3세 치세기 시칠리아와 나폴리의 부왕을 역임하였고 '위대한 오수나 공작'으로 불렸다. 시인 케베도는 여러 작품에 자신의 친구 오수나 공작을 거명하는데 그의 외모를 빗대어 '코주부 오수나'라고 불렀다.

들(El parnaso español y musas castellanas)』이 이를 담고 있는데, 네 번째 책 31번이 매겨져 있는 리시(Lisi)에게 바치는 소네트는 다음처럼 기도로 시작한다.

내 눈을 감길 수 있으리 최후의
그림자, 나는 한낮을 가져가리니,
그리고 영혼의 간청에 안달하며
나의 이 영혼을 떠나보낼 시간.
그러나 강 건너
내 사랑이 불타던 곳에 기억을 남겨 두리.
내 사랑의 불꽃은 차가운 물에서 헤엄치고
준엄한 법도 무시할 줄 알기에.

영혼, 신(神)의 포로가 되었고,
혈관, 그토록 뜨거운 열정에 원기를 불어넣었으며,
뇌수, 영광스럽게 불타올라,
그 형태는 버릴지라도 배려는 버리지 않으리.
재가 되리라, 그러나 감각은 가지리.
먼지가 되리라, 사랑에 빠진 먼지가.

테르세토스[267]로 구성된 것을 잘 알지만 전체 시를 옮겨 썼다. 프란시스코 데 케베도는 이 시를 쓸 때, 이미 장르의 규칙이

267 3행 11음절의 조화를 염두에 두고 구성한 시의 형태.

라 할 수 있는 과장법을 사용해 이탈리아식 소네트를 짓겠다는 예술가의 의도를 가졌음이 분명하다. 8행에 이르기까지 페트라르카식 글쓰기를 하자 이를 느끼고 알아채게 되는데, 이는 전문가들이 비난하는 위험 요소이다. 이런 시를 쓰는 이들은 또한 결말의 음수율을 맞추기 위해 더한 표현에 대해 불평할 것이다. 나의 영혼, 차가운 물, 준엄한 법, 얼마나 안일하게 형용하는 것인가! 자칭 완벽한 소네트를 짓는 작가들인 호세 마리아 데 에레디아(José María de Heredia)와 사맹[268]은 음수율을 맞추기 위한 군소리를 피하는 대신 전체 리듬을 맞추었다. 쓸데없고 게을러빠진 소네트 14행 전체.

그렇다면 이 원리의 결점은 무엇인가? 죽음을 언급하기 위해 상상해 낸 여러 은유들.(이라고 생각한다.) 덮어서 감추고자 사용하는 단순한 단어 앞에 그 모든 것은 무척이나 신중하고 비겁하다!

내 눈을 감길 수 있으리 최후의
그림자, 나는 한낮을 가져가리니,

이는 어리석은 완곡어법인데, 죽음의 끔찍함은 그저 주위의 빛이 사라지는 것에만 있지 않고 잠을 자기 위해서도 눈을 감기 때문이다. 단지 열정으로 도전할 수 있는, 레테강과 망각의 물을 인용하는 것은 어떤가? 독창적이(었)지만 고대 그리스

268 알베르 사맹(Albert Samain, 1858~1900). 프랑스의 낭만주의 시인.

인이 언급한 것이 아니라면 날조이고, 자전적이며 시적인 것의 가치를 상실하게 만든다.

다시 말해 이 준비하는 8행은 청중이 집중하기 위해 준비하는 동안의 휴식 마디요, 내 말을 들으라, 어떤 식으로든 시간 때우기이다. 케베도는 이를 필요로 하지 않았고, 이를 쓰는 태만한 글쓰기를 했다면 그 잘못은 모든 감성을 소네트의 규격에 맞추기를 강요하는 통탄스러운 습관에 있다.(리카르도 구이랄데스는 지적한다.) 소네트 작가는 한 손에 푸딩 틀을 들고 사정거리에 있는 모든 것을 그 안에 집어넣는다. (여기에 덧붙이건대) 소네트와 푸딩이 그럴싸한 진수성찬이 될 수 없다는 뜻은 아니다. (이제 아르헨티나에서도 오류뿐 아니라 다른 예도 찾을 수 있는데) 그 터무니없는 법칙과 독단성에도 불구하고 소네트와 나를 화해시킬 줄 아는 엔리케 반츠스의 작품들이 있다.

그렇다면 마지막 행들을 보자. 드디어! 지금까지 들리지 않던 케베도의 목소리가 들린다. 이들을 강조하고 나머지를 만회하면 스페인어의 향취를 강하게 느낄 수 있다.

영혼, 신(神)의 포로가 되었고,
혈관, 그토록 뜨거운 열정에 원기를 불어넣었으며,
뇌수, 영광스럽게 불타올라,
그 형태는 버릴지라도 배려는 버리지 않으리.
재가 되리라, 그러나 감각은 가지리.
먼지가 되리라, 사랑에 빠진 먼지가.

이것은 불사(不死)에 대한 아주 독창적인 변론이다. 케베도는 이 일에 몰두했고 『사후 작품(Obras póstumas)』에 실린 논문의 상당 부분을 할애하여 이를 증명하고자 하였다. 나는 전체를 쭉 훑어보았다. 변증법과 남자다운 위엄, 신념, 때로 풍자가 포함된 논쟁이지만 변함없는 목표는 영혼이 분리 가능한 개체이고, 인간 감각의 표현(원본에는 유령이라고 쓰여 있다.) 없이 작동할 수 있음을 정당화하는 데 있다. 이는 홉스[269]와의 논쟁을 예견케 하고 수도사들의 라틴어 인용이 이에 엄숙함을 부여한다. 신학 영역에 시의 대담한 사유를 위치시키기는 불가능하다. 이 소논문(「위로하는 신의 섭리를 증명하는 불후의 영혼과 가톨릭 신도들의 정신, 이교도들의 부끄러운 혼란(Inmortalidad de el alma, con que se prueba la providencia de dios para consuelo, y aliento de los catholicos, y vergonzosa confusión de los hereges)」)을 언급하는 이유는 케베도와 이 주제의 긴밀한 관계를 증명하는 데 있다.

케베도는 논리적이기보다 직관적이다. 그에게 있어 강렬함은 불사의 약속이다. 아무것에나 느낄 수 있는 감정의 강렬함이 아니라 사랑의 욕구, 아니, 좀 더 정확히는 그 행위의 강도를 말한다. 환희, 존재의 완전함이 그 순간을 앞지르고, 그렇게 강렬한 순간을 한번 경험한 사람은 사는 법을 잊지 않고 죽지 않을 것이라 단언한다. 이제 에로스는 은유의 경지에 이른다. 육체의 뻔뻔스러움과 안식일은 육체의 손님이자 동반자(hospes comesque corporis)인 영혼을 위해 기쁜 소식을 전하는 매체이다.

---

269 토머스 홉스(Thomas Hobbes, 1588~1679). 영국의 철학자.

철저히 스페인 사람이자 (칸트가 반형이상학주의자들을 위로하고자 준비한 기체화된 사물 자체가 아니라 개인 자체의 사물인) 사물의 실재를 확신하는 케베도는 육체적인 것, 이제 혈관과 골수까지 영원히 뜨거운 삶을 제안한다. 이 사고는 거의 이교도적이지만 다른 소네트에서도 여전히 그 위대한 존재감을 드러낸다.

태양 위에 불타리라, 그리고 차가운 육체는
흙과 먼지가 된 사랑을 기억하리라.

(첫눈에 보기에는 의미 없고 성의 없어 보이는) 그 '차가움'은 반대로 육욕과 만족감의 정점을 암시한다. 쇼펜하우어가 언급하였듯이 "성교와 세계의 관계는 단어와 불가사의한 것의 관계와 같다." 즉 세계는 공간적으로 넓고 시간적으로 오래되었으며 형태가 끊임없이 변한다. 그러나 이 모든 것은 삶에 대한 의지의 표출에 지나지 않고, 그 의지의 초점 혹은 중심에는 생식 행위가 있다.(『의지와 표상으로서의 세계』, 45장)

케베도의 변론에 대해 어떻게 생각해야 할까? 나는 이것이 신이 있다고 주장하는 이들의 변증법적, 존재론적, 우주론적, 도덕적, 역사적 등등의 증거에 대해 생각하는 것과 유사하다고 생각한다. 유일하게 확실한 가치는 이미 믿는 이들을 설득하는 것이다. 불사를 열렬히 신봉하는 이들에게 말하는 것이라면 더할 나위 없다. 더 이상 바라지 않는다. 나는 신과 불사의 무아지경을 믿는 이들의 편이다. 내 믿음은 우나무노식도 아니고 불편하지도 않다. 나의 밤은 그 안에서 편히 잘 줄 알고, 꿈꾸어 마지않는 현실은 휴가를 보내 버리기까지 한다. 내 믿음은 자주 확신에 이르고 결코 의심에 굴복하지 않는 '가능함'이다. 묘사할 수도 없는 원자 하나가 사라질 수 있다는 것을 의심하면서 자신의 자아는 최후에도 숨길 수 있다고 확신하는 기계론자들을 이해할 수 없다. 그들은 우주에 물질 분자 하나를 훔치는 것은 허락하지 않으면서 수없는 영혼은 허락한다.

케베도는 결코 물질을 부인한 것이 아니라 (우리가 보았듯이) 불사를 입증하기 위해 이를 이용했다. 여기서 어떤 이야기를 다시 끄집어내 보자. 1400년대 중반쯤 일어난 일이다. 장소는 스페인 오카냐의 한 어두운 방이다. 대담자는 죽음의 신〔死神〕과 머리가 붉은 남자 로드리고 만리케[270] 경이다. 그의 연대기 작가는 대위 호르헤 만리케이다. 그때 죽음의 신은 인간에게는 세 가지 삶이 가능하다고 한다. 하나는 '일시적으로 죽어 없어지는 것', 즉 가까운 시간 내에 우리 모두가 겪을 삶이고, 다른 하나는 '훨씬 더 좋은' 우리의 명성, 다른 이들의 입을 통해 살아가는 삶이며, 마지막은 바로 불사의 삶이다. 우리는 프란시스코 케베도가 이 가운데 두 가지를 가졌다는 것을 이미 안다. 신이 그에게 세 번째를 주는 데 인색하지 않았기를. 나는 불사를 부인하거나 의심하는 것은 망자에 대한 가장 큰 불경, 무한에 가까운 무례라고 이미 쓴 적이 있다.

---

270 로드리고 만리케 데 라라(Rodrigo Manrique de Lara, 1406~1476). 스페인의 귀족, 군인. 시인 호르헤 만리케의 아버지이다.

이미지의 시뮬레이션

미학적인 것이 무엇인지, 다른 어떤 것이 미학적인지, 다른 어떤 것 중 무엇이 유일하게 미학적인지에 대한 질문에 크로체는 '적극적으로 표현하는 것'이라고 확언한다. 이런 방식이 내게는 무척 만족스러워서 책장에서 해당 책을 꺼내 정확한 문구(본문의 표현)를 확인할 생각조차 하지 않고, 지식을 직관과 논리, 즉 이미지나 개념을 생산해 내는 것으로 급하게 분류하려 하지 않았다. 예술은 표현, 오직 표현이라고 여기서 제안하고자 한다. 여기서 바로 유추할 수 있는 것은 빈약한 표현이나 상상할 수 없는 것이나 이미지를 생성하지 않는 것은 예술적이지 않다는 것이다.

'이미지'라고 쓰지만 이 단어의 이율배반적인 면을 모르지 않는다. 크로체는 직관이라고 정의하기를 선호하는데, 엄밀한 의미에서 어떤 사실의 찰나적 지각이라는 면에서 이 단어가 마음에 와 닿기는 하지만 예언, 우연, 예감과 같은 내포 의미로 인해 그 의미가 훼손되었다고 생각된다. 그래서 직관과 마찬가지로 배반적이지만 문학사(아니, 자칭 문학의 자칭 역사)의 대부분의 소재가 이 말에서 비롯되기 때문에 버릴 수 없는 용어 '이미지'를 그대로 쓴다. (이 경우) 야기되는 가장 빈번한 오류는 작가가 전하는 이미지들이 먼저 시각적이어야 한다는 전제에서 비롯된다. 이러한 오류가 발생하는 것은 어원적 요소 때문이기도 한데, 라틴어 'imago'는 모습과 외양, 초상, 형태, 때로는 칼집(그 안에 담겨 있는 쇠로 만든 칼날의 모양) 또는 메아리(음성 이미지)와 어떤 사물의 개념을 뜻하기 때문이다. 이런 단어의 이력 때문에 혼선이 야기될 수 있다.

문학에서 시각적인 것의 매혹은 독보적이다. 다마소 알론소[271]는 『고독(Soledades)』[272]의 서문에서 공고라를 찬양하며 (시각적인 것의) 흥미로운 두 가지 권능을 예로 든다. 첫 번째는 이 랩소디를 "비참한 시적 허무주의"라 하는 것에 대한 반론이다. (다마소 알론소에 의하면) 공고라의 시에 등장하는 꽃, 나무, 지상의 짐승, 새와 물고기, 다종다양한 것들은 독자의 눈앞에서 화려하게 행진한다. 『고독』이란 작품이 텅 비어서 공허하다고 말한 이들은 도대체 무슨 생각을 했을까? 시가 얼마나 풍요로

271 Dámaso Alonso(1898~1990). 스페인의 시인이자 비평가. 옥스퍼드 대학교, 마드리드 콤플루텐세 대학교 교수를 역임했다.

272 다마소 알론소가 스페인의 바로크 시인 공고라의 시 『고독(Soledades)』(1613)에 대해 쓴 비평서(1927).

운지 다양한 요소를 다 채워 넣기에는 공간이 비좁기까지 한데 말이다. 순진하고 잘못된 추리는 금방 알아차리기 마련이라 다마소 알론소는 『고독』의 시적 공허함을 부인한다. 그 이유는 (공고라가) 작품을 통해 깃털, 머리카락, 끈, 암탉, 새매, 유리, 코르크 등과 같이 시각적으로 풍부한 요소를 언급한 데 있다. 두 번째 예도 첫 번째 경우와 유사한데 다음처럼 표현한다. "어둠이 아니다. 즉 빛나는 밝음, 눈부신 밝음이자 내면의 밝음, 깊은 밝음이다. 번쩍이는 바다는 파란 크리스털이다. 다이아몬드가 뿌려진, 또는 태양이 타원을 그리며 횡단하는 무결점, 사파이어색 하늘." 여기서 표피적인 확신으로 행한 유사한 실수는 그래서 뼈아프다. 공고라가 밝은('빛나는'으로 읽으라.) 것들을 언급했다고 해서 분명하다('명료하다'로 읽으라.)고 추론하는 것이다. 이런 혼돈의 본질은 '말장난'에서 비롯된다.

시각적인 것의 무분별한 남용 사례는 벤하민 하르네스[273]가 문인의 결기에 관해 쓴 책 『습작(Ejercicios)』에서도 찾아볼 수 있다. 이 산문 작가는 산문이 무엇인지 연구하는 척한다. (그는 쓰기를) 사고(思考)는 문장의 구조를 세우고 지탱하는, 팽팽하며 진동하는 밧줄(견고한 강철 와이어)이라고 한다. 하지만 한쪽 끝에서 다른 쪽 끝까지 길항하는 이미지의 끈은 조화롭게 교차하고 엮인다. 하르네스는 이 부분을 깊이 고민하지 않았으며 여전히 형식과 내용의 분리를 믿었다. 다시 말해 이원성을 설명하는 대신 쓸데없이 꼬인 철조망을 보여 준 셈이다. 그

273 Benjamín Jarnés(1888~1949). 스페인의 27세대 작가, 소설가.

리고 마지막으로 산문의 여러 형태를 조사하여 다음과 같은 해결책을 제시한다. 가장 좋은 것은 산문을 사유의 호흡의 힘을 받은 빠른 곤돌라로 만드는 것이다. 그 달콤한 베르그송풍의 곤돌라는 숭고한 고요 사이를 헤치고 나아가 돛대와 불 밝힌 등 사이로 잘 짜인 사유의 상자를 가져온 적이 거의 없다. 다른 상(像)과 또 다른 생각의 부정일 뿐.

은유라 불리는 대부분의 것은 시각적인 것의 무절제에서 벗어나지 못한다. 메넨데스 이 펠라요는 공고라의 유명한 시구인

> 하얀 오로라의 붉은 걸음

과 유사한 다른 시구를 인용하면서, 시인이 시를 쓰는 유일한 동기는 하얀 것과 붉은 것을 부드럽게 섞어 시각적 만족을 꾀하는 것이라고 본다. 또한 작가들 중에는 비유의 경우 비유되는 (대상의) 두 번째 항의 시각적 화려함을 더 중요하게 생각하는 이들도 있다.

> 나는 항상 그에게 친절했다
> 물총새처럼,

작가는 이렇게 단지 그 새를 자랑하기 위해 시를 쓰지만 다른 사람들은 그를 위대한 시인으로 칭송한다. 이런 은유의 자유는 용납할 수 있다. 작가가 그런 말장난의 전문가가 되지만 않는다면.

모든 이미지는 정확할 의무가 있다. 겉보기에 자명하고 쉬워 보이는 진리가 실제로는 전혀 그렇지 않은 것은 산술적, 지리적 정확함이 예술 행위에서는 더할 나위 없이 부정확하게 작동하기 때문이다. 소설의 주인공에 대해 "출발지부터 북쪽으로 4224미터를 걸었다."라고 쓰는 것은 거의 절대적인 신중함을 지키는 것과 같다. "헤네랄 우르키사 이 바르칼라에서 나와 카마르고 이 훔볼트를 향해 걸었다."라고 쓰는 것은 독자를 위해 행간을 공백으로 남겨 두는 위험을 감수하는 것이다. "집들이 드문드문 보일 때까지 쉬지 않고 걸었다."라거나 "하늘이 더 낮아질 때까지 걸었다."라고 쓰는 것은 더 다양한 표현의 가능성을 약속한다. 이런 방식은 역사나 언론의 기술 방법과 다르다는 것을 안다. 시인과 달리 언론인은 예술을 할 필요가 없다. 공개된 사실을 이미 진실이라 믿는 이들에게 알려 주면 된다. 예를 들어 "어제 발생한 절도 사건은 몇 시에 무슨 동네 몇 번지에서 일어났다."라고 적는데, 다른 표현의 여지를 남겨 두지 않고 단지 어떤 장소인지 전해 주고, 더 많은 정보를 줄 것이라고 알려 줄 뿐이다. 문학에서는 대니얼 디포[274]가 이같이 세부적인 시간과 실속 없는 지도와 야경을 묘사한 최초의 작가일 것이고, 여러 사람들이 이를 따라 한 것은 실수였다. 또 다른 흔한 착각은 증대사(增大辭), 지소사, 경멸사의 변화 어미에 대한 과신이다. 스페인어에는 네 개의 증대사와 열 개의 지소사, 열한 개의 경멸사가 있지만 붙이는 접미사에 따라 각각에

274 Daniel Defoe(1660?~1731). 영국의 소설가, 언론인. 『로빈슨 크루소』로 명성을 얻었다.

해당하는 스물다섯 가지의 등급을 부여할 수는 없다. 별다른 이유 없이 'libro(책)'를 'libraco', 'libracho', 'librote'라고 경멸적인 어투로 부른다. 문법은 그런 경멸사를 너무 쉽게 찬양하며, 표현은 하나이나 변하는 것이라는 점에 주의를 기울이지 않는다. 최상급 표현은 또 다른 허구이자 날조이다.

자, 그대는 신에게 재단을 쌓았다
그토록 "최고로 근사한" 천장이 있고,
견고하며 곧추선……
Pues vos fizo Dios pilares
de tan «riquísimos» techos,
estad firmes y derechos...

최상급 앞에 부사를 쓴(두 가지 강조를 감성적으로 접목시킨) 문법적 오류는 제쳐 두고, '최고로 근사한 천장(riquísimos techos)과 '근사한(ricos)'의 원급을 비교해 보자. 두 가지가 표현의 관점에서는 동일하지만 둘 다 말이 안 된다. 단지 다른 점은 어조이다. 첫 번째는 과장되게 들린다. 결국 말투의 차이만 있을 뿐이다. '최고로 근사한(riquísimos)'이란 말은 쉬운 표현이 아니다. 먼저 '멋진(rico)'을 듣고 그것을 상상한 후 어미가 우리에게 개념의 수정이나 정서를 요구하는데, 이때 유일하게 주는 도움이 '가난에 겨운(pobrísimo)'[275]이란 표현을 하기 위해 더

---

275 '가난한(pobre)'의 최상급은 'paupérrimo'이다.

하는 것과 마찬가지로 개성 없는 지루한 소음뿐이다. 물론 사람들은 내게 (루소가 만들어 낸 사회 계약이란 말과 마찬가지로 거짓된 명칭인) 구두 계약에 의해 '가장(ísimo)'이란 말이 들리면 무언가를 상상해야 한다는 강박이 있다고 말할 것이다. 나는 협약에 대해 말하는 것이 아님을 다시 확인하고자 한다. 이 문제는 법률적인 것이 아니라 심리적인 것이다. 내게는 강조하는 구체적 표현 앞에 위치하는 '매우(muy)'라는 부사가 더 실용적으로 보인다. 또한 여성들과 아이들, 셈족이 쓰는 반복 어법("파란파란 하늘")이 더 논리적으로 보인다.

끝으로 한 가지만 더 언급하자면 그런 언어의 부주의나 균열, 우유부단함이나 고의적인 속임수는 항상 독자와 공모한다. 나태함과 예의로 나눠 이야기할 수 있는데, 예의는 눈에 보이는 미신을 따라 대화와 글의 성격이 다름을 믿고, 대화에서는 반박할 비(非)표현을 글에서는 용인한다.(축하하기까지 한다.) 나태함은 절반의 이미지만으로 만족하곤 하며, 읽은 것을 실행에 옮길 마음이 없다 보니 오류를 발견하지 못한다. 글로 쓴 것의 가청도(시에서는 기대를 만족시키는 놀이, 산문에서는 끝없이 약속을 어기는 놀이)도 작용한다. 또한 운명의 말('안녕', '포기', '결코', '어쩌면')이나 '천저(天底)', '달' 같은 천문학 단어들이 있으면 충분히 감정을 고양할 수 있는 독자가 있다. 그러나 일반적인 오류의 경우는 의도적이다. 모든 작가가 진정한 미학적 성취는 새로운 일이지만 문학 비평가나 언론인, 동료들이나 문학 애호가에게 부적절한 기술의 전시보다도 관심을 끌지 못한다는 것을 안다. 요즘은 실패한 이미지가 '대담하다(audaz)'며 더 좋은 평가를 받는 것을 안다. 신비로움을 강조하고 미치광이가 기법을 가진 척하기만 하면 표현의 반복적인 실패가 명성을 가져다준다는 것을 안다. 예를 들어 공고라가 알았고, 우리 시대에 글줄이라도 쓰는 모든 작가가 안다.

호르헤 만리케의 『코플라』[276]

죽음이라는 주제를 다룬 스페인어 시 가운데 가장 많이 회자되는 것은 호르헤 만리케의 시이다. 고지식한 비평가이며 도저히 못 읽어 줄 시인인 마누엘 호세 킨타나(Manuel José Quintana)는 만리케의 시를 혹평했다. 하지만 저명한 비평가 메넨데스 이 펠라요는 그 비난을 역으로 비난한다. 킨타나는 시집의 제목을 보면 아버지의 죽음이 아들에게 영감을 주는 것과 같은 애가의 의도와 느낌이 감지된다고 한다. 그러나 호르헤 만리케의 코플라는 낭송시라기보다 삶의 비루함과 죽음의

276 『코플라(Coplas)』는 중세 장례 애가(哀歌) 장르에 속하는 것으로 삶과 명성, 운과 죽음에 대해 기독교적 관점에서 고찰한다. 동일 장르의 고전 코플라 작품과 「전도서」에서 영감을 받았다고 한다.

위력과 세상만사의 공허함에 대한 장례 설교에 가깝다. 메넨데스 이 펠라요는 시집을 구성하는 마흔세 편의 코플라 가운데 열일곱 편이 마에스트레[277]의 장례식 헌사였음을 지적하며, 슬픔을 견뎌 내고 개인의 고통을 인류의 고통으로 승화시키는 철학적 신중함과 위엄이 만리케의 작품을 가장 돋보이게 한다고 평가한다. 또한 이 작품들을 "기독교 철학의 교리"라고 칭하며 넌지시 보쉬에에 빗대어 말한다.

얼핏 보면 메넨데스 이 펠라요의 의견은 킨타나의 주장에 대한 반박이다. 하지만 잘 살펴보면 확증이기도 하다. 장례식 헌사, 철학적 신중함, 기독교 철학의 교리, 보쉬에의 이름까지 이 모든 것은 애가가 아니라 부득이한 설교를 위한 것 아닌가? 예를 들어 장례식 헌사는 자식의 입장에서 직접적인 소회를 표명한 것이라기보다 호르헤 만리케가 처한 세속적 입장에서 외지인들 앞에 내놓는 변명에 가깝다.

큰 보물을 남기거나
많은 재산이나
금은보화를 모으지 못했지만
무어인들과 싸워
그들의 요새와
마을을 얻었네.
승리한 전투에서

---

277 기사 수도회 단장(maestre)이었던 만리케의 아버지를 가리킨다.

기사들과 말들을
포획하였으니
이 일로
그에게 하사된
소작료와 부하를 얻었네.

스물네 번의 전투에서 승리한 장수이자 레온 왕국의 총사령관이었던 파레데스(Paredes) 백작의 이력과, 그의 죽음이 자식에게 미친 개인적 고통은 별개의 것이다. 무어인들의 땅에서 많은 무어인과 싸웠다고 한들 그 때문에 가족이 아버지에게 느끼는 사랑이 깊어지지는 않는다.

물론 이 유명한 애가의 헌사적 요소를 부인한다고 해서 그 아름다움까지 부정하는 것은 아니다. 시에는 두 종류의 아름다움이 있다. 하나는 시구를 다양하게 해석할 수 있다는 것과 격언이나 비문(碑文) 같은 문체의 간결함이고, 다른 하나는 마지막 문장에 잘 표현되어 있는 소설 같은 특징이다.

그의 아내와
자식들과 형제들,
하인들 가까이에서,
그렇게 간직된
모든 인간의 감정을
이해한다면……

그리고 가끔 에드거 앨런 포의 단편 같은 어조를 띤다.

명령에 따라 그토록 자주
장기판 위에
자신의 목숨을 올려 두었고
진정으로
왕과 왕실을
잘 받들었으며
말로는 차마
다 풀어낼 수 없는
수많은 공을 세운 후
오카냐 그의 궁에서
죽음이
그의 문을 두드렸다.

『코플라』의 미학적 효과에 의심을 품지는 않는다. 다만 죽음이라는 주제에 걸맞지 않다는 것만 확언할 뿐이다. 시에는 피할 수 없는 죽음이 묘사되지만 반이성적 태도나 엄습하는 형이상학적 공포 또는 영원불멸에 대한 시시콜콜한 희망은 결코 찾을 수 없다. 그 이름에 걸맞은 절대적 관점에서 보면 이런 결핍이 시의 품위를 격하시킨다.(로페 데 베가가 이 시에 대해 "금으로 기록할 가치가 있다."라고 한 것을 안다. 비록 자신의 확신을 표현한 선심성 발언에 지나지 않지만.)

메넨데스 이 펠라요는 "우리 시인들 가운데 복된 자 호르헤 만리케, 그의 기독교에 기초한 철학 사상은 수 세기에 걸쳐 지속적으로 전파되었으며, 사도 바울이 '일어나라, 오, 잠든 이여, 그리고 깨어나라.'라고 격정적으로 외쳤던 것처럼 스페인에서 죽음과 불멸이 회자될 때면 그의 시가 가장 먼저 떠오른다."라고 말한다. 나는 겸허하게 묻고자 한다. 호르헤 만리케의 기독교적 철학 사상과 수 세기에 걸쳐 전파된 것이란 도대체 무엇인가? 『코플라』를 다시 읽으며 작가가 덧없고 일시적인 것은 존재하지 않는다는 사고를 가졌음을 확인할 수 있었다. 즉 만리케(철학적 명상에 잠긴 모든 스페인 사람)에게는 영원한 것이 유일한 존재 형태이다. 하지만 해골은 그 주인보다 오래 살아남고, 따라서 해골이 인간보다 사실적인 법이다. 이탈리카의 유적들은 도시보다 오래 살아남고(죽어 남고) 따라서 오늘 그곳의 변덕스러운 날씨는 사실이며 지난날 그곳에 산 사람들은 허구이다. 스페인이라는 이름은 그 제국보다 오래 버텼으나 이제 제국은 존재하지 않으니 영국인들은 이와 유사한 현실을 기뻐해서는 안 될 것이다.

나는 현실을 위계화하는 것을 이해할 수 없다. 어떤 이유로 죽음의 순간이 삶의 순간들보다 진실하며, 금요일이 월요일보다 진실해야 하는지 모르겠다. 모든 것이 환영과 같다면 죽음도 그러하고 더구나 그 죽음마저 소멸하는데, 존재하기를 멈추는 것만이 불멸이어야 하는가?

만리케는 다시 질문을 던진다.

여인들과
그녀들의 머리 장식과 드레스,
향기는 어떻게 되었나?
연인들의
타오르는 불의

불꽃들은 어떻게 되었나?
조율된 악기로
연주하던
그 음유시는 어떻게 되었나?
그 춤과
몸에 걸쳤던
도금된 옷은 어떻게 되었나?

향수와 금속 장식으로 치장한 옷, 잘 다듬은 악기에 대한 감상적인 질문은 놔두고 좀 더 거친 질문을 던져 보자.

연인들의
타오르는 불의
불꽃들은 어떻게 되었나?

그러면 열정은 어떻게 되었으며 어떻게 될까? 우리의 사랑에 대한 모든 기억을 모독하는 (만리케의) 기독교적 답변이 있다. "지옥에서 타오르는 불은 육신의 불이기에 꺼지고 사라짐이 당연하나 영혼은 언젠가 그것을 망각할 능력을 가지는 것이 바람직하다." 또한 모든 이가 말하지만 누구도 만족시키지 못하는 과학적 답변도 있다. "개체는 불멸할 수 없으나 종(種)은 모든 감정의 불멸을 보장하며 영원하다." 내가 추측한 세 번째 답변은 꽤나 마음에 드는데 이는 다음 문장에 잘 표현되어 있다. "진실로 존재했던 것은 사라지지 않는다. 치열함은 영원의 한 형태이다."

독자여! 코플라의 좁은 길을 통해 우리는 형이상학에 도달했다. 이제 당신은 자신의 무지의 주인이니 나의 무지가 필요치 않다.

문학의 기쁨

에두아르도 구티에레스의 추리 소설과 『그리스 신화』, 『살라망카의 학생(Estudiante de salamanca)』[278] 그리고 쥘 베른의 전혀 환상적이지 않은 환상 소설, 스티븐슨의 멋진 소설과 세계 첫 시리즈 소설인 『천하루 밤의 이야기』[279]는 나의 독서 경험에서 가장 멋진 즐거움이었다. 도서 목록은 뒤죽박죽 섞여 있는데, 아주 어릴 때의 독서라 당시 허용된 책들 말고 다른 것은 읽을 수 없었다. 예전에 나는 관대한 독자였고 타자의 삶을 정중하게 살

278 아르헨티나의 작가 호세 데 에스프론세다(José de Espronceda)의 산문시. 1704행에 이르는 장시로 유명하며 1840년에 출간되었다.

279 흔히 『천일야화』로 불리지만 1001일을 강조하기 위해 『천하루 밤의 이야기』로 번역했다.

펴보며 모든 것을 행복하고 기쁘게 받아들였다. 모든 것, 그러니까 형편없는 삽화와 오타까지도 믿었다. 나에게 한 편의 이야기는 하나의 모험이었고 나는 그 느낌을 만끽하려 적당한 장소를 찾아 헤맸다. 그 귀한 장소는 계단 꼭대기, 다락방과 옥상이었다.

이후 단어를 발견했다. 읽을 수 있고 외울 수도 있는 그 환대의 대상은 산문과 시의 행간에 머물렀다. (아직도) 어떤 것들은 고독 속에서 나와 함께하고, 그것들이 내게 불러일으키는 정겨움은 이제 습관처럼 익숙하다. 다른 것들은 자애롭게도 내 기억에서 멀어졌는데, 『돈 후안 테노리오』[280]가 그런 경우이다. 예전에는 이 작품을 통째로 알았는데 시간이 지나자 싫증이 났다. 천천히, 말도 안 되게 난삽한 취향을 거치며 나는 문학과 가까워졌다. 처음으로 케베도를 읽은 때는 기억나지 않지만 지금 그는 내가 가장 자주 읽는 작가이다. 반면 오래전부터 도서관에서만 찾을 수 있는 구닥다리 책인, 괴팍한 토머스 칼라일의 『의상 철학(Sartor Resartus)』을 처음 읽고 빠져든 것이 기억난다. 이후 고귀한 작품들과도 친해졌다. 쇼펜하우어, 우나무노, 디킨스, 토머스 드 퀸시 그리고 다시 케베도.

그리고 나는 이제 작가이자 비평가가 되었다. (내 부족함을 잘 알기에 유감스럽게도) 예전에 읽은 작품을 다시 읽으며 독서의 즐거움을 느끼고 있지만 새로운 작품들은 나를 집중시키지 못한다는 것을 고백하려 한다. 이제 나는 새로운 것을 반박하고 그 작품들을 학파와 세력과 단체로 해석하려 한다. 모든 비

---

280 스페인 낭만주의 작가 호세 소리야의 극작품(1804)

평가들(그리고 심지어 부에노스아이레스의 일부 비평가들)도 솔직하다면 같은 말을 하리라. 이는 어찌 보면 자연스럽다. 지성은 경제학이자 조정자의 역할을 하고 기적은 나쁜 습관처럼 보인다. 이미 그것을 용납하는 것이 정당화될 수 없는 것이다.

메넨데스 이 펠라요는 "역사의 눈으로 시를 읽지 않는다면 살아남을 시가 얼마나 될까!"라고 쓴다. 경고같이 들리지만 이 말은 고백에 가깝다. 역사를 부활시키는 시각이 동정과 자비 같은 단순한 예의가 아니라면 무엇일까? 내 말에 반론하는 이들은 역사적 시각이 없으면 발명가와 복제하는 이를, 형상과 그림자를 혼동할 것이라고 항변할 것이다. 사실이지만 영광의 엄정한 분배와 미학적 환희는 별개의 것이다. 내가 보기에는 안타깝게도 모든 사람은 여러 책을 훑어보고 판단해야 하기에(그리고 비평가의 임무도 다르지 않다.) 그저 계보학자와 권세를 좇는 이가 되어 버린다. "아름다움은 문학의 우발적 사고"라는 필설로 표현하기 어렵고 두려운 사실 속에 사는 것, 이는 작가가 사용하는 단어에 대한 호감이나 반감에 좌우되며 영원과는 관계없다. 시적으로 이미 자주 표현된 주제에 대해 쓰는 추종자들이 아름다움을 얻곤 하는 반면 혁신을 부르짖는 이들은 그러지 못하는 경우가 많다.

우리는 하릴없이 영원의 책 고전에 대해 말한다. 우리의 취향과 변덕에 맞춰 주며, 부산한 아침에도 조용한 밤처럼 창조적이고, 세상의 모든 시간을 향하는 영원의 책이 있다면 얼마나 좋을까? 독자여, 그대가 선호하는 책들은 마지막까지 읽지 못한 영원의 책의 초고와도 같다.

만약 예술이 절대적으로 우리에게 제공하는 언어의 아름

다움을 습득하는 것이라면 작가나 학파와는 상관없는 비연대기적 선집이 존재할 테고 각 작품의 아름다움만으로도 작품성을 정당화하기에 충분할 것이다. 물론 이런 태도는 이미 사용하고 있는 선집에서는 터무니없고 위험하기까지 할 것이다. 우리 언어의 단점이 나타난 첫 소네트임을 알고도 후안 보스칸의 소네트를 찬미할 수 있는가? 선집 선정 위원의 친구인 아무개 작가가 다른 작가들에게 영향을 미쳤는데 이 작가들은 오히려 더 많은 오류를 범했다. 그 사실을 모르면서 어떻게 아무개의 소네트를 견딜 수 있을까?

납득하기 어렵고 사안을 너무 단순화시킬 수도 있어 걱정되지만 예를 하나 들어 보자. 은유적 표현인 "광폭한 턱을 가진 불이 들판을 집어삼킨다."라는 문장은 비난받아야 하는가 아니면 적절한가? 나는 그 판단은 전적으로 그 문장을 생각해 낸 사람에게 달렸다고 생각한다. 역설이 아니다. 코리엔테스 거리나 아베니다의 한 카페에서 어떤 작가가 그 문장이 자신의 것이라고 내게 말한다고 치자. 나는 "요즘은 은유를 사용하는 것이 아주 저속한 일이다. '불태우다'를 '삼키다'로 대체하는 것은 그리 적절한 교환이 아니다. 턱을 언급함으로써 어쩌면 사람들을 놀라게 할 수는 있지만 '집어삼키는 불'이라는 말에 흥분하는 것은 시인의 약점이자 무의식적 행동이다. 결론적으로 아무것도 아니다."라고 할 것이다. 하지만 어떤 중국인이나 샴(태국인) 시인이 처음으로 이 말을 했다고 가정해 보자. 나는 '중국인에게는 모든 것이 용으로 변하니까 뱀처럼 꿈틀대는 불이나 축제의 불빛을 상상해 보면 그것을 좋아할 수 있어.'라고 짐짓 생각할 것이다. 또한 실제로 화재를 목격한 증인이나 화재의 위험에 빠진 적이 있는 누군가가 한 말이라고 가정해 보면 '턱을 가진 불이라는 개념은 끔찍한 악몽이자 두려움이고 가증스러운 인간의 악의를 더한 무의식적 행위이다.'라고 생각할 것이다. 이렇듯 "광폭한 턱을 가진 불이 들판을 집어삼킨다."라는 문장은 신화적인 데다 활력까지 넘친다. 그 문장의 주인이 아이스킬로스이고, 프로메테우스가 한 말이며(사실이 그렇다.) 강제로 바위에 묶인 거인이 날개 달린 수레를 타고 그를 보러 온 노신사 오케아노스에게 한 말임을 알게 되었다고 치자. 그러면 이 문장은 신화 속 인물과 (이미 시적인) 먼 과거의 이야기인 만큼 아주 좋은, 아니, 완벽한 문장처럼 보일 것이다. 결국 문장의 의미를 확실히 알 때까지 나는 판단을 유보한 독자처럼 굴 것이다.

비꼬지 않고 솔직히 말하자면 공간과 시간의 다른 표현인 거리와 세월은 우리의 마음을 끈다. 노발리스가 이미 그 사실을 공표했고 슈펭글러는 저서에서 이를 멋지게 입증했다. 나는 문학과 유사한 점을 언급하고자 하는데 이는 한편으로 처량하기도 하다. 2500년 전에 인간이 살았다는 사실을 생각하기만 해도 마음이 무거워지는데, 그들이 세상의 관객으로 시를 쓰고 가볍고 생명력이 긴 말에 그들의 무겁고 짧은 삶을 담아냈으며, 그 말들이 긴 여정을 향하고 있다는 점을 알고 어찌 감동받지 않을 수 있겠는가?

세월의 흐름에 따라 이탈리카의 유적까지 파괴하는 시간은 새로운 것을 건설하기도 한다는 것을 다음에서 확인할 수 있다.

신이여, 이 위대함이 나를 두렵게 합니다!

세르반테스의 이 고양된 구절에서 의미가 수정되고 확장된 것을 확인할 수 있다. 『돈키호테』를 만든 설계자가 이 구절을 쓸 때 '신이여(vive Dios)'는 '제기랄(caramba)'처럼 싸구려 감탄사였고, '두렵게 하다(espantar)'는 '놀라게 하다(asombrar)'처럼 쓰였다. 동시대인들은 아마 다음처럼 느끼지 않았을까 싶다.

이 기기가 나를 얼마나 놀라게 하는지!

혹은 위의 표현과 비슷하게 느꼈을 것이다. 결국 (세르반테스의 친구인) 시간이 의미를 수정할 수 있었던 것이다.

영원한 존재의 운명은 대체로 다르다. 감정이나 사고의 부수적인 것들은 사라지거나 업적 안에서 보이지 않게 되고 회복할 수도 없으며 아무도 그의 존재를 의심하지 않게 된다. 반면에 그의 개성(인생의 한순간도 순수하지 않았으리라는 단순하고 이상적인 생각)은 뿌리처럼 영혼에 들러붙는다. 숫자처럼 완벽해진다. 추상적으로 변하는 것이다. 고작 그림자 한 조각처럼 될지라도 영원한 것이다. 다음의 문장이 아주 잘 어울린다. "메아리로 남았으니 위엄의 결핍과 공백에, 온전한 목소리가 아니라 말의 부재에 매달려 가라."(케베도, 『모든 이의 시간과 머리가 좋은 행운(La hora de todos y la fortuna con seso, episodio)』, 35장) 그러나 불멸성은 다양하다.

세상의 어떤 장소와 관련된 이름을 가진 시인의 불멸성은 정겹고 믿음직하다.(가끔은 평범하지만 오랜 시간 열정과 정성을 다한 사람들도 이를 이루었다.) 로버트 번스[281]도 그러한데, 스코틀랜드의 들판과 유유히 흐르는 강, 산골짜기 위에 그의 불멸성이 자리한다. 우리의 에바리스토 카리에고도 마찬가지이다. 그는 작품에서 팔레르모 남쪽의 나지막한 빈민가를 고집스럽게 다루었는데, 이곳은 옛 문화 중심지에서 지금은 주류 회사 사무실로 전락했다. 무모할 정도의 고고학적인 노력만이 이 황폐한 곳을 재건할 수 있으리라. 또한 영원한 것에는 불멸성이 있다. 달과 봄, 나이팅게일이 하인리히 하이네의 영광을 나타낸다면 앨저넌 스윈번은 회색빛 하늘을 견뎌 내는 바다가 표상하고, 긴 승강장과 선착장은 월트 휘트먼의 영광을 형상화한다. 그러나 최고의 불멸성(열정이 지배하는 불멸)은 계속 채워지지 않는다. 죽음과 절망, 욕망과 증오를 모두 담은 목소리를 내는 시인은 없다. 다시 말해 인류의 위대한 시는 아직 쓰이지 않았고 우리는 이런 불완전함 때문에 희망을 가질 수 있다.

---

281 Robert Burns(1759~1796). 「올드 랭 사인(Auld Lang Syne)」을 쓴 스코틀랜드의 시인.

탱고의 기원

외람되게도 아르헨티나라는 이름을 지구상에 가장 널리 퍼트린 것이 탱고이다. 따라서 탱고의 기원을 찾아 신화에 얽힌 이야기를 소개하며 정확하고 구체적인 계보를 제시해야 하는 것은 당연한 일이다. 탱고와 관련해서는 20세기 초반인 1913년에 자주 논쟁이 되었는데, 비센테 로시[282]는 그의 저서 『흑인들의 음악 세계』(1926)에서 이 문제를 다시 끄집어낸다. 나는 로시의 책을 읽는 즐거움과 더불어 책에 기록된 정보의 오류에 대해서도 이미 언급한 적이 있는데 오늘은 그의 논리에 대한 개인적인 소회를 밝히고자 한다.

---

282 Vicente Rossi(1871~1945). 우루과이 출신의 작가. 『흑인들의 음악 세계(Cosas de negros)』는 아프리카에서 유래된 음악과 춤에 대한 책이다.

로시의 상세한 설명에 따르면 세칭 아르헨티나 탱고는 몬테비데오의 밀롱가[283]의 아들이자 아바네라의 손자이다. 몬테비데오의 공공 댄스장이었던 아카데미아 산펠리페에서 콤파드리토들과 흑인들 사이에서 탄생했으며, 부에노스아이레스 바호 지역으로 옮겨 가 쿠아르토스 데 팔레르모에서 흑인들과 선원들의 환대를 받으며 인기몰이를 시작하였고, 시내 번화가와 몬세라트 지구를 거쳐 마침내 국립 극장에서 열광적인 반응을 이끌어 냈다. 다시 말해 탱고는 아프리카-몬테비데오적이라 그 뿌리에 곱슬머리의 흔적이 있다. 낯빛이 어둡고 동양적인 것은 크리오요의 조건이지만, 피부색이 가무잡잡한(그리고 가무잡잡하지 않은) 아르헨티나 사람도 우루과이 사람만큼이나 크리오요이고, 우루과이에서 탱고를 전부 만들어 냈다고 생각할 이유가 없다. 실제로 그럴듯한 이유가 있다고 내게 반론을 펼치더라도 그런 억지는 우리의 사이비 애국주의를 만족시키지 못하고 오히려 사납게 만들고 절망시킨다. 어쩌면 콜럼버스의 출신지에 대한 유사한 논쟁을 다시 떠올려 보아도 좋겠다. 이탈리아 사람들은 그가 자국 출신이라고 주장하는 근거로 제노바의 서민 집안 출신이라는 등기 서류와 교회의 출생증명서에 의존한다. 스페인 사람들은 더 효과적인 주장

---

283 아르헨티나와 우루과이의 전통 음악이자 춤인 밀롱가에 대해서는 여러 가지 설이 있으나 일반적으로 19세기 후반 쿠바에서 아르헨티나로 전해진 아바네라가 아프리카계의 음악 칸돔베와 만나 리듬이 강렬하고 템포가 빠른 밀롱가가 되었다고 한다.

을 펼칠 수 있다. 즉 아메리카 대륙의 발견과 정복이 명실상부한 스페인의 업적이다 보니 이 문제에 제노바 사람을 굳이 끌어들일 역사적 이유가 없는 것이다.(게다가 보카델리아추엘로[284]가 아직 발견되지 않았을 때였으니 제노바 사람이 누가 있었겠는가?) 그들이 솔직해질 용기가 없어 신화보다 조작된 이야기를, 종교적 믿음보다 문서 나부랭이를 선호했다는 점이 안타까울 따름이다. 나는 그들보다 솔직하고 확신에 차서 선언하고자 한다. 탱고는 포르테뇨[285]의 것이다. 포르테뇨들은 탱고에서 그들의 정체성을 찾는다. 늘 가우초에 향수를 느끼는 몬테비데오 사람들은 다르다. 어쨌거나 탱고가 우루과이에서 발생했다는 것보다는 로시가 우루과이 출신이라는 것이 더 확실해 보인다.

실용주의는 차치하더라도 비센테 로시의 주장은 다음과 같은 삼단 논법으로 요약할 수 있다.

> 밀롱가는 오직 몬테비데오의 것이다.
> 밀롱가는 탱고의 기원이다.
> 탱고의 기원은 몬테비데오이다.

---

284 부에노스아이레스의 동남쪽에 위치한 지역으로, 라플라타강의 지류 리아추엘로의 입구에 위치하며 일반적으로 '보카'로 불린다. 1536년 스페인의 페드로 데 멘도사(Pedro de Mendoza)가 이끄는 군대가 도착한 지역이다.

285 일반적으로 항구에 사는 사람을 의미하나 아르헨티나에서는 부에노스아이레스 사람을 일컫는다.

소전제는 변함없다는 것을 인정한다. 하지만 대전제는 믿을 수 없고 이를 뒷받침할 어떤 논리적 근거도 찾을 수 없다. 로시는 단지 "서구에서는 밀롱가를 노래로 부르지 않았고 춤에 사용하지도 않았다."라고 한정할 뿐이며, 1887년《라 나시온(La Nación)》을 통해 부에노스아이레스 사람들이 자주 쓰는 속어에 '밀롱가'라는 단어가 등장하지 않은 점을 증명하려 주석만 제시한다. 그의 주장은 이렇듯 부정적이고 설득력이 부족하다. 반대로 베 짜는 여인이 부르는 밀롱가를 (그 뻔뻔스러움으로 인해) 모르는 사람이 있겠는가? 지나치게 상스러운 표현으로 인해 분위기를 1880년대로 되돌리는 밀롱가는 마치 트루코[286]의 분위기를 자아내듯이 시작한다.

미친 인내심을 가진,
재봉사 돈 카를로스

또한 로돌포 세네트(Rodolfo Senet)는「1880년 무렵의 부에노스아이레스(Buenos Aires alrededor del año 1880)」라는 기사에서 도시 외곽에 처음 설치된 전차와 포장도로의 풍경을 묘사한 밀롱가에 대해 언급하며 다음처럼 조언했다.

미끄러질라

286 트럼프로 하는 스페인의 도박으로, 게임 전에 미리 짜고 서로 신호를 주고받으면서 상대를 속이는 경우가 많다.

자갈길을 조심해라.
돌에 넘어지면
치료하기 어렵다.

오! 옴부 거리와 에우로파 거리의 콤파드리토들이여, 자유의 상실이여, 그대들의 굽 높은 구두의 현기증 나는 존엄함에 안데스적이고 교양 없으며 크리오요의 땅에 어울리지 않는 도로에 깔린 날카로운 돌이 얼마나 동요를 일으켰을까!

여기까지는 나의 추측이고 이제 사실을 말하고자 한다. 벤투라 R. 린치[287]는 『부에노스아이레스 시가집(El cancionero bonaerense)』(1883)에서 밀롱가에 대해 언급했다. 그에 의하면 시 외곽의 중간급 댄스장인 온세 광장과 콘스티투시온 광장의 클럽에서 주로 오르간으로 밀롱가를 연주했는데, 콤파드리토들이 칸톰베[288]를 추는 이들을 비웃기 위해 이를 만들었다고 한다.

탱고의 기원에 대해 언급한 사람으로 시인 미겔 A. 카미노(Miguel A. Camino)를 들 수 있는데, 그는 『차키라(Chaquiras)』라는 책의 끝부분에 「탱고(El tango)」라는 아름다운 시를 싣는다. 시는 다음처럼 시작된다.

---

287 Ventura R. Lynch(1851~1883). 아르헨티나의 작가, 음악가, 민요학자. 특히 아르헨티나 가우초 음악의 채록과 계승을 위해 노력했다.

288 아프리카 춤의 전통을 계승한 것으로 알려진 아르헨티나의 춤과 음악. 부에노스아이레스 일대에서 주로 흑인들이 가장행렬을 할 때 북을 치며 소란스럽게 추던 춤과 음악으로 알려져 있다.

1880년 무렵
코랄레스 구시가지에서 태어났네.
밀롱가의 아들이고
변두리의 '골칫거리'였으니
전차 기장의
뽈피리가 대부(代父)였고,
검을 들고 결투하듯
춤추는 걸 가르쳤네.
그렇게 여덟 걸음
온몸을 곧추세우고,
반달 모양으로 휘감은 몸으로
뒷걸음질,
주먹을 말아 쥐고
춤을 추며
스텝을 밟는 것과
옆으로 피하는 모습을
거울처럼 담아냈네.

시인의 시적 모티브는 더할 수 없이 독창적이다. 기존 탱고의 에로틱하고 성적인 모티브에 공격적이고 행복한 결투의 모티브를 더한다. 그 모티브가 사실인지는 모른다. 1년 전 다른 글에서도 언급했듯이 "뻔뻔스럽고 파렴치하지만 용기의 충일감으로 만들어진" 옛날 탱고와 환상적으로 어울린다는 것만 감지할 수 있다. 시기를 고려할 때 카미노의 글을 알지 못했을 로시도 밀롱가에 대한 보충 설명을 더한다. 밀롱가에 제목이 붙어 있었는데 그 제목들이 밀롱가가 관능적이지 않았다는 또 다른 증거를 제시한다. 「떫은 마테(Mate amargo)」, 「벗겨진 얼굴(Cara pelada)」, 「파산녀(La quebrada)」, 「카나리아(La canaria)」, 「주여, 우리를 불쌍히 여기소서(Kyrie eleison)」, 「감자와 고등어(Pejerrey con papas)」, 「경찰서장님(Señor comisario)」 등 밀롱가는 관능은커녕 사랑도 노래하지 않았는데, 거친 바호 지역에는 연애시가 없었기 때문이다. 시 외곽의 사람들은 관능적인 상황을 필요로 하지 않는 여유와 무심함을 함께 지닌 채 춤을 진정한 의미의 스포츠로 이용하였다.(『흑인들의 음악 세계』의 「아카데미아」를 보라.) 그러나 문인들이 탱고에 대해 이야기할 때면 항상 그 슬픈 정욕과 대담하고 격렬한 관능에 집착했음을 인정할 필요가 있다. 두 가지 뚜렷한 예를 드는 것으로 충분하다. 시인 마르셀로 델 마소의 1910년 작 『패배자들(Los vencidos)』 2권(내 딸 아우라여, 콤파드레가 울부짖었고 피부가 까만 여자는/ 뜨겁고 부끄러움을 모르는 대담함을 주었으니/ 그 천한 사랑의 떨리는 깊은 속/ 화로의 불꽃처럼, 그의 육체로 매질했다네)과 리카르도 구이랄데스의 「탱고」(『크리스털 워낭(El cencerro de cristal)』(1915))의 한 구절을 보자. "검게 말라 가는 붉은 핏자국. 치명적이고 교만하며 거친 탱고. 비음을 내는 건반에 한가로이 늘어지는 음들……."

반대로 에바리스토 카리에고가 유일하게 탱고를 떠올린 것은 20년 전처럼 행복을 느끼고 거리의 흥겨움과 축제 분위기를 전해 주기 위함이었다.

변두리 출신의 두 사내가 「라 모로차」의

리듬에 맞춰 현란한 스텝을 뽐내자
거리에 모인 선량한 이들이
상스러운 찬사를 쏟아 낸다.

탱고의 두 가지 유형에 해당하는 음란한 탱고와 짓궂은 탱고는 각각 두 시대를 반영한다. 첫째는 애가(哀歌)와 지역 속어의 젠체하는 억양, 반도네온 음악이 있는 애처로운 에피소드에 해당하고, 둘째는 선거철의 몸싸움, 길모퉁이에서 패싸움을 벌이는 것과 법정에서 보내는 좋은(나쁜) 시간에 해당한다.

(처음에 탱고는 무용의 한 부분으로 간주되어 절도 있는 춤사위와 연주로 지위를 누렸던 만큼 걱정할 일이 없었다. 당대(즉, 아주 오래전)는 이제 기억에 주의를 기울인다. 시간에 대한 성숙한 의식이 그 위에 드리워 있다. 「어린 황소(El torito)」나 「말도나도(El maldonado)」 같은 것을 오늘날의 탱고와 비교해 보라.)

카미노는 우리에게 탱고를 설명해 줄 뿐 아니라 탱고의 정확한 탄생지를 알려 준다. 코랄레스의 옛 거리라고. 정확함은 가끔 다른 의미를 동반한다. 코랄레스에서는 칼부림이 일상이 되었는데, 도처에서 칼은 단순히 도축업자의 도구가 아니라 콤파드리토들의 무기였기 때문이다. 동네마다 주민들은 불량배 패거리와 뒷골목의 칼잡이들에게 시달렸다. 이들 가운데 오래도록 질긴 악명을 이어 간 자들이 있었는데, '레콜레타의 난쟁이 플로레스', '터키인 포병', '아바스토 시장의 엘노이' 등이었다. 근위병 모자를 쓴 신적인 존재들은 숙련된 솜씨로 칼을 다루고 서로 질투하며 결투를 벌이곤 했다. 그 시대, 특히 춤판과 가장행렬이 벌어지는 날에 그 오만한 밀롱가가 초대받았고, 가수는 자신의 고향을 빗대 이렇게 노래하며 외지인에게 도전한다.

나는 알토 출신이지,
나는 레티로에서 왔다네.
나는 결투를 벌일 상대가 나타나면
절대 망설이지 않는 사람이지.
내가 밀롱가를 출 때면
아무도 다가오지 못한다네.

그리고 이렇게.

한쪽으로 비켜 주세요. 부탁드립니다.
나는 티에라델푸에고 사람이거든요.

내가 보기에(내 의견이 강제적인 것은 아니고 아무에게도 강요하고 싶지 않다는 점을 밝힌다.) 탱고는 도시의 아무 장소에서나, (호세 안토니오 윌데[289] 박사에 의하면 1880년에는 칼끝에 피를 묻히고 끝나곤 했던) 레콜레타의 파티에서나, 온세 광장이나 콘스티투시온 광장의 클럽에서, 즉 코랄레스를 제외한 아무 곳에서나 시작될 수 있었다. 나의 논리는 간단하다. 탱고는 분명히 도시적인 공간 또는 도시 근교나 항구에서 발생했는데, 코랄레

289 José Antonio Wilde(1813~1887). 아르헨티나의 작가, 의사.

스 사람들은 항상 팜파스와 가우초의 존재에 관심을 가지고, 어떤 형태의 발명에도 관심을 두지 않은 채 과거를 숭배하고 가우초를 흉내 내는 데 열중했기 때문이다.

탱고는 들판의 것이 아니라 항구의 것이다. 그것의 고향은 들판이 아니라 교외의 분홍빛 길모퉁이이고, 그 분위기는 바호 지역의 것이며, 그 상징은 옴부가 아니라 강변에 늘어진 버드나무의 가지이다.

날짜

공고라를 추모하며

나는 100주년마다 루이스 공고라를 기릴 준비를 하고 있다. 무엇보다 몇백 주년이라는 것이 나의 감정이입을 돕는다. 100년마다 돌아오는 것이니 기억하고자 하는 강한 욕구와 게으름이 빚어낸 망각 사이에서 99년간 잊혔다 1년 동안 가벼운 관심을 두는 것으로 이해될 수 있다.

공고라는 추상적 관념이 되었다. 문학에 대한 열정, 진중하고 심오한 글쓰기, 타인의 몰이해에도 고상함을 유지한 순교자의 언행록이 그를 상징한다. 재기발랄한(청년 시절 사랑꾼이었으나 신랄한 표현을 서슴지 않은) 코르도바 출신의 루이스 데 아르고테(Luis de Argote)가 이제는 공고라라고 불린다. 마치 나무 막대기 두 개를 엇갈리게 하고 가운데를 묶어 십자가라고 부르는 것처럼. 나는 그 '누군가'를 판단하려 하지 않겠다. 한 사람이 다른 이를 '최후의 심판'에 불러내 그의 삶과 행적을 무효화하고 아무런 가치나 영향력이 없다고 선언하는 것은 끔찍해 보인다. 나는 그런 사법권을 탐내지 않는다.

자, 그의 가치를 산술적으로 가늠해 보자. 공고라는 (부당한 것이면 좋겠지만) 세심한 기법의 상징, 단순한 구문론적 도전의 상징, 신비의 흉내 내기의 상징이다. 즉 분란을 일으키고 논쟁을 야기하는 아카데미즘이다. 다른 말로 하면 내가 항상 비난해 온, 선율이 아름답지만 완벽한 비문학의 상징이다.

내가 틀렸기를 바라는(많은 경우 충족된다.) 마음이다.

알폰소 레예스[290]의 『해시계』(마드리드, 1926)

유쾌한 글이다. 소개한 40여 편의 일화를 다룬 단문[291] 중 어떤 것도 강조하지 않고, 자신의 우정을 골고루 표현한 것을 장점으로 들 수 있는 책이다. 레예스는 덕목 중에서도 중요한 덕목인 예의가 바른 사람이고, 그의 책은 그 미덕의 영향권에 있

290 Alfonso Reyes(1889~1959). 멕시코의 작가이자 철학자, 외교관.

291 아넥도타(anécdota)는 흥미로운 일화를 다룬 단문 형태의 글이다. 한국 문학에는 해당하는 장르가 없는 만큼(경수필이 가장 비슷하나 글이 짧아야 한다는 원칙에 부합하지 않아 적용하기 어렵다.) 앞으로 '일화'로 옮긴다.

다. 레예스는 영혼을 감정하는 섬세한 소믈리에이고, 개별 자아의 고유한 차별성을 따뜻하게 살피는 관찰자이다. 자신의 친구에 대해 얼마나 호의적으로 말하는지, 우리를 그들의 친구로 만들기까지 한다. 바예잉클란[292]의 왔다 갔다 두서없고 끔찍한 글을 읽느니 차라리 레예스가 우리에게 전하는 바예잉클란의 소식을 읽는 편이 낫다.

『해시계(Reloj de sol)』는 '일화'에 대한 옹호로 시작한다. 감동적이고 정치한 글을 통해 독자를 사랑에 빠지게 만들고, 공식적인 대화의 필요성을 언급하며 강조하기 위함이다.

> '일화'에 관심을 가져야 한다. 그것은 적어도 우리를 즐겁게 만든다. 우리로 하여금 잠시 동안이라도 살도록 도와주고 망각하도록 도와준다. 이보다 큰 자비가 있는가? 이는 식물의 꽃과 같아서, 중요한 미덕인 손으로 잘라서 가슴에 꽂고 다닐 수 있는 따뜻하고 가시적이며 조화로운 조합이다.
>
> 우리의 풍차가 제공하는 밀가루와 추억에 관심을 가져야 한다.(『해시계』, 11쪽)

그 추억과 망각에 대한 칭찬에는 모순된 거짓 외양이 있다. 아무것이나 한 가지만 기억하는 것은 그 밖의 다른 것을 잊는 것이기에 거짓이다. 이미 쇼펜하우어가 언급한, 우리 의식의 가는 선에 대해서는 더 이상 강조하지 않겠다. 바로 '일화'와

292 라몬 델 바예잉클란(Ramón del Valle-Inclán, 1866~1936). 스페인의 시인이자 극작가.

그에 대한 평가로 넘어가고자 한다.

오늘날에는 '일화'를 경시하는 듯하다. 그러나 (비밀스러운 역사를 기본적으로 받아들이는 측면이 아니라 글로 적거나 이야기되는 사건, 인간의 운명 위에 작동하는 짧은 부분으로서의 일반적인 측면에서) '일화'는 모든 시적 현실이고 우리가 좋아하는 것이다. 추상적인 것, 일반적인 것은 시적이지 않다. 존재, 무조건적인 존재(이에 대해서도 쇼펜하우어가 심사숙고했다.)는 주어와 술어를 잇는 계사(繫辭)에 지나지 않는다. 다시 말해 존재는 시적이거나 형이상학적인 분류가 아니라 문법적인 분류이다. 언어학의 단어를 보자. 매우 잘 가공되어 어찌나 쓰임새가 많은지 '인간이다'에서나 '개이다'에서나 똑같이 쓰일 수 있는 동사인 'ser(이다.)' 동사는 형태소, 즉 관계의 결합 기호이다. 의미소, 즉 표현의 기호가 아닌 것이다. '누군가가 무엇을 했다'라고 생각하는 것은 시적이지 않다. '어느 시기 어느 날 어느 공간의 한 장소에서 한 남자가 글을 썼다'라고 생각하는 것은 이미 거의 시적이다. '(수이파차 길모퉁이의) 파르케 거리의 어느 집에서 아돌포 알시나의 추종자인 한 남자가 미세한 필체로 이런 문장을 쓰기 시작했다. "장밋빛이 도는 얼룩, 새로운 준마……." 이는 시적 긴장감이 높은 표현이다. 그리고 마지막 문장은 '일화'에 가깝다.

'일화'는 이미지와 은유를 습관적으로 대립시키는데, 근사한 적대 관계를 형성하는 이유는 기껏해야 작은 '일화'에 불과하다는 데 있다. 은유에 대해 언급한 앞의 글에서 이를 입증하고자 노력했다.

레예스는 '일화'를 개혁했다. 그의 신중한 개혁은 벤 존슨의 풍자시에 대한 혁신에 해당한다. 전체 글을 마지막 줄, 최후의 결말, (예견된) 놀라운 표현에 얽매는 대신 레예스는 그의 '일화'의 유쾌함이 지속되기를 원한다. 일화주의자들은 결코 그런 식으로 처신하지 않았다. 항상 즐거운 독서가 아니라 의심이나 초조함 또는 긴장감으로 가득 찬 지면을 제공하고 마지막 줄에 이르러 겨우 합리화하고 입을 다물었다. 독서가 즐거움이 아니라 노동처럼 느껴지게 만들었다. 독자들은 즐거움을 기다리다가 지치곤 한다. 레예스는 다르다. 레예스는 우리에게 작은 세계를 소개하고 마치 살아 숨 쉬는 것처럼 만든다. 이런 단편적인 '일화'들, 놀랍지는 않지만 매력적인 '일화'들의 위험 요소는 무미건조할 수 있다는 점이다. 레예스는 그런 위험에 주의를 기울일 필요조차 없었다. 「새 잡지의 체육관(El gimnasio de la revista nueva)」 같은 글은 비할 바가 없다.

(무척 신중한 감정의 토로인) 「새해의 기억(Un recuerdo de año nuevo)」은 이 책이 주는 또 다른 호의이다. 그것은 소설적 효과가 크다. 대여섯 줄만으로 인물들을 정의하는 데 성공한다. 라몬 메넨데스 피달 씨에 대해서는 우리에게 다음과 같이 쉽게 설득한다. "라몬이 수마야 해변에 머무는 대신 이 산골에 체류하는 것은, 분명 그의 딸 히메나에게도 물려준 건강함, 즉 구운 점토 빛깔의 피부 때문일 것이다. 라몬은 한겨울에도 창문을 열고 스페인제 담요를 무릎에 두른 채 글을 쓰는 사람이다."(『해시계』, 67쪽)

「문학의 미생물학에 대하여(De microbiología literaria)」라는 글에 대해서도 언급하고 싶다. 작가는 몰락하거나 천박해진 단어를 불쌍하게 여긴다. 오늘날에는 'gracia(우아함, 재미있음)'라는 단어가 'chiste(농담)'나 'chocarrería(잡소리)'를 뜻하고, 'habilidad(솜씨, 재능)'가 'astucia(교활함)'와 동일한 의미를 갖게 되었다. 이런 형태의 평가는 모든 것을 자신의 이미지에 맞추는 천박한 이들의 나쁜 예술에 기인했고, 그들에 의해 기록되지 않은 것들은 값싼 칭찬에서 비롯되었다. 내가 언급하는 것은 욕설과 비슷하게 불편하고 상스러우며 투박하고 성급한 칭송에 대한 것이다. 수십 년 동안 존재하는 돌이 이미 '영원한' 것이라면 신이 시간을 초월하는 경악스러운 것에 대해서는 뭐라고 말해야 할까? 점토로 만든 항아리가 신성하다면 신성에는 어떤 형용사가 적절할까? 가십난을 쓰는 스페인 기자에게는, '고결한'이란 형용사가 붙지 않는 성직자가 없고, '성실한'이 붙지 않는 상인도, '아름답기 그지없는'이 붙지 않는 아가씨도, '많은 이 중 선별된'이 붙지 않는 청중도 없다. 그렇게 늘 호메로스풍의 특징 형용사를 붙이는 것은 찬양의 표시가 아니다. 단어를 쓸데없이 길게 늘어놓는 것일 뿐이다. 개념적이지도 감동적이지도 않다. '아름답기 그지없는 누구누구 아가씨'라고 쓰는 것은 그녀에게 감동하는 것도, 미적 판단을 내리는 것도 아니다. (오로지) 그렇게 부르는 것뿐이다. 그런 경우에 이미 떼어 낼 수 없는 형용사는 접두사, 그러니까 태만한 접두사 역할을 한다. '아가씨'라는 단어는 사라지고 성가신 신조어 '아름답기 그지없는 아가씨'에 자리를 뺏긴다. ((빈약함의 표지이기도 한) 칭송하는 시늉은 오히려 욕설이나 다름없다. 보편적으로 적용 가능한 욕설의 공식이 있는데 너무나 무안하고 완벽하게 이 조건을 충족시킨다. 그래서 술 취한 뱃사람 누구라도 서툴게 그 방식으로 말하기만 하면 우리의 평화를 위태롭게 하고 우리로 하여금 싸우고 몽둥이짬질을 하거나 비겁해지게 만든다. 얼마나 진부한 일인가! 그린란드의 문학가가 "어디어디의 누구누구는 타락자이고 표절자이다."라고 말하면 실제로는 "어디어디의 누구누구는 내가 다니는 제과점에 다니지 않는다."라는 말을 하는 것이고 다들 그렇게 알아듣는다.)

이 『해시계』를 즐겁게 다시 읽고 (우나무노나 퀸시, 헤즐릿[293]의 작품을 읽을 때 가끔 느낀 것과 마찬가지로) 비밀스러운 궁금증으로 다음과 같은 질문을 하게 된다. 이렇게 명민하여 모든 작품에 대한 미세한 오류를 발견하고 정치한 판단을 하는 통찰력을 가진 사람이, 문학이 진정으로 존중받을 만하고 두 시간 동안 완벽할 수 있다는 것을 믿을까? 이 질문은 뱉지 않고 속으로 했다. 의심하는 마음을 거두지 않고 대낮에 말하는 것은 지혜의 가장 비밀스러운 신중함에 상처를 입힐 수 있기 때문이다. 어쩌면 밤이나 여명의 언저리이며 미지의 긴 시간인 밤을 지새운 무모함이 우리의 입을 열게 만들고, 육체의 피로가 엄습하는 시간에 더 가능할 수도 있다. 말로 표현할 수 있거나 없거나 간에 나의 무분별함은 나와는 달리 이런 것을 잘 아는 알폰소 레예스로 만족하기에는 너무 내밀해졌다. 어쩌면 그도 모를 수 있다.(우리가 진정 원하는 일이 되기에는 너무 내밀하거나 확실한 것들이 있다.) 예술을 믿지 않는 이들이 있고(케베도가 대표적인 불신자 중 한 명이었다.) 예술을 부정하는 것처럼 보이지만 책에 서명을 하고 글을 고치며 다다이스트들처럼 자신에게 우선순위를 두기를 요구하는 이들이 있다. 레예스도 케베도와

293 윌리엄 헤즐릿(WIlliam Hazlitt, 1778~1830). 영국의 작가, 평론가.

비슷할 수 있다. 공고라에 대한 관심, 그 경건한 '로페의 친구들' 모임이 그가 (사람들이 미리 또는 나중에 좋아하는) 그 작가들의 현실을 그들의 유명한 작품들의 현실보다 좋아한다는 점을 우리에게 시사하지 않는가?

리카르도 E. 몰리나리:[294] 상상 작가

리카르도 E. 몰리나리는 신중한 영혼을 가졌고 오직 상징을 통해 영혼을 표현한다. 그의 삶에 대한 상황 논리는 그가 고백한 지면에 담겨 있지 않지만 그는 삶을 수용과 추측, 감사로 받아들인다. 존재만으로도 사물이 우리에게 베푸는 후의에 감사하며 그것들을 호명한다. 언어에 대한 그의 개념은 쾌락주의적이다. 좋아하는 단어들 가운데 그가 선호하는 것은 크고 웅장한 것들이 아니라 살가움과 존중의 표현들이다. 그는 부에노스아이레스 지방 특유의 내밀함을 지닌 지역 시인이다. 늘어선 화단과 비를 부르는 성촉제(聖燭祭)의 아름답게 꾸민 촛불들, 행렬들, 고택의 궁정 안뜰 같은 분위기가 그와 조화를 이룬다. 그는 즐거움을 노래하는 시인이고, 우리 '시단'의 예사롭지 않은 존재이며 그의 작품을 찾아 읽는 이는 후회하지 않을 것이다.

그의 책에 대해 다섯 가지 정도를 언급하고 싶다. 첫째는 바

294 Ricardo Molinari(1898~1996). 아르헨티나의 시인.

로 사랑, 어쩌면 실패하지 않을 사랑에 대한 상상이다. "그녀가 보는 사물은 어떤 자비나 감미로움에 순응해 갈까!" 둘째는 '우리의'라는 단어의 가치에 대한 무언의 선언으로, 그 안에서 두 사람의 미래가 짝을 이루게 만든다. "우리의 삶을 어쩌지, 마리아 델 필라르." 셋째는 라틴아메리카 취향인 기억의 묘사로, 우리 집의 어제는 오늘과 다르다. "이 (내 기억 사이를 지나는) 고뇌는 마을의 풍경을 수정한다." 넷째는 위대하고도 애처로운 단어의 사용이다. "네 번 종이 울리자 이제 내 아침이 달라질 것임을 알았다." 효과에 대한 강박이 덜한 다섯째는 사람들의 상호 관계와 각 자아의 불안과 궁핍에 대해 언급한다. "내가 살아온 삶에서 타인의 것과 자신의 것." 일부만 적었지만 어떤 시들(「맨발의 송가(La oda descalza)」, 「벨라스케스 소녀의 시(Poema de la niña velazqueña)」, 「풍향계 두 편(dos Veletas)」, 「강변을 잃은 마을을 위한 애가(Elegía para un pueblo que perdió sus orillas)」, 「상점의 시(Poema del almacén)」)은 전체도 일부와 마찬가지로 섬세하고 상냥하다. 상상 작가의 두 가지 신화이자 두 가지 귀소본능에 대한 숭배. 그중 하나는 바다로, 우리가 보지 못한 먼지 자욱한 서쪽의 배후지(리니에르스, 우르키사)에서 꿈꾸고 그리워하는 바다이다. 다른 하나는 습관이 지배하는 일상에 함께하는 것들인 오후와 우정 어린 사랑, 허공의 달과 같은 것이다.

밀롱가의 세 인생에 대한 불타는 메모

(구레나룻을 기르고 아코디언을 연주하여 리아추엘로 하구를 구

슬프게 만드는) 후안 데 디오스 필리베르토[295]는 밀롱가를 세 가지로 구별하기 위한 쉬운 방법으로 탱고에 대한 글을 참고하라고 권유한다. 7월 15일 자《엘 오가르(El hogar)》의 칼럼에서 이를 언급하는데 "(필리베르토가 말하기를) 나는 밀롱가를 세 그룹으로 나눈다. 첫째는 시골 선술집의(흑인과 마르틴 피에로의) 밀롱가이다. 둘째는 엔트레 리오스의 싸움질하고 분란을 야기하는 콤파드리토의 밀롱가이다. 셋째는 항구의 밀롱가로 나의 밀롱가이자 고통과 노동의 밀롱가이다. 빈곤과 피로, 종일 일한 후 밤에는 비탄에 전 얼굴을 닦고 운명이라 불리는 비루한 개 같은 삶의 고뇌를 연인에게 노래해 주는 노동자의 밀롱가이다.

이 싸구려 울트라이스모의 징후를 담은 보고서의 우화적이고 허접한 스타일은 무시하고 밀롱가의 형태에 대해 생각해 보려 한다.

차근차근 되짚어 보자. 밀롱가의 역사에 있어 처음에 언급한 '시골 선술집의 밀롱가'는 그다지 명확하지 않다. '시골'이라는 말은 들판을 상기시킬 뿐이다. 해산물을 내는 선술집에 대해 말하는 것도 강 하구와 관련 있는데, 이는 밀롱가가 강 하구, 즉 바닷가에서 태어났기 때문에 적절해 보인다. 선술집의 카운터와 콤파드리토의 싸구려 기타가 밀롱가를 만들어 냈고, 어쩌면 그것은 자신과는 다를지라도 암호 같은 노래를 정제하여 흠향케 하려는 것일 수도 있다. 린치의『부에노스아이레스 시가집』은 밀롱가를 가우초와 연관시켜 이야기한다. 하지만

295 Juan de Dios Filiberto(1885~1964). 아르헨티나의 음악가로, 탱고의 세계화에 기여했다.

책의 첫 문단이 끝나기도 전에 수도와 초원의 콤파드리토만 이를 노래하고, 중간급 댄스장치고 밀롱가가 연주되지 않는 곳이 없으며 온세 데 셉티엠브레 시장과 콘스티투시온 시장의 클럽에서 밀롱가를 즐긴다고 쓴다. 게다가 린치는 오르간 연주자들이 댄스나 아바네라풍으로 편곡하여 연주한다고 1883년의 저작에서 언급한다. 로시도 밀롱가를 팜파스가 아닌 항구의 것으로 본다.(『흑인들의 음악 세계』, 121~124쪽) 이 두 가지 주장은 밀롱가가 시골의 것이 아님을 시사한다.

이제 밀롱가의 두 번째 삶, 필리베르토에 의하면 엔트레 리오스의 싸움질하고 문제를 일으키는 콤파드리토의 밀롱가를 마주한다. 잘 알려진 것처럼 즐겁고도 거친 그 밀롱가는 1880년대 부에노스아이레스의 거리 이곳저곳을 거만하게 엄포를 놓으며 다녔다. 4행시와 잘 어울린다.

나는 칼날이 번득이는
몬세라트 출신
주둥이로 말하는 것을
가죽에 담고 있지.

내 모든 우발성과 함께
싱코에스키나스에 멈춰 선 채
네…… 영혼을 부서뜨릴 수 있나 보려
바삐 움직인다.

나는 알토 출신이지,

나는 레티로에서 왔다네.
나는 결투를 벌일 상대가 나타나면
절대 망설이지 않는 사람이지.
내가 밀롱가를 출 때면
아무도 다가오지 못한다네.

그런 밀롱가의 남성적이고 오만한 영혼이, 옛 탱고(「로드리게스 페냐(Rodríguez Peña)」, 「돈 후안(Don Juan)」, 「엔트레 리오스 사람(El entrerriano)」, 「아르헨티나 아파치(El apache argentino)」, 「일곱 단어(Las siete palabras)」, 「사나운 모습 (Pinta brava)」, 「아르헨티나 부엉이(El caburé)」), 「라 파양카(La payanca)」, 「돈 에스테반(Don Esteban)」)에 깃들어 있다. 엔트레 리오스 사람의 정신은 어디에 있는가? 애쓸 필요 없이 답을 아주 쉽게 도출할 수 있다. 그것을 정의한 사람이 그 영혼에 엔트레 리오스적인 것을 부여하여, 세 번째 밀롱가는 자신의 밀롱가이자 운명이라 불리는 연인의 얼굴을 닦는 비루한 개 같은 밀롱가가 진정한 항구의 것이 되게 만들었다. 우리는 그렇지 않다는 것을 이미 알고 있으니, 이제 그것은 이탈리카의 징징대는 불평에 지나지 않는다.

(최초의 탱고가 속이지 않는다면) 언젠가 행복이 변두리의 분홍빛 담벼락으로 입김을 불어넣었고, 일요일에 치장한 콤파드리토와, 아낙네들의 대문 앞에서 추는 춤 사이에 탱고가 존재했다. 어떤 용기와 어떤 관대함과 어떤 축제가 그것을 소비했는가? 이제 다 지난 일이고 소심한 반도네온과 출구 없는 탱고가 우리와 함께 있다. 이 상황을 견뎌야 하지만 부에노스아이레스 사람이라고 말하지는 말기를.

세르반테스의 소설적 행동

『돈키호테』처럼 작가의 손에 온전히 맡겨진 작품을 찾기는 어렵다. 세르반테스처럼 의도적으로 모순적이고 모험적인 소설가를 찾기도 어렵다. 이런 이유로 여기서 그 논점을 추론하고 밝히고자 한다.

미리 두 가지 오류를 지적하고 넘어가는 것이 좋겠다. 첫째는『돈키호테』를 기사 소설의 순수한 패러디로 보는 낡은 오류이다. 이는 세르반테스 자신이 (우리가 추후에는 이해할 수 있는 불성실한 태도로) 폭로한 것이다. 다른 하나는 이 소설을 바라보는 전통적 오류로, 우리 영혼을 구별하기 어려운 두 가지 부분, 즉 희망 없는 너그러움과 현실적인 것으로 나누는 것이다. 두 가지 독서는 모두 읽은 것을 더 협소하게 만든다. 두 번째 형태의 책 읽기는 독서를 우화적이고 가장 빈약한 것으로까지 떨어뜨린다. 첫 번째는 그것을 일시적인 것으로 판단하고 (의도는 그렇지 않을지라도) 시간을 두고 살펴보기를 거부한다. 또한 패러디나 알레고리 모두 진정한 예술의 표현이 아니다. 패러디는 다른 것의 이면에 지나지 않고, 패러디가 있으려면 원전이 필요하다. 마치 그림자가 있으려면 빛과 육체가 필요하듯. 알레고리는 문학이라기보다 문법적 카테고리이고, 강조를 통한 추상적인 목소리의 의사(擬似) 인간화이다. 『돈키호테』에는 그런 결핍이 없다. 우리가 돈키호테를 더 잘 이해할 수 있도록 200개의 에피소드를 상세히 나열하며 위대한 인물에 대해 만족할 만한 소개를 하고 있다. 다시 말해 제목 그 이상도 이하도 아니다. 세르반테스는 사실 주인공을 이상화한 전기 작가이지만 오늘 내 펜을 이끄는 것은 거의 성인의 반열에 오른 알론소 키하노[296]가 아니라 그것을 믿도록 우리를 설득하는 세르반테스의 현묘한 방법이다. 이것은 일반적인 설득 방법이 아니다. 예상하기 어려운 비밀스러운 설득으로, 절대로 배신하지 않으면서 주인공에게 상처를 입히는 계속되는 모욕에 독자가 그를 불쌍히 여기고 화까지 내게 만든다. 세르반테스는 작중 인물의 품위를 엮었다 풀었다 한다. 마치 관심 없는 듯이 침착하게, 주인공의 덕과 혹독한 불운, 재앙, 누락, 경시와 무능력, 고독과 비겁함이라는 관계의 힘을 빌려 그를 우리의 의식 속에서 반신(半神)의 반열에 올린다.

그 과정은 I권에서 확연히 드러난다. I권에서는 폴 그루삭이 짐짓 정당해 보이는 방식으로 혹평한 연속적인 몽둥이질과

296 돈키호테의 본명.

주먹질이 자주 일어난다. 2권에는 독자가 빠질 수 있는 유혹이 더 많고 섬세하다. 열 살 더 먹은 세르반테스의 예술은 여기서 위험을 무릅쓰고 과감히 능력을 발휘하여 돈키호테가 맞을 수도 있다는 생각이 만들어 낸 위험이 아니라 그에 대한 애정이 식을지도 모른다는 심각하고 진정한 위험에 빠뜨린다. 전부는 아니더라도 비교하기 어려운 작가의 유희에 대해 몇 가지 예를 들어 보자.

고독에 대한 것은 끝이 없다. 『돈키호테』는 세계 문학에서 유일하게 고독을 볼 수 있는 작품이다. 코카서스의 바위에 묶인 프로메테우스는 그를 둘러싼 온 세상의 동정을 얻고, 마차를 탄 늙은 기사 마르와 제우스의 특별한 방문을 받는다. 햄릿은 많은 이가 참여한 가운데 독백을 읊조리고, 복수의 전 단계에서 그와 함께하는 이들에게 문제없이 지적으로 승리한다. 금욕적이고 이론적인 라스콜리니코프는 『죄와 벌』에서 자신의 모든 순간이 소설화되고 그의 꿈의 어떤 부분도 사라지지 않는다는 것을 안다. 그러나 돈키호테는 온전히 홀로 남겨졌고, 모든 돌발 상황의 영향을 받는다. 그것이 책장을 넘길 때마다 영웅의 출현을 가로막고 (비평가들 사이에 물의와 동요를 야기한) 크리소스토모스와 마르셀라, 포로들과 다른 기이한 무례한 행동들이 필연적으로 존재해야 하는 이유이다. (아무리 비루할지라도 위대하고 극적인) 죽음의 마지막 순간에도 돈키호테는 역사가의 진실되고 엄숙한 관심을 독차지하지 못한다. 작가는 돈키호테로 하여금 자신의 영웅주의와 쓸모없는 배교(背教)를 뉘우치게 만들고 나서 단락의 중간쯤에서 가벼운 말투로 그의 죽음을 말한다. "돈키호테는 그곳에 있던 사람들의 동정과 눈물 속에서 자신의 영혼을 바쳤다. 말하자면 죽었다." 그렇게 과장된 냉담함으로 세르반테스는 돈키호테에게 작별을 고한다.

소설가는 (신들이 타고 다니는 구름 비슷한) 그 기이함을 의식하지 못하도록 내버려 두지 않는다. 비참하게도 돈키호테 스스로 자신의 광기에 대해 고백하고 자신이 미치광이임을 인정하고 스스로를 그렇게 부르는 장면도 있다. 그것은 성인(聖人)들이 명상에 잠겨 황홀경에 빠지는 모험이다. 돈키호테는 그들에 대해 심사숙고한 후 생각한다.

"그들은 팔의 힘으로 하늘을 정복했는데, 하늘은 힘으로 고통받기 때문이고, 나는 오늘까지 내 노동으로 정복한 것이 무엇인지 모르겠다. 그러나 만약 나의 둘시네아 델 토보소가 고통에서 벗어나 내 모험을 더 좋아지게 하고 심판을 준비하게 만든다면 내가 지금 걷는 이 길보다 나은 길로 나를 인도할 수도 있으리." 좀 더 견디기 쉬운 다른 것은 돈키호테가 그의 우스꽝스러운 계획에 대해 말하는 것이다. "그러하오니 신사 나리, 이제 앞으로 이 말도 (……) 내 누런 얼굴과 내 마르고 연약한 몸도 그대들을 존경하지 못할 것이외다."(2권, 16장)

그러나 여기서 기억할 수 있는 가장 계몽적인 예는 크게 환대받지만 제대로 이해하지 못하는, 산초에게 전하는 충고의 장이다. 아메리코 카스트로[297]조차 (세르반테스가 실제로 16세기에 살았음을 증명하고자 하는 그의 저서에서) 돈키호테의 충고를

297 Américo Castro(1885~1972). 스페인의 철학자, 역사가, 세르반테스 연구자.

이소크라테스[298]의 충고와 비교하며 그런 도덕성의 윤리적 내용을 주장하는 것으로 국한할 뿐이다. 그러나 "사유의 측면에서 충고 자체는 이상할 것이 전혀 없고, 그의 가장 큰 관심은 산초에게 드리우는 그림자와 대화를 둘러싼 아이러니와 유머러스한 분위기에 있다."라는 점은 인정한다.(『세르반테스의 사상(El pensamiento de cervantes)』, 359쪽) 더 나아가 내게는 충고가 아니라 충고를 한다는 사실이 더 중요하다. 장면을 재현해 보자. 공작의 조롱하는 결정에 따라 산초는, 비록 진위가 의심스럽고 시골 한가운데 외딴곳이라 할지라도 탐나지 않는 것은 아닌 섬의 통치자로 임명된다. "이때 돈키호테가 와서 무슨 일이 일어나는지 알게 되자 (……) 공작에게 허락을 받은 뒤 산초의 손을 잡고 그런 지위에서는 어떻게 처신해야 하는지 충고하기 위해 그의 방으로 갔다. 방에 들어서자 문을 닫은 후 산초를 억지로 끌다시피 해 자기 옆에 앉혔다." 돈키호테는 급하고 강압적인 태도로 충고를 전하고자 했는데, 이는 통치자의 자리에 오른 하인이 요청한 것도 아니어서 이달고의 권위를 계속 행사하는 것과 같았다. 얼마나 교묘한 암시를 주는 글인가! "내 생각에 자네는 밤을 새우거나 새벽에 일어나는 법도 없고 부지런하지도 않은 멍청이가 분명한데, 오직 자네가 맡은 방랑 기사의 기운 하나로 밑도 끝도 없이 아무 소리도 하지 않은 사람처럼 한 섬의 총독이 되었구먼. 내가 이런 말을 하는 건 오, 산초여! 이 모든 게 자네 능력으로 되었다는 생각을 하지 말라

298 Isokrates(기원전 436~기원전 338). 고대 그리스의 정치 철학자로 정치적 수사의 필요성을 강조했다.

는 걸세. 그보다는 모든 일이 순조롭게 풀리도록 해 주신 하늘에 감사드리고 그런 다음 방랑 기사라는 직업에 내재된 위대성에 대해 감사하라는 거지. 내가 자네에게 말하는 걸 믿을 마음의 준비가 되어 있거들랑 이 녀석아! 이 카토의 말을 잘 듣게나. 자네를 인도하는 이정표와 길잡이가 될 만한 충고를 하려고 하네. (……) 자기 자신을 안다면 황소가 되려다 배가 터져 죽은 개구리가 되는 일은 없을 거야. 만약 그랬다가는 예전에 고향에서 돼지들을 키우려 한 미친 생각처럼 문제가 될 게야." 세르반테스는 여기서 우리로 하여금 돈키호테의 정직한 캐릭터가 질투를 느낀다고 생각하게 만드는 것이 아닌가? 돈키호테가 들판에 쓰러져 있고 돼지 떼가 그 위로 지나가는 험한 장면보다 질투에 대한 이 작은 암시가 오히려 더 가증스럽지 않은가?

나는 모욕과 과잉이, 자신의 영웅이 어떤 어려움에도 굴하지 않는다는 사실에 대한 세르반테스의 믿음을 보여 주는 것이라고 생각한다. 오직 세르반테스만 그런 유의 용기를 보여 준다.

두 길모퉁이

죽음을 느끼다

며칠 전 밤에 겪은 일에 대해 적어 보고자 한다. 모험이라고 부르기에는 너무나 정적이고 덧없으며 사소하고, 생각이라고 부르기에는 너무 비이성적이고 감성적인 어떤 장면과 단어에 관한 것이다. 내가 이미 예언한 단어, 그러나 그때까지 내 자아가 온전히 헌신적으로 살아 본 적은 없는 단어. 그 단어를 언급한 사건이 일어난 시간과 장소와 함께 지나온 역사를 설명해 보겠다.

다음과 같이 기억한다. 사고가 있기 전 오후에 나는 바라카스에 있었다. 평소에는 잘 가지 않는 곳으로, 걸어 보니 꽤 멀어서 내키지 않았다. 그날 밤에는 딱히 행선지가 없었고 평화로운 밤이었기에 식후 산책을 하며 추억에 잠기고자 하였다.

산책하는데 굳이 방향을 정하고 싶지는 않았다. 한 길만 보이면 가고 싶은 곳이 없어질까 봐 최대한 많은 가능성을 열어 두고자 했다. 최대한 정처 없이 걷고자 했다. 의식적으로 넓은 길을 비켜 가는 것 말고는 우연의 가장 불길한 위협을 받아들였다. 그럼에도 일종의 익숙한 중력이 나를 어느 동네, 이름을 항상 기억하고 싶고 가슴속 깊이 존경심을 품게 만드는 동네를 향해 나아가게 만들었다. 내가 유년 시절을 보낸 바로 그 동네를 말하는 것이 아니라 여전히 신비로운 그 근처, 단어의 의미로는 모두 가졌지만 실제로는 조금만 소유한, 이웃인 동시에 신화적인 경계를 뜻한다. 아는 곳의 반대편, 그 끝에서 두 번째 거리, 우리 집의 감춰져 있는 시멘트나 우리 몸의 보이지 않는 뼈대처럼 실제로는 잊힌 거리들이다. 산책의 여정은 어느 골목 길모퉁이에 나를 남겨 두었다. 나는 고요히 생각에 잠긴 채 밤공기를 들이마셨다. 복잡하지 않은 풍경이 피로감 때문에 더 단순해 보이는 것 같았다. 전형적인 풍경이 오히려 그것을 비현실적으로 만들었다. 낮은 집들이 늘어선 거리는 처음에는 가난해 보이지만 나중에는 행운이 깃든 것처럼 보인다. 가장 가난한 것이 가장 아름다웠다. 어떤 집도 거리에 활력을 불어넣지 않았다. 팔각정 위에 무화과나무가 드리워 있고, 대문은 끝없는 밤과 같은 재료로 만들어진 것 같았다. 산책로는 가파르게 뻗어 있었다. 길은 진흙, 아직 정복되지 않은 아메리카의 진흙으로 되어 있다. 도시의 바람은 이미 좁은 길을 지나 말도나도를 향해 조금씩 사그라져 갔다. 탁하고 혼란스러운 지면 위의 분홍빛 담벼락은 달빛을 담은 것이 아니라 내면의 빛을 발하는 것처럼 보였다. 그 분홍빛보다 다정다감함을 잘 표현하는 것은 없으리라.

나는 그 단순함을 지그시 바라보았다. 확신에 차 생각했다. '이것은 30년 전과 마찬가지이다.'라고 날짜를 가늠해 보았다. 다른 나라에서는 최근의 일이지만 급변하는 이곳에서는 이미 오래전의 일. 어쩌면 새 한 마리가 지저귀고 그 새에게 새만큼이나 작은 애정을 느꼈을 수도 있다. 그러나 가장 확실한 것은 현기증 나는 그 고요 속에 시간을 초월한 귀뚜라미 소리 말고 다른 것은 없었다는 것이다. '나는 천팔백 몇십 몇 년쯤에 있다.'라는 간단한 생각은 더 이상 근사치를 나타내는 단어 몇 개가 아니라 현실에 가까운 깊이를 가지게 되었다. 나는 죽은 것처럼 느꼈다. 세상을 추상적으로 받아들이는 사람처럼, 가장 명확한 형이상학이라는 과학이 대입된 정의할 수 없는 두려움을 느꼈다. 내가 추측 가능한 시간의 물결을 거슬러 올라갔다고 생각하지 않는다. 오히려 이해할 수 없는 단어인 '영원'의 숨겨지거나 부재하는 의미의 소유자가 아닌가 스스로 생각했다. 한참 후에야 그 상상에 정의를 내릴 수 있었다.

이제 다음과 같이 적는다. 그와 같은 사실의 순수한 표현(고요한 밤, 깨끗한 담벼락, 인동덩굴의 시골 내음, 진흙)은 수년 전 그 길모퉁이에서 사용된 표현과 단순히 같지는 않다. 비슷하거나 반복되지 않은 채 그 자체일 뿐이다. 시간은, 우리가 그 정체성을 솔직하고 직관적으로 느낄 수 있다면 환상이다. 한순간을 외견상의 어제와 오늘에서 분리할 수 없다는 점만으로도 시간을 흩어 버리기에 충분하다.

그런 인간의 순간들이 무한하지 않다는 것은 명백하다. 사소한 순간들(육체적 고통과 육체적 즐거움의 순간과 잠이 들려는 순간, 어떤 음악을 듣는 순간, 강렬한 순간이나 혐오의 순간)은 더욱 비개인적인(impersonal) 것에 해당한다. 결론을 미리 말하자면 인생이 영원하지 않다는 것은 너무 처량하다. 그렇지만 우리는 우리의 부박함조차 확신하지 못했는데 이는 감각적인 부분에서는 쉽게 반박할 수 있는 시간이, 기본적으로 연속성의 개념을 따로 떼어 내기 어려워 보이는 지성적인 면에서는 반박할 수 없기 때문이다. 따라서 어렴풋한 생각은 감성적 해프닝으로 남기고, 그날 밤에는 내게 부족하지 않아 보인 영원에 대한 암시와 진정한 무아지경은 이미 고백한 우유부단함 속에 남겨 두기로 하자.

싸움을 즐긴 사내들

이것은 북쪽과 남쪽이 어떻게 칼부림을 하며 저돌적으로 싸웠느냐 하는 이야기이다. 변두리 지역 분홍 담벼락에 쇠가 부딪쳐 불꽃을 튀기던 시절, 도발적인 밀롱가가 동네의 이름을 칼끝에 올리던 때, 지역과 고향에 대한 열정이 있던 시절에 대한 회고이다. 이는 1896년이나 1897년 시기에 대한 언급이다. 시간은 되돌아와야 하는 고된 길이기 때문이다.

당시에는 아무도 변두리에 대해 언급하지 않았다. '시내'가 아닌 가난한 지역은 '외곽'이었다. 지리적 의미라기보다 비하하는 의미를 담은 단어였다. 코랄레스의 유명한 싸움꾼, 무례한 칼싸움 왕, 기생오라비 같은 얼굴로 뻔뻔스럽게 모든 술집과 댄스장에 입장하던 엘 칠레노(El chileno)는 시 외곽, 그러니까 남쪽 출신이었다. 그는 팔레르모에 엘 멘타오(El mentao)라 불리는 '사내'가 있음을 알고 그와 대결하기로 결심했다. '열두 명의 피에로'라는 불량배들이 그와 함께 갔다.

음습한 어느 날 밤 그가 반대편에 나타났다. 중앙아메리카 생활을 뒤로하고 어두운 거리의 나라에 들어섰다. 좁은 길을 지났다. 무위도식하는 악명 높은 달을 허공에서 보고 몸을 눕히기에 적당한 집들을 보았다. 골목을 지나갔다. 어떤 농장에서는 개가 그를 경계하며 짖는 소리가 그를 덮쳤다. 북쪽으로 방향을 틀었다. 얼굴 없는 휘파람 소리가 검은 담벼락 주위를 맴돌았다. 흙과 돌로 된 길을 지나 교도소의 서글픈 담벼락을 스쳐 갔다. 백 보를 더 걸은 후 한쪽 끝에서 불붙기 시작하듯 환한 두목의 깃발이 걸린 길모퉁이에 도착했다. 카베요 이 코로넬 디아스 거리였다. 작은 벽과 패배한 크리오요, 바람이 지배하는 거리.

그는 격렬하게 게임을 시작했다. 불손하지 않게 북쪽의 방어선에 대항했다. 그의 업적은 그들을 향한 것이 아니라 강한 자, 가슴에 사내다움을 새기고 트루코 카드 세 장에 눈독을 들이는 페드로 '엘 멘타오'를 향한 것이었다.

신사적인 엘 칠레노는 이방인의 겸손함을 갖추고 약간 느슨한 태도로 엘 멘타오라 불리는 자가 어디 있느냐고 물었다. 질문을 받은 이가 멈춰 서서 즉시 대답했다. 원하면 거리로 나가서 그를 찾아봅시다. 그들은 금방 찾으리라는 것을 알고 당당하게 나갔다.

그 거친 불량배는 그들이 싸우는 것을 보았다.(팔레르모 사람들과 남쪽 사람들 사이에는 위험한 정중함, 모욕을 숨긴 고요가 있었다.)

별들은 영원의 항로를 따라 이동했고 항복한 달이 처량하게 하늘을 잡아끌고 있었다. 그 아래 칼들이 죽음의 길을 찾고 있었다. 한 번 훌쩍 뛰자 칠레노의 얼굴이 도끼에 맞아 산산조각 났고 상대가 그의 가슴에 죽음을 밀어 넣었다. 그는 하늘의 포근함이 땅을 감싸는 거리에서 피를 흘리며 죽어 갔다.

그는 고통 없이 죽었다. 마지막으로 그를 만져 본 이가 이제 육체는 파리를 모으는 데나 소용 있을 뿐이라고 했다. 그는 고향을 위해 죽었다. 베이스 기타가 신나게 연주되었다.

북쪽과 남쪽의 칼부림은 그렇게 끝났다. 하느님은 그 의로움을 아시리라. 최후의 심판 날 트럼펫이 울려 퍼지면 우리는 그에 대한 이야기를 들을 것이다.

(세르히오 피녜로[299]를 기리며)

299 Sergio Piñero(1894~1928). 아르헨티나의 아방가르드 시인, 잡지《마르틴 피에로》의 편집자.

에두아르도 윌데

에두아르도 윌데 박사의 다사다난했던 인생은 전제 정치라는 단어가 서랍에서 퇴색하는 외국 동전이나 흑인들의 칸톰베, 영웅주의에 대한 희미한 선호 이상의 무엇이던 1844년 볼리비아 투피사에서 시작돼 1913년 9월 브뤼셀에서까지 계속되었다. 전쟁에 참여한 영혼들을 위축되게 만든 무대인 유럽 내의 전쟁을 직접 경험하지는 못했으나 수만 가지 일을 겪었다. 북쪽 지방의 붉은 언덕이나 파라과이 부상자들과 1871년 황열병 환자들의 삶과 죽음, 로카주의[300]나 후아레스주의[301]의 권모술수, 노인들의 사이비 세상인 외교, 1870년대 정치를 논하고 약간은 낭만적이고 조금은 치졸하며 마주르카를 추던 부에노스아이레스로부터 100주년 깃발을 휘두르고 제국이라 자평하며 지구를 비켜 가는 핼리 혜성을 향해 오르간으로 「시칠리아 여인(La Siciliana)」이나 「라 모로차」를 연주하는 부에노스아이레스에 이르기까지 점점 거대해지는 부에노스아이레스를 경험했다.(핼리 혜성은 1910년을 밝히고 세계 종말론으로 우리를 위협하고 흥미를 불러일으킨 바로 그 혜성이다.)

윌데는 많은 일을 경험했다. 언론인, 의사, 법무부 장관, 국가 위생국장, 전권 공사(全權公使)를 역임했고, 어쩌면 불멸의 글을 쓴 작가이자 대수(代數)와 문법에 대한 책도 썼다. 다방면에 재능과 기지가 넘치니 괴테의 사색보다는 케베도를 더 닮았다. 또한 믿기 어려운 공로상을 받기도 했는데, 연합과자비사회(Sociedad Unione e Benevolenza)에서 수여하는 상에 리우데자네이루 국립의학회에서 주는 황금 목걸이, 샤(S. M. el Sha)가 수여하는 태양과 사자의 대십자가상을 받았다.

나는 일부러 이런 표면적으로 그럴싸한 것들을 강조하여 윌데가 어떤 인물이었는지 증명해 보고자 한다. (스윈번, 에바리스토 카리에고나 라파엘 칸시노스 아센스같이) 인생에서 모험이라고 해 봐야 작품 속 모험이 전부인, 중심에서 살짝 비켜난 거친 작가들이 있는가 하면 치열한 삶의 주인으로, 작품이 그들의 다사다난한 삶의 여정이자 순간을 반영하는 작가들도 있다. 윌데가 그랬다. 그는 발타사르 그라시안의 『신탁 편람

300 아르헨티나의 전 대통령 훌리오 아르헨티노 로카(Julio Argentino Roca)가 주장한 것으로, 중앙 권력층이 당근과 채찍 정책을 통해 충성파를 만들고 정치와 경제를 장악했다.

301 멕시코의 전 대통령 베니토 후아레스(Benito Juárez)가 주장한, 멕시코 자유주의의 변형으로 개인주의, 평등주의, 교회와 국가의 분리 등을 강조했다.

(Oráculo manual)』의 생리학적 비교를 강조하는 행운을 삼킬 만큼 튼튼한 위장을 가졌으며 야심찬 생애를 영위했다. 그의 삶에 치욕스러운 일도 적지 않았다고 하나 그의 저서는 그런 것이 하나도 없었으니 우리에게는 그것으로 충분하다.

리카르도 로하스는 그에 대해 다음처럼 언급한다. "윌데의 작품에는 작가의 기법보다 인간의 심리가 흥미롭게 드러난다. 그의 예술은 단어보다는 감성에 담겨 있다."(『작품(Obras)』 15권, 730쪽) 그에게는 이런 의도치 않은 역설로 우리를 미학 문제의 내면으로 견인하는 의도치 않은 장점이 있다. 로하스는 먼저 인격과 스타일, 인간의 존재와 글쓰기를 대조한 후 윌데의 작품에서는 전자가 후자보다 흥미롭다고 단언한다. 나는 작가의 기법에 어떤 고유한 가치를 부여할 수 있는지 묻고 싶다. 인간의 심리를 고발하지 않는 작가의 기법을 대체 누가 좋아한단 말인가? 위대한 독자, 애독자, 책에 쓰인 타인의 진실에 사로잡힌 이에게 기법은 쓸데없는 미사여구나 잉크의 양을 신경 쓰지 않고 읽어 나가는 글자만큼이나 눈에 띄지 않는다. 어떤 기법이 흥미를 불러일으킨다면 그것은 나쁜 징조이다. 누군가가 우리의 목소리나 발음, 말투에 과하게 집중한다면 정작 우리가 하는 말에는 흥미를 느끼지 않을 것임이 분명하다. 온전한 효율성과 온전히 눈에 보이지 않는 것, 이 두 가지가 모든 형식을 완벽히 구성할 것이다. 감정이나 사고를 어법과 짝짓는 것, 내용과 형태를 동일시하는 것은 모두가 추천하지만 아무도 실행하지 않는 가치이다. 어떻게 실행하라는 것인가? 의식의 현상과 언어의 통사론 사이에 미리 정해지고 항상 지켜지는 평등한 관계가 존재하기나 하는가? 예를 들어 설명해 보자.

영국인들은 갈색 말을 반드시 'a brown horse'라고 말하며 우리는 의무적으로 형용사를 뒤에 둔다. 이런 관습에 어떤 영적 의미가 있는가? 영국인들은 (항상) 갈색 얼룩을 먼저 본 후에 그것이 말이라는 사실을 알아차리고, 우리는 (항상) 그것이 말이라는 사실을 먼저 알아차린 후 털의 색을 정한다고 인정하는 것은 터무니없는 일이 아닌가? 언어의 기교는 정말 대단하다. 이를 증명하는 다른 예를 들어 보자. 니체는 달을 (카테르라는 수컷) 고양이와 수도승에 비유한다. 부에노스아이레스에서는 정의하기 어려운 이런 남성화 은유는 독일어에서는 명백하다. 독일인들은 달을 남성 명사로 써서 스페인어로 바꾸면 'el luna'[302]라고 한다.

나는 문학적 진정성이 허구라고 암시하려는 것이 아니다. 그것이 얼마나 어려운 일인지, 그것을 이룬 이들에 대한 우리의 감사가 얼마나 정당한지를 말하고 싶다. 월데가 이를 이루었음을 부인할 수 없다. 그는 이제는 거의 신화에나 나올, 섬세하고 강하며 결코 동포나 동료 앞에서 우쭐대지 않고, 불량배가 되지도 가우초 흉내를 내지도 않는 크리오요 작가 그룹에 속하였다. 그뿐 아니라 경험과 환상의 현실에 대한 위대한 몽상가였다. 그의 작품 『길거리 영혼(Alma callejera)』, 『무덤에서의 첫날 밤(Primera noche de cementerio)』 모든 곳에 골고루 함께하는 비의 존재를 나타낸 시적 작품은 비교하기 어려운 문학의 융숭함이다. 로하스는 그를 라몬 고메스 데 라 세르나에게

302 스페인어에서 달(luna)은 여성 명사라 'la luna'라고 쓴다. 독일어와 스페인어의 차이점을 설명한 것이다.

영향을 미친 선구자라 부른다. 선구자에 대해 말하는 것은 신이 아직 서툰 영혼이라고 가정하는 것이고 시작부터 최종 버전을 맞히지 못하는 것이다. 그러나 그의 가족 같은 분위기는 인상적이다. 풍부한 유머 감각이 돋보이고 두 눈은 소중한 시를 은밀히 발송하는 역할을 한다. 둘 다 가족적인 것을 원하고 고요한 사물의 황제와 같다. 앨범, 탁자, 체스의 말들, 배 모양의 장식, 죽은 군인들을 그린 죽은 유화, 용해돼 가는 풍선처럼 보이는 포장된 거미, 하늘이 좁게 보이는 안뜰, 황폐한 집들, 항아리들같이 고요한 사물. 또한 윌데에게는 위대함이 있었다. 그는 검은 중절모 아래 낭만적인 폭풍과 창백한 달, 폭우를 머금은 먹구름에 대해 생각했다.

윌데는 아주 지적이었지만 한 가지 지식은 부족했다.(혹은 부족한 척했다.) 바로 사후 세계의 삶에 대한 예지인데, 사후 세계는 두개골로 둘러싸여 있지 않고 관으로 크기를 가늠하지도 않는다는 지식이다. 그는 순수하게도 인간이 언제든지 절대 무(無)를 창조해 낼 수 있다고 믿었다. 삶에 결코 지치지 않아 정적인 삶에서도 환상을 꿈꿀 수 있는 우리 인간이! 윌데는 사후의 삶을 부인하였기에 갑자기 내세로 옮겨졌을 때 분명 큰 실망을 맛보았을 것이다. 그를 동정하지는 말자. 동정은 언제나 무례하고, 영생에 대한 부정이나 의심은 언제나 우리가 망자에게 보일 수 있는 가장 큰 무례이다. 오히려 윌데가 다른 세상에서 경험하고 있을 아름답기 그지없는 모험을 부러워하자.

작가들에게 수도의 한 장소씩 헌정하는 것은 적절한 일이다. 이는 모든 부에노스아이레스의 시민이 세울 수 있는 자발적 기념비이다. 나는 부엔 오르덴 거리를 거닐다 몬세라트 거리와 멕시코 거리의 한 구석에 선 채 태양이 지는 것을 보다 소녀에게 칭찬의 말을 건네는 에두아르도 월데를 본다. 아무 길모퉁이, 아무 구역에서나, 진정한 열정을 가졌든 가지지 않았든 간에.

아르헨티나 사람들의 언어

신사, 숙녀들에게 고한다. 아르투로 캅데빌라[303] 박사가 친절하고 부당하게 나에 대해 근거도 없이 떠들어 댄 것과 같은 오류는 이제껏 볼 수 없었다. 나는 그에게 감사의 말을 전하고 싶다. 원하는 이가 없더라도 보잘것없는 내가 그대들에게 책임지고 좀 더 진정성 있고 진실된 소개를 하고자 한다. 나는 글을 쓰는 데 익숙할 뿐 장광설을 늘어놓는 데는 전혀 익숙하지 않은 사람이다. 보이지 않는 것에 대한 나태한 공격인 글쓰기는 웅변가의 즉자적인 설득에 필요한 효과적 학습법이 아니다. 따라서 쌍방의(그대들과 나의) 포기를 권하는 바이다.

아르헨티나 사람들의 언어가 내 주제이다. '아르헨티나의

303 Arturo Capdevila(1889~1967). 아르헨티나의 시인, 극작가.

언어'라는 표현은 많은 이들에게 단순한 말장난이나 객관적으로 상응하지 않는 두 단어의 강제적 연결에 불과할 것이다. '순수 시'나 '연속적 운동' 또는 '미래의 가장 오래된 역사가들'이란 말을 하는 것처럼. 어떤 현실도 버팀목이 되지 못한다는 감언이설에 대해서는 나중에 답하겠다. 그저 많은 개념들이 처음에는 단순한 언어적 특성이었으나 시간이 지남에 따라 증명되었다는 점을 밝히는 것으로 충분하다. '무한의(infinito)'라는 단어가 한때는 '미완성의(inacabado)'와 싱겁게도 같은 뜻으로 취급당하지 않았나 하는 의심이 든다. 지금은 신학에서 신의 완벽함 가운데 하나가, 형이상학에서는 논제가, 문학에서는 즐겨 쓰는 강조가, 수학에서는 새롭고 세련된 개념(러셀[304]은 무한 기수의 덧셈, 곱셈, 거듭제곱과 무시무시할 정도인 그 권력의 이유에 대해 설명한다.)이, 하늘을 바라볼 때는 진정한 직관에 이를 수 있는 단어가 되었다. 마찬가지로 어떤 아름다움에 즉각적으로 매력을 느끼거나 잘 정돈된 추억에 사로잡힐 때 이미 존재하는 상찬의 언어가 마치 직감처럼 그것을 예정하고 있다고 느끼지 않을 사람이 있는가? '예쁜(linda)'이라는 단어는 각자의 연인, 다른 누구도 아닌 그녀에 대한 예견이다. 다른 예는 들고 싶지도 않다. 너무 많으므로.

정반대의 두 그룹이 아르헨티나의 언어에 대해 논쟁을 한다. 한쪽은 그 말이 이미 사이네테[305]에서 사용하는 아라발레로

304 버트런드 러셀(Bertrand Russel, 1872~1970). 영국의 수학자이자 철학자, 작가.

305 18세기 스페인의 풍속 희극에서 기원한 대중적인 희

에서 탄생했다고 믿는 이들이다. 다른 쪽은 순수 언어주의자나 스페인화된 사람들로, 언어의 완벽함을 믿고 변화 자체가 언어에 대한 모독이나 쓸데없는 짓이라고 믿는 이들이다.

첫 번째 오류부터 살펴보자. 만약 그 이름이 잘못되지 않았다면 아라발레로(arrabalero)는 변두리(arrabal)나 교외의 사투리이다. 이는 리니에르스나 사아베드라, 산크리스토발수르에서의 일상적인 대화에도 등장한다. 따라서 그런 어림짐작은 잘못된 것이다. 우리가 쓰는 변두리라는 표현이 지리적 의미보다 경제적인 의미를 담고 있다는 것을 느끼지 않을 이는 없다. 변두리는 도시의 서민 주택들을 상징한다. 변두리는 사회적 혁명인지 조직의 혁명인지 모르겠지만 희미한 희망을 품고 레콜레타의 마지막 담벼락과 대문에 기대 선 무뚝뚝한 표정의 콤파드리토들과 외딴 창고와 낮은 집들로 이루어진 희끄무레한 선과 만나는 우리부르의 마지막 모퉁이를 품는다. 변두리는 부에노스아이레스 서쪽의 걸핏하면 소란스러워지는 텅 빈 동네들과 공매를 알리는 붉은 깃발(벽돌로 만든 아궁이, 월급, 도박장 입장권의 시민 서사시의 깃발)로 라틴아메리카의 실제 모습을 발견하는 곳이다. 변두리에는 파트리시오스 공원 잡부의 분노와 후안무치한 일간지에서 그 분노를 다루는 논리가 담겨 있다. 변두리는 또한 엔트레 리오스와 라스에라스 사이에 건축되고 버텨 온 연립 주택이고, 활기 없고 어두운 빛깔의 목재로 만든 현관 뒤 복도와 나무가 심어진 안뜰이 보이는 집을 품

극 오페라로, 1920년대에 유행했다. 아르헨티나의 사이네테는 크리오요 사이네테라고 부른다.

고 있다. 변두리는 아연 지붕 아래 침실이 있는 누네스 거리의 구석진 아래층과 지저분한 도랑물 위로 판자때기를 걸쳐 놓은 작은 다리가 있으며 휠이 드러난 차가 골목을 달리는 것이 보이는 곳이다. 변두리는 일정한 톤을 유지하기에는 너무 대조적인 곳이라 우리의 빈곤 계층에게는 일정한 사투리가 없다. 아라발레로도 마찬가지이다. 크리오요들은 이런 말을 사용하지 않고 여자들도 거의 쓰지 않으나 콤파드리토들만 남자다움을 내세우기 위해 뻔뻔스럽게 이를 사용한다. 어휘는 하찮기 그지없다. 스무 가지 정도의 표현으로 정보를 전하고 여러 개의 허접한 동의어가 언어를 더 복잡하게 만든다. 사용 범위가 어찌나 협소한지 이를 자주 사용하는 사이네테 작가들은 신조어를 만들고 이미 존재하던 단어들을 거꾸로 뒤집어 살펴봐야 했다. 그런 옹색함은 자연스러웠는데, 아라발레로는 도둑들의 숨겨진 은어인 룬파르도를 걸러 내거나 펼치는 것에 지나지 않는다. 룬파르도는 다른 많은 것과 마찬가지로 (협동)조합의 어휘로, 뒤에서 공격하고 앞에서 자물쇠를 따는 기술이다. 그런 기술적 언어(나쁜 표현에만 사용되고 일반적인 뜻을 가진 단어는 없는)는 스페인어를 막다른 골목으로 몰고 갈 수 있고, 수학에서 쓰이는 기호만이 언어의 지위에 등극할 수 있다고 오해하는 것과 같다. 영어가 속어(slang)로 인해 위기에 처하지도 않았고, 스페인에서 쓰이는 스페인어가 지난날의 은어나 오늘날의 집시 언어 때문에 위험한 지경에 이르지도 않았다. 집시 언어는 방랑 민족의 언어에서 유래하였고, 아주 풍요로운 언어이다. 비록 1600년대 스페인 범죄자의 속어에 은어가 더해져 변형된 것이지만 말이다.

그건 그렇다 치더라도 아라발레로는 영혼이 없고 즉흥적인 것인 만큼 시 외곽에 거주하던 저명한 두 작가는 이 언어를 쓰지 않고도 충분히 글을 쓸 수 있었다. 엔트레 리오스의 음유 시인 호세 식스토 알바레스(José Sixto Álvarez)나 같은 지역 출신으로 팔레르모의 추억을 자조적인 우수로 지켜본 천재 카리에고는 이 언어에 동조하지 않았다. 둘 다 이 룬파르도의 방언을 알았지만 사용하지 않고 피해 갔다. 알바레스는 아라발레로 표현을 설명하는 『경비원의 회상(Memorias de un vigilante)』(1897)을 발간했고, 카리에고는 농담으로 가볍게 즐겼지만 공식화하지는 않았다. 사실 두 사람 다 크리오요의 경건함에 룬파르도는 적당하지 않다고 여겼다. 프란시스코 A. 시카르디[306]도 무한하고 질척거리며 폭풍 같은 『기묘한 책(Libro extraño)』에서 아라발레로를 사용하지 않았다.

유명한 인물을 예로 들 필요도 없이 (순수주의의 점잖은 태도에 아무런 의심도 품지 않는) 부에노스아이레스의 시민들은 결코 그런 은어로 시를 짓지 않았다. 콤파드리토들의 반항적인 목소리이자 몸짓이었던 밀롱가에는 그 언어를 사용하지 않았다. 이는 자연스러운 결과였는데, 발바네라나 몬세라트 거리 구석에 자리한 푸줏간 주인이나 노동자, 정육점 일꾼 같은 동네의 콤파드리토들과 팔레르모 남쪽이나 케마에서 놀던 무법자들은 달랐기 때문이다. 초창기 탱고, 행복한 옛 탱고들에는 절대로 룬파르도를 섞지 않았다. 하지만 최근의 헛소리

306 프란시스코 안셀모 시카르디(Francisco Anselmo Sicardi, 1856~1927). 아르헨티나의 의사, 작가.

(tilingueria)[307]를 늘어놓는 소설은 비밀과 거짓 강조를 위해 룬파르도라는 속임수를 사용한다. 대중 언어로 쓰인 새로운 탱고는 불분명한 요소로 다양한 결론을 도출할 수 있는 만큼 비평가의 논란과 논쟁으로부터 자유롭지 않은 수수께끼 같다. 무언가 명확하지 않은 느낌이 드는 것은 당연하다. 대중은 지역색을 덧입히는 것을 필요로 하지 않는다. 베끼고 흉내 내는 사람이 그것이 필요하다고 오해해 종종 과장하는 것이다. 생기발랄한 밀롱가에는 변두리 정신과 모든 사람의 언어가 담겨 있었지만 탱고에는 국제적이라는 어색한 상스러움과 무법자의 어휘만 존재한다.

더 이상 주장하지 않겠다. 이유가 분명하고 이전에 인정된 것이라면 증거를 모으는 것은 오히려 해로운 습관이고 취득하거나 복구한 진실을 일반적인 것으로 만들어 버리기 때문이다. 언어의 보편성을 포기하고 거칠고 회의적인 사투리(위선자, 악행을 저지르고 비열한 위선자로 만들 비방에나 적합한 속어와 범죄자들의 은어)에 몸을 맡기는 것은 구시렁대고 비방하기 좋아하는 이들의 계획이다. 그런 비극적이고 별 볼 일 없는 계획은 이미 데 베디아[308]와 미겔 카네,[309] 에르네스토 케사다,[310] 코스

---

307 아르헨티나, 파라과이, 우루과이 지역에서 사용하는 단어로, 실속 없고 바보 같은 말이라는 뜻이다.

308 아구스틴 데 베디아(Agustín de Vedia, 1843~1910). 우루과이의 저널리스트, 작가.

309 Miguel Cané(1851~1905). 아르헨티나의 정치가, 작가.

310 Ernesto Quesada(1858~1934). 아르헨티나의 작가, 역사학자.

타 알바레스,[311] 그루삭에 의해 폐기되었다. 그루삭은 사뭇 냉소적인 어조로 "뗏목을 위해 카라벨선[312]을 포기할 것인가?"라고 반문한다.

이제 아라발레로에 대해 잊어버리고 다른 오류에 대해 언급하고자 하는데, 우리 언어의 완벽성을 주장하며 수정하는 것이 쓸데없고 헛된 짓이라는 견해이다. 이 주장의 가장 중요하고 유일한 근거는 우리의 사전, 즉 스페인어 사전에 수록된 6만 개의 단어이다. 나는 그 수적 우월성이 겉보기에는 장점이지만 근본적인 것은 아니라고 생각한다. 유일하게 무한한 언어인 수학의 언어는 열두 개의 부호만으로도 다른 숫자로부터 소외되지 않는다는 점을 에둘러 말하고 싶다. 즉 (숫자와 선, 십자를 포함한) 한 페이지의 대수 사전이 사실상 존재하는 가장 풍부한 사전이다. 표현의 풍부함이 중요하지 부호가 많은 것은 중요하지 않다. 부호의 풍부함은 수학적 미신, 현학적 태도, 수집가와 달변가의 욕심이다. 언어 이상주의자이자 성공회 주교인 윌킨스[313]가 오선지 위에 2040개의 기호만 사용해 모든 것을 목록에 기록할 수 있는 보편적인 문자 체계 혹은 상징체계를 구상했다는 사실은 익히 알려져 있다. 그의 조용한 음악에는 소리를 억지로 첨가하지 않아도 된다는 큰 장점이 있었다는 것

---

311 아르투로 코스타 알바레스(Arturo Costa Álvarez, 1870~1929). 아르헨티나의 저널리스트.

312 콜럼버스 시대에 사용한, 돛대가 두세 개인 중형 범선.

313 존 윌킨스(John Wilkins, 1614~1672). 영국의 자연 철학자이자 왕립협회의 창시자 중 한 사람. 보편 언어(universal language)를 고안했다.

외에 내가 첨언할 수 있는 것이 있겠는가. 스페인어의 자칭 풍요로움 때문에 나를 바쁘게 만드는 것 외에는…….

스페인어의 풍요로움은 스페인어의 죽음을 유화적으로 표현한 이름에 지나지 않는다. 무지한 사람이든 그렇지 않은 사람이든 사전을 펼치면 사전에는 있으나 누구의 입에도 없는 끝없는 단어들 앞에서 놀라움을 금치 못한다. 다독하는 독자일지라도 방대한 분량 앞에서 자신의 무지를 인정할 수밖에 없다. 사전을 집필하는(학회의 사전 편찬에서 여전히 은어와 문장학과 고어 단어들을 중시하는) 관행이 그런 죽음을 이끌었다. 이런 관행의 집합적 형태는 의도적으로 부고를 전하는 것과 같다. 『학술원 문법(Gramática de la academia)』 사전에 의하면 "선망의 대상이 되는, 생생하고 즐거우며 표현력이 뛰어나 모두 부러워하는 단어들의 보물"로 구성된다고 한다. 정확도도 떨어지고 허세를 부리는 데에나 정당화할 수 있는, 생생하고 즐거우며 표현력이 뛰어나다는 표현, 이 사이비 단어들이 그런 학자들의 전형적인 우유부단함을 표현한다.

그들은 완벽한 동의성(同意性), 즉 스페인의 설교처럼 원칙을 준수하기를 원한다. 유령이건 망자건 부재자로 이루어졌건 간에 최고의 말의 행진이어야 한다. 표현의 부족은 문제가 되지 않으며 스페인어의 장식적 요소, 우아함과 풍부함만이 중요하다. 이를 다른 이름으로 바꾸자면 바로 사기 행위이다. 형식적으로, 꿈꾸는 정신과 청각적인 수용이 동의어의 확산을 촉진한다. 개념을 바꾸는 불편함 없이 소리를 바꾸는 단어들. 학술원은 그것들을 전적으로 옹호하는데, 여기에 추천사를 옮겨 적어 본다. "우리의 황금 세기에 여러 다양한 단어들이 인정

받은 만큼 규범주의자들이 계속 추천하곤 하였다. 예를 들어 어떤 문법학자가 네브리하[314]의 저서를 인용할 권리를 부여받으면 같은 문장을 반복할 필요 없이 늠름하게 다음과 같은 형태로 변형시키면 되었다. '네브리하는 그렇게 확신한다, 그렇게 느낀다, 그렇게 가르친다, 그렇게 말한다, 그렇게 지적한다, 그의 의견은 그렇다, 그렇게 생각한다, 그렇게 판단한다, 네브리하의 의견에 동의하고, 시의적절하고 적당한 표현을 쓸 수 있다.'"(『학술원 문법』, 2부, 7장) 나는 사실 그런 연속된 동일성이 깔끔한 글씨체와 마찬가지로 문학과 상관없는 것이라고 본다. 또한 동의어의 기만성과 위대함이 학회에서 전혀 논의되지 않은지라 존재하지도 않는 곳에서조차 동의어를 보고 '환상을 가지다(hacerse ilusiones)'라는 말(왠지 모르겠지만 오류를 뜻하는 구절) 대신에 은유인 '환상 또는 망상을 제조하다(forjarse ilusiones o quimeras)'라고 하거나 몽유병을 빌려서 '환상을 경험하다(alucinarse)', '백일몽을 꾸다(soñar despierto)'라고 표현하라고 제언한다.

스페인어가 이미 언어적으로 절정에 이르렀다고 단언하는 것은 논리적이지 않고 부도덕하다. 비논리적인 이유는 어떤 언어의 완벽함은 위대한 사상이나 위대한 감성, 즉 위대한 시문학이나 위대한 철학 문학을 요구하는데 스페인은 한 번도 수혜받지 못했다는 데 있다. 부도덕한 이유는 우리 모두의 가

314 안토니오 데 네브리하(Antonio de Nebrija, 1441~1522). 스페인의 인문학자, 언어학자. 1492년 스페인어 문법책을 최초로 편찬했다.

장 은밀한 소유인 어제를 포기하는 것은 아르헨티나의 위대한 미래를 포기하는 것과 같다는 데 있다. (나쁜 의도가 아니라 오히려 기쁜 감정으로) 고백하건대 문학사를 통틀어 천재적 재능을 지닌 케베도나 세르반테스 외에 누구를 더 언급할 수 있는가? 흔히들 공고라나 그라시안, 후안 루이스[315]를 언급한다. 그들을 언급하지 않고 지나가지는 않겠지만 그렇다고 스페인 문학이 공통적으로 항상 싫증 나게 만든다는 지적을 무시하고 싶지도 않다. 그 일상성, 평범한 용어, 인물들은 항상 표절이라는 편한 예술을 통해 먹고살았다. 천재가 아닌 사람은 아무것도 아니다. 스페인의 유일한 자원은 천재성이다. 그래서 천재성이 거론되지 않는 스페인 사람은 좋은 평판을 받지 못했다. 교육적 명료함이 두드러진 산문으로 칭송받는 메넨데스 펠라요의 글은 뻔히 아는 것들을 반복한다. 우나무노에 대해서는 언급할 필요도 없다. 사람들이 우나무노의 천재성을 믿기 때문이다. 만약 어떤 스페인 사람이 글을 잘 쓸 줄 안다면(이른바 글을 잘 쓰는 것, 즉 잘 근착된 문장과 필수적이지 않은 동사를 쓰는 것) 지적이라고 추정할 수 있다. 만약 프랑스 사람이라면 이를 적용할 수 없다. 우리 언어인 스페인어를 널리 쓰는 것은 이처럼 광범위하게 퍼져 있다.

그토록 자랑하는 단어 수의 우월성은 쓸모없는 비축에 불과하다. 카사 발렌시아(Casa Valencia) 백작이 프랑스어와 스페인어를 대조하기 위해 사용한(또는 남용한) 단순화 절차는 내 생각이 일반적이지 않다고 지적할 것이다. 그는 통계 수치를

315 Juan Ruiz(1283~1350). 스페인의 시인, 사제.

통해 스페인 학술원 사전에 수록된 단어가 거의 6만 개 정도인데 프랑스어 사전에는 3만 1000단어만 등재돼 있다는 사실을 확인했다. 그런 발견이 그를 기쁘게 했다. 그러나 이 연구가 스페인어 사용자가 프랑스인보다 2만 9000가지 표현을 더 쓸 수 있다는 것을 보여 줄까? 이런 추론은 여러 시사점을 남긴다. 나는 묻는다. 어떤 언어의 수적 우월성을 지적 우월성, 표현의 우월성으로 치환할 수 없다면 왜 그것에 대해 자랑스러워하는가? 수치적 기준이 옳다면 영어나 독일어로 사유되지 않는 모든 사고는 보잘것없는데, 이 사전들은 각각 10만 단어 이상 수록하고 있기 때문이다. 실험은 항상 프랑스어를 통해 이루어진다. 이 실험에는 속임수가 있는데, 프랑스어의 짧은 어휘는 언어의 경제성에 기인하며 수사학자들에 의해 의도적으로 야기된 것이기 때문이다. 유용하건 유용하지 않건 라신[316]의 짧은 문투는 의도적인 것으로, 빈약한 것이 아니라 간소한 것이다. 전술한 것을 요약하면 이곳의 작가 사이에 흔한 두 가지 언어 행태를 볼 수 있는데, 하나는 잘 쓰지 않는 언어이지만 과장되고 희화적인 분위기와 이국적 어감 때문에 좋아하는 이가 가끔 있는, 사이네테 작가의 언어이다. 다른 하나는 스페인어에서 차용한 죽어 가는 지식인들의 언어이다. 둘 다 일반 언어에서 벗어난다. 한쪽은 악인의 말투를 흉내 내고, 다른 쪽은 사전이나 기억 속에 존재하는 문제적 스페인어를 흉내 낸다. 그만큼

316 장 바티스트 라신(Jean Baptiste Racine, 1639~1699). 프랑스의 극작가로, 몰리에르, 코르네유와 함께 17세기 프랑스의 3대 극작가로 여겨진다.

이나 등거리에 위치한 아르헨티나의 구어는 우리의 열정과 가정, 신뢰와 대화를 나누는 우정에 대해 지속적으로 이야기한다.

선대 사람들은 이보다 나았다. 그들의 문체는 말의 어조와 같았다. 입이 손을 배반하지 않았다. 그들은 품위를 갖춘 아르헨티나 사람들이었다. 스스로를 크리오요로 칭한 것도 변두리 출신의 자존심이나 불쾌함에 기인하지 않았다. 그들은 일상의 평범한 사투리를 글로 표현했다. 스페인 사람들을 흉내 내거나 시골뜨기로 퇴화하는 것을 원하지 않았다. 에스테반 에체베리아,[317] 도밍고 파우스티노 사르미엔토, 비센테 피델 로페스,[318] 루시오 V. 만시야 그리고 에두아르도 윌데에 대해 생각한다. 그들은 용도 폐기된 아르헨티나어로 멋지게 표현했다. 글을 쓰기 위해 치장하거나 새로운 이민자인 척할 필요를 느끼지 않았다. 하지만 오늘날 그런 솔직함은 훼손되었고, 자칭 평민과 자칭 히스패닉이라는 두 가지 상반된 입장이 오늘날의 글쓰기에서 논쟁거리가 되었다. 글을 쓸 때 사투리를 섞지 않고, 막노동꾼이나 도망자, 거드름 피우는 이는 스페인화되려고 노력하거나 얼빠진 국제적 스페인어를 쓴다. 예외적 인물로 남은 에두아르도 스키아피노[319]와 구이랄데스는 존경받는 이들이다. 물론 이런 사실은 암시적이다. 지난 시대, 전투가 일

---

317 호세 에스테반 안토니오 에체베리아(José Esteban Antonio Echeverría, 1805~1851). 아르헨티나의 시인, 작가.

318 Vicente Fidel López(1815~1903). 아르헨티나의 정치인, 역사학자.

319 Eduardo Schiaffino(1858~1935). 아르헨티나의 화가, 비평가.

이었던 시절 아르헨티나 사람이 된다는 것은 행복을 위한 삶보다 사명으로 사는 삶을 의미했다. 국가 건설의 필요성에 따른 아름다운 위험이었기에 위험해도 자부심을 가지고 행동했다. 이제는 아르헨티나인이 되는 것은 그다지 노력이 필요하지 않은 일이다. 우리는 무언가 할 일이 있다고 착각하지 않는다. 튀지 않고 조용히 지낼 것, 탱고의 그런 무례함을 용서할 것, 프랑스식 정열은 다 불신하고 무엇에도 열광하지 않을 것이 많은 이들의 의견이다. 마소르카 대원이나 케추아족인 척하는 것은 타인의 카니발이다. 그러나 아르헨티나성은 어떤 억압이나 구경거리 이상의 무엇이어야 한다. 소명 의식이어야 한다.

많은 이들이 의심을 품고 물으리라. "스페인 사람들의 스페인어와 우리 아르헨티나인의 스페인어 사이에 넘지 못할 강이 있는가?" 나는 이해하는 데 전혀 문제가 없다고 답한다. 뉘앙스에 차이가 있기는 하다. 그 차이는 매우 은밀하고 미묘해서 언어의 전체적인 소통에 방해가 되지는 않지만 그 안에서 자신의 모국어를 구별할 수 있을 만큼은 명확하다. 이베리아 반도인들은 이해하지 못하는, 이 지역 특유의 수천 개의 단어들에 대해 생각하는 것이 아니다. 어조의 다른 분위기, 특정 단어에 우리가 부여하는 모순적이거나 애정이 담긴 가치, 동일하지 않은 온도에 대해 생각한다. 결국 단어의 본질적 의미를 바꾼 것이 아니라 뉘앙스를 바꾼 것이다. 논쟁적이거나 교훈적인 산문에서 발견하기 어려운 그런 차이는 감성적인 글에서는 두드러지게 나타난다. 토론은 스페인적일 수 있으나 우리의 시와 유머는 이미 이곳의 것이다. 슬픔이나 기쁨 같은 감정은 정서의 문제이고 뜻이 아닌 단어의 분위기가 이를 지배한다. 'súbdito'[320]라는 단어는 (아르투로 코스타 알바레스가 내게 다시 설명한다.) 스페인에서는 일반적으로 쓰이지만 아메리카에서는 비하하는 표현이다. 'envidiado'[321]는 스페인에서는 칭송의 한 형태지만(스페인 공식 문법책에서는 "선망의 대상이 되는, 생생하고 즐거우며 표현력이 뛰어나 모두 부러워하는 우리 단어들의 보물"이라고 한다.) 이곳에서는 다른 이들의 부러움을 살 만큼 잘난 체하는 것은 천박하게 취급된다. 우리 시에서 가장 중요한 단어들인 'arrabal(변두리)'과 'pampa(팜파스)'에 스페인 사람은 전혀 감흥을 느끼지 않는다. 우리의 'lindo(아름다운, 사랑스러운)'라는 단어는 오로지 칭송하기 위해 쓰이는데 스페인 사람들은 그렇게 생각하지 않는다. 'gozar(즐기다)'와 'sobrar(필요 이상으로, 남다)'를 이곳에서는 나쁜 의도로 본다. 《레비스타 데 옥시덴테(Revista de Occidente)》와 아메리코 카스트로가 자주 쓰는 표현인 'egregio(저명한)'라는 단어는 우리에게 아무 느낌도 주지 않는다. 이와 비슷한 차이는 지루할 정도로 많다.

물론 단순한 구별은 기만적인 규칙이다. 스페인적인 것이 가우초적인 것보다 덜 아르헨티나적인 것도 아니고 때로는 더 아르헨티나적일 때도 있다. 'llovizna(이슬비)'나 'garúa(가랑비)' 둘 다 우리 것이고, 모두가 아는 'pozo(우물)'라는 단어가 시골

320 봉건 제도에서의 국민과 신하. 남미에서는 '지배를 받는' 신민이라는 뜻으로 사용된다.

321 동사 'envidiar'의 과거 분사로, '부러움을 사는, 질투받는'이라는 뜻이다.

에서 쓰는 'jagüel'(물웅덩이)'보다 우리 것이다. 맹목적으로 체계적인 것을 선호하는 원어민의 어법은 새로운 형태의 현학적 태도이다. 이는 전과 다른 오류이며 또 다른 나쁜 취향이다. 'macana(마카나)'[322]란 단어도 마찬가지이다. (스페인에서 유일하게 형이상학을 인식하였으며 다른 지성적인 이유로도 위대한 작가인) 미겔 데 우나무노는 그 별것 아닌 단어를 즐겨 썼다. 그러나 '마카나'는 생각이 게으른 자의 단어이다. 법률가 세고비아는 『아르헨티나 사투리 사전』에서 "마카나: 상식에서 벗어난 말, 폭언, 바보짓"이라 쓴다. 이것만으로도 지나친 표현인데 거기서 그치지 않는다. 역설도 마카나라 부르고, 엄청난 일도, 뜻밖의 사고도, 자명한 진리도, 과장법도, 일관성 없는 일도, 순진한 바보짓도, 평범하지 않은 것도 마카나라고 부른다. 이것은 게으른 일반화의 예로, 이 단어가 자주 사용된 이유이기도 하다. 이해하지 못하는 것이나 이해하기 싫은 것에서 손을 떼려고 사용하는 모호한 단어이다. 우리의 공상과 카오스의 단어인 마카나여, 죽어 버려라!

요약하면 언어적 문제(곧 문학적 문제)는 일반적 해결책이나 관장약을 처방할 수 없는 성격의 것이다. 언어 공동체(즉 이해 가능한 범주로 무한을 나누는 담벼락이고 우리가 불평을 솔직히 말할 수는 없는 경계) 안에서 각자의 의무는 자신의 말을 찾는 것이다. 물론 작가들의 의무는 그 누구의 의무보다 크다. 오직 단어(그것도 종이에 기댄 단어)를 통해 타인과 소통하고자 하는

322 라틴아메리카 원주민들이 사용하던, 단단한 나무로 만든 몽둥이, 곤봉 모양의 공격 무기.

역설에도 애쓰는 우리는 우리 언어의 부끄러움을 잘 안다. 시선, 제스처와 미소라는, 대화의 절반을 차지하고 그 매력의 반을 넘는 훌륭한 조력자를 포기한 우리는, 스스로 말을 더듬거리며 빈약함이라는 병을 앓았다. 우리는 한가한 정원사였던 아담이 아니라 (야유하는 뱀, 오류와 모험의 창시자, 우연의 씨, 천사의 식(蝕)인) 악마가 세상 사물을 명명했음을 안다. 또한 언어가 마치 달과 같고 그늘진 반구(半球)를 가진다는 것을 안다. 너무 잘 알지만 우리는 더 나은 조국이 소유할 미래처럼 그것을 청정하게 되돌리고 싶어 한다.

우리는 약속의 시간을 살고 있다. 1927년, 아르헨티나의 위대한 전야제. 세르반테스가 믿기지 않는 평온함으로, 케베도가 신랄한 조롱으로, 프라이 루이스가 (행복이 아닌) 행복에 대한 욕구로 쓰고 언제나 니힐리즘과 설교 조가 담긴 스페인어가 이 공화국들에서 승인되고 열정의 대상이 되기를 바란다. 누군가가 스페인어를 쓰는 것이 행운이라고 확신하는 것과 위대한 형식의 형이상학적 두려움이 스페인어로 사유되는 것은 대담한 일이다. 이 언어는 허튼소리와 말장난에 죽음과 환멸, 조언, 후회, 가책과 신중함을 항상 담아 두었다. 바로 그 소리의 울림(얼마 되지 않지만 우리를 지치게 만드는 모음이 우위를 점한다는 불편한 사실을 말하는 것으로 봐도 좋다.)이 스페인어를 설교 조에 강조형으로 만든다. 그러나 우리는 대중들의 열정적인 성격, 우리 마을의 끝없는 달콤함, 우리의 멋진 여름과 우리의 비와 공공의 믿음을 잘 포용하는 온순하고 무난한 스페인어를 원한다. 바울은 믿음을, 바라는 것들의 실상이요, 보지 못하는 것들의 증거라고 정의했다. 나는 미래로부터 오는 기억이라고 번역하겠다. 희망은 우리의 친구이고 스페인어를 순수한 아르헨티나 억양으로 말하는 것이 그가 우리에게 말하는 확증의 하나이다. 각자 내면을 표현하기만 해도 그것을 가질 수 있으리라. 다른 철학적 간계는 필요 없으니, 가슴이라고 말하고 그 안에 있는 상상을 말하라.

이것이 내가 그대들에게 말하고자 한 것이다. (가장 좋은 이름은 희망의 그것인) 미래가 우리 가슴을 끌어당긴다.

3부 에바리스토 카리에고

······논리적이고 중심적인 진리가 아니라
모나고 파편적인 진리의 한 양태.

드 퀸시, 『작품집』 11권, 68쪽

서문[323]

오랜 세월 동안 나는 부에노스아이레스의 교외 지역, 그러니까 위험한 골목이 미로처럼 얽혀 있고 노을로 붉게 물든 하늘이 훤히 보이는 변두리에서 어린 시절을 보냈다고 믿었다. 그런데 사실 나는 쇠창살 울타리로 둘러싸인 정원에서 놀았고, 헤아릴 수 없을 정도로 많은 영어 책이 꽂혀 있는 서재에서 대부분의 시간을 보내며 살았다. 팔레르모의 골목길에는 늘 단검과 기타가 난무했지만, 아침마다 나를 찾아오고 으슥한 밤마다 나를 즐거운 공포로 몰아넣은 이들은 말발굽에 밟혀 죽어 가는 스티븐슨의 눈먼 해적[324]과 달에 친구를 남겨 두고 혼자 도망

323 『에바리스토 카리에고』 2판(1955)의 서문이다.

324 영국의 소설가 로버트 루이스 스티븐슨(Robert Louis Stevenson, 1850~1894)의 대표작 『보물섬(Treasure

간 배신자,[325] 그리고 미래에서 시든 꽃 한 송이를 들고 온 시간 여행자[326]와 솔로몬이 봉인한 항아리 속에 수백 년 동안 갇혀 있던 정령,[327] 바위와 비단 뒤에 나병에 걸린 여인을 숨겨 둔 호라산[328]의 신비로운 예언자[329]들이었다.

그런데 쇠창살 울타리 너머는 어떤 세상이었을까? 몇 발짝 떨어진 곳, 그러니까 담배 연기가 자욱한 술집과 음산한 기운이 감도는 황무지에서는 어떤 격렬한(그곳에서만 펼쳐질 수 있는) 운명이 소용돌이치고 있었을까? 당시 팔레르모는 대체 어땠을까? 또 그곳은 얼마나 아름다웠을까?

내가 이 책을 쓴 것도 따지고 보면 이런 질문에 답하기 위해서였으리라. 따라서 이 글은 사실이라기보다 상상에 기반을 둔 것임을 미리 밝혀 둔다.

호르헤 루이스 보르헤스

Island)』(1883)의 한 대목이다.

325 영국의 작가 허버트 조지 웰스(Herbert George Wells, 1866~1946)가 1906년에 펴낸 과학 소설 『달에 간 최초의 인간들(The First Men in the Moon)』에 나오는 사업가 베드포드와 괴짜 과학자 케이버를 가리킨다.

326 웰스의 『시간 여행(The Time Machine)』(1895)에 나오는 내용이다.

327 『천하루 밤의 이야기』에 나오는 이야기이다.

328 이란의 북동부에 위치한 지역.

329 아일랜드의 시인 토머스 무어(Thomas Moore, 1779~1852)가 1817년에 쓴 페르시아풍의 서사시 『랄라 루크(Lalla Rookh)』에 나오는 이야기이다.

알리는 글[330]

에바리스토 카리에고라는 이름은 우리 문학에서 가장 눈에 띄는 집단에 속할 뿐만 아니라 〔아르헨티나 문학의〕 경건한 제도(가령 시 낭송 강좌나 시 선집, 민족 문학사) 또한 그를 반드시 포함시키리라 생각한다. 이와 더불어 그는 우리 문학에서 가장 진실하면서도 은밀한 집단, 즉 눈에 띄지 않는 집단과 여기저기 흩어져 있는 독실한 이들의 공동체에 속하리라 생각한다. 하지만 그를 이런저런 집단에 포함시키는 것이 좋으리라고 생각한 건 그의 표현이 구슬프기 때문만은 아니다. 이 연구에서 나는 이러한 판단을 내린 근거를 설명하려고 노력했다.

나는 또한 그가 표현해 내고자 했던 현실을 (부당할 만큼 우

330 『에바리스토 카리에고』 초판의 서문이다.

선적으로) 차분히 검토해 왔다. 나는 단순한 추측이나 가정에 의해서가 아니라 개념과 정의에 따라 논의를 전개하기를 좋아하는 편이다. 사실 이는 스스로 위험에 빠질 가능성이 높은 방법이다. 가령 온두라스 거리라고 말하고 나면 굳이 애쓰지 않아도 그 이름이 입 안에 맴도는데, 오히려 그렇게 하는 것이 괜히 장황하게 개념을 정의하려고 애쓰는 것보다 오류의 가능성이 훨씬 적은(그리고 훨씬 손쉬운) 방법이기 때문이다. 하지만 부에노스아이레스에 대해 애정이 있는 사람이라면 〔나의 글이〕 좀 장황하더라도 그 정도의 불편쯤은 충분히 감내할 수 있으리라. 그런 독자를 위해 나는 보론(補論) 삼아 몇 장(章)을 덧붙였다.

가브리엘의 세심한 저서와 멜리안 라피누르와 오유엘라의 연구가 이 책을 쓰는 데 큰 도움이 되었다. 이와 더불어 훌리오 카리에고와 펠릭스 리마, 마르셀리노 델 마소 박사, 호세 올라베, 니콜라스 파레데스, 비센테 로시에게도 감사의 뜻을 전하고 싶다.

1930년 부에노스아이레스에서

호르헤 루이스 보르헤스

부에노스아이레스의 팔레르모

팔레르모의 역사가 유구하다는 사실이 알려진 것은 모두 폴 그루삭 덕분이다. 이는 부에노스아이레스《도서관 연보(Anales de la biblioteca)》[331] 4권 360쪽 주석에 분명히 나와 있다. 그리고 한참 나중에 이를 입증하는 각종 증거와 문서가《노소트로스(Nosotros)》[332]라는 잡지 242호에 실리기도 했다. 이상의 문헌들에는 시칠리아 출신의 도밍게스(이탈리아어로는 도메니

---

331 《도서관(La biblioteca)》과 더불어 아르헨티나 국립도서관에서 발간하는 가장 권위 있는 정기 간행물.

332 1907년 부에노스아이레스에서 소설가 알프레도 비안치(Alfredo Bianchi)와 문학·정치 비평가 로베르토 히우스티(Roberto Giusti)가 창간한 잡지로, 아르헨티나의 문화 발전에 크게 기여했다. 노소트로스는 '우리들'이라는 뜻이다.

코) 데 팔레르모 데 이탈리아[333]라는 이름이 등장한다. 도밍게스는(그가 굳이 자기 이름에 고국의 이름을 덧붙인 것은 아마 성(姓)만큼은 스페인어로 바꾸고 싶지 않아서였던 듯하다.) "약관의 나이에 부에노스아이레스에 들어와 스페인 정복자의 여식과 혼인을 맺었다." 1605년에서 1614년 사이에 부에노스아이레스에 소고기를 공급하던 사람, 그러니까 도밍게스 팔레르모는 말도나도 부근에 야생 동물을 가두어 기르거나 도축하는 농장을 소유하고 있었다. 이 농장은 철거되어 지도에서 사라진 지 이미 오래지만 "이 도시의 끝자락에 있는 팔레르모의 목초지에서 풀을 뜯던 얼룩무늬 노새 한 마리"라는 구체적인 시구(詩句)는 여전히 우리 곁에 남아 있다. 이 글은 짧지만 당시 팔레르모의 모습을 너무도 선명하고 앙증맞게 드러내고 있어서 더 이상 상세한 설명을 덧붙이고 싶지는 않다. 들판을 돌아다니는 외로운 노새만 떠올려도 충분할 테니 말이다. 여러 요소들

---

333 팔레르모라는 이름의 기원에 대해서는 여러 가지 설이 있다. 우선 19세기 독재자 후안 마누엘 데 로사스의 농장 이름이던 성 베니토 데 팔레르모에서 유래했다는 설이 있지만, 부에노스아이레스 초기 시민이던 후안 도밍게스 팔레르모(Juan Domínguez Palermo, 1560~1635)의 이름에서 비롯되었다는 설이 유력하다. 이탈리아 시칠리아의 팔레르모 출신인 후안 도밍게스 팔레르모는 후안데가라이(Juan de Garay)가 부에노스아이레스시를 세운 지 10년 후 그곳에 정착했는데, 첫째 부인으로부터 막대한 재산과 토지를 상속받았을 뿐 아니라 대규모 농지를 매입하고 증여받았다. 그가 소유한 땅은 그의 이름을 따라 팔레르모라고 불렸다고 한다.

이 부단히 뒤섞이고 더불어 적절한 아이러니와 놀라움, 놀라움만큼이나 기이한 예견을 통해 현실을 더 선명하게 표현하는 문체는(물론 우리 나라에서는 때 이른 감이 있지만) 오로지 소설을 통해서만 되살려 낼 수 있을 것이다. 다행히 현실은 이러한 문체뿐만 아니라 회상과 기억을 통해 풍부하게 드러난다. 그것의 본질은 사건들을 다양한 갈래로 나누는 것이 아니라 오히려 〔사건들로부터〕 고립되고 분리된 면들이 지속된다는 점에 있다. 그것은 우리의 무지가 낳은 〔우리의〕 고유한 시이기 때문에 다른 시를 찾아보지는 않을 것이다.

팔레르모를 묘사한 글에는 언제나 멋진 농장과 불결한 도살장이 등장한다. 그리고 야음을 틈타 부들[334]이 늘어져 있는 하구로 조용히 다가오는 네덜란드 밀수선도 빠지지 않는다. 이처럼 모든 것이 거의 멈춰 선 듯한 기원의 세계를 되살리려는 시도는 미세한 과정, 다시 말해 오래전부터 부에노스아이레스가 팔레르모를 향해, 그것도 조국이 모르는 사이에 자주 물바다로 변하곤 하던 텅 빈 땅을 향해 미친 듯이 진군해 오던 과정을 경솔하게 연대기로 엮으려는 것이나 다름없다. 팔레르모를 표현하는 가장 직접적이고 솔직한 방법은 영화 기법을 이용해 나타났다가 금세 사라지는 모습을 연속적으로 보여 주는 것이리라. 가령 포도밭에서 무리 지어 일하는 노새들, 눈가리개를 한 야생말, 조용히 흐르는 강물 위로 둥둥 떠다니는 버드나무 잎, 말을 타고 눈이 핑핑 도는 급류를 건너는 "구천을

334 부들과에 속하는 여러해살이풀로, 주로 물가에서 자란다.

떠도는 영혼", 아무 일도 일어나지 않는 저 넓은 들판, 북쪽의 사육장 쪽으로 집요하게 이어져 있는 소 떼의 발자국, (동이 틀 무렵) 이미 녹초가 된 말에서 내리자마자 칼로 말의 목덜미를 베어 버리는 농부, 하늘로 무심히 피어오르는 연기 같은 것이다. 마침내 돈 후안 마누엘[335]이 팔레르모를 세우기 전까지 팔레르모는 오랜 세월 이런 모습으로 남아 있었다. 그는 그루삭이 발굴한 도밍게스(도메니코)처럼 역사적인 인물일 뿐만 아니라 오늘날의 팔레르모를 만든 신화적 인물이기도 하다. 팔레르모는 그가 맨손으로 세운 도시나 마찬가지였기 때문이다. 당시 부자들이라면 대부분 바라카스로 가는 길가에, 세월의 흔적을 간직한 채 온화해 보이는 농장 집 한 채를 가지고 있었다. 그런데 로사스가 그곳에 자기가 살 집, 자기 외에 다른 사람들이 수시로 드나들거나 구경하지 않을 자기만의 집을 지으려고 했다. 진흙탕이던 토질을 개선하고 땅을 고르게 하기 위해 그는 후일 벨그라노[336]로 이름이 바뀐 '로사스의 알팔파[337] 목초지'에서 마차 수천 대 분량의 검은 흙을 가져오기도 했다. 오늘날 자주 유실되는 팔레르모의 진흙과 불모지나 다름없는 토지는 사실 로사스에 의해 만들어진 것이다.

---

335 후안 마누엘 데 로사스를 말한다.

336 부에노스아이레스의 북쪽에 위치한 구역으로, 시에서 가장 오래되었을 뿐 아니라 상업 활동이 가장 활발한 지역이다. 팔레르모의 서쪽에 위치해 있다.

337 콩과에 속하는, 토끼풀처럼 생긴 다년생 식물. 가뭄이나 무더위, 추위에 잘 견디고 생산성이 좋은 사료 식물이며 샐러드 재료 등 식용으로도 쓰인다.

1840년대에 팔레르모는 마침내 공화국의 중심지로 떠올랐다. 그곳은 독재자의 왕궁이었을 뿐 중앙 집권주의자들[338]에게는 악마의 본거지나 다름없었다. 하지만 공연히 당시 역사를 끄집어내서 다른 사람들을 헐뜯고 싶지는 않다. 다만 "그의 왕궁이라고 불리던 흰 저택"(허드슨, 『먼 옛날 저 먼 곳에서(Far Away and Long Ago)』,[339] 108쪽)과 오렌지 과수원, 벽돌담과 철제 울타리로 둘러싸인 호수 위로 레스타우라도르[340]의 배가 둥실거리며 떠다니던 장면을 나열하는 것으로 족할 것이다. 특히 작은 배를 타고 가던 로사스의 모습에 대해 스키아피노[341]는 이렇게 묘사한다. "수심이 얕은 곳에서 노를 저어 가 봐야 즐거웠을 리 만무하다. 그렇게 좁은 곳에서 배를 탄다는 건 작은 조랑말을

---

338 1820년 스페인에서 독립한 아르헨티나에서는 내부적 모순이 격화됨에 따라 각 지방에 막대한 토지와 병력을 거느린 반(半)봉건적 호족(카우디요)이 중심이 된 연방주의자들과 서구 자유주의 사상에 기초해 근대 국가 수립을 추구하던 지식인들, 즉 중앙 집권주의자들 사이에 첨예한 대립과 갈등이 발생했다. 건국 초기부터 1852년 카세로스 전투에 이르기까지 후안 마누엘 데 로사스를 중심으로 한 연방주의자들이 헤게모니를 쥐고 억압적인 독재 체제를 이어 가며 중앙 집권주의자들을 탄압했다.

339 1918년 발행된 엔리케 허드슨의 비망록이다.

340 기존의 질서나 체제를 복원하는 사람이나 왕정 복고자를 의미하며, 당시 역사의 흐름을 거스르고 식민지하의 지방 호족 중심의 정치 체제를 존속시키고자 한 로사스를 가리킨다.

341 에두아르도 스키아피노(Eduardo Schiaffino, 1858~1935). 아르헨티나의 화가이자 역사가.

타고 개울을 건너는 것이나 다름없었을 테니 말이다. 그런데도 로사스는 태연자약한 모습이었다. 반면 경비병들은 철제 난간 근처에 서서 매서운 눈초리로 주변을 샅샅이 살폈다. 로사스는 가끔 고개를 들어 파란 하늘을 배경으로 선명하게 드러난 그들의 모습을 바라보기도 했다." 그 궁전은 주변에 산재한 고된 현실, 즉 벽돌로 조잡하게 지어 놓은 에르난데스 사단의 병영, 싸움질과 욕정으로 얼룩진 까무잡잡한 병영 여인들[342]의 오두막집, 팔레르모 로스 쿠아르토스 수비대 등과는 완전히 동떨어진 별천지였다. 이처럼 그 동네는 상대를 속이기 위해 따로 만든 카드 패이자 동전의 양면과 마찬가지였다.

그러나 거칠 것 없던 팔레르모는 빨간색 테두리 장식이 달린 파란색 군복 바지와 진홍빛 조끼 차림에 챙이 아주 넓은 모자를 쓴 뚱뚱한 금발 남자가 긴 지팡이(공기만큼이나 가벼운 나무 막대기)를 빙빙 돌리면서 깨끗한 길을 돌아다니던 순간부터 불안과 두려움에 휩싸인 채 12년이라는 시간을 보냈다. 그러던 어느 날 오후 두려움에 사로잡힌 그 남자는 이미 패색이 짙어진 카세로스 전투에 참전하기 위해 군대를 이끌고 팔레르모

342 1875년과 1885년 사이 아르헨티나 정부는 팜파스와 불모지에 거주하던 인디오들을 정복하고 이들을 국민 국가로 복속시키려는 전쟁(이른바 황무지 정복 작전)을 했는데, 이때 군인들의 연인이나 부인, 가족 등 많은 여성들이 이들을 따라다니며 식사를 제공하고 부상자들을 치료했다. 인디오나 혼혈인, 흑인 등 사회 하층 계급의 여성들이 주류를 이루었으며, '밀리카'나 '포르티네라', '추스마'라고 불렸다.

를 떠났다. 말이 참전이지, 실은 패주(敗走)나 다름없었다. 하지만 독재자가 사라진 팔레르모에 또 다른 로사스, 즉 후스토 호세 데 우르키사가 등장했다. 화려한 장군 복장에 마소르카를 상징하는 진홍색 리본을 실크해트에 두른 그는 거친 황소처럼 기골이 장대했다. 소책자에서 아스카수비는 팔레르모에 입성한 우르키사의 모습을 이렇게 묘사한다.

그는 팔레르모 초입에 들어서자마자
죄도 없는 두 사람을
처형하라고 명령했다.
그들을 총살한 뒤에
시신을 나무에 매달아 놓았는데,
거기서 썩어 문드러진 살덩어리가
땅으로 떨어졌다

그러고 나서 아스카수비는 뿔뿔이 흩어진 연합 대군의 엔트레 리오스 부대로 눈을 돌린다.

그러는 사이 팔레르모의 진흙땅에서는
대부분 상의도 입지 않은
(그의 말에 따르면) 비루한 모습의
엔트레 리오스 병사들이 모여
비쩍 마른 송아지를 잡아먹고
쓸모없는 물건이나 옷가지 등을 팔고 있었다

일일이 기억할 수 없는 수천 일 동안 시간의 흔적이 켜켜이 쌓인 여러 지역은 주변으로 점점 확대되고 쇠퇴하다가 각종 기관이 우후죽순으로 들어서면서(1877년에는 교도소, 1882년에는 노르테 병원, 1887년에는 리바다비아 병원이 설립되었다.) 1890년 초반의 팔레르모에 이르게 되었다. 카리에고 가족이 그곳에 집을 산 것도 바로 그 무렵이었다. 나는 1889년 당시의 팔레르모에 관해 글을 쓰고자 한다. 이 글을 통해 내가 아는 모든 것을 가감 없이 쓸 생각이다. 내가 아무 거리낌 없이 글을 쓰겠다는 것은 우선 삶이 범죄만큼이나 부끄러울 뿐 아니라 하느님에게 무엇이 중요한지 우리로서는 알 도리가 없기 때문이다. 더군다나 부수적이고 세부적인 것은 〔우리 인간에게〕 언제나 서글프고 가슴 아프게 느껴질 뿐이다.[343] 설령 모두가 아는 사실을 썼다고 비난받는 한이 있어도 나는 내가 아는 모든 것을 쓰려고 한다. 왜냐하면 하룻밤만 지나도 죄다 망각의 늪에 빠져 까맣게 잊어버릴 테니 말이다. 이는 〔인간의 기억이 지닌〕 가장 불가사의한 측면일 뿐 아니라 가장 두드러진 특징이기도 하다.[344]

---

343 "서글픈 것은 대개의 경우 대수롭지 않은 상황의 세부에 있기 마련이다." 에드워드 기번(Edward Gibbon)은 그의 『로마 제국 쇠망사(The History of the Decline and Fall of the Roman Empire)』 50장 마지막 주석에 이렇게 썼다.(원주)

344 나는(역설에 대해 특별한 두려움도, 그렇다고 유별난 애착도 없다.) 아무리 신생 국가라고 해도 당연히 과거를 가지고 있다고 단언한다. 즉 자신에 대한 자전적인 기억, 그러니까 생생한 역사를 가지고 있다는 것이다. 만약 시간이 연속적이라면 사건들의 밀도와 비중

중앙아메리카로 이어져 있는 서부 철도 너머 넓은 벌판 위에는 경매인들의 깃발이 여기저기 펄럭이고 있고, 그 사이로 마을이 한가로이 자리 잡고 있었다. 그런데 자세히 보면 그곳은 나중에 상점과 석탄 가게, 뒤뜰과 콘벤티요,[345] 이발소와 가

이 큰 곳에서는 더 많은 시간이 흐르게 되고 세계의 모순적 측면이 가장 풍부하다는 사실을 인식해야 한다. 이 지역의 정복과 식민화는(해안의 진흙으로 세워 허술하기 짝이 없는 네 개의 요새는 사방이 확 트여 있어서 지평선이 인디오 습격 부대의 활처럼 구부러져 보였다.) 너무 순식간에 이루어진 탓에 나의 할아버지는 1872년 인디오들과의 마지막 전투(아주 중요한 전투였다.)를 지휘하고, 19세기 중반이 지난 시점에 16세기의 정복 사업을 마무리할 수 있었다. 그렇지만 이미 죽은 운명을 왜 다시 불러내려는 것일까? 무화과나무보다 수백 배는 오래된 망루의 그림자가 드리운 스페인의 그라나다에서는 한 번도 가벼운 시간을 느끼지 못했다. 하지만 팜파스와 아르헨티나의 3차 삼두 정치에서는 분명히 느낄 수 있었다. 가령 영국식 기와지붕에, 지은 지 3년 됐지만 연기가 새어 나오는 벽돌 화덕, 5년 된 어수선한 망아지 농장과 같은 무미건조한 농장을 보면 그렇게 느낄 수밖에 없다. 이 공화국에는 시간〔관념〕(나이 든 수많은 이들이 느끼는 유럽적인 감정인 동시에 그것을 옹호하고 영광을 바치는 수단으로서의 시간관념)이 무분별할 정도로 널리 유포되어 있다. 그럼에도 젊은이들은 그것〔가벼운 시간〕을 느낀다. 여기 우리는 그런 시간과 똑같은 시간에서 비롯된 존재들이다. 우리는 그것의 형제들이다.(원주)

345 부에노스아이레스로 이주해 온 가난한 외국 노동자들이 모여 살던 다세대 주택. 주거 환경이나 위생 상태가 매우 열악했다.

축우리를 만들기 위해 강제로 밀어 버린 농장의 잔해 위에 세워진 동네였다. 그런데 그 동네에 빙 둘러싸여 답답한 느낌을 주는 정원이 하나 있다. 그 정원에는 넋이 나간 야자나무 몇 그루가 커다란 농장이나 집에서 나온 각종 폐자재와 못 쓰게 된 연장 등에 둘러싸여 있다.

팔레르모는 가난에 찌들었을지언정 한가로운 곳이었다. 무화과나무의 그늘이 토담 위로 드리우고, 수수한 건물의 발코니가 변함없이 되풀이되는 일상과 마주하고 있었다. 그리고 어둠이 내리기 시작할 무렵 땅콩 장수의 뿔피리가 애절한 소리를 내며 마을 곳곳을 돌아다녔다. 허름하기 짝이 없는 집 꼭대기에 투나 선인장이 뾰족뾰족 튀어나온 돌 항아리가 놓여 있는 경우도 드물지 않았다. 다른 식물들이 모두 잠든 가운데 불길한 느낌마저 풍기는 선인장은 악몽 같은 그곳의 분위기와 꽤나 어울려 보인다. 하지만 척박한 땅과 사막의 건조한 공기에서 사는 선인장도 고통스럽기는 매한가지이다. 그런데도 사람들은 이를 한갓 장식으로만 여긴다. 그렇지만 그 동네가 꼭 을씨년스럽기만 하지는 않았다. 가령 뒤뜰의 예쁜 화단과 장단에 맞춰 걷던 콤파드레의 발걸음, 하늘이 훤히 보이는 지붕의 난간이 보는 사람의 마음을 흐뭇하게 해 주었다.

초록빛으로 얼룩진 말을 탄 가리발디 덕분에 오래된 포르토네스[346]도 그렇게 초라해 보이지는 않았다.(그것은 단지 이곳

---

346 19세기 말 세워진 2월 3일 공원의 입구로, 1917년 철거되었다. 그 주변에 광장이 있었는데, 이탈리아의 독립 영웅 주세페 가리발디(Giuseppe Garibaldi)의 기마

만의 문제가 아니다. 광장에 서 있는 동상치고 녹으로 얼룩지지 않은 건 하나도 없을 테니 말이다.) 식물들의 조용한 집합소이자 모든 산책로의 출발점이기도 한 식물원은 흙으로 덮인 초라한 광장의 모서리에 위치했다. 하지만 당시 '맹수들(las fieras)'이란 이름으로 불리던 동물원은 식물원과는 분위기가 사뭇 달랐을 뿐 아니라 더 북쪽에 위치하고 있었다. 지금도 (사탕과 호랑이 냄새를 풍기는) 동물원은 100년 전부터 어수선하기 짝이 없던 팔레르모 로스 쿠아르토스 수비대 자리의 일부를 차지하고 있다. 세라노와 카닝, 코로넬 같은 거리에만 울퉁불퉁한 포석(鋪石)이 깔려 있었는데, 낯 두꺼운 매춘부들이 길가에 행렬하듯 늘어서 있는 멋진 마차들과 화려한 개선 행진을 노리고 그곳으로 몰려들곤 했다. 그리고 무소불위의 권력을 자랑하던 후안 마누엘의 유령과 함께 팔레르모를 건설한 64번 승합 마차가 덜컹거리며 고도이크루스 거리를 올라가곤 했다. 모자를 비스듬히 기울여 쓴 채 코넷으로 밀롱가를 연주하는 전차 차장의 모습은 보는 이들의 감탄을 자아냈을 뿐 아니라 동네마다 이들을 흉내 내는 것이 유행처럼 번지기도 했다. 하지만 원래 차장은 직업 특성상 사람들을 의심할 수밖에 없기 때문에 욕을 많이 먹는 편이었다. 그래서 시비가 붙으면 콤파드레는 바지 앞쪽의 단추 사이로 차표를 구겨 넣으면서 차장 면전에 대고 이렇게 소리치곤 했다. "정 보고 싶으면 한번 꺼내 보라고!"

상이 세워진 후로 이탈리아 광장이라고 불리게 되었다. "초록빛으로 얼룩진 말"은 녹이 슨 가리발디의 기마상을 가리킨다.

이제는 좀 더 고상한 모습을 찾아볼까 한다. 발바네라[347]와 맞닿은 곳, 그러니까 동쪽 끝에는 안뜰이 일렬로 이어진 낡은 저택들과 아치형 대문(대문은 대부분 거울에 비친 것처럼 아치형 현관문으로 이어져 있다.)과 장식이 섬세한 철문이 달린 노란색 혹은 회갈색의 고택(古宅)들이 즐비했다. 10월의 밤이 성큼 다가오면 사람들은 의자를 들고 하나둘 인도로 나오기 시작했다. 대부분 문을 열어 놓기 때문에 집 안쪽, 그러니까 노란 불빛이 환하게 켜진 안뜰까지 훤히 들여다보였다. 거리는 친밀하면서도 정겨운 분위기를 풍기고, 빈집들은 일렬로 늘어선 램프처럼 보였다. 이처럼 꿈속인 듯 비현실적이고 고요한 느낌은 언제나 나의 일부였던 것 같은 어떤 이야기나 상징 속에서 가장 생생하게 떠오른다. 그것은 내가 어떤 술집에서 들은 이야기(대개 진부하면서도 복잡하게 얽힌 이야기이다.)의 한 장면이다. 기억이 가물가물하지만 한번 옮겨 보겠다. 무모하기 짝이 없는 이 모험담의 주인공은 전형적인 가우초로, 늘 경찰에 쫓겨 이리저리 도망 다니는 신세였다. 이번에는 불구여서 증오심이 마음속에 응어리져 있지만 기타 솜씨만큼은 타의 추종을 불허하는 놈이 그를 경찰에 밀고하는 바람에 또다시 도망자가 되었다. 지금까지도 내 기억에 생생하게 남아 있는 장면은 감옥에서 몰래 빠져나온 주인공이 하룻밤 사이에 배신자를 찾아 복수해야 했지만 끝내 실패로 돌아간 이야기와 창백한 달빛이 비치는 골목을 따라 정처 없이 떠돌아다니다가 부드러운 바람이 그를 기타 소

347 부에노스아이레스의 구역으로, 정치와 금융의 중심지이다. 북서쪽으로 팔레르모와 맞닿아 있다.

리가 나는 곳으로 데려다준 일, 미로 같은 골목과 변덕스러운 바람을 헤치고 흔적을 더듬어 가던 그가 부에노스아이레스의 길모퉁이를 돌고 돈 끝에 배신자의 기타 소리가 흘러나오는 외딴집의 문지방에 다다른 순간, 그러고 나서 〔기타 연주를 들으려고〕 그곳에 모여 있던 사람들을 헤치고 나가 그를 칼에 꽂아 들어 올린 다음 죽은 밀고자와 숨죽인 기타를 뒤로한 채 넋 나간 사람처럼 힘없이 터덜터덜 걸어 나가던 모습이다.

해가 지는 서쪽으로 가면 외국 이민자들의 비참한 삶이 적나라하게 드러났다. 변두리 동네는 이처럼 헐벗은 벌판과 놀라울 정도로 잘 어울린다. 사실 그곳에는 땅이 바다처럼 끝없이 펼쳐져 있어서 "바다와 마찬가지로 땅에서도 하얀 포말이 인다."라는 셰익스피어의 시구가 자연스럽게 떠오를 정도이다. 서쪽으로 좁은 흙길이 꼬불꼬불하게 이어져 있는데 밖으로 갈수록 점점 더 피폐한 모습을 드러냈다. 그리고 기관차 차고가 벌판 한가운데에 덩그렇게 서 있고, 용설란이 자라는 얕은 구덩이가 여기저기 파여 있을 뿐 아니라 그곳부터 팜파스가 시작된다는 사실을 알려 주기라도 하듯 으스스한 바람이 소리 없이 불어오기 시작했다. 그 외에도 나직한 쇠창살 창문이 달리고(이따금 그림이 그려진 노란색 해 가리개를 쳐 놓은 곳도 있었다.) 회반죽을 바르지 않은 납작한 집들도 있었다. 그런 집들을 보고 있노라면 쓸쓸하고 황량한 부에노스아이레스가 인간들의 간섭 없이 홀로 자식을 기르고 있는 듯한 느낌마저 든다. 그리고 수량이 부족해 늘 누런 도랑처럼 보이는 말도나도천이 차카리타[348]로부터 어디론가 정처 없이 흘러가고 있었다. 언제라도 완전히 말라붙어 버릴 것처럼 아슬아슬해 보이지만, 기적처럼 급류가 몰려들어 물이 크게 불어나면서 다 쓰러져 가던 천변의 빈민촌을 덮치는 일도 종종 있었다. 하지만 대략 50년 전부터 물이 부족해 늘 쫄쫄 흐르거나 완전히 말라붙어 버리곤 하던 개천이 천국으로 변하기 시작했다. 늘 푸른 초원 위에서 맛있는 풀을 뜯거나 갈기를 휘날리며 마음껏 달리고 울음소리를 내는 말들의 천국이자 경찰에서 은퇴한 말들이 한가롭게 여생을 즐기는 '행복한 사냥터(happy huntinggrounds)'가 된 것이다. 원래 말도나도를 차지하고 있던 토박이 불량배들이 점점 줄어들더니 급기야 칼라브리아[349]들이 그들을 완전히 밀어냈다. 이들은 기억력이 워낙 비상해서 한번 앙심을 품으면 오랜 시간이 흐른 뒤에도 잊지 않고 칼로 보복하기 때문에 아무도 이들과 싸우려 들지 않았다. 그런데 말도나도 부근에 가기만 해도 팔레르모는 우울하고 음산한 분위기에 휩싸이곤 했다. 태평양 철로가 말도나도천을 따라 지나가면서 노예처럼 묶여 있는 커다란 물건들과 마부의 채 같은 높은 목책(木柵), 오른쪽으로 쌓아 올린 둔덕과 승강장에서 독특한 슬픔이 배어 나왔기 때문이다. 기차가 지나갈 때마다 연신 뿜어내는 뿌연 연기와 육중한 화물차가 개천 너머의 황량한 풍경마저 다 가려 버리곤 했다. 원래 철로 너머의 개울은 하구로 갈수록 폭이 넓어지면서 바다로 흘러갔지만 그나마 이제는 그 호

348 부에노스아이레스의 구역으로, 팔레르모의 서남쪽에 위치해 있다.

349 이탈리아의 지명으로, 여기서는 칼라브리아에서 아르헨티나로 이주한 사람들을 가리킨다.

름이 막힐 예정이다. 얼마 전부터 라 팔로마 제과점 모퉁이 주변의 땅을 파서 지하 수로를 만들기 시작한 것이다. 그 위로 끝없이 펼쳐진 쓸쓸한 벌판도 머지않아 영국식 벽돌 건물이 가득 들어찬 정체불명의 거리로 둔갑하리라. 앞으로는 말도나도에 대한 우리의 기억만 고고하게 남을 것이다. 그리고 아르헨티나 최고의 사이네테와 강의 이름을 딴 두 가지 탱고(첫 번째는 초기의 탱고로, 세상일에는 전혀 관심을 갖지 않고 오로지 춤만 추기 위한 것이며 코르테[350]와 같은 화려한 스텝을 과시한다. 반면 두 번째는 가슴이 찢어질 듯 고통스러운 라보카[351]풍의 탱고 노래를 가리킨다.), 또 너무 가까운 곳에서 찍는 바람에 제일 중요한 것, 즉 공간에 대한 감각을 완전히 없애버림으로써 〔말도나도〕강을 한 번도 못 본 이들이 그 강을 실제와 전혀 다르게 오해하도록 만든 사진 또한 길이 남을 것이다. 그런 점을 고려하면 말도나도가 다른 가난한 지역들과 크게 달랐던 것 같지는 않다. 하지만 늘 홍수와 죽음의 그림자가 짙게 드리운 지저분한 윤락가에서 비참한 삶을 이어 가던 빈민들의 모습은 대중의 상상력을 크게 자극했다. 따라서 앞서 언급한 사이네테에서 말도나도천은 단순한 배경이 아니라 물라토[352] 나바와 혼혈 인디오 처녀 도밍가, 엘 티테레 등과 같은 극중 인물보다 훨씬 중요하게 부각된

---

350 걸음을 짧게 끊어 가는 탱고의 고전적인 스텝.

351 부에노스아이레스 동쪽에 있는 지역으로, 라플라타강의 하구이다. 대중들의 춤인 탱고와 밀접하게 관련된 곳이다.

352 흑인과 백인 사이에서 태어난 혼혈.

다.(아직도 아물지 않은 지난 시절 칼싸움의 상처와 더불어 1880년 내전의 쓰라린 기억을 고스란히 품고 있는 알시나 다리가 부에노스아이레스 신화에서 말도나도천의 자리를 빼앗아 버렸다. 그러나 찢어지게 가난한 동네의 사람들은 늘 주눅이 들고 겁에 질린 채 눈치만 살피고 사는 것이 현실이다.) 과거에는 개천 너머로부터 햇빛을 가릴 정도로 심한 흙바람이 몰려오곤 했다. 인디오들의 기습 공격처럼 팜파스에서 사납게 불어와 남쪽을 향해 난 문을 죄다 두들기고는 현관 앞에 한 떨기 용설란 꽃을 놓아두고 사라지던 바람과 하늘을 새까맣게 뒤덮은 채 귀를 찢을 듯한 소리로 사람들을 겁에 질리게 하던 메뚜기 떼[353] 그리고 가슴을 파고들던 고독과 비. 천변에는 언제나 흙냄새가 진하게 풍겼다.

라플라타강의 흙탕물이 콸콸 흘러가는 쪽, 다시 말해 숲이 있는 쪽으로 갈수록 동네의 분위기는 더 험악해졌다. 그 끝자락에 가장 먼저 들어선 건물은 북부 도살장인데, 그곳은 안초레나와 라스에라스, 아우스트리아, 베루티 거리와 지금은 이름만 남아 있는 '라 타블라다'(어떤 마부로부터 그 이름을 들었는데, 왜 그런 이름이 붙었는지는 그도 몰랐다.) 사이의 열여덟 블록을 다 차지할 정도로 큰 규모였다. 독자들은 아마 넓은 면적에 여러 블록이 한데 모여 있는 모습을 떠올렸을 것이다. 소를 가둬 두던 사육장은 1870년에 모두 사라졌지만 그 모습은 압제

353 그러나 메뚜기들을 죽이는 것은 이단으로 여겨졌다. 십자가 모양 메뚜기 떼의 출현은 세상 사람들에게 하느님의 일부를 특별하게 보여 주고 나눠 주는 표시라고 여겨졌기 때문이다.(원주)

에 짓밟힌 대중의 비참한 삶과 더불어 늘 이런저런 건물들(공동묘지, 리바다비아 병원, 교도소, 시장, 다세대 주택, 현재의 양모 세탁 공장, 맥주 공장, 알레의 농장)로 들어차 있던 그 지역을 상징하는 공간으로 남아 있다. 내가 알레의 농장을 언급한 것은 다음 두 가지 이유 때문이다. 첫째, 동네 꼬마 녀석들이 몰래 들어가 서리를 하던 배나무 때문이고, 둘째, 아구에로 거리 옆쪽에 나타나 가로등 가로대에 (인간이라면 도저히 불가능한 자세로) 머리를 기대고 있던 유령 때문이다. 이처럼 그곳에는 칼을 휘두르던 무시무시한 불량배들 말고도 대중들의 상상력으로 빚어낸 기상천외한 인물이 등장했다. 가령 지역의 민간 신앙에는 수많은 인물이 등장하지만, 그중에서 사람들이 가장 두려워하던 것은 바로 '과부'와 이상한 '깡통 돼지'(둘 다 개천만큼 더러웠다.)였다. 그 무렵까지만 해도 북부 지역은 쓰레기 하치장이나 다름없었다. 따지고 보면 먼지로 변해 버린 영혼이 바람을 타고 그곳으로 날아온 것도 무리는 아니다. 가난에 찌든 길모퉁이들은 지금도 여전히 그 자리에 버티고 서 있다. 그나마 그것들이 아직 무너지지 않고 건재한 것은 죽은 콤파드리토들이 그 아래에서 떠받치고 있기 때문이리라.

차방고(나중에 라스에라스로 이름이 바뀌었다.) 거리를 따라 내려가다 보면 길 끝에 라 프리메라 루스[354]라는 술집이 있었다. 그 이름을 들으면 새벽에 일찍 일어나는 사람들이 찾는 곳이 연상되기도 하지만 왠지 인적이 없는 어두운 골목길이나

354 '동이 틀 무렵 비치는 빛'을 의미한다.

지친 몸을 이끌고 터덜터덜 돌아오는 길에 저 멀리 보이는 주점의 따스한 불빛 같은 느낌(딱 그것이다.)을 준다. 붉은 빛이 도는 북부 공동묘지의 담벼락과 교도소의 담 사이를 따라가다 보면 뿌옇게 이는 먼지 너머로 다 허물어져 가는 납작한 판자촌이 모습을 드러냈다. 그곳이 바로 티에라델푸에고[355]라는 이름으로 널리 알려진 동네이다. 동네 초입부터 너저분하게 나뒹구는 잔해와 쓰레기들과 험악하면서도 쓸쓸한 분위기가 감도는 길모퉁이, 무슨 비밀이 있는지 휘파람으로 서로 신호를 하다가 이내 어둠이 깔린 골목길로 사라지는 사람들. 그런 것들이 그 동네의 본모습을 분명하게 알려 주었다. 그 동네는 변두리 중에서도 가장 끝자락에 위치해 있었다. 그곳의 불량배들은 가우초들이 입던 헐렁한 봄바차 바지를 입고 챙이 넓은 모자를 눈가까지 눌러쓴 채 말을 타고 다니면서 (습관적으로든 아니면 충동적으로든) 경찰들과 싸움을 벌이곤 했다. 변두리의 칼잡이들이 쓰던 칼은 그리 길지는 않았지만(싸울 때 단검을 쓰는 것은 용감한 남자임을 보여 주는 일종의 표시였다.) 정부에서 지급하는 마체테[356]보다 담금질이 더 잘된 무기였다. 늘 그랬듯이 국가는 비용이 많이 들어가되 품질은 형편없는 물건을 더 좋아하니까 그리 놀랄 일은 아니다. 칼잡이들은 보통 상대를 쓰러뜨리고 싶어 안달이 난 팔, 그러니까 결투할 때 더 빠르게 움직일 수 있는 팔로 단검을 휘둘렀다. 다음의 시는 탁월한 운율

355 '불의 땅'이라는 뜻이다.

356 검보다 길이는 짧지만 폭이 넓고 무거운 칼로, 날이 하나이다.

덕분에 일부나마 40년의 세월을 이겨 내고 사람들 사이에서 여전히 불리고 있다.

> 한쪽으로 비켜 주세요. 부탁드립니다.
> 나는 티에라델푸에고 사람이거든요.[357]

그런데 이 동네는 칼싸움이 자주 벌어지는 곳일 뿐 아니라 기타의 본고장이기도 하다.

* * *

과거의 기억을 더듬으면서 이 글을 쓰고 있는데, 전혀 뜻하지 않게 「외국에서 떠올린 고향 생각(Home thoughts, from abroad)」[358]의 반가운 시구가 떠오른다. "여기 그리고 여기서 잉글랜드는 나를 도와주었지." 이 시는 브라우닝이 높은 파도가 치는 바다 위에서 보여 준 넬슨의 숭고한 희생정신과 넬슨이 쓰러진 (마치 체스 판의 말처럼 미끈하게 만들어진) 높은 전함을 떠올리며 쓴 시이다. 그리고 그 나라의 이름을 번역하고 그 시구를 읊조릴 때마다(브라우닝에게도 잉글랜드라는 이름은 절박하게 느껴졌을 테니까.) 외로운 밤과 끝없이 이어진 부에노스아이

357 A. 타우야르드, 『우리의 오래된 부에노스아이레스(Nuestro antiguo buenos aires)』, 233쪽.(원주)

358 영국의 시인 로버트 브라우닝이 이탈리아 북부를 여행하며 쓴 시.

레스의 동네들을 황홀한 기분으로 걸어 다니는 모습이 머릿속에 떠오른다. 부에노스아이레스는 심오한 도시라서, 깊은 환멸과 슬픔에 잠겨 거리로 나갈 때면 언제나 현실이 아닌 듯한 느낌이나 파티오 안쪽에서 흘러나오는 기타 소리, 다른 이들과의 만남으로부터 뜻밖의 위안을 얻게 된다. "여기 그리고 여기서 잉글랜드는 나를 도와주었지." 여기 그리고 여기로 부에노스아이레스는 나를 도와주러 왔지. 이것이야말로 내가 이 책의 첫째 장을 쓴 이유이다.

에바리스토 카리에고의 어떤 삶

어떤 사람이 제삼자에 관한 기억을 다른 이의 머릿속에 떠올리게 하고 싶어 하는 것은 명백한 역설이다. 하지만 이러한 역설을 자유롭게 추구하는 것이야말로 모든 전기(傳記)가 지닌 순수한 의지이자 소망이다. 내가 카리에고를 알았다고는 해도 그것이 이 〔전기를 쓰는〕 특정한 경우에 제기되는 난점을 덜어 주지는 못한다. 나는 카리에고에 대한 추억을 간직하고 있다. 다른 기억들에 관한 기억들과 그 기억들에 관한 기억들이 내 머릿속에 켜켜이 쌓여 있는 셈이다. 그런데 원래의 기억들 중 사소한 것 하나라도 사실에서 벗어나면 글을 쓸 때마다 왜곡이 눈에 띄지 않게 늘어날 것이다. 물론 내 기억들은 카리에고가 지닌 독특한 정취, 다시 말해 수많은 군중 속에서 그를 알아볼 수 있게 해 주는 독특한 특색을 그대로 간직하고 있다. 그것은 명백한 사실이다. 그러나 그에 관해 내가 기억하는 수많은 사실들 중에서 그다지 중요하지 않은 것들(가령 그의 목소리라든지 걸음걸이, 아니면 그가 한가롭게 시간을 보내는 모습이나 눈으로 나타내는 표정)이 글로 표현하기 가장 어렵다. 그런 것들이라면 오히려 '카리에고'라는 한마디 말이 훨씬 더 효과적으로 전달할 수 있을 것이다. 그런데 그러려면 내가 전하고자 하는 이미지를 독자와 내가 미리 알고 있어야 한다. 여기서 또 다른 역설이 발생한다. 나는 방금 에바리스토 카리에고를 어느 정도 아는 사람이라면 그 이름만 언급해도 그의 모습을 생생히 떠올릴 수 있다고 말했다. 여기에 한 가지 덧붙일 말은, 내가 카리에고를 어떻게 묘사하든 그것이 그들이 가진 이미지와 크게 어긋나지만 않는다면 그들이 만족스럽게 여기리라는 점이다. 나는《노소트로스》라는 잡지 219호(1927년 8월)에 실렸던 히우스티의 말을 인용할까 한다. "여윈 몸에 늘 검은 옷을 입고 다니면서 작은 눈으로 무언가를 예리하게 살피던 시인. 그리고 가난한 변두리 동네에 살았던 시인." "늘 검은 옷을 입고 다니면서"와 "여윈"이라는 표현에서 느껴지는 죽음의 그림자는, 활기차지만 뼈대가 훤히 드러날 정도로 수척하던 그의 얼굴에도 짙게 드리워 있었다. 그러나 삶, 그러니까 절박한 삶의 현실은 무엇보다 그의 눈에서 가장 잘 드러났다. 그의 장례식에 부쳐 쓴 추도사에서 마르셀로 델 마소는 카리에고의 눈동자에 대해 이렇게 회고한다. "그리 강렬하지는 않지만 독특한 눈빛, 그의 눈에서 빚어내는 표정은 단연 압권이다."

카리에고는 엔트레 리오스주의 파라나 출신이었다. 갈색 종이에 뻣뻣한 표지가 달린 『잊힌 글(Páginas olvidadas)』(산타페, 1895)이라는 책을 쓴 변호사 에바리스토 카리에고 박사는 바로 그의 조부이다. 라바예 거리의 중고 책방(연옥처럼 어수선한 곳이다.)을 자주 들르는 독자라면 언젠가 그 책을 손에 쥐어 본 적이 있을지도 모른다. 하지만 들었다 금방 놓았을 것이다. 왜냐하면 그 책에 담긴 열정은 당시 상황에만 국한되기 때문이다. 다시 말해 그것은 당시의 모든 현안을 자신의 관점으로 해석하기 위해 아르헨티나에서 어설프게 사용되던 라틴어 표현과 매콜리[359] 그리고 가르니에가 주역한 플루타르코스에 이르기까지 다양한 사례들을 줄줄이 끌어다 놓은 책이다. 카리에고 박사의 대담성은 그의 정신에서 비롯되었다. 파라나 의회가 우르키사 생전에 그의 동상을 건립하기로 의결했을 당시 유일하게 그에 반대한 의원이 카리에고 박사였다. 그는 아름답고 감동적인 연설로 항의의 뜻을 표했지만 아무 소용이 없었다. 여전히 논쟁이 될 만한 그의 업적뿐 아니라 훗날 그의 손자가 따르게 될 문학적 전통 때문에(지금은 굳건히 자리를 잡았지만 처음에만 해도 미약하기 그지없던 문학 세계의 발전 과정을 개

359 토머스 배빙턴 매콜리(Thomas Babington Macaulay, 1800~1859). 영국의 역사학자이자 휘그당 정치인으로 인도와 페르시아에 영어를 보급하는 등 영국의 문화와 전통을 이상화하는 데 평생을 바쳤다. 그가 쓴 영국 역사책은 지금까지 걸작으로 평가받는다. 특히 매콜리는 영국이 문명 세계의 정점에 위치하고 있다는 독특한 역사관을 뒷받침하기 위해서 세계를 문명화된 민족과 야만으로 구분했다. 이러한 역사관은 연방주의자들과 중앙 집권주의자들 사이의 투쟁을 19세기 아르헨티나의 주요 모순으로 보는 역사적 관점에도 영향을 미쳤다.

략적으로나마 되짚어 보려면) 이 지면에 카리에고 박사를 언급하는 것이 마땅하리라고 본다.

사실 카리에고는 여러 세대에 걸쳐 엔트레 리오스에서 살아온 집안 출신이었다. 우루과이 사람들과 비슷한 엔트레 리오스 크리오요 토박이의 억양은 재규어와 마찬가지로 장식적인 화려함과 잔인한 속성을 동시에 가지고 있다. 우선 그 억양은 내전 당시 가우초들로 구성된 몬토네로[360]들이 던지던 창이 그 상징일 정도로 호전적이다. 이와 동시에 엔트레 리오스의 억양은 부드럽고 다정한 느낌을 준다. 수줍은 듯하면서도 날카로운 부드러움, 절제되지 않은 감미로움은 레기사몬[361]과 엘리아스 레굴레스, 실바 발데스의 호전적인 글에서 전형적으로 드러난다. 더구나 그 억양은 엄숙하기까지 하다. 앞서 말한 억양이 가장 분명하게 드러나는 곳은 바로 우루과이 공화국이다. 그곳에서는 아쿠냐 데 피게로아[362]가 1400개나 되는 스페인 식민지 시대풍의 경구를 쓴 이래로 유머러스한 글이나 즐

---

360 아르헨티나 건국 초 지방 호족들이 거느린 사병(私兵)들을 말한다. 용감하면서도 잔인한 가우초들로 구성된 몬토네로는 말을 타고 창과 칼을 이용해 싸운 것으로 유명하다.

361 구스타보 레기사몬(Gustavo Leguizamón, 1917~2000). 아르헨티나 살타주 출신의 민속 음악 작곡가로, 흔히 쿠치(Cuchi)라는 애칭으로 불린다.

362 프란시스코 에스테반 아쿠냐 데 피게로아(Francisco Esteban Acuña de Figueroa, 1791~1862). 우루과이 출신의 작가이자 시인으로 우루과이 최초의 민족 시인으로 추앙받는다.

거운 노래가 나온 적이 한 번도 없다. 〔우루과이 시인들이〕 시를 지을 때 그 어조는 수채화 같은 묘사와 범죄 장면 사이에서 동요한다. 이와 마찬가지로 〔우루과이 시는〕 운명에 순응하는 마르틴 피에로가 아니라 독한 럼주나 돈이 주는 달콤한 흥분을 주제로 삼는다. 그리고 우리 아르헨티나인들이 이해하지 못할 정도로 격렬하게 감정을 분출하는 나무 혹은 우리가 상상할 수 없을 정도로 무자비한 인디오가 그러한 느낌을 강화한다. 이처럼 심각한 어조는 우리 아르헨티나보다 훨씬 가혹하고 고된 삶에서 비롯된 것으로 보인다. 부에노스아이레스 항구 지역 출신인 돈 세군도 솜브라[363]는 끝 간 데 없이 펼쳐진 팜파스와 대농장의 가축 떼, 이따금씩 벌어지던 칼싸움을 잘 알았다. 만약 돈 세군도 솜브라가 우루과이 사람이었다면 내전 당시 기병대의 돌격 신호와 포악한 군중들, 밀수에 대해서도 훤히 알았을 것이다. 반면 카리에고는 전통을 통해[364] 과거 토박이들의 낭만적인 삶과 기질을 알게 되었고, 이를 초기 변두리 사람들의 거칠고 적대적인 삶의 태도와 뒤섞었다.

그가 아르헨티나 내륙 지방의 토착적인 가치관과 정서[365]를

363 아르헨티나의 소설가 리카르도 구이랄데스가 1926년에 펴낸 동명의 장편 소설의 주인공이다. 낭만주의적인 문체로 가우초를 되살리려는 『마르틴 피에로』와 달리 이 작품은 가우초를 이미 삶에서 사라진 존재, 즉 전설 속의 인물로 비가(悲歌)의 어조를 통해 회상한다.

364 카리에고와 달리 리카르도 구이랄데스는 실제 삶의 경험을 통해 전통적인 삶의 방식을 익혀 나갔다.

365 원문에는 'criollismo'라고 되어 있는데, 이는 아르헨티

가졌다는 명백한 이유(조상 대대로 시골에서 살았고 그는 부에노스아이레스 변두리 지역에서 자라났다는 사실)에 다소 역설적인 이유 한 가지를 덧붙여야 할 것 같다. 그것은 조렐로(Giorello)라는 어머니의 성에서 알 수 있듯이 그의 몸속에는 이탈리아인의 피가 흐르고 있다는 사실이다. 하지만 내 말에는 비하하려는 의도가 전혀 없다. 아르헨티나 순혈 토박이들의 독특한 문화는 〔개인들에게〕 피할 수 없는 운명인 반면 다른 혈통이 섞인 사람들의 문화는 〔그 조상들이 내린〕 일종의 결정이자 본인들이 원한 행동의 결과이니 말이다. 그렇다면 '계시를 받은 유라시아 혼혈의 저널리스트' 러디어드 키플링[366]이 영국 민족을 그토록 찬미하고 숭배하는 것도 혹시 그의 몸속에 다른 피가 흐르고 있음을 보여 주는 다른 증거(골상학적 증거로 충분치 않다면)가 아닐까?

카리에고는 틈날 때마다 이렇게 허세를 부리곤 했다. "이탈리아인들을 싫어하는 것만으로는 충분치 않아. 그자들에게 욕을 퍼부어야 성에 찬다고." 그러나 거리낌 없이 내뱉기는 했어도 진심으로 한 말은 아니다. 엄격하고 검소한 생활 방식이 몸에 밴 데다 자기가 태어난 땅에 사는 것을 자랑스럽게 여기는

나와 우루과이 내륙 지방의 토착 문화, 특히 가우초와 관련된 문화를 가리킨다. 따라서 번역문에서는 문맥에 따라 '내륙 지방 토박이'나 '내륙 지방의 토착적인 가치관과 정서', '문화' 등으로 옮긴다.

366 조지프 러디어드 키플링(Joseph Rudyard Kipling, 1865~1936). 인도의 봄베이에서 태어난 영국의 소설가이며, 『정글북』의 작가로 잘 알려져 있다.

아르헨티나 크리오요 토박이는 이곳에 온 이탈리아인을 자신의 아랫사람 정도로 여긴다. 이처럼 행복하고 만족스러운 삶은 그에게 축복이자 그 무엇과도 비할 수 없이 커다란 기쁨이다. 흔히 이탈리아인은 이 나라에서 마음먹은 것이면 무엇이든 할 수 있다고 말한다. 물론 그들에게 쫓겨나 본 적이 있는 사람들이라면 그들이 콩으로 메주를 쑨다고 해도 절대 곧이듣지 않는다는 점만 빼고 말이다. 그러한 호의와 아량(물론 이 말에는 반어적인 의도가 숨겨져 있지만)에는 '이 나라의 후손들'이 은밀하게 품은 복수심이 깃들어 있다.

카리에고가 자주 반감을 드러내던 다른 대상은 스페인 사람들이었다. 당시 아르헨티나인들이 스페인 사람들에 대해 가졌던 인식(즉 스페인어에서 사용되는 프랑스어 표현 사전으로 종교재판 판결을 대신하는 광신도이자 깃털 총채 더미 속에서 일하는 하인 나부랭이[367])은 카리에고의 생각과 별반 차이가 없었다. 물론 그가 이러한 선입견이나 편견에 물들어 있었다고 해도 그의 주변에는 변호사인 세베리아노 로렌테(Severiano Lorente) 박사와 같은 스페인 친구들이 많았다. 로렌테 박사는 스페인의 한가하고 너그러운 시간(『천하루 밤의 이야기』를 만들어 낸 아랍인들의 여유로운 시간)을 이곳으로 가져온 것처럼 보였다. 그래서인지 그는 로얄 켈레르에서 포도주 반병을 앞에 두고 동이 틀 때까지 머물곤 했다.

367 스페인 사람들이 당시 아르헨티나에서 주로 하인이나 세탁부, 웨이터 같은 육체 노동을 했다는 사실을 비유적으로 표현한 것이다.

한편 카리에고는 자기가 살던 가난한 동네에 대해 일종의 의무감을 가지고 있었다. 당시의 사나운 풍조에서는 적개심이나 증오로 나타나던 의무감이었지만, 카리에고는 오히려 이를 자신의 삶을 떠받치는 힘으로 느끼는 듯했다. 가난하다는 것은 현실과 보다 가깝게 맞닿아 있고, 인생의 쓴맛을 가장 먼저 본다는 것을 의미한다. 사실 이는 부자들이 전혀 모르는 경험(삶의 수많은 고통과 좌절이 다 걸러진 채 그들에게 도달하기라도 하는 것처럼)일지도 모른다. 반면 카리에고는 자신이 그러한 환경에 딱 어울리는 인물이라고 여긴 탓에 어떤 여인에게 바치는 시(그의 전 작품에서 딱 두 편밖에 없다.)를 쓸 때마다 용서를 구했다. 마치 그 동네의 가난한 삶을 생각하고 고민하는 것이 자신에게 주어진 유일한 운명이라도 되는 듯이 말이다.

그의 삶에서 헤아릴 수 없을 만큼 많은 일이 일어났지만 이를 글로 옮기는 것은 그리 어려워 보이지 않는다. 가령 가브리엘은 1921년에 펴낸 책[368]에서 카리에고의 생애를 연대기순으로 간추려 놓았다. 이 책에 따르면 에바리스토 카리에고는 1883년 5월 7일에 태어났고, 국립 고등학교를 3년 다녔으며, 일간지《라 프로테스타(La Protesta)》의 편집부에서 일하다가, 1912년 10월 13일에 세상을 떠났다고 한다. 그러나 저자의 설명이 매우 혼란스럽고 어수선한 탓에 세부적이지만 눈앞에 생생하게 떠오르지 않는 내용은 모두 독자들의 몫으로 남겨 놓았다. 따라서 그 책을 읽는 독자는 이를 모두 구체적인 모습으로 떠올리려

---

368 『에바리스토 카리에고: 삶과 작품(Evaristo Carriego—Vida y obra)』.

한다. 산책과 대화로 평생을 살아온 카리에고에게 연대기적인 설명은 왠지 적절치 않아 보인다. 솔직히 말해 그의 삶 전체를 연대기순으로 나열한다는 것은 애초에 불가능한 일이다. 차라리 영원한 존재로 남아 있는 그의 모습과 반복되던 그의 행동 방식을 찾아보는 편이 훨씬 나을 듯하다. 지금 그를 생생하게 되살려 내려면 시간의 속박을 벗어나 따뜻한 마음을 가지고 그의 삶을 설명하는 편이 더 좋을 것 같다.

문학적으로 볼 때 그가 퍼부은 혹평이나 찬사 그 어느 것도 의심할 여지가 없다. 사실 그는 남에 대한 비방과 험담을 일삼아 누가 보더라도 터무니없는 주장을 펴면서 유명 인사들을 헐뜯곤 했다. 그런데 그가 편 주장은 따지고 보면 자기가 속한 문학 동호회에 대한 예의이자 존중의 표시였고, 현재 모임이 더할 나위 없이 훌륭하기 때문에 더 이상 다른 회원을 받을 필요가 없다는 굳건한 믿음에서 비롯되었다. 대부분의 아르헨티나 사람들과 마찬가지로 그 또한 알마푸에르테의 슬픔과 환희를 통해 말을 미적으로 다루는 능력을 물려받았다. 이러한 열정은 훗날 알마푸에르테와의 개인적인 인연과 우정을 통해 확실하게 드러났다. 『돈키호테』는 카리에고가 가장 즐겨 읽던 책이다. 반면 『마르틴 피에로』의 경우 그도 당시 모든 사람들처럼 어린 시절 남몰래 탐독하다가 결국에는 이것저것 따지지 않고 심취하는 식으로 읽었던 듯하다. 그는 또한 에두아르도 구티에레스가 쓴 무법자들의 (좋지 않은 영향을 미칠 것이 분명한) 일대기도 꽤 좋아했다. 그가 즐겨 읽은 책은 허구가 가미된 후안 모레이라의 이야기부터 산니콜라스 출신인 오르미가 네그라의 사실주의적인 일대기(여기에는 "내가 명색이 아로요 출신인데 비겁하게 꽁무니나 뺄 것 같아!"라는 유명한 구절이 나온다.)에 이르기까지 아주 다양했다.

파리는 당시 모든 유행의 중심이었기 때문에 카리에고는 조르주 데스파르베[369]와 빅토르 위고의 몇몇 작품 그리고 뒤마의 작품을 알리는 데 앞장섰다. 이와 더불어 그는 사람들과 대화를 나눌 때 전쟁이나 결투를 다룬 이야기를 좋아한다고 공공연하게 밝히기도 했다. 그는 특히 사랑하는 연인 델리나를 지키기 위해 창에 맞아 말에서 떨어진 뒤 참수당한 가우초들의 우두머리 라미레스의 아름다운 이야기나 사창가에서 뜨거운 밤을 보내다 경찰의 총검과 총알에 맞아 숨진 후안 모레이라의 이야기를 거듭해서 읽었다고 한다. 그렇다고 카리에고가 당시의 사건 소식(동네 무도장이나 길모퉁이에서 벌어진 칼부림 사건이나 이야기하는 이로 하여금 영웅심과 용기에 흠뻑 빠지게 만드는 칼싸움 이야기 등)에 대해 전혀 무관심했다는 것은 아니다. 히우스티에 따르면 "그가 이야기를 꺼내기만 하면 그가 살던 동네의 파티오들과 신음 소리를 내듯 울부짖던 배럴 오르간, 동네에서 벌어지던 춤판과 장례식, 툭하면 싸움을 일삼던 불량배들과 사람들의 영혼을 타락시키던 곳, 또 감옥과 병원에 갇혀 지내던 이들의 모습이 우리 눈앞에 생생하게 떠오르는 듯했다. 시내에 살던 우리는 마치 무언가에 홀려 넋이 나간

369 Georges d'Esparbès(1864~1944). 프랑스의 인기 작가로, 나폴레옹 시대를 다룬 『반값 병사들(Les demi-soldes)』과 시집 『독수리의 전설(La légende de l'aigle)』(1893)이 대표작이다.

것처럼 그의 이야기를 들었다. 아니, 마치 저 먼 나라의 이야기를 듣고 있는 듯한 착각마저 들었다." 카리에고는 워낙 병약해서 얼마 안 가서 죽을지도 모른다는 사실을 잘 알았다. 하지만 분홍색 담으로 끝없이 이어진 팔레르모의 거리는 그가 쓰러지지 않도록 떠받쳐 준 힘이었다.

작가였지만 사실 그는 글을 그리 많이 쓰지 않았다. 이는 그가 글이 아닌 말로 원고를 썼다는 의미이다. 밤에 거리를 산책하거나 정거장에서 전차를 기다리는 동안, 늦게 집으로 가는 길에 그는 항상 마음속으로 시를 지었다. 그다음 날(대개 점심을 먹은 다음 나른함이 몰려오지만 특별히 신경 쓸 일이 없는 시간에) 그는 전날 지은 시를 종이에 옮겨 적곤 했다. 그는 글을 쓰기 위해 밤을 새우지도 그렇다고 힘들게 새벽에 일어나려고 하지도 않았다. 자기가 쓴 글을 〔출판사에〕 넘기기 전에, 그는 그 작품이 얼마나 잘됐는지 시험하기 위해 친구들 앞에서 소리 내서 읽거나 암송하곤 했다. 이때의 친구들 중에서 변함없이 언급되는 이가 바로 카를로스 데 수상[370]이다.

카리에고가 이야기할 때 빠지지 않고 언급하던 날짜가 하나 있다. 바로 "수상이 나를 발견한 날"이다. 그런데 그는 똑같은 이유로 수상을 좋아하기도 하고 싫어하기도 했다. 카리에

370 Carlos de Soussens(1865~1927). 원래 이름은 샤를 드 수상(Charles de Soussens)으로 스위스 프라이부르크에서 태어나 부에노스아이레스로 이주한 작가이다. 부에노스아이레스의 여러 일간지와 잡지에 글을 기고했고, 특히 부에노스아이레스 항구 지역에 살던 보헤미안들의 즐겁고도 유쾌한 삶을 쓴 작품으로 유명하다.

고는 수상이 대(大)뒤마, 베를렌, 나폴레옹과 같은 명망가들이 즐비한 프랑스 혈통이라는 사실을 무척 좋아했다. 반면 그는 수상이 이탈리아인들과 마찬가지로 이민자일 뿐, 그 가문 중 누구도 죽어서 아메리카 땅에 묻힌 적이 없다는 사실에 분개했다. 더군다나 매사에 오락가락하던 수상은 사실 완전한 프랑스인이라기보다 프랑스인에 가까운 사람이었을 뿐이다. 본인의 입에서 나온 "알쏭달쏭한 말"을 빌리면, 그리고 카리에고가 시에서 자주 읊조리던 바에 따르면 그는 "프라이부르크 출신의 신사", 다시 말해 프랑스인이 된 적이 결코 없을뿐더러 〔아르헨티나에 오기 전에〕 스위스를 벗어난 적도 없던 〔그야말로 어정쩡한〕 프랑스인이었던 셈이다. 이론적으로 보면 카리에고는 수상이 생전에 완벽하게 누리던 보헤미안적 자유를 좋아한 반면 이유를 알 수 없는 수상의 게으름과 과도한 음주벽, 늘 할 일을 미루고 거짓말을 하는 버릇을 (비난받아 마땅하고 본받지 말아야 할 행동으로 여길 정도로) 싫어했다. 이러한 반감으로 미루어 보건대 에바리스토 카리에고는 정직을 우선시하는 아르헨티나 크리오요 토박이의 전통을 이어받은 사람임이 분명하다. 따라서 매일같이 로스 인모르탈레스 술집에서 밤을 지새우는 카리에고의 모습은 사실과 거리가 멀 수밖에 없다.

하지만 그와 가장 가까운 친구였던 마르셀로 델 마소는 본능과 직관에 충실한 카리에고가 주변 문인들에게 얼마나 큰 감탄을 불러일으키는지 잘 알았다. 안타깝게도 사람들의 뇌리에서 잊힌 델 마소는 일상에서 사람들을 만날 때와 똑같이 엄격한 예절을 갖추고 글을 썼다. 따라서 그의 글은 대부분 인간에 대한 동정심이라든지 나약함에서 비롯되는 악을 주제로 다룬다. 그는 1910년 『패배자들』(2권)을 출판했지만 널리 알려지지는 않았다. 그 책에는 노인들에게 독설을 퍼붓는 유명한 장면(이는 스위프트의 『걸리버 여행기』 3부에 나오는 것보다 덜 거칠지만 더 예리한 통찰을 담고 있다.)과 「마지막(La última)」이라는 글이 수록되어 있다. 카리에고와 교류했던 문인들로는 호르헤 보르헤스, 구스타보 카라바요(Gustavo Caraballo), 펠릭스 리마, 후안 마스 이 피, 알바로 멜리안 라피누르(Alvaro Melián Lafinur), 에바르 멘데스(Evar Méndez), 안토니오 몬테아바로(Antonio Monteavaro), 플로렌시오 산체스(Florencio Sánchez), 에밀리오 수아레스 칼리마노(Emilio Suarez Calimano), 소이사 레이이(Soiza Reilly) 등이 있다.

지금부터는 그가 지역에서 어떤 이들과 친분이 두터웠는지 살펴보자. 그들 중에서 가장 영향력 있던 이는 당시 팔레르모를 쥐락펴락하던 지역 정계의 거물 니콜라스 파레데스[371]였다. 카리에고는 열네 살 때부터 이런 이들과 친분을 맺으려고 노력했다. 지역의 실력자에게 충성을 바치고 싶어 한 카리에

371 Nicolás Paredes. 본명은 니카노르 파레데스(Nicanor Paredes). 19세기 말 팔레르모 정계의 거물이자 변두리 건달의 전형으로, 수많은 탱고와 밀롱가 곡에 등장한다. 보르헤스는 에바리스토 카리에고의 전기를 쓰기 위해 니콜라스 파레데스를 자주 찾아갔다고 전해진다. 또한 「장밋빛 길모퉁이의 사나이(Hombre de la esquina rosada)」에도 그의 이름이 잠시 등장할 정도로 보르헤스는 파레데스에게 깊은 관심을 가졌다.

고는 그의 이름을 수소문하고 다녔다. 일단 그 이름을 알아낸 다음 그 사람을 만나기 위해 수단과 방법을 가리지 않았다. 커다란 모자를 눌러 쓴 건장한 경호원들 사이를 비집고 들어가 자기가 온두라스 거리에 사는 에바리스토 카리에고라고 당당하게 소개했다. 이는 구에메스 광장에 있는 시장에서 실제로 일어났던 일이다. 하지만 그는 해가 뜰 때까지 그 자리에 버티고 서 있었다. 그뿐 아니라 (그사이 마신 진 덕분에 대담해졌기 때문에) 깡패들과 맞먹거나 살인자들에게 반말을 지껄이기도 했다. 당시의 선거는 대부분 폭력을 동원해서 치러졌는데, 이를 용이하게 하기 위해서 부에노스아이레스의 북쪽과 남쪽 변두리 지역에서는 크리오요 토박이들의 인구수와 빈곤 정도에 비례해서 투표권이 정해졌다. 이러한 '선거 제도'는 지방에서도 똑같이 시행되었다. 따라서 지역의 거물들은 정당이 부르는 곳이면 어디든 부하들을 거느리고 갔다. 눈과 쇳덩이(꾸깃꾸깃해진 '정부 발행' 지폐와 묵직한 권총)는 자기들 뜻대로 표를 던졌다. 하지만 1912년 사엔스 페냐 법[372]이 시행되면서 한 시대를 풍미하던 지역 토호들의 사병 조직도 마침내 해체되는 운명을 맞았다. 그렇지만 내가 앞서 언급한 불면의 밤(카리에고가 거물의 집 앞에서 밤을 새우던 날)은 여전히 파레데스가 전횡을 일삼던 1897년의 일이다. 온갖 영화를 누리고 모든 것을 자기 뜻대로 했다는 점에서 파레데스는 진정한 아르헨티나 크리오요였다. 사나이답게 딱 벌어진 가슴과 카리스마 넘치는 풍모, 거만

372 보통·비밀 선거를 골자로 하는 법안으로, 1912년 2월 10일 아르헨티나 의회에서 통과되었다.

해 보일 정도로 검은 머리카락과 바람에 휘날리는 콧수염, 평소에는 낮고 장엄하지만 누군가가 시비를 걸면 일부러 부드럽게 바뀌는 목소리와 근엄하게 느껴지는 걸음걸이, 자기가 경험한 사건을 영웅적으로 풀어내는 입담과 저속한 말투, 능숙하게 카드와 칼, 기타를 다루는 솜씨, 하늘을 찌를 듯한 자신감. 또한 그는 마차가 돌아다니기 전, 주변이 온통 밭이던 팔레르모에서 자랐기 때문에 언제나 말을 타고 다녔다. 그는 예전의 가우초들처럼 거하게 바비큐 잔치를 열었고, 한번 자리에 앉으면 동료들과 지칠 줄 모르고 즉흥 노래 대결을 펼치기도 했다. 즉흥 노래 대결에 대해서 한 가지 덧붙일 것이 있다. 운명적인 그날 밤으로부터 30년이 지난 어느 날 파레데스는 즉석에서 지은 (영원히 잊지 못할) 데시마를 내게 바쳤다. 사나이로서 우정을 다짐하는 노래였다. "나의 벗 보르헤스여, 그대를 진정한 친구로 맞이합니다." 칼싸움에 있어서만큼은 그의 적수가 없었다. 하지만 공연히 시비를 거는 놈들이 나타나면 다시는 주변에 얼쩡거리지 못하게 하려고 칼 대신 무자비한 채찍이나 맨주먹으로 제압해 버리곤 했다. 죽은 이나 도시와 마찬가지로 친구들 또한 사나이가 되는 과정에서 큰 도움을 주기 마련이다. 카리에고의 『변두리의 영혼(El alma del suburbio)』이라는 시집에 이런 구절이 나온다. "옛날에 어떤 자가 그에게 시비를 걸었는데, 싸움이 시작되자마자 단칼에 쓰러지고 말았다."[373] 지금도 이 시를 읽을 때면 크리오요 특유의 독설을 섞어

---

373 「건달(El guapo)」이라는 시이다.

가면서 사자후를 토해 내던 파레데스의 천둥 같은 목소리가 울려 퍼지는 것 같아 등골이 오싹해진다. 에바리스토 카리에고는 니콜라스 파레데스를 통해 동네 칼잡이들의 세계를 알게 되었다. 카리에고는 한동안 그들과 일방적인 우정을 맺었다. 그것은 크리오요 토박이들답게 시끌벅적한 주점과 가우초들의 충성 서약, "이보게 친구여, 자넨 날 잘 알지."라는 식의 말투와 갖가지 어리석은 짓거리와 (의식을 치르듯이) 맺는 우정이었다. 그들과 우정을 나눴던 자리에는 룬파르도로 된 몇 편의 데시마만 남았다. 하지만 그가 그것들에 별도의 서명을 하지 않은 탓에 가까스로 두 계열의 시를 모을 수 있었다. 그중 하나는 펠릭스 리마가 그동안 자신이 쓴 기사를 모은 『불쾌한 기분(Con los nueve)』을 보내 준 덕에 그나마 건질 수 있었다. 다른 하나는 「분노의 날(Día de bronca)」이라는 글(이 제목은 「디에스 이라이(Dies Irae)」[374]를 모방한 것으로 보인다.) 덕분이었다. 이 글은 누군가가 '빈집털이'라는 필명으로 쓴 것인데, 범죄 사건을 주로 다루는《L. C.》라는 신문에 실려 있다. 이 글은 뒤에 부록으로 덧붙였다.

카리에고의 연애담에 대해서는 알려진 것이 전혀 없다. 그의 형제들이 기억하는 바에 따르면 상복을 입은 여인이 늘 길가에서 그를 기다리다가 지나가는 아이를 시켜 그를 불러내곤

374 진노의 날을 의미하는 「디에스 이라이」는 원래 진혼 미사곡의 속창 부분이다. 중세 라틴어 시 중에서 최고의 걸작으로 여겨지는 이 노래는 1970년까지 로마 가톨릭의 공식 진혼 미사곡으로 불렸다.

했다고 한다. 이를 궁금히 여긴 형제들이 아무리 캐물어도 그는 끝내 그녀의 이름을 밝히지 않았다.

이제 그를 괴롭히던 병을 다룰 차례이다. 사실 이는 그를 이해하는 데에 있어서 매우 중요한 문제이다. 사람들은 흔히 그가 결핵으로 세상을 떠났다고 믿고 있다. 하지만 그의 가족들은 이를 극구 부인했다. 그런데 그것은 그들이 두 가지 그릇된 믿음에 사로잡혀 있었기 때문인 듯하다. 하나는 결핵이 남부끄러운 병이라는 것이고, 다른 하나는 그 병이 유전된다는 믿음이다. 친척들을 제외하면 모두들 그가 폐병으로 죽었다고 입을 모은다. 친구들이 모두 그렇게 생각하는 것은 다음과 같은 세 가지 이유 때문이다. 우선 카리에고가 친구들과 만나면 언제나 활력이 넘치는 목소리로 다양한 주제에 관해 대화를 나누었다는데, 이는 그가 고열로 인한 흥분 상태였음을 의미한다. 그리고 그의 작품을 자세히 살펴보면 시뻘건 가래에 대한 묘사가 강박적일 정도로 자주 등장한다. 마지막으로 그가 다른 이들에게 칭찬을 강요하다시피 한 점이 그 증거이다. 그는 자신에게 죽음이 닥치리라는 것을 잘 알았다. 그리고 불멸에 이르기 위해서는 글을 쓰는 것 외에 방법이 없다는 점 또한 잘 알았다. 그가 찬사와 명성에 그렇게 목을 맨 것도 바로 그런 이유 때문이었다. 그는 카페에 가면 남들이 어떻게 생각하든 자기가 쓴 시를 무턱대고 읽었을 뿐 아니라 자기 시와 관련된 주제 쪽으로 대화의 주제를 이끌고 갔으며, 자신에게 위협이 될 만큼 재능 있는 동료가 나타나면 마지못해 칭찬을 하거나 비난을 퍼부으면서 폄훼하곤 했다. 그러고는 이내 딴청을 부리듯이 '자신의 재능'을 과시했다. 그것으로도 성에 차지 않는지 그는 (미리 생각해 두었거나 어디선가 빌려 온) 궤변을 늘어놓기 시작했다. 즉 자신의 작품을 제외하고 모든 현대시는 조잡한 수사법으로 인해 사람들의 기억 저편으로 사라질 운명인 반면 자신의 시는 기록으로 영원히 살아남으리라는 주장이었다.(수사법에 대한 애착과 열정은 어떤 경우에도 금세기 문학의 시금석이 될 수 없다는 것처럼 말이다.) 델 마소는 카리에고가 명성에 집착한 이유에 대해 이렇게 설명했다. "그가 자기 작품으로 사람들의 이목을 끌려고 한 것은 너무나도 당연한 일이다. 그는 인정을 받기까지 워낙 오랜 시간이 걸릴 뿐 아니라 오로지 소수의 노인들만이 살아생전에 그 영광을 누릴 수 있다는 점을 누구보다 잘 알았기 때문이다. 더군다나 앞으로 많은 작품을 쓰지 못하리라는 것을 잘 알았기에 주변 사람들이 자신의 시가 지닌 아름다움과 매력에 눈을 뜨도록 애썼던 것이다." 그렇다고 이를 허영심으로 치부할 수는 없다. 카리에고에게 이는 명성을 얻기 위한 방법이었을 뿐 아니라 교정지를 검토하는 것과 별반 다르지 않은 과제였다. 죽음의 그림자가 자기를 향해 끊임없이 밀려옴에 따라 그는 갈수록 다급해졌다. 그는 다른 이들이 미래에 누릴 시간과 자기가 떠난 뒤에도 그들의 마음속에 자리 잡고 있을 사랑과 우정이 탐이 나서 견딜 수가 없었다. 마음속으로 영혼들과 심오한 대화를 나눈 끝에 그는 결국 사랑과 미래의 우정을 외면한 채 오로지 자기 자신을 널리 알리는 사도가 되는 일에만 전념했다.

이쯤에서 그에 관한 짧은 일화를 하나 소개할까 한다. 어느 날 오후 한 이탈리아 여인이 남편의 구타를 피해 얼굴이 피범벅이 된 채 카리에고의 마당으로 급하게 뛰어 들어왔다. 그녀의 모습을 보고 격분한 카리에고는 곧장 거리로 나가 심한 말을 몇 마디 했다. 남편(이웃에 살던 바텐더였다.)은 꾹 참고 지나갔지만, 이 일로 그에게 앙심을 품게 되었다. (비록 부끄러운 일이기는 했지만) 다른 무엇보다 명성을 얻는 것이 더 시급했던 카리에고는《울티마 오라(Ultima Hora)》에 그 이탈리아 남자의 포악한 행동을 맹비난하는 글을 실었다. 그 즉시 효과가 나타났다. 자신이 저지른 야만적인 행동이 온 천하에 알려지면서 주변 사람들의 조롱과 비웃음을 한 몸에 받게 된 남자는 복수하지 않았을 뿐 아니라 결국 자기 잘못을 인정했다. 두드려 맞은 여자는 며칠 동안 환하게 미소 지으며 거리를 돌아다녔다. 그리고 온두라스 거리도 신문에 나오면서부터 더 생동감이 느껴졌다. 이처럼 다른 이들의 마음속에서 명성을 얻고자 하는 은밀한 욕망을 간파할 수 있던 사람 역시 그 욕망에 시달렸다.

다른 이들의 기억 속에 영원히 남고 싶은 욕망이 그를 짓눌렀다. 일부 비평가들이 알마푸에르테와 루고네스, 엔리케 반츠스를 아르헨티나 시단의 삼두마차(삼각수(三角獸) 혹은 삼 학기로 불러야 할까?)로 꼽자 카리에고는 카페에 모인 동료 문인들에게 루고네스를 제외하자고 제안하기도 했다. 아마 이는 카리에고 자신이 그 삼인조에 포함되어도 전혀 문제가 되지 않으리라는 것을 알리기 위한 포석이었던 듯하다.

그의 생활에서 변화는 매우 드물었다. 그래서 그가 산 모든 세월은 단 하루의 삶이나 다름없었다. 그는 세상을 떠날 때까지 온두라스 거리 84번지(지금의 3784번지이다.)에 살았고, 일요일마다 경마장에 갔다. 그런데 돌아오는 길에는 하루도 빠짐없이 우리 집에 들렀다. 그의 삶에서 자주 일어난 일(아침마다 일어나기 싫어 이불 속에서 뭉그적거리면서도 아이들과 함께 놀기를 좋아하고 차크라스 거리와 말라비아 거리 모퉁이에 있던 동네 주점에서 오렌지 술이나 우루과이산 셰리주를 마시던 일, 베네수엘라 거리와 페루 거리 사이에 있는 바에서 열리던 문학 동호회와 논쟁을 통해 다진 우정, 라 코르타다 거리의 식당에서 먹던 이탈리아 요리, 구티에레스 나헤라[375]와 알마푸에르테의 시 낭송회, 또 종종 처녀의 뺨처럼 발그스레한 색의 현관으로 남자답게 들어가던 습관, 담을 따라 지나가면서 인동덩굴의 잔가지를 꺾던 일, 습관처럼 밤에 나누던 사랑)을 돌아보면 그것의 평범하고 진부한 표면 속에 〔우리 마음을〕 끌어들이는 동시에 순환하는 무언가가 있는 듯한 느낌(el sentido de inclusión y de círculo)[376]이 든다. 사실 이러한 것들은 〔단순히〕 공동체적인 활동으로 볼 수도 있지만 공통성에 대한 근본적인 인식으로 인해 우리 일상에서 자주 반복되던 일이 우리로 하여금 그에게 더 가까이 다가갈 수 있게 해 주리라 믿는다. 그가 일상적으로 되풀이하던 활동은 우리 안에서 그가 무한히 반복해서 나타나도록 해 준다. 마치 카리에고가 우리의 운명 속에 흩어져 지속되기라도 하는 것처럼, 더 나아가 우리 각자가 단 몇 초 동안만이라도 카리에고 자신이 되기라도 하는 것처럼 말이다. 나는 정말 그렇다고 믿는다. 이처럼

375 마누엘 구티에레스 나헤라(Manuel Gutiérrez Nájera, 1859~1895). 멕시코의 시인이자 의사로, 멕시코의 모데르니스모 시 운동을 전개했다.

376 '우정과 친밀함의 느낌'으로도 해석할 수 있다.

〔우리가〕 일시적으로 경험하는 〔여러〕 정체성들(이는 〔동일한 것의〕 단순한 반복이 아니다!)만으로도 시간이 〔계속〕 흐른다는 그릇된 통념을 폐기할 수 있을 뿐 아니라 영원성을 증명할 수 있다.

어떤 책에서든 작가의 성향을 추론하는 것은 그리 어려운 일이 아닐 것이다. 특히 작가는 언제나 자신이 제일 좋아하는 것을 쓰는 것이 아니라 덜 중요한 것, 즉 독자가 자기한테 기대하리라 생각하는 바를 쓴다는 사실을 우리가 잊지 않는다면 말이다. 말 위에서 어렴풋하게 보이는 팜파스의 광활한 이미지는 모든 아르헨티나 사람들의 의식 깊이 자리 잡고 있다. 그런 이미지가 카리에고에게 없었을 리 만무하다. 오히려 그는 그런 이미지 속에서 살고 싶어 했을 것이다. 하지만 그의 기억을 온전하게 지켜 줄 또 다른 이미지들(처음에는 집에 있다 우연히 떠올랐지만 그 뒤로 관심과 애정을 가지고 열심히 관찰하다가 결국에는 자신의 일부라도 되는 듯이 소중하게 간직하게 된 이미지들)도 적지 않았다. 가령 언제나 평온한 느낌을 주던 파티오, 빨갛게 핀 장미, 성 요한 축일에 조용히, 동네 골목에서 뒹구는 개처럼 흐느적거리며 타오르던 모닥불, 말뚝에 매달아 놓은 석탄·장작 가게 표지판, 창고에 꽉 들어찬 시커먼 더미와 수북이 쌓아 놓은 장작더미, 콘벤티요의 칸막이 함석판, 장밋빛 길모퉁이에서 빈둥거리던 남자들 같은 것이다. 이런 이미지들은 카리에고가 어떤 사람인지 보여 주고 암시해 준다. 아무쪼록 카리에고가 만년에 어둠이 내린 골목길을 걸어가면서 이렇듯 즐거우면서도 초연하게 세상과 삶을 이해했기를 바란다. 나는 가끔 이렇게 상상하곤 한다. 죽음은 〔눈에 보이지 않는〕 미세한 구멍을 통해 인간에게 서서히 스며들기 때문에 그것이 가까이 다가오면 인간은 언제나 불쾌한 기분에 휩싸이면서도 명징한 인식을 갖게 될 뿐 아니라 믿기 어려울 정도의 주의력과 예지력을 얻게 된다고 말이다.

『이단 미사』

카리에고의 『이단 미사(Misas herejes)』[377]에 관해 말하기에 앞서 우선 어떤 작가라도 예술이란 무엇인가라는 물질적인 문제로부터 자신의 논의를 시작한다는 점을 강조하는 것이 좋을 듯하다. 카리에고에게 책은 어떤 표현이나 일련의 표현을 의미하지 않는다. 그가 생각하는 책은 말 그대로 '부피를 가진 입방체', 다시 말해 얇은 종이로 구성된 직육면체이다. 단단한 겉표

377 1908년에 출간된 에바리스토 카리에고의 첫 시집이다. '미사'와 '이단'이라는 제목에서 볼 수 있듯이 이 시집은 역설을 통해 모순적인 주제를 결합시켰을 뿐만 아니라 당시 유행하던 보들레르풍의 악마주의의 영향을 받은 것으로 보인다. 반면 여기에 수록된 작품들에는 라틴아메리카 모데르니스모의 세련되고 감각적인 문체가 두드러지게 나타난다.

지로 둘러싸인 책 속에는 속표지와 이탤릭체로 된 헌사, 이탤릭체로 된 서문, 첫 글자가 대문자로 쓰인 아홉에서 열 개의 장(章)과 목차[378] 그리고 라틴어 문구와 더불어 모래시계 모양으로 그려진 '장서 표기', 정오표와 아무것도 쓰여 있지 않은 백지, 마지막으로 판권장과 기타 출판 정보 등 글쓰기를 구성하는 모든 항목이 포함된다. 어떤 문장가들(일반적으로 모방할 수 없는 과거의 작가들)은 여기에 편집자 서문과 다소 미심쩍은 초상화, 자필 서명과 이본(異本)들, 많은 분량의 비평문과 출판사 사고(社告), 참고 문헌과 여백을 포함시키지만 모든 작가가 이러한 구성을 택하지는 않는다. 그런데 네덜란드산 종이와 문체를 혼동하고, 셰익스피어와 하코보 페우세르[379]를 착각하는 현상은 흔히 무관심에서 비롯되지만 수사학자들 사이에서 (물론 약간 세련된 형태로) 계속 나타나고 있다. 이는 평상시 그들의 청각 세계에서 시는 어조와 운율, 생략법, 이중 모음화, 여타 음성 등이 화려함을 뽐내는 전시장이기 때문이다. 여기서 굳이 모든 처녀작이 지닌 하찮은 특징을 언급하는 것은 내가 검토하고자 하는 책의 비범한 장점을 분명하게 보여 주기 위해서이다.

하지만 『이단 미사』가 아직은 습작에 가까운 작품이라는 사실을 부정하기는 어려울 것이다. 그렇다고 그의 글솜씨가 부족하다는 얘기는 아니다. 다만 내가 이런 말을 한 것은 그의 두 가지 습성 때문이다. 먼저 카리에고는 특정한 말(일반적으로

378　스페인어권의 서적은 대부분 목차가 뒷부분에 있다.
379　Jacobo Peuser. 부에노스아이레스의 출판업자.

화려하면서도 권위가 느껴지는 단어)에 대해 거의 관능적인 쾌락을 느낀다는 것이고, 다른 하나는 영원한 것들을 수차례에 걸쳐 시어로 표현하려고 (일견 단순하지만) 엄청난 노력을 기울였다는 점이다. 갓 등단한 시인치고 밤이나 태풍, 육체적 욕망이나 달을 표현해 보려고 하지 않은 이는 없다. 사실 이런 것들은 이미 이름, 즉 우리 모두가 아는 표상을 가지고 있기 때문에 굳이 다시 시적 언어로 표현할 필요가 없다. 당시 카리에고는 이러한 두 가지 습관에 물들어 있었다.

이와 더불어 그는 표현이 모호하다는 비난에서 벗어날 수 없을 것이다. 우선 「마지막 단계(Las últimas etapas)」[380]처럼 서로 연결되지 않은 채 장황하게 나열되기만 하는 문장 구성(차라리 분해나 붕괴라는 말을 쓰는 편이 나을 듯하다.)과 『변두리 동네의 노래(La canción del barrio)』[381]에 수록된 시처럼 정확하고 간결한 표현 사이의 차이가 워낙 커서 이를 부각시킬 수도 그렇다고 무시할 수도 없을 정도이다. 그러나 이러한 그의 문제점을 상징주의와 결부시킨다면 이는 의도적으로 라포르그[382]와 말라르메의 의도를 무시해 버리는 꼴이 된다. 하지만 그렇게 멀리까지 갈 필요도 없다. 카리에고가 이처럼 모호하고 부정확한 표현을 쓴 직접적인 원인은 바로 루벤 다리오였다. 다리오

380 『이단 미사』에 수록된 작품이다.

381 에바리스토 카리에고의 사후 1913년에 출판된 시집이다.

382 쥘 라포르그(Jules Laforgue, 1860~1887). 우루과이 태생의 프랑스 시인으로, 상징주의자로 평가된다.

는 프랑스로부터 시작법을 상품처럼 수입하면서 자기 시에 들어갈 표현을 『프티 라루스(Le petit larousse)』[383]에서 아무 거리낌 없이 옮겨 놓았다. '범신론'이나 '크리스트교'는 아예 자기 자신과 동의어였고, '권태'를 표현하고 싶을 때는 '니르바나'라는 어휘를 쓸 정도였다.[384] 한 가지 흥미로운 것은 상징주의적 원인론의 창시자인 호세 가브리엘이 『이단 미사』에 나타나는 모든 상징을 집요하게 추적한 끝에 「카네이션(El clavel)」이라는 소네트에 대해 알쏭달쏭한 해결책(그의 책 36쪽)을 독자들에게 제시했다는 점이다. "카리에고가 하려는 말은 이것이다. 그가 어떤 여인에게 키스하려고 하자 그녀가 단호하게 손으로 두 입 사이를 가로막았다는 말이다.(이에 대한 사실 여부를 밝히려고 그사이 엄청난 노력을 기울였음에도 여전히 불분명하다.) 하지만 아니다. 이런 식으로 말하는 것은 통속적으로 들릴 뿐 결코 시적이지 않다. 그래서 그는 그녀의 입술을 '카네이션'이자 '사랑을 전해 줄 빨간 전령'이라고 불렀다. 그리고 그 여인이 기부하는 몸짓을 '기요틴으로 변한 그녀의 고결한 손가락'에 의해 처형된 카네이션이라고 했다."

---

383 라루스 출판사에서 출간되는 프랑스어 도해 백과사전이다. 1905년 최초로 출간되었다.

384 내가 이처럼 무례하기까지 한 표현을 지금도 기억하는 것은, 그런 식으로 글을 쓴 지난날의 과오를 철저하게 반성하기 위해서이다. 당시만 해도 나는 다리오보다 루고네스의 시가 더 뛰어나다고 생각했다. 그리고 공고라보다 케베도의 시가 더 훌륭하다고 믿었던 것도 사실이다.(1954년 주석, 원주)

하여간 이상이 호세 가브리엘의 설명이다. 그러면 카리에고의 소네트를 보자.

귀족과도 같은 그대의 근엄한 태도로 인해
나의 대담한 욕망을 불러일으킨 빨간 상징과도 같은 카네이션이,
그리고 그대의 손에서 자라지 않는 카네이션이 상처를 입었을 때,
그대의 마음속에서는 막연한 의구심이 솟구쳐 올랐을 겁니다.
어쩌면 넌지시 떠보는 말을 했든지,
그대의 예리한 직감으로 속내를 드러냈을지도 모릅니다.
분명 그대는 기품을 잃지 않은 채 차분했지만
속으로는 모멸적인 반감을 품었으니 말입니다.

그렇게, 그대의 강한 자존심 때문에 나를
성급하게 거부한 그대의 도도한 모습
나의 사랑 고백을 전해 줄 빨간 전령은

그것의 대담한 상징성 때문이라도
기요틴으로 변한 그녀의 고결한 손가락에 의해
사도나 도둑처럼 처형될 만했습니다.

여기서 카네이션은 분명 진짜 카네이션, 즉 그 여인이 짓이겨 버린 흔한 꽃이지만 스페인어 묘사에서 흔히 나타나듯 그것을 여

인의 입술로 변환시키는 상징성(단순한 공고리스모)을 내포하고 있다.

한 가지 분명한 것은 『이단 미사』에 수록된 대부분의 작품이 비평가들을 매우 거북하게 만들었다는 사실이다. 그렇다면 변두리에 사는 특별한 이 시인의 무절제하면서도 지루한 욕망을 어떻게 설명할 수 있을까? 다소 당황스러운 질문이기는 하지만 내 생각에는 에바리스토 카리에고의 원칙이 변두리 삶의 원칙과 정확하게 일치하기 때문으로 보인다. 그렇다고 그가 변두리의 삶을 주제로 시를 썼다는 식의 피상적인 의미에서가 아니라 오히려 변두리가 그의 시를 만들어 냈다는 실제적이면서도 본질적인 의미에서 그렇다는 것이다. 가난한 사람들은 이처럼 빈약하고 허술한 표현에 금세 맛을 들이지만 자신들의 삶을 사실주의적으로 정밀하게 묘사하려고 하면 별로 달가워하지 않는다. 결국 어떤 작가의 인기가 그의 작품에서 대중들이 좋아하는 단 몇 쪽을 근거로 결정되는 것을 보면 역설은 의도치 않게 발생한 것만큼이나 놀랍기까지 하다. 어떤 작품이 대중의 사랑을 받는 기준은 친화력에 있다. 즉 장광설과 난해하고 추상적인 언어의 나열, 과도한 감상주의가 바로 변두리 시 형태의 주된 특징이다. 부에노스아이레스 변두리에서 사랑받는 시는 가우초를 제외하면 그 지역 특유의 말투에 크게 영향받지 않는 편이어서 〔오히려〕 탱고 가사보다 호아킨 카스테야노스[385]와 알마푸에르테에 더 가까운 편이다. 제일

385 Joaquín Castellanos(1861～1932). 아르헨티나의 정치인이자 시인으로, 19세기 말과 20세기 초 혁명의 열풍

먼저 로터리와 주점에 대한 추억들이 머릿속에 떠오른다. 변두리 지역은 코리엔테스 거리에서 흔히 들을 수 있는 아라발레로에서 시작된다. 관념적이면서도 과장된 표현은 바로 그들의 것이고, 그곳의 파야도르들이 부르는 노래의 주요 소재이기도 하다. 그러면 다시 간략하게 요약해 보자. 『이단 미사』가 저지른 가장 큰 실수는 팔레르모에 대해 이야기한 것이 아니다. 그와는 반대로 팔레르모가 그런 실수를 만들어 낸 것인지도 모른다. 그러면 소란스러우면서 어수선하기까지 한 구절을 살펴보자.

> 그리고 힘찬 노래여, 오선지 위로
> 사나운 폭풍을 일으키며 울려 퍼지는
> 장엄한 성가 속으로 오라.
> 도도한 시같이
> 무아지경에 빠져 음계를 오르내리는
> 나팔 소리처럼 경쾌하면서도 격렬하게
> 눈앞에 다가온 승리의 미래를
> 복수를 알리는 미래를 알리는
> 힘찬 노래여.
> 저 어리석은 무리가 지상에서 해야 할 일을
> 깨닫게 되는 지고한 순간을…….

에 적극적으로 참여한 행동주의자였다.

간단히 말해 시인은 노래를 담고 있어야 하는 성가를 폭풍우가 휩쓸고 지나가는 장면으로 그리고 있다. 그런데 그 노래는 나팔 신호와 비슷해야 되고, 그 나팔 소리는 또 시처럼 들려야 한다. 그리고 곧 다가올 미래를 알리는 예언은 시처럼 들리는 나팔 소리와 닮아야 하는 노래에 모든 것을 맡긴다. 위의 작품을 더 길게 인용한다면 〔이 시에 대한〕 반감을 드러내는 꼴이 되고 말 것이다. 분명한 것은, 11음절 시에 취한 파야도르가 내지르는 랩소디는 모두 200행이 넘을 뿐 아니라 이토록 방대한 분량 가운데 폭풍우와 깃발, 콘도르와 피로 얼룩진 붕대, 망치가 나타나지 않은 연(聯)이 하나도 없다는 점이다. 위의 작품을 읽고 찜찜한 기분이 들었다면 다음 10행시를 보고 깨끗이 잊어버리기를. 이 시에서 열정은 그의 자전적인 것으로 여길 수밖에 없을 만큼 내용이 상세할 뿐 아니라 기타 반주에 어울리는 리듬을 타고 흘러나온다.

그대가 청한 이 시가
아무쪼록 그대에게 전해지기를.
마치 망각의 땅으로 씻겨 내려온
어떤 기억에서 전해지듯이……
그래서 기억으로 인해
잠 못 이루는 밤에
단 한 번만이라도
시인의 노래를 읽어 준다면
그대의 가장 은밀한 고뇌를
그대의 귀에 속삭여 줄 수 있을 텐데.

나……? 나는 아주 오래전부터
가슴에 새겨 둔 맹세처럼
내 마음에 오랫동안 간직해 온 그 꿈의
열정과 더불어 살고 있답니다.
이런 집착으로 인해 심히 고통스럽지만
지친 내 머리도 곧
그 꿈의 감옥에서 벗어나리라는 걸
나는 잘 알고 있어요.
최후의 베개를 벤 채
최후의 잠을 잘 때 말입니다!

그러면 이제 『변두리의 영혼』 가운데 특히 사실주의적인 작품을 살펴보자. 이 부분에 이르면 마침내(!) 카리에고의 진정한 목소리를 들을 수 있을 뿐 아니라 앞서 언급한 문제점도 거의 눈에 띄지 않는다. 일단 책에 나온 순서대로 다루겠지만 다음 두 작품(「마을에 관해서(De la aldea)」(안달루시아의 풍경을 떠올리게 하는 글이지만 표현이 너무 진부하다.)와 나중에 자세히 다루게 될 「건달」)은 제외한다.

첫 번째로 「변두리의 영혼」은 길모퉁이에서 바라본 석양을 그린 시이다. 카리에고는 많은 이들이 모여들어 파티오처럼 변한 거리와 가난한 사람들이 그나마 삶의 가장 원초적인 요소라도 가지고 사는 가슴 훈훈한 풍경을 묘사한다. 마술과도 같은 카드 솜씨와 인정 넘치는 사람들의 관계, 아바네라와 이탈리아 음악이 흘러나오는 배럴 오르간, 점잔을 빼려고 일부러 느릿느릿하게 말하는 버릇, 아무 이유도 없이 끝없이 오가는 언쟁, 육체적 욕망과 죽음에 대한 대화 등이 그들에게 유일하게 허용된 원초적인 자유인 셈이다. 그렇다고 에바리스토 카리에고가 탱고를 잊은 것은 결코 아니다. 후닌 거리에 있는 사창가에서 방금 나온 이들처럼 사람들이 지나다니는 인도에서 음란한 자세로 질펀하게 추던 탱고, 아니면 칼싸움과 마찬가지로 남자들만의 천국처럼 여겨지던 탱고를 어찌 잊을 수 있겠는가.[386]

변두리 출신의 두 남자가 「라 모로차」의

---

386 탱고에 얽힌 상세한 역사에 관해서는 이미 책으로 나와 있다. 비센테 로시의 『흑인들의 음악 세계』(1926)가 바로 그것이다. 이 책은 아르헨티나 문학에서 이미 고전의 반열에 올랐을 뿐 아니라 강렬하고 인상적인 문체를 통해 제시된 그의 주장은 앞으로 이 분야에서 정설로 굳어질 것이다. 로시는 탱고를 부에노스아이레스의 엘바호 지역을 통해 유입된 아프리카-몬테비데오의 문화유산으로 보고 있다. 따라서 탱고의 뿌리에는 흑인들의 삶과 전통이 숨 쉬고 있다. 반면 『내부의 경찰(La policía por dentro)』(2권, 1913년, 바르셀로나)을 쓴 라우렌티노 메히아스(Laurentino Mejías)는 탱고가 부에노스아이레스 콘셉시온과 몬세라트 지구에서 시작되어 나중에 로레아, 보카델리아추엘로, 솔리스 지역으로 퍼져 나간 칸톰베 의식에서 비롯되었기 때문에 아프리카-부에노스아이레스 문화가 혼합된 것으로 봐야 한다고 주장했다. 당시 사람들은 템플레 거리의 사창가에 숨어서 탱고를 추었는데, 소리가 밖으로 나가지 않도록 팔려고 내놓은 침대에서 잠깐 빌린 요로 밀수한 배럴 오르간을 둘러쳤을 뿐 아니라 경찰의 급습에 대비해 거기 모인 사람들의 무기를 모아 부근의 하수구에 숨겨 놓았다.(원주)

리듬에 맞춰 현란한 스텝을 뽐내자
거리에 삼삼오오 모인 선량한 이들이
상스러운 찬사를 쏟아 낸다.

그다음으로 「할멈(La viejecita)」이라는 이상한 제목의 시가 나온다. 이 시는 당시의 다른 작품에 비해 현실을 좀 더 비중 있게 다루었다는(지금 보면 잘 분간되지 않지만) 이유로 발표되자마자 호평을 받았다. 비평가들이 별 생각 없이 그 작품에 보낸 찬사는 (뜻하지 않게) 미래를 예언한 셈이 됐다. 「할멈」이 받은 격찬이 나중에 발표된 「건달」에도 똑같이 적용될 수 있었으니 말이다. 이는 1862년 아스카수비의 『쌍둥이 꽃』에 쏟아진 찬사가 10년 뒤 『마르틴 피에로』의 출현을 정확히 예측한 것이나 마찬가지이다.

「카운터 뒤(Detrás del mostrador)」에서는 주정뱅이들의 소란스러운 삶과 아름답지만 세상과 담을 쌓고 살아온 탓에 거친 여인이 절묘한 대조를 이룬다.

카운터 뒤 조각상처럼

〔아름답지만〕 남정네들의 등쌀에도 전혀 기죽지 않는 여인의 모습이 오히려 그들의 욕망을 끓어오르게 만든다.

그리고 그녀는 그렇게 아무 고통도 없이, 아무것도 모르는 채 노예나 다름없는 육신을 이끌고 살아갈 뿐이다.

한 치 앞의 운명도 보지 못하는 어느 영혼의 암울한 비극.

다음에 나오는 「뒤범벅(El amasijo)」은 「건달」을 의도적으로 뒤집어 놓은 작품이다. 이 시에서는 하늘의 노여움을 산 우리 인간의 초라한 현실이 가감 없이 드러난다. 외모는 수려하지만 허름한 옷을 입은 청년 그리고 매일 갖은 욕설과 폭행에 시달리는 여자와 비열할 정도로 남자의 허세에 집착하면서 〔여자에게〕 가혹한 행위를 일삼는 불량배가 빚어내는 불행의 이중주.

> 하루가 멀다 하고 여자를 때리고,
> 그 사실을 자기 패거리에게
> 떠벌려 칭찬까지 받던 그도 이제 지겨운지
> 더 이상 그녀에게 손찌검을 하지 않았다

그다음의 「동네에서(En el barrio)」는 〔아르헨티나 문학의〕 영원한 주제인 기타 음악과 가사를 다룬 아름다운 시이다. 하지만 평범한 주제를 다시 불러낸 것은 기존의 표현 방식을 되풀이하기 위해서가 아니라 문자 그대로 실제 연인의 사랑을 절절하게 노래하기 위해서이다. 〔오래된〕 상징을 다시 살려 내 엮은 이야기라서 무슨 일이 일어났는지 분명하게 드러나지는 않지만 아주 강렬한 인상을 준다. 맨땅이나 벌건 흙이 그대로 드러난 허름한 파티오에서 밀롱가의 긴박한 목소리를 타고 격렬한 열정이 사방으로 퍼져 나간다.

> 평소 그런 노래라면 거들떠보지도 않던 젊은 여인은

방에서 나가기가 싫어 무심히 듣고 있다.

기타를 치는 이의 쓸쓸한 얼굴에는
오래전에 난 검붉은 빛의 상처가 있고,
가슴속에는 여전히 억눌린 감정의 응어리가 맺혀 있다.
그리고 검은 눈에는 칼날처럼 날카로운 빛이 번득인다.

그렇다고 그가 누군가를 끈질기게 증오하는 건 아니다.
그런 놈이라면 한주먹에 날려 버릴 수도 있지만 그는
〔상대가〕 거칠든 약하든 간에, 귀 뒤에 꽂아 둔 채
잊어버린 담배만큼이나 조심스레 살펴본다.

그는 누군가가 자기한테 욕이나 헛소리를 지껄이면
단번에 결판을 내야 직성이 풀릴 만큼 사납고 자존심이 세다.
그런 일이 있고 사나흘 동안 동네에 소문이 자자해질 만큼
남자다운 기개와 용기를 가지고 있다고 자부하는 그이다!

위의 마지막 연(실제로는 끝에서 두 번째 연이다.)은 극적인 어조를 띠고 있다. 마치 얼굴에 상처가 난 남자가 격정을 토로하는 것처럼 들린다. 그런 점에서 마지막 두 행 또한 상대의 얼굴에 칼침을 놓아 죽이고 나면 며칠 동안 험악하기 짝이 없는 동네에서 용감한 사나이로 명성이 자자해지겠지만 그 또한 오래가지 못한다는 의도로 쓴 듯하다.

다음에 나오는 「공장 찌꺼기(Residuo de fábrica)」는 공장 노

동자들이 겪는 고통과 애환을 안타까운 마음으로 그린 시이다. 여기서 가장 주목할 점은 (물론 시인이 평소 그런 생각을 가졌던 건 아니지만) 질병이 마치 자신의 결함이나 과실에서 비롯된 것처럼 여긴다는 사실이다.

그녀가 다시 마른기침을 토해 냈다. 누나에게
한마디도 하지 않은 채 혼자 노는 데
정신이 팔려 있던 어린 동생이 갑자기
깊은 생각에 잠긴 듯 심각한 표정을 짓는다.

잠시 후 자리에서 벌떡 일어난 동생은
좀 괴롭기도 하지만 역겨운 듯 찌푸린 얼굴로
뭐라 중얼거리면서 밖으로 나가 버렸다.
저 돼지 같은 년이 또 피를 토했어.

내가 보기에 지나치게 비정하고 가혹한 상황("누나에게 한마디도 하지 않은 채")에서 첫째 연의 감정이 최고조에 이르는 것 같다.

다음의 「한탄(La queja)」은 단맛과 쓴맛을 다 경험한 어느 창녀의 일생을 그린 시로, 향후 헤아릴 수 없이 많이 등장할 탱고 가사의 원형이기도 하다. 주제는 로마의 시인 호라티우스에게 영감을 받은 것이다.(아이를 낳지 못하는 가문의 첫 번째 여성인 리디아는 말의 어미들("matres equorum"[387])처럼 고독을 이기지

387 로마의 시인 퀸투스 호라티우스 플라쿠스가 쓴 『송가(Carmina)』 25번 「리디아에게(Ad Lydiam)」 14행에 나

못하고 미쳐 가지만 혼자 있기를 좋아해서("amat janua limen"[388]) 아무도 찾아오지 않는 그녀의 방문턱에는 먼지가 뽀얗게 쌓여 있다.) 그리고 그 주제는 에바리스토 카리에고를 거쳐 콘투르시[389]에게 흘러간다. 한 가지 부언할 점은, 카리에고가 결핵과 싸우면서 완성한 남아메리카판 「매춘부의 일대기(Harlot's progress)」[390]는 그런 계열의 문학에서 중요성이 다소 떨어진다는 것이다.

그다음에 이어지는 「기타(La guitarra)」는 엉뚱한 이미지들이 어설프게 나열되어 있어 「동네에서」를 쓴 시인의 작품이라고 믿어지지 않을 정도이다. 게다가 거리에 낭랑하게 울려 퍼지는 음악과 아스라이 떠오르는 지난 일에 대한 추억 때문에 잠시 슬픔에 잠기게 만드는 행복한 멜로디, 기타의 선율을 타고 가슴속에 타오르는 우정 등 그 악기가 불러일으키는 시적 효과를 깡그리 무시하거나 아예 모르고 쓴 시처럼 보인다. 나는 전에 두 남자가 함께 기타 연주를 하는 모습을 본 적이 있다. 두 대의 기타로 가토[391]를 연주하는 동안(마치 한 대의 기타로 연주하는 것처럼 즐겁고 경쾌한 소리가 났다.) 두 남자의 영혼이 한

오는 구절로, 원래는 "matres furiare equorum"이다.

388 같은 시 4~5행에 나오는 구절이다.

389 호세 마리아 콘투르시(José María Contursi, 1911~1972). 아르헨티나 최고의 탱고 작사가이다.

390 「매춘부의 일대기」는 영국 로코코 시대를 대표하는 화가 윌리엄 호가스(William Hogarth, 1697~1764)가 시대를 풍자하기 위해 제작한 여섯 점의 판화이다. 카리에고는 호가스를 모방해 『매춘부의 일대기』를 썼다.

391 19세기 아르헨티나에서 인기를 끌었던 춤곡으로, 빠르고 경쾌한 리듬이 특징이다.

데 어우러지면서 참된 우정이 싹트는 아름다운 장면이었다.

마지막으로 나오는 「동네 개들(Los perros del barrio)」은 알마푸에르테 시 세계의 잔잔한 메아리처럼 들린다. 하지만 이 시는 강변에 따닥따닥 붙어 있는 허름한 판자촌의 현실을 그대로 옮긴 작품이기도 하다. 가난에 찌든 변두리 동네일수록 도둑들이 못 들어오게 집을 지키기 위해서든 아니면 그들의 습관에 대한 막연한 호기심(이는 절대 질리지 않는 소일거리가 된다.) 때문이든 특별한 이유 없이 개를 많이 기르는 편이다. 이 시에서 카리에고는 먹을 것을 찾아 아무 데나 기웃거리는 개들을 알레고리로 표현하는 동시에 떼로 몰려다니면서 게걸스레 먹어 치우지만 그래도 자기들끼리 따뜻한 정을 나누며 사는 모습을 전한다. 이 시에서 꼭 인용하고 싶은 구절이 있다.

> 그들이 웅덩이에 고인 달빛 물을 마실 때

그리고 이 구절이다.

> 자기들을 가둔 울타리를 물리치려고 울부짖으며 푸닥거리를 한다.

이 구절을 읽을 때마다 내 기억에서 사라지지 않는 어떤 장면이 선명하게 떠오르곤 한다. 어쩌면 나는 그때 작은 지옥을 경험했는지도 모른다. 어디선가 개들이 미친 듯이 울부짖는 소리가 들렸다. 소리가 나는 곳으로 다가가자 가난한 아이들이 개들을 잡아 가지 못하게 하려고 개잡이들을 향해 악다구

니를 쓰면서 돌멩이를 던지고 있었다.

이제 남은 작품은 「건달」뿐이다. 이 시는 알시나의 선거 운동 당시의 정치 건달 '성(聖)' 후안 모레이라에게 바치는 유명한 헌사로 시작되는 찬가이다. 뜨거운 찬사[392]의 내용을 담고 있지만 이 시가 지닌 가장 큰 장점은 아래에 나오는 구절처럼 강조하고자 하는 바를 에둘러서 완곡하게 표현하는 데 있다.

그는 마침내 두둑한 배짱과 용기로 명성을 얻었다

이 시구를 보면 그러한 명성을 얻기 위해 그가 수많은 결투를 벌였다는 사실을 알 수 있다. 그리고 그 뒤에 이어지는 구절에서는 에로틱한 힘이 거의 마술과도 같은 표현을 통해 드러난다.

계집애처럼 변덕스러운 단도의 마음을.

「건달」에서는 심지어 생략된 표현도 중요한 역할을 한다. 사실 여기 나오는 건달은 강도도 아니고 아무한테나 폭력을 휘두르는 깡패나 불량배도 아니다. 카리에고에 따르면 그는 "용기를 동경하고 숭배하는 남자"라고 할 수 있다. 좋게 말하면 금욕주의자이고, 나쁘게 말하면 소란을 일으키는 데 전문가일 뿐 아니라 상대를 서서히 위협해 피 한 방울 흘리지 않고도 무릎을 꿇게 만드는 솜씨는 타의 추종을 불허한다. 그렇지

392 그런데 총병(銃兵)의 말이 불쑥 끼어든 마지막 두 행이 다소 아쉽다.(원주)

만 그는 당시 저급한 이탈리아인들처럼 "파렴치하고 비열한 행동을 동경"하거나 포주가 되지 못해 가슴 아파하는 시정잡배들과는 (늘) 격이 달랐다. 그는 무모하다 싶을 정도로 위험한 일에 쾌감을 느꼈다. 그리고 그가 모습을 드러내기만 해도 다들 꽁무니 빼기 바쁠 정도로 카리스마가 넘치는 인물이었다. 건달은 이처럼 비겁함이나 용렬함 따위는 눈 씻고 찾아봐도 없는 이를 일컫는 말이었다.(용기를 가장 중요한 미덕으로 삼는 사회라면 누구든 용감한 남자로 보이고 싶어 할 것이다. 마치 여인들이 아름다워지려고 애쓰거나 작가들이 창의적인 상상력을 발휘하려고 노력하는 것만큼이나 말이다. 하지만 용감하고 당당한 모습은 각고의 노력과 훈련 끝에 얻어지는 것이리라.)

지금 내가 말하는 것은 그 옛날 부에노스아이레스의 전설적인 '건달'이다. 나는 카리에고가 만들어 낸 또 다른 대중의 신화(가브리엘, 57쪽), 즉 "삯바느질로 근근이 살아가다 결국 파멸의 늪에 빠져" 몸과 마음이 다 망가지고 만 어느 여인의 사연보다 건달 이야기가 훨씬 더 흥미롭게 느껴진다. 그는 마부이자 조련사였고, 도축장 인부로 일한 적도 있다. 그는 도시의 거리에서 세상을 배웠다. 특히 도시 남쪽의 알토 지구(칠레 거리, 후안데가라이 대로, 발카르세 거리, 차카부코 거리)와 북쪽의 티에라델푸에고 지역(라스에라스 거리, 아레날레스 거리, 푸에이레돈 거리, 코로넬 거리) 그리고 온세, 바테리아, 코랄레스 비에호스 같은 곳이 그에게는 학교 역할을 했다.[393] 그렇다고 그가 늘 세

393 독자들은 건달의 이름이 무엇인지 궁금할 것이다. 그래서 나는 호세 올라베 박사의 친절한 도움을 받아

〔부에노스아이레스 건달의〕 전설에 다음과 같은 목록을 덧붙이고자 한다. 여기에는 지난 세기 마지막 20년 동안 부에노스아이레스의 전설적인 건달들의 이름이 망라되어 있다. 이를 읽다 보면 먼지가 풀풀 날리던 변두리 지역에서 칼싸움을 일삼던 혼혈아들의 (들판의 선인장만큼 냉정하고 금욕적인) 모습이 희미하게나마 떠오를 것이다.

부에노스아이레스 소코로 구역
아벨리노 갈레아노.(지방 경비 연대 소속) 알레한드로 알보르노스.(산타페 거리에서 싸우다 다음의 인물에 의해 살해되었다.) 피오 카스트로. 부랑자이자 청부 폭력배: 토마스 메드라노. 마누엘 플로레스.

부에노스아이레스 구시가지 필라르 구역
후안 무라냐, 로물라도 수아레스, 일명 엘 칠레노. 토마스 레알. 플로렌티노 로드리게스. 후안 팅크.(잉글랜드 출신으로, 후일 아베야네다 경찰 조사관이 되었다.) 라이문도 레노발레스.(도축장 인부) 부랑자이자 청부 폭력배: 후안 리오스. 다마시오 수아레스, 일명 카란사.

부에노스아이레스 벨그라노 구역
아타나시오 페랄타.(여러 명과 결투하다 사망했다.) 후안 곤살레스. 에울로히오 무라냐, 일명 쿠에르비토. 부랑자: 호세 디아스. 후스토 곤살레스.

이들은 패거리를 짓지 않고, 오로지 칼을 가지고 일대일로만 싸웠다.
칼을 경멸하는 영국인들의 풍조가 사회 전반으로 확산되자 아르헨티나 특유의 관념, 즉 크리오요의 경우 남상에 반항하기만 한 것은 아니다. 그가 일으키는 공포와 칼 솜씨를 익히 알던 당시 정당들이 앞다투어 그를 경호원으로 고용했을 정도니 말이다.

당시 경찰들도 이런 그를 조심스럽게 대했다. 어떤 소란이 벌어져도 그는 경찰에 쉽게 체포되지 않았다. 대신 나중에 자진 출두하겠다는 말을 남기고(실제로 약속을 지켰다.) 홀연히 자리를 뜨곤 했다. 더군다나 유력 정당들이 뒤를 봐주고 있었기 때문에 불미스러운 일이 일어나도 크게 불안해할 이유가 없었다. 주변 사람들에게 공포의 대상이 되기는 했지만 그는 자신만의 방식을 버릴 생각이 없었다. 은으로 화려하게 장식한 말과, 투계와 도박에 걸 몇 페소만으로도 즐겁게 일요일을 보낼 수 있었다. 그렇다고 꼭 힘이 셀 필요도 없었다. 가령 당시 최고의 건달 중 한 명이던 페티소 플로레스[394]만 해도 뱀처럼 깡마르고 키가 작아서 보잘것없었지만 칼만 잡으면 전광석화처럼 상대를 쓰러뜨렸다. 또한 건달은 먼저 시비를 걸거나 소란을 피울 필요도 없다. 그 유명한 후안 무라냐도 내로라하는 싸움꾼이었지만 상대를 제압하는 든든한 팔과 두려움을 전혀 모르는 용기 외에 별다른 특징이 없었다. 어떤 경우라도 건달은 먼저 공격하는 법이 없었다. 다만 자신을 고용한 후원자에게

자들 사이에서 가장 중대한 결투는 오로지 죽음의 위험을 감수할 때만 이루어질 수 있다는 풍조가 뿌리를 내렸던 것으로 기억된다. 일반적으로 주먹질은 칼을 꺼내기 전이나 상대를 도발할 경우에만 한다.(원주)

394 별명으로 '땅꼬마 플로레스'라는 뜻이다.

눈으로 허락을 구하곤 했다.(그런 걸 보면 그는 노예근성을 벗어나지 못한 셈이다.) 일단 싸움이 벌어지면 상대를 죽이려고 달려들었다. 어쨌든 그 후원자가 '까마귀들을 키우고자'[395] 한 것은 아니었으니까. 그는 조금도 두려워하거나 우쭐거리지 않고 자신이 거둔 승리(즉, 상대의 죽음)에 대해 이렇게 말하곤 했다. "다 운명에 따라 이루어진 일이라네. 살다 보면 무거운 책임이 따르는 일(가령 아이를 낳거나 사람을 죽이는 것)을 하기 마련인데, 다 지나서 땅을 치고 후회하거나 자랑한들 무슨 소용이 있겠는가. 어리석은 짓일 뿐이지." 그는 자신의 손에 죽은 이들의 희미한 모습을 기억 속에 떠올리며 천수를 다하고 세상을 떠났다.

395 '까마귀를 키우다'는 '은혜를 원수로 갚다'라는 뜻이다.

『변두리 동네의 노래』

1912년. 세르비뇨 거리의 마차 차고[396] 부근 혹은 말도나도의 갈대밭이나 공터가 있는 곳(거기에는 흔히 살롱이라고 불리던 1층짜리 건물이 다닥다닥 붙어 있었다. 그곳은 탱고를 추던 건물이었는데, 춤을 한 번 출 때마다 파트너를 포함해서 10센타보씩 받았다.)에서는 여전히 변두리의 콤파드리토들이 뒤엉긴 채 싸움을 벌이곤 했다. 어떤 이의 얼굴에는 칼자국이 남기도 했고, 날이 밝으면 배에 칼을 맞고 죽은 건달의 시신이 볼썽사납게 나뒹굴

396 원래 'corralón'은 사육장이나 자재 창고를 의미하지만 부에노스아이레스의 속어로는 마차를 보관하는 차고라는 뜻으로 사용된다. 호세 고베요(José Gobello), 『신룬파르도 사전(Nuevo diccionario lunfardo)』(부에노스아이레스: 코레히도르 출판사, 1997) 참고.

고 있기도 했다. 그렇지만 평소 팔레르모는 아무 문제 없이 돌아갔다. 이민자들과 아르헨티나 토박이들이 뒤섞여 사는 여느 동네와 마찬가지로 팔레르모의 사람들 또한 가난하지만 체면을 유지하면서 하루하루를 살아갔다. 독립 100주년을 맞이해 점성술처럼 온 나라를 휩쓸던 환희도 거리에 펄럭이던 하늘색 깃발과 방방곡곡 울려 퍼지던 축배의 함성과 시도 때도 없이 쏘아 대던 폭죽과 5월 광장 뒤로 펼쳐진 녹 빛깔의 하늘을 환하게 비추던 조명, 배럴 오르간 연주자가 「독립(Independencia)」이라는 탱고 음악을 불러 바치던 바람과 불의 천사이자 우리의 운명을 알려 주듯 빠르게 지나가던 핼리 혜성의 밝은 불빛처럼 곧 사그라졌다. 이제 사람들은 죽음보다 스포츠에 더 많은 관심을 기울이기 시작했다. 남자아이들도 '축구(football)'(그들은 간단히 포바(foba)라고 불렀다.)를 보러 가려고 칼싸움 따위는 아예 무시해 버렸다. 팔레르모도 결국 허영과 과시의 풍조에 휩쓸리기 시작했다. 심지어 변두리 습지에도 음산한 분위기를 풍기는 '아르누보 양식'의 건물이 자태를 뽐내는 꽃처럼 거만하게 하나둘씩 들어섰을 정도니 말이다. 소음의 경우는 사정이 전혀 달랐다. 영화관(당시 영화관에서는 미국의 카우보이 영화와 유럽의 에로틱한 러브 스토리 영화를 동시 상영하는 것이 관례였다.)의 종소리가 덜그럭거리는 마차 바퀴 소리나 칼 가는 사람이 내는 호루라기 소리와 뒤섞이곤 했다. 몇몇 뒷골목을 제외하고는 비포장도로가 거의 남아 있지 않았다. 그리고 인구는 두 배로 증가했다. 1904년에 실시한 인구 조사에 따르면 라스에라스와 팔레르모데산베니토 지구의 인구가 모두 8만 명이었던 반면 1914년에는 18만 명으로 늘어났다. 따분한 길모퉁이로 전차가 칙칙거리는 소리를 내며 지나가곤 했다. 이제 대중들의 머릿속에서는 모레이라 대신 카타네오[397]가 영웅의 자리에 올라섰다. 이처럼 사람들의 눈에 거의 띄지 않던 팔레르모, 마테 차와 진보적인 사상을 사랑하던 팔레르모는 에바리스토 카리에고의 연작시 모음집인 『변두리 동네의 노래』의 무대이기도 하다.

1908년에 『변두리의 영혼』을 발표한 카리에고는 1912년 『변두리 동네의 노래』의 원고를 남긴 채 세상을 떠났다. 유작이 작품의 한계에 있어서나 박진감에 있어서 첫 시집보다 훨씬 낫다. 『변두리 동네의 노래』가 『변두리의 영혼』보다 더 분명한 의도를 가지고 있다. 『변두리의 영혼』은 왠지 제목부터 불안함, 즉 마지막 기차를 놓칠까 봐 안절부절 어쩔 줄 모르는 남자의 모습이 연상된다. 지금까지 "나는 이러이러한 변두리에 살아요."라고 말하는 사람을 본 적이 없다. 대신 자기가 사는 구역이나 동네 이름을 대는 것이 일반적이다. '동네'라는 말은 라피에다드 교구 지역에서도 사아베드라에서만큼이나 친밀하고 따뜻하게 들릴 뿐 아니라 우리의 마음을 하나로 이어 준다. 하지만 그 차이를 설명하는 것이 적절할 듯하다. 우리 나라의 고유한 특징을 〔그것들과는 거리가 먼〕 주변 환경과 관련된 말로 정의 내리고 설명하려는 습관은 〔우리 안에 숨겨진〕 야만성을 질질 끌고 다니는 성향에서 비롯된 것으로 보인다. 가

397 바르톨로메오 카타네오(Bartolomeo Cattaneo, 1883~1949). 이탈리아 최초의 조종사이자 비행기로 라플라타강을 횡단한 최초의 비행사였다. 그런 인연으로 특히 아르헨티나에서 영웅 대접을 받았다.

령 시골 사람은 흔히 팜파스로, 콤파드리토는 낡은 함석판을 이어 만든 오두막으로 규정하는 식이다. 이러한 사실을 단적으로 보여 주는 예로는 언론인이자 스페인 바스크의 토박이 J. M. 살라베리아[398]의 저서를 들 수 있다. 사실 이 책은 『팜파스의 시: '마르틴 피에로'와 아르헨티나 크리오요의 스페인어』라는 제목부터가 잘못됐다. 특히 '아르헨티나 크리오요의 스페인어'는 일부러 독자들을 놀라게 만들 목적으로 꾸며 낸 자가당착적 표현(논리학적으로 보면 일종의 '형용 모순'이라고 할 수 있다.)이다. 그리고 의도적인 것 같지는 않지만 '팜파스의 시' 또한 잘못된 표현이다. 아스카수비에 따르면 옛날 시골 사람들은 팜파스를 인디오들이 돌아다니며 약탈을 일삼던 불모지 정도로 여겼다고 한다.[399] 누구든 호세 에르난데스의 『마르틴 피에로』를 대충 훑어보기만 해도 그것이 팜파스의 시가 아니라 팜파스로 쫓겨난 남자, 즉 마을 규모의 농장이나 시골에서 사람

398 호세 마리아 살라베리아 이펜사(José María Salaverría Ipenza, 1873~1940). 스페인의 작가이자 언론인으로, 미국과의 전쟁에서 패한 이후 몰락의 늪에서 허우적거리던 조국을 재건하고자 한 국가 재건 운동에 적극적으로 참여했다. 대표작으로 『팜파스의 시: '마르틴 피에로'와 아르헨티나 크리오요의 스페인어(El poema de la pampa: "Martín Fierro" y el criollismo español)』(1918)와 『노쇠한 스페인: 카스티야의 인상(Vieja España: Impresión de Castilla)』(1907), 여행기 『아르헨티나의 대지(Tierra Argentina)』(1910) 등이 있다.

399 오늘날 팜파스는 문학 용어로만 사용되는 터라 시골에서 그 말을 쓰면 사람들이 모두 쳐다볼 것이다.(원주)

들이 많이 모여 사는 곳을 중심으로 이루어진 목가적인 문명 세계에서 버림받은 남자의 시라는 것쯤은 쉽게 알 수 있다. 마르틴 피에로는 용감한 남자의 전형으로 추앙받았지만 그런 피에로조차 고독, 다시 말해 팜파스를 견뎌 내기가 지극히 힘들고 고통스러웠던 모양이다.

모든 것이 잠들고
온 세상이 고요 속에
잠기기 시작하는
저녁 무렵, 그는 슬픔에
잠긴 채 갈대숲으로
곧장 걸음을 옮긴다.

자신의 억울함과 들짐승 외에는
아무도 없는 외로운 벌판 한가운데에서
하느님이 키우신 별들이
밤하늘을 따라 흘러가는 모습을
바라보면서 밤을 지새우는 것만큼
서글픈 일이 어디 있으랴.

그 뒤를 이어 이 이야기에서 가장 감동적인 부분이자 아마 영원히 잊히지 않을 장면이 등장한다.

농장을 떠난 크루스와 피에로는
말 떼를 모아들였다.

경험 많은 가우초답게
그들은 능숙하게 말 떼를 몰고 갔다.
그리고 아무한테도 들키지 않고
곧장 국경을 넘었다.

국경을 넘은 뒤
날이 훤히 밝아 오자
크루스가 피에로에게 저 너머에
있는 마지막 마을을 보라고 했다.
그 순간 굵은 눈물 두 방울이
피에로의 뺨을 타고 흘러내렸다.

또 다른 살라베리아[400](이 자리에서 그의 이름을 꺼내고 싶지는 않다. 이 글을 제외한 그의 작품은 모두 훌륭하니 말이다.)는 자신의 글에서 "팜파스의 파야도르들"을 계속 언급한다. 그에 따르면 팜파스의 파야도르들은 "옴부 나무 그늘 아래에서 끝없이 펼쳐진 허허벌판을 바라보며 스페인 기타 반주에 맞춰 단조로운 8음절 10행시를 읊조린다." 하지만 이 글을 쓴 이는 지나치게

400 미겔 데 우나무노를 가리키는 것으로 보인다. 보르헤스가 언급한 우나무노의 글에 관해서는 「가우초 마르틴 피에로: 호세 에르난데스 씨(아르헨티나)의 유명한 가우초 시(El gaucho Martín Fierro. Poema popular gauchesco de D. José Hernández(argentino))」, 《라 레비스타 에스파뇰라(La revista española)》, 1894년 1권 5호, 5~22쪽 참고.

단조로운 8음절 10행시에 집착할 뿐 아니라 스페인풍의 한없이 고요하고 황량한 분위기와 반주 음악에 너무 사로잡힌 나머지 『마르틴 피에로』가 8음절 10행시로 쓰이지 않았다는 사실을 놓치고 말았다. 〔우리 안에 숨겨진〕 야만성을 질질 끌고 다니려는 성향은 우리 나라에 이미 널리 퍼져 있다. 산토스 베가(400쪽에 달하는 레만니체(Lehmann-Nitsche)의 연구를 보면 산토스 베가에 관한 전설[401]을 일목요연하게 확인할 수 있다.)는 다음과 같은 코플라를 만들거나 물려받았다. "이 황소가 나를 죽이더라도/ 신성한 땅에 나를 묻지는 마시오,/ 대신 소들이 나를 밟고 지나갈 수 있도록/ 푸른 벌판에 나를 묻어 주오." 그리고 그의 명확한 주장("나는 워낙 많은 죄를 지어서, 공동묘지에 묻힐 자격이

---

401 늘 아름다운 노래와 기타 소리로 팜파스의 고독을 달래 주던 산토스 베가에게 어느 날 멋진 말을 타고 달려온 외지인이 도전을 청했다. 산토스 베가가 예나 다름없는 목소리로 노래를 부르자 그곳에 모인 이들이 모두 그의 승리를 장담했다. 하지만 낯선 도전자는 전혀 당황하지 않고 천천히 노래를 부르기 시작했다. 그는 시골 사람들이 한 번도 들어 본 적이 없는 부드러운 아르페지오 창법으로 노래를 불렀다. 그의 멜로디는 악마의 소리처럼 들렸다. 결국 도전자인 후안 구알베르토 고도이(Juan Gualberto Godoy, 1793~1864), 일명 후안 신 로파(Juan sin Ropa)가 산토스 베가를 꺾었다. 그날 이후 실의에 빠진 산토스 베가는 고요한 밤만 되면 기타를 등에 멘 채 지친 말을 타고 팜파스를 지나갔다고 한다. 이 전설에서 산토스 베가는 아르헨티나 가우초의 상징인 반면 후안 신 로파는 의인화된 악마로 나타난다.

없소.")은 소들이 죽은 자신을 밟아 주기를 원하는 이의 범신론적 선언으로 좋은 평가를 받았다.[402]

---

402 낭만주의 작품에서 가우초는 팜파스를 정처 없이 돌아다니는 나그네로 묘사되는데, 이는 터무니없는 허상에 불과하다. 가우초들의 싸움에 관한 글에 일가견이 있는 비센테 로시처럼 가우초가 "호전적인 우루과이의 유목민"이라고 주장하는 것은 한곳에 붙어 있지 못하고 떠도는 우루과이 인디오를 가우초라고 부르는 것과 마찬가지이다. 이런 식으로 단어의 의미를 대충 얼버무리는 것은 전혀 도움이 되지 않는다. 리카르도 구이랄데스는 팜파스에 사는 이를 떠돌이로 규정하기 위해 소몰이꾼 조합의 도움을 구해야 했다. 반면 그루삭은 1893년에 열린 어느 학회에서 "남쪽으로, 팜파스가 끝나는 그곳까지" 도망친 가우초에 대해 언급한 적이 있다. 하지만 지금까지 알려진 바에 의하면 아르헨티나 남단에는 가우초들이 없다는 것이 정설이다. 그런 곳에는 아무것도 없는 데다 가우초들이 머무는 곳은 대개 사람들이 모여 사는 마을에서 그리 멀지 않기 때문에 아무리 도망친다고 해도 불모지나 마찬가지인 남쪽으로 갈 리가 없다. 가우초의 가장 두드러진 특징은 인종적 측면(가우초는 백인일 수도 있고 흑인이나 인디오처럼 보이는 시골 사람, 흑인과 백인 사이에서 난 물라토, 인디오와 흑인의 혼혈인 삼보일 수도 있다.)이나 언어적 측면(리오그란데 부근에 사는 가우초들은 브라질식의 포르투갈어를 사용한다.) 혹은 지리적 측면(부에노스아이레스와 엔트레 리오스, 코르도바, 산타페 주는 대부분 이탈리아 이민들이 차지해 버렸다.)이라기보다 오히려 예로부터 이어져 내려오던 전통적인 목축 방식을 지금도 완벽하게 유지하고 있다는 점이다.

사회적으로 멸시와 비하의 대상이 되는 것 또한 콤파

드리토들의 숙명이었다. 100년 전만 하더라도 그들은 5월 광장 부근에서 살 만한 여유가 없었던 터라 부에노스아이레스의 빈민으로 불리거나 오리예로, 즉 변두리 사람들이라는 이름을 갖기도 했다. 그들은 투쿠만 거리나 칠레 거리, 오늘날의 리베리타드살타에 해당하는 벨라르데 거리를 벗어난 곳의 손바닥만 한 땅뙈기에 집 한 채만 달랑 가지고 있던 (문자 그대로) 서민에 불과했다. 내내 그들을 따라다니던 좋지 못한 이미지들은 후일 '건달'이라는 말(혹은 개념)에 의해 뒷전으로 밀려나게 되었다. 그것은 일라리오 아스카수비가 『용감한 남자 아니세토』(1853)의 개정판 열두 번째 시에 쓴 표현이다. "콤파드리토: 가무를 즐기고, 늘 누군가와 사랑에 빠지기를 좋아하는 젊은 독신 남성."

우리에게는 잘 알려지지 않은 총독 모네르 산스는 콤파드리토를 일컬어 "허풍이 심하고 허세를 잘 부리는 불량배"라고 하면서 이렇게 물었다. "콤파드레라는 말을 들을 때마다 항상 부정적인 느낌이 드는 이유가 무엇인가?" 그러고는 부러울 정도로 완벽한 자신의 철자법과 뛰어난 재치를 동원해 "[이 문제에 대한 해답은] 여러분이 알아서 찾아보시라."라고 쓰면서 그 문제를 건너뛰어 버린다. 반면 세고비아는 "잘난 체하고 거짓말을 잘할 뿐 아니라 툭하면 시비를 걸거나 배신을 밥 먹듯 하는 사람"을 바로 콤파드리토라고 정의하는데, 이는 지나치게 모욕적인 언사인 것 같다. 아무리 건달이라고 해도 이 정도는 아니다. 또 사람에 따라서 개망나니와 콤파드리토를 혼동하는 경우도 있는데, 이는 분명 잘못된 생각이다. 벌판에서 소를 모는 이들도 마찬가지겠지만 콤파드리토 또한 그렇게 천박하거나 무례하지는 않다. 사실 콤파드리토는 어느 정도 세련되고 공손한 도시의 서민이다. 이와 더불어 콤파드리토는 용기를 과시하고, 거친 말을 만들어 내거나 함부로 사이와 마찬가지로 변두리 동네들도 달갑지 않은 오해에 시달린다. 특히 〔변두리의 은어인〕 아라발레로와 탱고가 그런 동네를 전형적으로 표현한다. 앞에서 나는 아라발레로가 어떻게 중심가인 코리엔테스 거리에서 쓰이게 됐고, 유행하는 탱고의 가사를 싣는《엘 콘타클라로(El Contaclaro)》같은 주간지와 음반, 라디오의 보급이 어떻게 그런 무대 은어를 아베야네다나 코글란[403] 같은 곳으로 퍼지게 만들었는지 설명했다. 그런데 그런 표현이나 어휘를 배우는 것은 결코 쉬운 일이 아니라서 서민의 말을 귀동냥으로 듣고 쓴 탱고 가사는 마치 수수께끼 같

용할 뿐 아니라 명언이나 멋진 말을 어색하게 사용하기도 한다. 옷에 관해 말하면 그들은 주로 평상복을 입지만 장식을 덧붙이거나 특정 부분을 두드러지게 하는 경우도 있다. 1890년 무렵 콤파드리토는 보통 운두가 높고 챙의 한쪽을 접어 올린 검은색 참베르고 모자를 쓰고, 더블 재킷에 끝부분을 끈으로 묶은 프랑스식 바지를 입고, 높은 굽에 단추가 달려 있거나 옆 부분이 말랑말랑한 재질로 된 검은색 구두를 신고 다녔다. 반면 지금(1929년) 콤파드리토는 회색 참베르고 모자를 뒤로 젖혀 쓴 채 풍성한 스카프를 목에 두르고, 장밋빛이나 검붉은 빛깔의 셔츠에 재킷 단추를 풀고 다니기를 좋아한다. 또한 굳은살이 박인 손가락에 반지를 끼고, 몸에 딱 달라붙는 바지에 거울처럼 광이 나는 검은색 구두를 신는다.

런던에 런던내기가 있듯이, 우리 나라 도시에는 콤파드리토가 있다.(원주)

403 아베야네다는 부에노스아이레스 남부에 위치한 도시이고, 코글란은 부에노스아이레스 북쪽에 있는 구역이다.

은 느낌이 든다. 그렇다 보니 도무지 무슨 뜻인지 갈피를 잡을 수 없을 만큼 생소한 단어나 결론이라든지 모호한 구절이 등장해 해설가들의 의견이 엇갈리는 경우도 적지 않다. 대중의 삶과 정서를 전혀 모르고 쓴 글이기 때문에 가슴에 와 닿기는 커녕 모호하게 느껴질 수밖에 없다. 대중은 자신의 삶에 굳이 지방색을 더할 필요가 없는 반면 그들을 어설프게 흉내 내는 이는 오히려 그래야 된다고 주장한다. 하지만 지방색을 지나치게 강조하는 것이 문제이다. 〔탱고〕 음악이라고 사정이 다르지는 않다. 탱고는 본디 사창가에서 태어난 음악이기 때문에 변두리 동네의 자연스러운 소리라고 보기 어렵다. 오히려 도시 변두리 동네를 가장 잘 표현하는 음악은 바로 밀롱가이다. 오늘날의 밀롱가는 장중한 기타 리듬에 맞춰 장황하게 인사말을 늘어놓는데, 이는 본격적인 이야기로 들어가기에 앞서 입에 발린 말로 준비를 하는 의례적인 과정이다. 그러고 나면 오래전에 벌어진 혈투, 즉 상대를 부드럽게 자극하는 도발에 이어 칼이 등장하고, 결국 누군가가 목숨을 잃는 과정을 천천히 설명할 때도 있고, 운명을 주제로 해서 이야기를 풀어 나가는 경우도 있다. 하지만 그 가락이나 줄거리는 노래마다 다르다. 다만 변하지 않는 것이 한 가지 있다면 바로 '가수의 음색'이다. 일반적으로 밀롱가의 음색은 콧소리 '같은' 고음을 길게 끌고 나가다가 돌연 성화를 부리듯 몰아치는 것이 특징이다. 하지만 그럴 때도 고함을 치지 않고 말할 때와 노래할 때 중간 정도로 소리를 지른다. 탱고는 시대 속에서, 시대의 온갖 멸시와 냉대를 받으면서 존재해 왔다. 반면 밀롱가의 마력은 영원의 세계에서 샘솟는다. 사실 밀롱가는 부에노스아이레스에서 가장 돋보이는 대화체 장르 가운데 하나이다. 〔대중들이 즐겨 하는 놀이지만〕 트루코는 〔밀롱가와는〕 다르다. 트루코에 관해서는 나중에 따로 살펴볼 예정이다. 여기에서는 이 말만 남기고자 한다. 마르틴 피에로의 장남이 감옥에서 깨달은 것처럼 가난한 이들 사이에서 "남자는 오로지 남자에게만 즐거움을 준다."[404] 망자(亡者)의 날, 성인 축일, 국경일, 세례일, 성 요한의 밤, 신년 전야 등 모든 기념일과 가까운 이가 몸져누운 경우는 사람들을 만날 수 있는 좋은 기회가 된다. 또 누군가가 죽으면 밤을 새우며 애도한다. 그래서 누구든 들어와 죽은 사람에게 마지막으로 인사를 하고 거기 모인 이들과 이런저런 이야기를 나눌 수 있도록 문을 활짝 열어 둔다. 이처럼 가난한 사람들의 인간관계는 누가 봐도 인정이 넘친다. 그래서 에바리스토 카리에고 박사는 최근 유행하는 '환영회'라는 말이 영 못마땅했던지 그것〔환영회〕이 조문을 와서 밤을 새우는 것이나 마찬가지라고 쓰기도 했다. 변두리 동네라고 하면 흔히 악취를 풍기는 물과 지저분한 뒷골목이 떠오르지만 하늘색 난간과 벽을 덮은 인동

---

404 마르틴 피에로의 아들이 깨닫기 훨씬 오래전 이미 오딘 신은 이를 글로 남겼다. 『고(古) 에다(Elder Edda)』의 「높으신 분이 말하길(Hávamál)」에 따르면, "mathr er mannz gaman"(그대로 옮기면 "남자는 남자의 기쁨이다."라는 뜻이다.)라는 금언을 남긴 것은 바로 오딘 신(하바말)이라고 한다.(원주)
『고 에다』는 고대 노르드어로 쓰인 북유럽 신화 서사시이고, 「높으신 분이 말하길」은 그 가운데 한 편의 시로, 삶과 지혜에 대한 금언이 주를 이룬다.

덩굴, 카나리아가 노니는 새장이 돋보이는 곳이기도 하다.[405] 〔그리고〕 동네 아낙네들의 말마따나 '인정 많은 사람들'이 사는 곳이기도 하다.

카리에고의 가난한 이웃들은 이야기를 즐긴다. 그들의 궁핍한 삶은 가난에 찌든 유럽인들(적어도 러시아 자연주의 소설에 나오는 유럽인들)의 삶처럼 절망적이지 않고 타고난 것도 아니다. 오히려 그들은 복권이나 밀실 정치, 영향력 있는 인물들, 미스터리한 카드 게임이나 맞힐 확률이 그리 높지 않은 키니엘라[406] 또는 연줄을 믿으며, 특정한 이유나 별 근거도 없이 막연한 희망을 가슴속에 품고 살아간다. 그들은 평생을 가난 속에서

---

405 변두리 동네에는 부에노스아이레스의 꾸미지 않은 아름다움과 그곳만의 독특한 매력이 있다. 가령 활기와 행복이 넘치는 블랑코 엔칼라다 거리, 인적이 없어 쓸쓸한 기운마저 감도는 비야 크레스포, 산 크리스토발 수르, 바라카스 거리의 길모퉁이, 라 파테르날과 푸엔테 알시나 야적장 부근의 초라하지만 당당한 풍경 같은 것이다. 이런 곳들은 오로지 미관만을 고려해 새롭게 치장한 지역들(코스타네라, 발네아리오와 로세달 정원 그리고 많은 이들로부터 찬사를 받았지만 펄럭거리는 깃발과 통일성이 없어 무질서해 보이기까지 하는 받침 때문에 마치 욕실 공사에서 나온 부스러기로 만든 것 같은 카를로스 페예그리니 동상, 또 자신의 저열한 취향이 드러나지 않도록 소박하고 절제된 미를 강조한 비라소로(아르헨티나의 건축가)의 성냥갑 같은 건축물들)보다 훨씬 많은 것을 보여 준다.(원주)

406 아르헨티나에서 복권 1등의 마지막 숫자에 내기를 거는 일종의 도박이지만 요즘에는 주로 축구나 경마 복권을 의미한다.

살았지만 동네 우두머리들(발바네라의 레케나 가문과 산크리스토 발노르테의 루나 가문은 특유의 신비스러운 매력으로 많은 이들의 공감을 얻었는데, 이러한 면모를 가장 분명하게 보여 주는 이가 호세 알바레스 가문의 유명한 콤파드리토이다.)에게서 위로를 얻는다. "나는 마이푸 거리에서 태어났지. 무슨 말인지 알겠나? (……) 가르시아 씨네 집에서 말일세. 그래서 나는 쓰레기보다 사람들과 어울리며 사는 데 일찍부터 길이 들었던 거야. (……) 좋아! (……) 내 말이 이해되지 않는다면 자세히 알려 주지. (……) 나는 라 메르세에서 세례를 받았다네. 대부는 이탈리아 사람이었는데, 우리 집 바로 옆에서 술집을 하던 이였지. 그런데 열병에 걸려 그만 세상을 뜨고 말았다네. (……) 그 점을 절대 잊지 말게나!"

내가 보기에 『변두리 동네의 노래』의 가장 큰 결점은 조지 버나드 쇼가 "단순한 불운이나 죽음"(『인간과 초인(Man and Superman)』, 32쪽)이라고 했던 것을 지나치게 강조한 것이다. 주로 역경과 고난을 다룬 이 작품들을 심각하고 무거운 분위기로 이끄는 것은 바로 잔인한 운명이다. 하지만 작가라고 해서 독자보다 이러한 운명을 더 잘 이해한 것은 아니다. 그렇다고 이 작품에 악의 그림자가 짙게 드리운 것도 아니고, 우리가 〔이 작품을 읽으면서〕 악의 근원을 깊게 성찰하게 되는 것도 아니다. 다시 말해 자신과 반대되는 성분과 질료로 세계를 급조하려 한 노쇠한 신을 내세움으로써 악의 근원을 정면으로 해결하려고 한 그노시스주의자[407]가 되는 것은 아니라는 말이다. 블

407 그노시스주의(영지주의(靈知主義)라고도 한다.)는 신비주의적이고 계시적이며 밀교적인 지식 또는 깨달

레이크가 보여 주는 태도는 카리에고의 작품과 분명한 대조를 이루고 있다. 그는 호랑이에게 다음과 같이 묻는다. "양을 만든 그분이 그대를 만들었는가?"[408] 그렇다고 카리에고의 시가 악을 이겨 낸 사람, 즉 수없이 많은 모욕을 당했음에도(또 남에게 모욕을 주었음에도) 순결한 영혼을 지켜 온 사람을 노래한 것도 아니다. 반면 호세 에르난데스와 알마푸에르테 그리고 (또다시 언급하지만) 조지 버나드 쇼와 케베도는 금욕적으로 느껴질 만큼 차분한 어조를 잃지 않는다.

> 강인한 영혼은 고통과 슬픔 속에서 시험받는다.
> 그래서 근심과 고뇌가 아무리 가혹하게 마음을
> 짓누른다고 해도, 고결한 머리를 무너뜨리지는 못하리라.

이는 케베도의 두 번째 시집인 『카스티야의 뮤즈들(Musas castellanas)』[409]에 있는 구절이다. 그렇지만 완전한 악의 숭고함, 악을 추구하는 과정에서 운명의 필요성과 영감, 불행의 극적

음을 뜻하는 그리스어 그노시스로부터 온 것으로, 고대에 존재하던 혼합주의적 종교 운동 중 하나이다. 내부적으로 여러 분파가 존재하지만 불완전한 신인 데미우르고스가 완전한 신의 영(靈)인 프네우마를 이용해 물질을 창조하였고, 인간은 참된 지식인 그노시스를 얻음으로써 구원을 얻을 수 있다는 공통점을 지닌다.

408 윌리엄 블레이크의 「호랑이(The Tyger)」라는 시의 구절이다.

409 원래 제목은 『카스티야의 마지막 세 뮤즈들(Las tres musas últimas castellanas)』(1670)이다.

인 폭발 같은 것이 카리에고의 마음을 사로잡은 것도 아니다. 반면 셰익스피어는 이를 다음과 같이 표현한다.

> 이상하고 끔찍한 일이라면 다 환영할 거야.
> 하지만 우리는 편안한 것들을 경멸해.
> 우리의 뜻이 크니만큼 우리의 슬픔도
> 그 정도는 되어야겠지.[410]

하지만 카리에고는 오로지 우리의 동정심에만 호소한다.

이는 여기서 반드시 짚고 넘어가야 할 문제이다. 이처럼 연민의 정을 불러일으키는 것이야말로 카리에고의 작품이 지닌 장점이자 존재의 이유라는 것이 다수의(대화 중에서건 글에서건) 생각이다. 하지만 나는 이러한 견해에 동의하지 않는다. 설령 그렇게 생각하는 사람이 나 혼자라도 말이다. 반목과 갈등이 팽배한 국내 상황에 기대어 사소한 싸움에 몰두하면서 독자들의 애간장을 태우는 상극의 요소들을 상상하고 이를 표현하는 시는 자포자기나 자살행위와 마찬가지로 보인다. 이런 시의 내용은 누군가로부터 받은 마음의 상처라든지 분노와 증오심 등이 주를 이룬다. 그리고 그 문체 또한 험담에 걸맞게 온갖 종류의 감탄사와 호들갑, 마음에도 없는 동정심과 동네 아낙네들의 조급한 질투심 등으로 가득 차 있다. 그런데도 사람

410 셰익스피어의 『안토니와 클레오파드라(Antony and Cleopatra)』 4막 15장에서 클레오파트라가 차미언에게 하는 대사이다.

들은 이런 식으로 비참한 삶을 보여 주는 것이 〔시인의〕 마음이 너그럽고 선량하다는 증거라고 곡해하고 있다.(물론 고매한 인격의 소유자인 나는 이런 생각이 쉽게 이해되지 않는다.) 내가 보기에 그것은 오히려 점잖지 못하고 상스러운 태도에 불과하다. 「사마귀(Mamboretá)」, 「아이가 아프다(El nene está enfermo)」 혹은 「누이야, 우리는 그녀를 잘, 아주 잘 보살펴 줘야 해(Hay que cuidarla mucho, hermana, mucho)」와 같은 (성의 없이 묶은 시선집이나 시 낭송회에서 빈번히 등장하던) 작품들은 문학이라기보다 범죄에 가깝다. 우리의 감정을 억지로 쥐어짜는 이 작품들은 모두 다음과 같은 내용을 담고 있다. 이 작품을 통해 나는 여러분에게 인간의 고통과 슬픔을 보여 주려고 한다. 그런데 이 시를 읽고도 마음이 전혀 흔들리지 않는다면 여러분이 피도 눈물도 없는 사람이라는 뜻이다. 여기서 한 작품(「얘들아, 가을이야(El otoño, muchachos)」의 끝부분을 인용한다.

……요 며칠 사이,

이웃집 여인이 얼마나 우울한지!

그녀는 또 어떤 일로 실의에 빠져 있는가?

비가 추적추적 내리는 울적한 가을,

가을이여, 너는 올해 또 우리 집에 무엇을 남기고 떠나려는가?

어떤 잎사귀를 가지고 떠나려는가? 너는 언제나 소리 없이

찾아와서 우리를 깜짝 놀라게 하지.

그래, 사방에 어둠이 깔리면

우리는 네가 조용한 집 안으로 소리 없이
들어오는 걸 느낀다…… 우리 이웃집
노처녀는 또 얼마나 늙어 갈까!

가을이 그녀를 집어삼킬 수 있도록 마지막에 급작스럽게 등장한 '노처녀'는 〔시인의〕 자비로운 마음을 분명하게 보여 준다. 하지만 이러한 인도주의는 언제나 무정하고 냉혹하기 마련이다. 예전에 총을 맞고 고통스럽게 죽어 가는 여윈 말의 모습을 통해 전쟁의 비열함을 보여 준 러시아 영화가 있었다. 물론 가엾은 그 말은 총알이 아니라 영화를 만든 이들의 손에 죽은 것이다.

그런 점만 유보한다면(내가 굳이 이런 단서를 다는 이유는 카리에고의 명성을 보다 굳건히 하는 동시에 그가 그처럼 애처로운 글을 굳이 쓸 필요가 없다는 점을 입증하려는 데 있다.) 나는 그의 유작이 지닌 진정한 장점을 분명하게 인정하고 싶다. 다음 작품에서 볼 수 있듯이 그것에는 인간의 정감과 그렇듯 따뜻한 마음에 대한 새로운 발견과 직관이 매우 세련되고 정교한 방식으로 드러난다.

그들이 모두 떠나면 그들의
다정한 목소리는 쓸쓸한
집 안에 얼마 동안이나
맴돌까?
이제 더 이상 볼 수 없는
그들의 얼굴은 우리의 기억 속에서
어떤 모습으로 나타날까?

혹은 다음과 같이 거리와 나눈 짤막한 대화에서는 은밀하면서도 순진무구한 소유욕이 드러난다.

너는 우리의 것, 아니, 오로지 우리의 것이었던 듯이
우리에게 친근한 느낌을 주는구나.

혹은 마치 하나의 긴 단어라도 되는 것처럼 단숨에 말을 쏟아 내기도 한다.

아냐, 그게 아니라고. 내가 하고 싶은 말은 바로 이거야.
우리에게 다시 애인이 생기는 일은 절대, 절대로 없을 거야.
그렇게 세월은 흘러가겠지만 다시 우리가
다른 여자를 사랑하는 일은 절대 없을 거라고.
그 점은 너도 잘 알 거야. 아마 혼자 남은
네 모습을 떠올리기가 끔찍해서 그랬겠지만 네가 우리한테
했던 말을 생각해 보라고. 네가 죽고 나면 우리는 너를 기억조차
못 할 거라는 말 말이야. 왜 그런 바보 같은 소리를 하는 거야!
절대 그러지 않을 테니 걱정하지 마. 오랜 세월이 흘러도,
너는 언제나 좋은 추억으로, 매 순간
우리와 함께 있을 테니까.
우리와 함께……. 너는 이 세상 그 누구보다
소중한 존재였으니까. 좀 늦긴 했지만 네게 이 말을
하는 거야. 그렇지 않아? 우리가 무슨 말을 해도 너는 들을 수 없으니 좀 늦은 거지. 이 세상을 다 뒤져 봐도

너 같은 여자는 거의 없더구나.

부디 아무 걱정하지 않기를. 우리는 너를 기억할 테니까.

오직 너만을 기억하면서 살 테니까.

다시는 어떤 여자도, 다시는 어떤 여자도 사랑하지 않을 거야.

이제 다시는 다른 여자를 사랑하지 않을 거야.

이 시에 나타나는 반복 양식은 엔리케 반츠스의 『매의 방울(El cascabel del halcón)』(1909)에 수록된 「말더듬이(Balbuceo)」와 흡사하다. 물론 한 행 한 행 비교해 보면 반츠스의 시가 훨씬 뛰어나지만 말이다.("내가 당신을 얼마나 사랑하는지 어찌 다 말로 하리오. 내가 당신을 얼마나 사랑하느냐 하면 밤하늘에 떠 있는 무수한 별만큼이나 사랑한다오." 운운.) 하지만 반츠스의 시는 왠지 가식 같은 반면 에바리스토 카리에고의 글에서는 진심이 느껴진다.

카리에고의 작품 가운데 최고로 평가되는 「네가 돌아왔구나(Has vuelto)」도 『변두리 동네의 노래』에 수록돼 있다.

작은 배럴 오르간이여, 네가 돌아왔구나. 거리에는
웃음꽃이 활짝 피었네. 예나 지금이나 지치고 구슬픈
소리를 내는 네가 돌아왔구나.
장님은 거의 매일 밤같이
대문 앞에 앉아 너를 기다린단다. 그는
입을 다문 채 네 소리를 들어. 그럴 때면
아득히 먼 옛날의 아련한 기억이 조용히 떠오르지.
그의 두 눈이 환한 아침을 맞이할 때의 모습이,

그의 젊은 시절…… 애인이…… 그가 무엇을 떠올렸는지
누가 알겠는가!

위에 인용한 연의 정수는 시의 마지막이 아니라 끝에서 두 번째 행이다. 나는 에바리스토 카리에고가 지나치게 두드러지는 것을 피하기 위해 〔그 행을〕 일부러 거기에 배치했다고 믿지 않는다. 그의 초기 작품 가운데 하나인 「변두리의 영혼」은 이와 같은 주제를 다루기 때문에 과거의 〔주제〕 처리 방법(면밀한 관찰로 이루어진 사실주의적 묘사)과 그가 좋아하는 상징들이 어우러져 축제를 이루는, 그야말로 확실하고 분명한 표현 방식(불행의 늪에 빠진 침모(針母), 동네마다 돌아다니며 배럴 오르간을 연주하는 이, 금방이라도 쓰러질 것 같은 길모퉁이, 장님, 달)을 비교해 보면 좋을 듯하다.

……작은 배럴 오르간이여, 너는 겨울 달을
보고 구슬프게 흐느끼던 지난해처럼
한결같이 낯익은 선율을 노래하면서
지친 모습으로 거리를 지나가고 있구나.
너는 여느 때와 마찬가지로 특유의 콧소리로
천진난만한 노래를 부르겠지. 우리 동네에서
그 노래를 가장 좋아하는 건
아마 불행의 늪에 빠진 침모일 테지.
그리고 왈츠가 끝난 뒤에 너는 인적이 없어
쓸쓸한 거리를 가로질러 떠나겠지.
그리고 나면 문 앞에 선 채로 멍하니
달을 쳐다보는 이가 있을 거야.

……어젯밤 네가 떠나고 온 동네가 다시
정적에 휩싸였을 때(얼마나 쓸쓸했는지)
장님의 눈가가 촉촉해졌단다.

이처럼 포근하고 정감 어린 분위기는 〔그가〕 오랜 세월에 걸쳐 이룬 성과이다. 오랜 연륜이 빚어낸 또 하나의 성과는(두 번째 시집(『변두리 동네의 노래』)에서는 분명하게 드러나지만, 이전 작품집(『이단 미사』)에서는 추측하기도 어려울뿐더러 있을 법하지도 않다.) 탁월한 유머 감각이다. 이는 예민하면서도 다정다감한 그의 성격을 단적으로 보여 주는 면모이다. 천박하고 비열한 품성을 가진 이들은 타인의 약점을 이처럼 순수한 마음으로 이해하면서 즐거워하지(이는 친구와의 우정에서 꼭 필요한 것이리라.) 못하는 법이다. 이러한 마음씨는 사랑과 진배없다. 1700년대의 영국 작가 솜 제닌스[411]는 아주 공손한 태도로 축복받은 이들과 천사들이 누리는 행복은 우스꽝스러운 것을 고상하고 아름답게 인식하는 데서 비롯된다고 생각했다.

그러면 그의 차분한 유머 감각을 분명히 보여 주는 구절을 인용해 보자.

---

411 Soame Jenyns(1704~1787). 대표작으로는 활기차고 우아한 문체가 특징인 시집 『무도(Art of Dancing)』(1727)와 『문집(Miscellanies)』(1770), 산문집 『악의 기원과 본성에 관한 자유로운 연구(Free Inquiry into the Nature and Origin of Evil)』(1756)와 『기독교 신앙의 내적 증거에 관한 견해(View of the Internal Evidence of the Christian Religion)』(1776)가 있다.

그럼 저 길모퉁이 사는 과부는?
그 과부라면 그저께 죽었다네.
저런, 점쟁이 여편네의 말이 딱 들어맞았구먼!
하느님께서 한번 결정을 내리시면
어쩔 수 없다고 하더니만!

이 우스갯소리의 핵심은 다음 두 가지이다. 첫 번째는 불가해한 신의 섭리에 관해 예언과 전혀 관련도 없는 교훈을 〔하필〕 점쟁이의 입을 통해 밝힌다는 점이고, 그런 일을 현명하게 되받는 이웃 사람의 태연한 태도가 두 번째이다.

하지만 카리에고가 남긴 작품 가운데 의도적으로 가장 유머러스하게 쓴 시는 아마 「결혼식(El casamiento)」일 것이다. 이는 또한 부에노스아이레스 항구 지역의 분위기가 물씬 풍기는 작품이기도 하다. 그리고 「동네에서」는 엔트레 리오스 지방 특유의 과장과 허세가 가장 노골적으로 드러나는 작품이다. 「네가 돌아왔구나」에는 덧없이 지나가는 한순간, 시간, 다시 말해 어느 해 질 녘의 정수가 오롯이 담겨 있다. 반면 「결혼식」은 일라리오 아스카수비의 시엘리토[412]나 마세도니오 페르난데스의 유머 문학 혹은 『크리오요 파우스토(Fasuto criollo)』[413]나 그레

412 아르헨티나의 무용곡으로 아스카수비의 가우초 문학 작품에 많이 사용되었다.

413 원래 제목은 『파우스토, 이 오페라 공연을 보고 가우초 아나스타시오 엘 포요가 느낀 인상(Fausto, Impresiones del gaucho Anastasio el Pollo en la representación de esta ópera)』(1866)이다. 아르헨티나의

코, 아롤라스, 사보리도[414]의 탱고가 보여 주는 활기 넘치고 박력 있는 서두처럼 부에노스아이레스 특유의 분위기가 한껏 녹아 있는 작품이다. 카리에고의 「결혼식」에서는 가난한 이들의 잔치에서 흔히 볼 수 있는 특징들이 하나도 빠짐없이 탁월하게 묘사된다. 그러다 보니 이웃 사람들 간의 사소한 감정 싸움 또한 빠지지 않고 등장한다.

> 동네 사정이라면 훤히 꿰고 있고, 남의 말을 하기 좋아하는
> 아낙네들이 길 맞은편에 옹기종기 모여 수다를 떨고 있다.
> 그녀들은 세상이 어떻게 돌아가는지 알려면
> 집에 틀어박혀 있는 편이 훨씬 낫다고 소리친다.
>
> ·
>
> 죄수처럼 생겼지만 멍청해 보이는 자가
> 멀어지자 몇몇 이웃집 여자들은

작가이자 군인인 에스타니슬라오 델 캄포가 1866년 부에노스아이레스에서 상연된 구노의 오페라 「파우스토」를 보고 영감을 받아 쓴 시로, 주로 가우초들의 대화체로 이루어져 있다.

414 비센테 그레코(Vicente Greco, 1886~1924)는 탱고 작곡가이자 반도네온 연주자로, 구아르디아 비에하(Guardia Vieja) 세대의 대표적 음악가 중 한 사람이다. 에두아르도 아롤라스(Eduardo Arolas, 1892~1924) 또한 탱고 작곡가이자 반도네온 연주자로, 반도네온의 호랑이라는 별명으로 잘 알려져 있다. 엔리케 사보리도(Enrique Saborido, 1877~1941)는 우루과이 태생의 탱고 작곡자이자 무용수로, 「라 모로차」라는 탱고 곡의 작곡자로 널리 알려져 있다.

어린 계집아이들이 그런 더러운 말을
들어서는 안 된다고 목소리를 높인다.

비록 온갖 일이 다 일어날 수도(그런 경우가 있다.)
있고, 또 그다지 달갑지 결과가 나타날 때도 있지만
그중 어느 교활한 여인은 불행히도 몇몇 여자들에게
닥친 불가해한 운명을 두고 한숨 짓는다.

그런데 〔이런 일이〕 처음은 아니다…… 그가 그렇게
멍청한 인간이었는지 놀랍기는 하지만……
기억이 틀리지 않는다면 올해 1월쯤부터 푸줏간 집
아들에 대한 소문이 온 동네에 파다하게 퍼졌다.

그 이전부터 자존심은 상했지만 어떻게든 체면만큼은 살리려고 안간힘을 쓰는 모습이 엿보인다.

〔잔치에서〕 춤을 추는 것이 좋을지 결정지어야
하는 신부의 삼촌도 충격을 받았는지
설령 장난이라도 코르테스 스텝[415]은
절대 허용할 수 없다고 못을 박았다.

"고상하게 구는 것까진 바라지도 않아. 하지만 저 불한당 같은

---

415 탱고의 스텝으로 외설적인 느낌을 준다.

놈들이 어떻게 할지 안 봐도 뻔하지…… 두고 보거라.

우리 집안 형편이야 어렵지. 아무도 이를 부정하지는 않아.

하지만 우린 말이다, 비록 가난할지언정 부끄럽게 살지는 않았어."

그리고 〔이런 동네에서는〕 흔하디흔한 사소한 언쟁이 벌어진다.

폴카 데 라 시야[416]를 추다 보면
언제나 심각한 상황이 벌어지곤 한다.
〔누군가가 춤을 청했을 때〕 이를 불쾌하게 뿌리치면
어쩔 수 없이 옥신각신 실랑이가 벌어지기 마련이다.
가령 파트너가 별 생각 없이 던진
저속한 말의 이중적 의미 때문에
기분이 상한 기타 연주자의 사촌 여동생이
자리를 박차고 밖으로 뛰쳐나가기도 한다.

또한 신랑의 애달픈 사연도 소개된다.

식당에서는 다들 술을 마시고 있는데,

---

416 멕시코 누에보레온 지방의 전통 무용으로 폴카와 유사한 두 박자의 윤무이다. 주로 바이올린과 베이스 기타 혹은 아코디언과 베이스 기타로 반주하는 것이 특징이다.

신랑은 평소 하던 대로 하지 못해
애가 닳는다. 그도 그럴 것이, 가족들이 오늘만큼은
지나친 행동을 하지 말라고 당부했기 때문이다.

다툼이 벌어지면 집안과 아는 사이인 건달이 나서서 조용히 해결하기도 한다.

즐거운 파티가 난장판으로
변해 버리지 않도록 건달은
이미 취해 소란을 피우는 자들에게
탄산수만 주도록 시켰다.

이런 행동만으로도 상대가 길길이 날뛸 것은
불 보듯 뻔한 일. 건달은 비록 감옥에 가는 일이
있더라도 자기에게 덤비는 자에게는
가차 없이 칼침을 놓겠다고 엄포를 놓는다.

그 외에도 이 작품집에는 「결혼식」과 같은 스타일의 「밤샘잔치(El velorio)」와 궂은 날씨로 인해 사람들이 느끼는 즐거움(계속 내린 비로 마치 연기가 자욱하게 깔린 듯 온 세상이 뿌옇게 변하고, 집이 마치 작은 요새처럼 아늑하게 느껴지는 즐거움)을 노래한 「오래된 집에 내리는 비(La lluvia en la casa vieja)」, 대화체로 이루어진 「가슴속 이야기(Intimas)」 계열의 자전적 소네트 몇 편이 실려 있다. 특히 이 소네트들은 인간의 운명이라는 무거운 주제를 다루고 있다. 그러나 작품 전반에 흐르는 체념이나 화해의 어조는 고통과 슬픔의 소용돌이가 휩쓸고 지나간 자리에 살며시 모습을 드러내기 때문에 분위기는 대체로 차분하고 평온하다. 그러면 이 소네트 중에서 순수하고 신비롭기까지 한 한 행만 옮겨 본다.

네가 아직 달님의 사촌이었을 때.

그리고 워낙 의도가 분명하게 드러나 더 이상의 설명이 필요 없는 구절도 있다.

어젯밤 저녁 식사를 마치고,
쓰디쓴 커피를 맛보면서
한동안 깊은 생각에 잠겼다.
내 영혼은 그 어느 때보다 평온했다.

나는 컵이 이 세상 최고의 것으로 가득 차 있지
않다는 것을 너무도 잘 안다. 그렇지만 내게
아무리 힘든 일이 닥친다 해도 (물론 게으른 탓도
있겠지만) 내 운명을 저주하지는 않는다……

반대로 나는 가장 힘든 순간에도
놀라운 힘을 발휘해 삶에 대해
절대 얼굴을 찌푸리지 않는다.

어느 누구도 내게 인상을 쓰라고

강요할 권리는 없으리라. 이 가슴속에
그 많은 것들을 다 숨길 수 있을 테니까!

마지막으로 여담 한마디. 하지만 읽다 보면 여담이 아님을 곧 알게 될 것이다. 겉으로는 아름다워 보일지 모르지만 에스타니슬라오 델 캄포의 『파우스토』에 나타나는 동틀 녘과 해 질 녘의 팜파스에 대한 묘사는 다소 실망스러울 뿐 아니라 경우에 따라서는 거북한 느낌마저 든다. 이러한 문제는 이야기 초반에 시인이 무대 배경을 한 차례 언급하면서 시작된다. 반면 〔카리에고의 작품에서는〕 보다 섬세하고 교묘한 표현을 통해 변두리 동네의 비현실성이 두드러지게 나타난다. 그러한 비현실적인 성격은 모든 것이 순전히 우연에 의해 되는대로 이루어지는 그곳만의 특성과 말들이 달리거나 농부들이 작은 땅을 부치고 사는 평원의 두 가지 매력, 2층짜리 집들이 늘어서 있는 거리와 자신을 시골 사람이나 도시 사람으로 생각하지 절대 변두리 사람으로는 여기지 않으려는 사람들의 성향에서 비롯된다. 따라서 카리에고의 작품은 이처럼 모호하고 경계가 불분명한 세계에서 탄생할 수 있었던 셈이다.

〔카리에고의 문학에 대한〕 그럴듯한 개요

엔트레 리오스 출신으로 부에노스아이레스 북부 변두리 동네에서 자란 카리에고는 외진 동네를 시로 표현해 보기로 마음먹었다. 1908년에 그는 『이단 미사』를 출간했다. 『이단 미사』는 형식과 전통에 얽매이지 않아 쉽게 읽을 수 있는 시집으로, 지역의 고유한 특색을 살리고자 한 열 편의 시와 작시(作詩)의 수준이 고르지 않은 스물일곱 편의 시가 수록되어 있다. 이 중에는 「늑대들(Los lobos)」처럼 비극적 운명을 아름답게 승화시킨 작품들이 있는 반면 「너의 비밀(Tu secreto)」과 「말없이(En silencio)」처럼 인간의 섬세한 감정을 노래한 작품들도 있다. 하지만 대부분의 작품은 분간되지 않을 정도로 서로 비슷비슷하다. 이 시집에서는 변두리 동네를 예리한 시선으로 관찰한 작품들이 가장 돋보인다. 이런 작품들은 변두리 동네의 전형적인 가치인 용기를 반복해서 이야기하기 때문에 독자들로부터 많은 사랑을 받았다. 첫 번째 유형에 속하는 작품으로는 「변두리의 영혼」과 「건달」, 「동네에서」 등을 들 수 있다. 카리에고는 이러한 주제에 천착했지만 독자들을 감동시키고자 하는 열망이 너무 강했던 탓에 결국 감상적인 사회주의 미학에 경도되기 시작했다. 자신도 모르는 사이에 극단으로 치달은 그의 시학은 얼마 후 탄생한 보에도 그룹[417]의 뿌리가 되었다. 반면 여성의 섬세하고 미묘한 감성에 호소함으로써 독자들의 관심을 독차지한 두 번째 유형의 작품들로는 「누이야, 우리는 그녀를 잘, 아주 잘 보살펴 줘야 해」와 「이웃들이 하는 말(Lo que dicen los vecinos)」, 「사마귀」 등이 있다. 그 후 카리에고는 유머 감각을 새로 가미한 이야기체 시를 시도했는데, 이는 당시 부에노스아이레스의 시인이라면 누구나 거쳐야 하는 통과 의례였다. 마지막 스타일의 작품(카리에고가 쓴 작품 가운데 단연 으뜸이다.)으로는 「결혼식」과 「밤샘 잔치」, 「온 동네가 잠든 사이(Mientras el barrio duerme)」 등이 있다. 또한 그는 평생에 걸쳐 「우수(Murria)」와 「너의 비밀」, 「저녁 먹은 뒤(De sobremesa)」처럼 내면세계를 다룬 작품을 썼다.

카리에고의 미래는 어떨까? 후대의 사람들은 〔작가의 문학 세계에 대한〕 공정한 판단보다는 최종적인 판단을 내리려 하기

---

417 1920년대 아르헨티나 아방가르드 예술가 집단을 가리키는 말로, 부에노스아이레스의 노동자 밀집 지구인 보에도 거리에 위치한 클라리다드 출판사에서 주로 모였기 때문에 그런 이름이 붙었다. 이들은 작품을 통해 사회적 모순을 파헤치고자 했을 뿐 아니라 대중운동, 특히 노동 운동과도 긴밀한 관련을 맺었다.

마련이다. 하지만 내가 볼 때 이는 엄연한 사실이다. 나는 「결혼식」, 「네가 돌아왔구나」, 「변두리의 영혼」, 「동네에서」와 같은 작품들이 앞으로도 여러 세대의 아르헨티나 사람들에게 커다란 감동을 줄 것이라고 믿는다. 이와 더불어 나는 카리에고가 우리 나라의 가난한 동네를 새로운 안목으로 관찰한 최초의 시인이라고 생각하는데, 이것이야말로 우리의 시 문학사에서 가장 중요한 의의라고 할 수 있다. 따라서 카리에고는 우리 나라 최초의 〔현대〕 시인인 동시에 〔새로운 현실의〕 발견자이자 발명가라고 불러 마땅하다.

"나는 그를 진심으로 사랑했으며, 그 누구 못지않게 그를 숭배한다."[418]

418 영국의 시인 벤 존슨이 셰익스피어에 대해 쓴 글(「우리의 셰익스피어에 관해서(De Shakespeare Nostrat)」에서 인용한 것이다.

덧붙이는 글

1. 2장에 덧붙이는 글

다음의 작품은 카리에고가 범죄 사건을 주로 다루는 신문인《L. C.》(1912년 9월 26일 목요일)에 '빈집털이'라는 필명으로 기고한 8음절 10행시이다. 전체가 룬파르도로 되어 있다.[419]

여보게, 그간 소식을 전하지 못해
미안하구먼…… 그런데 지금 내 꼴이 말이 아니야!

419 이 시의 제목은「분통 터지는 날(Día de bronca)」로, 카리에고가 룬파르도를 쓴 유일한 시이다. 이 시는《L. C.》외에《비판(Crítica)》(1916년 10월 25일)이라는 신문에도 게재되었다.

하지만 울분이 치밀어 견딜 수가 없다네.
이 상태로 가다가는
머지않아 3인 위원회[420]에 가는
길로 직행할 것 같구먼.
오래전부터 재수가 옴이 붙었는지
되는 일이 하나도 없지 뭔가. 그러더니
오늘은 여편네마저 도망을 가 버렸다네.
어떤 놈팡이랑 눈이 맞았지 뭔가.

그렇다네. 다 내가 말한 대로일세.
그런 하찮은 놈한테 여자를 뺏기다니!
비렁뱅이 출신인 데다 쩨쩨하고 비겁하기까지 한 놈이라네.
치사한 좀도둑일 뿐 아니라 친구로는 정말 최악인 놈이지.
그건 그렇고 두 연놈이 내게 한 짓만
생각하면 지금도 오장육부가
뒤집힌다네! 겉만 번드르르한
그놈 면상에는 침을 뱉기도 아까워.
그런데 내 여편네 말인데, 그런 식으로
내 뒤통수를 칠 줄은 정말 꿈에도 몰랐네.
그 둘에 대해서라면 이제 훤히 알지.

---

420 'Triunvirato'는 원래 '삼두 정치' 혹은 '3인 위원회'를 의미하는 단어지만 여기서는 성부, 성자, 성령으로 이루어진 '삼위일체', 즉 하늘나라 혹은 죽음을 뜻하는 것으로 보인다.

나이가 들면 눈치만 느는 법이니 말일세!
인생이라는 경주에서 밀려나지 않으려면
〔남녀가〕 나란히 뛰는 것만큼 좋은 게 없지. 그런데
방심한 사이에 〔두 사람한테〕 깜빡 속기 십상이지.
아마 〔둘은〕 겉으로 모르는 척하겠지만
이기기 위해 이를 악물고 달릴 거야. 그러다
그들 중 하나가 팔꿈치로 〔우리를〕 밀치기라도 하면 경주는
이미 끝난 것이나 마찬가지일세. 감쪽같이 속는 거지 뭔가!

그런데 하필이면 그런 일이 내게
일어나다니! 그것도 이 나이에 말일세.
분통이 터져 머리가
빠개질 지경이야.
내가 엄청난 대가를
치르면서 뛰어난 전과 기록까지
세워 놓았는데, 바보처럼
속아 넘어가다니 생각만 해도
(이 말은 내 입으로 직접 하는 게 좋겠어)
정말 가슴이 아려 온다고.

그런데 자네가 보기에는 내가 어린애처럼
징징대면서 억지로 이 글을 쓰는 것 같은가?
그렇다면 멍청한 여편네를
훔쳐 달아난 비열한 자식이나 탓하게.
빌어먹을 자식 같으니.

하지만 내게 〔복수할〕 기회가 오면
(내게서 도망치지만 않으면)
놈이 얼마나 비굴하게 굴지 알게 되겠지.
잘 지내게나.
(이제는
칼을 갈러 가야 한다네!)

2. 4장에 덧붙이는 글: 트루코

〔이 놀이에서는〕 마흔 장의 카드가 우리의 삶을 대신하게 된다. 손으로 새 카드를 만지면 바삭거리는 소리가 나는 반면 오래된 카드는 손에 달라붙는다. 〔카드 한 벌에는〕 곧 활기를 떨 마분지 카드들이 한데 뒤섞여 있다. 돈 후안 마누엘처럼 막강한 에이스 스페이드도 있고, 벨라스케스가 보고 그린 듯한 배불뚝이 조랑말 그림 패도 있다. 우선 딜러가 작은 그림이 그려진 카드를 섞는다. 일단 이 카드놀이는 설명하기도 쉽고 실제로 하기도 어렵지 않다. 그러나 게임이 시작되면 기묘하고도 격렬한 승부가 눈앞에서 펼쳐지기 시작한다. 카드 한 벌은 마흔 장으로 이루어져 있는데, 〔그 카드로〕 나올 수 있는 패의 수는 전부 1×2×3×4……×40가지나 된다. 각각의 경우 바로 앞에 오는 패와 뒤에 이어지는 패가 있기 때문에, 그 어마어마한 수치는 정확하지만 〔그것을 겉에〕 표기해 놓지는 않는다. 현기증이 날 정도로 어마어마한 수라서 게임하는 사람들을 그 수만큼 잘게 분해해 버릴 것만 같다. 따라서 처음부터 이 게임

의 가장 기본적인 미스터리는 또 다른 미스터리, 즉 숫자가 존재한다는 수수께끼에 의해 더 돋보인다. 테이블(카드가 잘 미끄러지도록 테이블보는 벗겨 놓는다.) 위에 수북이 쌓인 콩이 점수를 계산하기만을 기다리고 있다. 그러면 준비는 다 끝난 셈이다. 자리에 앉자마자 사람들은 평소의 익숙한 모습을 벗어던지고 옛날 크리오요로 돌변한다. 보통 때와는 전혀 다른 모습으로, 즉 조상들이 살던 시대의 부에노스아이레스 토박이들로 변한 그들은 어떻게 게임을 할지 골몰하기 시작한다. 이와 더불어 언어도 일거에 달라진다. 이들이 나누는 대화를 들어 보면 상대방에게 으름장을 놓는다든지 상대의 눈치를 살피며 이건 된다, 저건 안 된다고 하는 말이 대부분이다. 같은 짝의 패를 세 장 쥐고 있지도 않으면서 '플로르'[421]라고 외치는 것은 반칙이기 때문에 벌칙을 받을 수 있다. 하지만 누군가가 '엔비도'[422]라고 외치는 경우에는 '플로르'라고 해도 무방하다. 하지만 일단 〔둘 중에서〕 어느 것이든 외치고 나면 반드시 그것을 시켜야 한다. 그것은 각 용어마다 완곡어법으로 계속 전개되는 약속이자 의무이기도 하다. 예컨대 〔트루코에서〕 '키에브로'는 '키에

421 트루코에서 같은 짝의 패를 세 장 가지고 있을 때 부르는 신호로, 3점이나 7점을 얻는다.

422 트루코에서 같은 짝의 패를 두 장이나 세 장을 쥐고 있을 때 마지막 사람이 상대방의 패를 확인할 목적으로 부르는 신호이다.(같은 짝의 패를 세 장 쥐고 있지만 '플로르'를 부르지 않으면 '엔비도'가 된다.) '엔비도'를 쥐고 있는 경우 최고 38점에서 20점까지 획득할 수 있다.

로'[423]를, '엔비테'는 '엔비도'를, '올로로사'나 '하르디네라'는 '플로르'를 의미한다. 그러다 내기에서 지면 정계 두목처럼 엄숙한 목소리로 말한다. "이미 정한 게임의 규칙대로 하는 거야. '팔타 엔비도'와 '트루코' 혹은 '플로르'가 나오면 '콘트라플로르 알 레스토!'란 말이지." 게임이 열기를 더해 갈수록 대화는 종종 한 편의 시가 되기도 한다. 트루코에는 정해진 예법이 있어서 돈을 잃은 사람한테는 위로의 말을, 이긴 이들에게는 축하의 시를 바치는 것이 보통이다. 그리고 트루코는 어떤 날을 떠올리게 하기도 한다. 마당에 피워 놓은 모닥불 주변이나 주점에서 밀롱가를 추고 밤을 새우면서 떠들썩하게 놀거나 로카[424] 지지자들과 테헤도르[425] 지지자들이 서로 갑론을박하기도 하고, 후닌 거리의 사창가와 템플레 거리의 살롱으로 몰려가 낯 뜨거운 짓을 일삼는 것은 어쩌면 트루코가 사람들에게 남긴 흔적인지도 모른다. 트루코를 하다 보면 특히 돈을 따거나 이기는 척할 때는 노래가 절로 나온다. 그래서 깊은 밤에도 골목 안쪽의 불 켜진 술집에서는 흥겨운 노래가 흘러나오기 마련이다.

트루코를 할 때 상대방을 속이는 것이 관례처럼 되어 있다.

---

423 트루코에서 상대방이 돈을 걸 때 이를 받아들인다는 신호이다.

424 훌리오 아르헨티노 로카(Julio Argentino Roca, 1843~1914). 아르헨티나의 군인이자 정치인으로, 두 번에 걸쳐 대통령을 역임했다.

425 카를로스 테헤도르(Carlos Tejedor, 1817~1903). 아르헨티나의 법률가이자 정치인으로, 부에노스아이레스 주지사를 역임했다.

그런데 트루코의 속임수는 포커와는 전혀 다르다. 포커의 경우 위험을 무릅쓰고 칩을 수북이 쌓아 올릴 때에도 동요하는 모습을 조금이라도 보이지 않으려고 애써 무덤덤하거나 뚱한 표정을 짓는 것이 보통이다. 반면 트루코에서는 거짓 목소리를 내거나 상대방의 "얼굴을 면밀히 관찰"하지 않으면 도저히 분간할 수 없을 만큼 표정을 숨기고, 간혹 엉뚱한 말을 불쑥 꺼내기도 한다. 트루코에서 속임수의 위력은 기하급수적으로 상승한다. 투덜거리며 카드를 테이블 위에 던지는 이는 손에 좋은 패를 숨기고 있을 가능성이 있고(단순한 계략), 아니면 일부러 우리가 믿지 않도록 하려고 사실을 말함으로써 속이는 것일 수도 있다.(이중 계략) 이처럼 아르헨티나 사람들의 게임은 시간에 구애받지 않고 여유롭게 대화를 즐기면서 이루어지지만 그 한가로움은 실상 교활한 수 싸움의 일부에 불과하다. 한마디로 트루코는 여러 겹의 가면을 뒤집어써야 할 수 있는 게임이다. 그리고 트루코를 하는 이들은 러시아 대평원의 한복판에서 만나 인사를 나누는 두 명의 행상 모셰와 다니엘의 생각과 흡사하다.

"다니엘, 어디에 가는 길이지?" 모셰가 물었다.

"세바스토폴[426]에 가는 길일세." 다니엘이 대답했다.

그러자 모셰가 그를 뚫어지게 쳐다보면서 단호하게 말했다.

"다니엘, 거짓말하지 말게나. 자네는 나를 속이려고 세바스토폴로 간다고 한 거야. 자네가 니즈니노브고로드[427]로 갈 거라

426 러시아령 크림반도 남서부에 위치한 항구 도시.

427 볼가강과 오카강이 합류하는 지점에 있는 러시아 북서부의 도시.

고 믿게 만들려는 속셈 아닌가. 하지만 자네는 분명 세바스토폴로 갈 걸세. 그러니 다니엘, 자네는 거짓말쟁이라고!"

그러면 다시 트루코 이야기로 돌아가 보자. 사람들은 트루코를 하면서 (아르헨티나 크리오요들이 대화할 때 늘 그러듯이) 흥분해서 고래고래 소리를 지르는 것처럼 보이지만 실은 고함을 지름으로써 상대방의 기를 꺾으려는 속셈이다. 그들은 마분지에 울긋불긋한 색깔로 싸구려 신화나 주문(呪文) 등을 그려 놓아 부적처럼 보이는 마흔 장의 카드만 있으면 너끈히 액을 쫓을 수 있다고 믿는다. 이와 더불어 그들은 카드놀이를 하면서 번잡한 일상을 벗어나려고 한다. 우리 모두가 매일매일 부딪히는 다급하고 분주한 삶의 현실은 열띤 승부가 펼쳐지는 세계를 몰래 엿볼지언정 절대 안으로 들어오지는 못한다. 트루코가 벌어지는 테이블만큼은 전혀 딴 세상이니 말이다. 테이블 위에는 '엔비도'와 '키에로', 서로 주고받는 '올로로사'와 뜻밖의 횡재, 게임마다 펼쳐지는 열띤 승부, 희망을 알려 주는 '시에테 데 오로'[428]와 나머지 별 볼 일 없는 패가 살고 있다. 트루코를 하는 동안 사람들은 자신도 모르게 이처럼 작은 환상의 세계로 빨려 들어간다. 사람들은 아무 거리낌 없이 거친 말을 내뱉음으로써 흥을 돋우는데, 이를 불씨처럼 소중히 여긴다. 트루코라는 작은 세계에 대해서는 나도 잘 안다. 권모술수

---

428 황금색의 원형 문양이 일곱 개 그려진 카드로, 아스 데 에스파다(트럼프의 스페이드 에이스), 아스 데 바스톤(트럼프의 클럽 에이스), 시에테 데 에스파다에 이어 네 번째로 좋은 카드이다.

가 판을 치는 토호 정치의 유령, 판자촌의 무당과 동네 주술사가 끝내 만들어 낸 세계 말이다. 그렇다고 해서 그것의 포부가 덜 독창적이고 덜 사악한 현실 세계를 대신하지 못할 정도는 아니다.

트루코처럼 〔우리〕 지방 특유의 주제에 관해 생각하면서 그것에서 벗어나지 않고, 그렇다고 깊이 파헤치지도 않는다면(여기서 이 두 가지는 결국 같은 행동을 상징한다고 할 수 있을 정도로 닮은 점이 많다.) 아무 의미가 없는 것으로 보인다. 이쯤에서 트루코의 빈약함에 대한 내 견해를 간단하게 밝히고자 한다. 수시로 벌어지는 언쟁, 갑작스러운 전세의 변화, 전광석화와 같이 뇌리를 스쳐 지나가는 예감, 음모와 책략은 언제든지 되풀이될 수 있다. 엄밀히 말해 게임을 거듭할수록 이런 것들은 반복될 수밖에 없다. 노름판에 자주 끼는 이에게 트루코가 습관이 아니고 뭐겠는가? 전에 한 게임을 정확히 기억해 낸다든지, 지금도 여전히 종래의 규칙에 매달리는 것을 보라. 사실 트루코를 하는 사람은 과거에 쓴 패를 다시 쓸 뿐이다. 〔따라서〕 트루코는 예전 게임, 다시 말해 예전에 경험했던 순간의 반복이다. 옛 세대의 사람들은 이미 오래전에 우리 곁을 떠났지만 트루코 속에 여전히 살아 있다. 그들은 트루코 그 자체이다.(이것은 절대 비유가 아니다.) 그렇게 생각하면 시간은 단지 환영이거나 허구에 불과하다는 것이 분명히 드러난다. 결국 우리는 울긋불긋한 색깔로 그려진 트루코 카드의 미로를 따라서 (〔삶에 관한〕 모든 사유의 유일한 존재 이유이자 목적인) 형이상학의 세계로 다가선다.

마차에 쓰인 글귀들

독자들이여, 우선 마차 한 대를 떠올려 보자. 커다란 마차를 상상하기는 그리 어렵지 않을 것이다. 여분의 힘을 비축하려는 듯 앞바퀴가 뒷바퀴보다 훨씬 높고, 나무와 철로 된 마차만큼이나 체격이 건장한 토박이 마부는 신나게 휘파람을 불어 대거나 말들(측면의 트롱케로 한 쌍과 선두의 카데네로[429](굳이 비유를 들자면 뱃머리처럼 튀어나온 곳에 있어서 눈에 잘 띄는 말이다.))에게 역설적이리만큼 다정한 목소리로 명령을 내린다. 마차에 짐을 싣고 있든 싣고 있지 않든 매한가지이다. 다만 빈 차

429 트롱케로는 마차 전방의 양 측면(정중앙에서 마차를 끄는 바레로의 좌우)에 위치하는 말이다. 반면 카데네로는 바레로의 앞쪽이자 마차의 선두에서 마차를 끄는 말을 가리킨다.

로 돌아갈 때 말들의 발걸음도 훨씬 가벼워질 뿐 아니라 마치 옥좌처럼 변한 마부석은 침략과 약탈을 일삼던 아틸라[430]의 제국의 전차(戰車) 같은 느낌이 여전히 남아 있는 듯하다. 마차는 몬테스데오카나 칠레 거리, 아니면 파트리시오나 리베라, 발렌틴고메스 거리 어디든 지나다닐 수 있지만 다양한 교통수단이 밀집되어 있고 사람들의 왕래가 많은 라스에라스 거리가 최적의 장소이다. 라스에라스 거리에서는 터벅터벅 걸어가는 마차를 자동차들이 계속 추월하지만 오히려 느린 속도 덕에 마차는 큰 성공을 거둘 수 있었다. 거리를 빠르게 지나가는 자동차를 보면 마치 겁에 질려 황급히 도망치는 노예의 모습이 연상되는 반면 느릿느릿 걸어가는 마차는 (영원까지는 아닐지라도) 시간을 완전히 소유한 듯한 인상을 준다.(이처럼 시간을 완전히 소유하는 것은 아르헨티나 크리오요들이 가진 무궁무진하면서도 유일한 자산(자본)이기도 하다. 이와 더불어 우리는 그러한 느림을 부동의 상태, 즉 공간의 차원으로 제고시킬 수도 있다.) 이처럼 느긋하게 자기 길을 가는 마차의 옆면에는 화려한 색깔로 문양이 그려진 장식물이 부착되어 있다. 부에노스아이레스 변두리에서는 오래전부터 마차에 이를 부착하는 것을 의무화했다. 마력(馬力), 형태, 용도, 높이 등의 제원이 기재된 표지판 옆에 덤으로 붙여 놓은 (별로 중요하지도 않은) 장식 패널[431] 때문에

430 Attila(406~453). 훈족의 마지막 왕으로, 로마 제국은 물론 남부 발칸 지방과 그리스, 이어서 갈리아까지 침략했다.

431 부에노스아이레스에서는 이 장식 패널을 필레테아도

유럽에서 온 강연자들이 종종 우리에게 퍼붓는 수다스러운 비난[432]이 사실로 인정된다 해도 그것이 이 글의 요지인 이상 이를 감출 생각은 추호도 없다. 나는 오래전부터 그러한 글귀들을 수집해 왔다. 그런데 이를 '마차의 금석학'[433]으로 분석해 보면 〔필레테아도의 전통은 내가〕 실제로 모은 몇몇 작품들(이 나라를 이탈리아인들이 차지한 요즘에는 그나마 이마저도 보기가 어렵다.)보다 훨씬 더 시적인 삶, 그러니까 〔과거 크리오요들의〕 유유자적하는 무위자연의 삶에서 우러나온 것임을 분명하게 알 수 있다.

나는 여기저기서 보고 기록한 잡동사니들을 모두 테이블 위에 쏟아 놓기보다 그 가운데 몇 가지만 선보이려고 한다. 여

포르테뇨라고 한다. 강렬한 색깔, 나선과 대칭 모티브의 반복적 사용, 음영 효과, 표면의 과도한 장식 등으로 특징지어지는 필레테아도는 부에노스아이레스 특유의 도상(圖像) 예술 형식으로, 나뭇잎, 거울, 꽃, 동물, 깃발 등의 문양을 그려 넣은 직사각형의 패널이다. 시간이 지나면서 상징이나 형상 외에도 독창적인 문구나 격언, 재미있고 철학적인 내용의 잠언이나 시구 등이 포함되기 시작했다. 필레테아도는 2015년에 유네스코 세계 무형 문화유산으로 지정되었다.

432 필레테아도는 주로 유럽에서 온 이주민들의 가족이 만들었기 때문에 유럽의 다양한 문화적 요소가 아르헨티나의 고유문화와 뒤섞여 있다. 따라서 유럽의 학자들이 퍼부은 조롱과 비난은 아마 필레테아도 특유의 혼종적 성격, 즉 어지러울 정도로 과도한 장식과 조잡한 색상 등에 대한 것으로 보인다.

433 'epigrafía de corralón'을 직역하면 마차 차고의 금석학이지만 문맥상 '마차의 금석학'이라고 옮긴다.

기서는 당연히 〔필레테아도에 사용된〕 수사법을 주로 다룰 생각이다. 이 분야를 체계적으로 정리한 이들이 언어의 모든 용법은 물론 우스꽝스럽거나 경박한 수수께끼, '말장난', 아크로스틱,[434] 철자 바꾸기 놀이, 미로, 입체 미로, 다양한 상징과 문양까지 모두 연구에 포함시켰다는 사실은 이미 잘 알려져 있다. 이 가운데 마지막, 즉 언어가 아닌 상징적 문양이나 기호까지 허용된다면 마차에 적힌 글귀나 격언 등을 포함시킨다 해도 전혀 문제될 것이 없으리라 본다. 그것은 원래 방패 모양의 문장(紋章)에서 비롯된 장르인 문장의 제명(題銘) 혹은 문구에 아메리카 인디오적 요소가 가미된 것이다. 이와 더불어 무언가 놀랄 만한 것을 기대한 독자들이 내가 모아 놓은 글을 보고 실망하지 않으려면 마차의 글귀 또한 다른 글과 다르지 않다고 보는 것이 바람직하다. 그 정도로 근사한 글귀는 실제로 존재하지 않는 데다 메넨데스 이 펠라요나 팰그레이브[435] 같은 세심한 학자들이 편집한 책에도 나와 있지 않은데 내가 무슨 수로 그런 것들이 있다고 큰소리칠 수 있겠는가?

사람들이 가장 흔히 저지르는 실수는 마차 회사의 상호를 〔필레테아도의〕 진짜 문구로 여기는 것이다. 가령 '볼리니 농장의 자부심'처럼 감흥이 있기는커녕 무례하기 짝이 없는 간판

434 각 행의 첫 글자 또는 마지막 글자를 짜 맞추면 하나의 말이 되는 일종의 시적 유희.

435 프랜시스 팰그레이브 경(Sir Francis Palgrave, 1788~1861). 영국 출신의 역사학자이자 고문서 학자로, 세상을 떠날 때까지 영국 문서기록원 원장을 지냈다.

이 바로 그런 경우라고 볼 수 있다. 사아베드라 지구의 마차 이름인 '북부의 어머니'도 그와 다르지 않다. 그래도 두 번째 이름이 더 매력적일 뿐 아니라 두 가지 의미로 해석할 수 있다. 첫 번째로 (신빙성이 별로 없는 해석이기는 하지만) 비유의 의미를 배제하고, 마차에 의해 북부 지역이 새롭게 태어났다고 상상할 수 있다. 즉 마차가 활기차게 지나가면서 새로운 집과 술집, 페인트 가게가 들어차면서 북부가 나날이 발전하고 있다는 해석이 가능하다. 두 번째로는 (독자 여러분이 이미 추측한 바와 같이) 마차가 어머니의 품처럼 따스하고 정겹다는 뜻으로 해석할 수 있다. 하지만 이런 이름은 우리에게는 좀 낯선 또 다른 문학 장르, 즉 회사와 사업체의 명칭으로 더 잘 어울린다. 이런 종류의 이름은 비야 우르키사 거리의 양복점인 '도로스섬의 거상'이라든지 벨그라노의 침대 공장인 '라 도르미톨로히카'[436]처럼 함축적인 의미를 담은 걸작에서 흔히 발견된다. 하지만 이런 부류의 이름은 내 관심사가 아니다.

실제로 마차에 쓰여 있는 글귀도 〔상호와〕 크게 다르지는 않다. 미사여구에 진저리라도 났는지 예로부터 그것은 간결하고 단순한 표현(가령 '베르티스 광장의 꽃'과 '정복자'처럼)이 주를 이루고 있다. '낚싯바늘'과 '우편 행낭', '작대기' 등도 마찬가지이다. 이 중에서는 마지막 것이 가장 마음에 들지만 사아베드라 거리에서 본 또 다른 글귀, 즉 항해처럼 먼 길을 떠나는 여행이나 먼지바람이 높게 이는 팜파스의 황량한 길을 따라 하

---

436 '침실'을 의미하는 'dormitorio'와 '신화적'이라는 뜻의 'mitológica'를 합성한 것으로 보인다.

염없이 돌아다닌 경험을 암시하는 듯한 '배'에 비하면 〔'작대기' 정도는〕 아무것도 아니다.

〔필레테아도〕 장르에서 가장 독특한 것은 배달 마차에 쓰인 말이다. 매일같이 여인들이 흥정을 벌이고 수다를 떠는 장터를 돌아다니다 보니 굳이 남자다운 용기와 대범함에 집착할 필요가 없어졌기 때문이다. 그런 마차에 쓰인 화려한 글자는 오히려 상냥하고 정중한 태도로 자기를 과시하는 내용이 대세를 이룬다. 대표적인 예로 '너그러운 남자', '나를 보살펴 주는 이는 축복받으리', '남쪽의 바스크인', '바람둥이', '미래의 우유 장수', '잘생긴 총각', '내일 또 만나요', '탈카우아노 최고의 남자', '태양은 모두를 위해 뜬다'처럼 유쾌하면서도 재미있는 글귀를 들 수 있다. '그대의 어여쁜 눈동자 때문에 설레는 내 마음을 어찌하리오', '불이 뜨겁게 타오르던 곳에 이제는 재만 남았네'는 자기만의 열정을 보여 주는 글귀이다. '나를 시기하는 자는 절망 속에서 죽어 가리'는 스페인에서 들어온 것이 틀림없다. 반면 '급할 것 없어'는 아르헨티나 크리오요에게 딱 어울리는 표현이다. 역정을 내거나 퉁명스러운 어투는 가볍고 유쾌한 표현으로 다듬거나 다른 말을 덧붙임으로써 다소 부드럽게 만들 수 있다. 전에 길을 가다 어떤 청과물 상인의 마차를 본 적이 있다. 거기에는 '동네의 총아'라는 이름에서 미루어 짐작할 수 있듯이 무척이나 오만한 느낌을 주는 2행시가 쓰여 있었다.

이 세상에서 아무도 부럽지 않다는 것을
나는 분명하고 당당하게 말할 수 있습니다.

그러고는 어두운 곳에서 춤을 추는 한 쌍의 탱고 무용수들의 사진에 대해 '단도직입적으로'라는 단호한 제목의 논평을 달아 놓았다. 이처럼 간결하면서도 수다스럽고 열광적으로 설교하는 듯한 어조는 그 유명한 덴마크의 원로 정치가 폴로니어스[437]나 폴로니어스를 현실로 옮겨 놓은 발타사르 그라시안의 말투를 연상시킨다.

그러면 다시 〔필레테아도〕 특유의 글귀로 돌아가 보자. '모론시의 반달'은 배처럼 철제 난간이 달리고 높이가 아주 높은 마차의 문구이다. 어느 날 밤 아바스토 시장[438] 한복판을 걷다가 나는 우연히 그 마차를 보게 되었다. 날씨가 워낙 후덥지근한 탓에 악취가 진동했지만, 열두 개의 다리와 네 개의 바퀴는 이에 아랑곳하지 않고 위풍당당하게 그곳을 활보하고 있었다. '적막강산'은 전에 부에노스아이레스주 남부에서 본 마차의 이름이다. 그 이름은 '배'와 마찬가지로 아득히 먼 곳을 암시하지만 〔'배'보다〕 의미가 덜 모호한 편이다. '그녀가 날 사랑한다는데 그녀의 엄마가 무슨 상관이람'도 빼놓을 수 없는데, 경쾌한 유머와 위트보다 마부들 특유의 말투가 돋보인다. '너의 입맞춤은 오직 나를 위한 것이었지'도 이와 마찬가지이다. 원

437 셰익스피어의 『햄릿』에 나오는 인물로, 국왕의 고문이자 레어티스와 오필리아의 아버지이다. 수다스럽고 주제넘게 나설 뿐 아니라 무례하기까지 한 폴로니어스는 결국 햄릿의 손에 죽고 만다.

438 19세기 후반 아르헨티나의 경제가 비약적으로 발전하면서 건립된 대규모 도매 시장으로, 주로 과일과 채소를 판매했다.

래는 아름다운 왈츠 가사의 일부인데, 마차에 붙어 있으니 왠지 넉살맞은 느낌을 준다. '뭘 그렇게 봐? 내가 부러워?'를 보면 여자 꽁무니만 살살 쫓아다니거나 여자 문제라면 도통했다고 잘난 체하는 남자가 절로 떠오른다. '나는 궁지에 차 있어'의 경우 밝게 빛나는 태양과 높은 마부석의 위엄을 연상시키는 덕에 보에도 거리에서 흔히 들을 수 있는 험악한 욕설[439]보다 훨씬 낫다. '아라나[440]가 갑니다'는 정말 멋진 광고이다. 그렇지만 '그 금발 여인한테 마음이 있다고? 설마'가 훨씬 더 감칠맛이 난다. 이는 부에노스아이레스 토박이들이 대화할 때처럼 어미를 생략하고 갈색 머리 여인을 더 좋아한다는 뉘앙스를 암시할 뿐 아니라 '설마'라는 부사를 반어적(여기서는 '그럴 리 없다'라는 뜻이다.)으로 사용했기 때문이다.(나는 음란한 밀롱가 가사에서 '설마'라는 표현을 처음 알게 되었다. 안타깝지만 〔이제 가사를 다 잊어서〕 나직한 목소리로 중얼거릴 정도로 입에 붙지도 않았고, 남이 모르게 라틴어로 바꿔 부를 수도 없게 되었다. 그 대신 루벤 캄포스[441]의 『멕시코 민속과 음악』에 수록된 이와 비슷한 유의 가사를

---

439 부에노스아이레스 남부의 보에도 거리는 도시 빈민들이 모여 사는 곳이기 때문에 분위기가 험악했다.

440 거미라는 뜻으로, 마부 혹은 마차의 별명인 듯하다.

441 Rubén M. Campos(1876~1945). 멕시코의 작가이자 민속 음악 학자로, 20세기 초 멕시코의 대표적 지식인이다. 대표작으로는 모데르니스모 산문의 절정인 『클라우디오 오로노스(Clauido Oronoz)』(1906)와 당시 멕시코 음악 및 민속 공연 등을 집대성한 『멕시코 민속과 음악(El folkore y la música mexicana)』(1928) 등이 있다.

예로 들어 본다. “내가 걸어 다니는 그 샛길을/ 저들이 없앨 거라고 하네./ 그 길이 곧 사라질 거란다./ 하지만 내가 자주 찾던 그곳이 설마.” 그리고 “설마, 내 목숨이”는 칼싸움 연습을 하는 이들이 상대방의 몽둥이나 칼끝을 피할 때 습관적으로 내뱉는 말이기도 하다.) ‘나뭇가지에 꽃이 만발했네’라는 글귀에서는 평온하면서 신비로운 기운이 느껴지기까지 한다. ‘별거 아니야’, ‘차라리 나한테 말하지 그랬어’, ‘누가 그런 말을 하리’는 워낙 멋진 글이어서 어디 하나 손볼 곳이 없다. 그것들은 드라마를 연상시킬 뿐 아니라 현실에서 흔히 들을 수 있는 말이기도 하고 감정의 기복을 잘 드러내고 있다. 한마디로 그것들은 운명처럼 늘 우리의 삶을 따라다니는 말이다. 그것들은 글 속에서 영원히 지속될 〔우리의〕 표정이나 태도이며, 끊임없이 반복되는 표현이기도 하다. 그것들의 암시적 성격은 변두리 주민들이 대화할 때 나타나는 전형적인 표현이다. 왜냐하면 그들은 자신이 생각한 바를 직설적이거나 논리적으로 표현할 능력도 없지만 무엇보다 모든 것을 일반화시켜 두서없이 말하거나 어지러운 탱고의 스텝처럼 이리저리 에둘러 말하는 것을 좋아하기 때문이다. 그러나 내가 수집한 것들 중에서 단연 돋보이는 글은(동시에 가장 그늘진 꽃은) ‘실패한 이는 울지 않는다’인데, 왠지 음산하고 쓸쓸한 느낌을 준다. 로버트 브라우닝의 심원한 세계와 쓸데없이 복잡하기만 하지 보잘것없는 말라르메의 시, 골치만 아픈 공고라의 작품조차 거뜬히 이해하던 나와 술 솔라르였지만 마차에 쓰인 그 글에서 도무지 헤어날 수가 없었다. 실패한 이는 울지 않는다. 나는 그림자가 짙게 드리운 그 카네이션을 독자들에게 건네고자 한다.

근본적으로 문학의 무신론이라는 것은 존재하지 않는다. 한때 나는 문학이라는 것을 믿지 않는다고 여겼다. 그래서인지 이제는 〔나도 모르게〕 이러한 문학의 파편들을 모으고 싶은 마음에 사로잡혀 있다. 그렇지만 내 생각이 틀리지 않음을 증명하는 두 가지 이유가 있다. 첫 번째는 작자 미상의 작품이라도 눈여겨볼 가치가 있다고 여기는 민주주의의 맹신이다. 마치 실제로는 아무도 모르는 것을 다 알기라도 하는 것처럼, 그리고 인간의 지적 능력이 워낙 예민해서 아무도 지켜보지 않을 때 더 좋은 성과를 내기라도 하는 것처럼 말이다. 다른 이유는 짧은 글을 판단하기가 상대적으로 용이하다는 것이다. 안타깝지만 한 줄의 글에 대한 우리의 견해가 최종적일 수 없다는 점을 인정해야 한다. 하지만 우리가 장(章) 전체보다 글 한 줄에 더 많은 믿음을 가지는 것은 사실이다. 이쯤에서 격언을 쉽게 믿으려 들지 않으면서도 그것을 찾아 기웃거리던 에라스무스를 떠올리지 않을 수 없다.

언젠가 때가 되면 이 글도 학구적으로 보일 것이다. 얼마 전에 내가 우연히 쓴 시 한 편을 제외하면 이 주제에 대해 어떤 참고 문헌도 제공할 수 없다. 그 작품은 요즘 말로 자유시에 해당하는데, 무미건조하고 활기도 없는 소묘에 불과하다.

멋진 글귀를 옆에 단 마차들이
그대의 아침을 건너고 있었다.
그리고 술집들은 천사를 기다리고 있기라도 한 것처럼
다정한 모습으로 길모퉁이에 늘어서 있었다.[442]

나는 개인적으로 마차에 쓰인 글귀와 마차를 장식한 꽃이 더 마음에 든다.

442 보르헤스의 시집 『산마르틴 공책(Cauderno de San Martín)』(1929)에 수록된 「현관문의 비가(Elegía de los Portones)」의 일부이다.

말 탄 이들[443]의 이야기

말 탄 이들에 관한 이야기라면 셀 수 없을 정도로 많다. 우선 간단한 이야기부터 한 다음 깊이 들어가 보자.

우루과이 출신의 어느 농장 주인이 부에노스아이레스주의 임야[444](그는 분명히 이 단어를 사용했다.)를 사들였다. 그는 믿을 만 하지만 거칠기 짝이 없는 말 조련사를 파소데로스토로스[445]에서 데려와 온세 거리 부근에 있는 싸구려 여인숙에 집어넣었

443 'jinetes'는 원래 기수(騎手) 혹은 기마병을 의미하지만 여기서는 문맥에 따라 '말 탄 이들'이나 '기마병'으로 옮긴다.

444 'establecimiento de campo'는 시골 혹은 들판의 토지와 부동산 등을 의미하는데, 여기서는 문맥상 '임야'로 옮긴다.

445 우루과이 내륙의 타쿠아렘보주에 있는 도시이다.

다. 청년은 믿을 만했지만 사흘 후 주인이 여인숙으로 찾아갔더니 청년이 꼭대기 층에 있는 방에서 혼자 마테 차를 마시고 있었다. 안쓰러운 생각이 들어 부에노스아이레스가 어떠냐고 물어보았더니 그는 한 번도 창밖으로 거리를 내다보지 않았다고 했다.

두 번째 이야기도 이와 크게 다르지 않다. 1903년 아파리시오 사라비아[446]는 우루과이 농촌 지역을 중심으로 봉기를 일으켰다. 내전이 격화되자 사람들은 아파리시오의 군대가 몬테비데오로 진격해 올까 봐 전전긍긍했다. 당시 우루과이에 머물고 있던 나의 아버지는 상황이 급박해지자 친척인 역사학자 루이스 멜리안 라피누르[447]에게 조언을 구하러 갔다. 하지만 라피누르는 대수롭지 않다는 표정으로 "가우초 놈들은 도시를 무서워하니까" 아무 걱정도 할 필요가 없다고 하더란다. 놀랍게도 라피누르의 예언은 정확히 맞아떨어졌다. 몬테비데오로 진격하던 사라비아의 군대가 갑자기 방향을 틀었던 것이다. 그때 아버지는 역사 연구가 재미있을 뿐 아니라 유익할 수 있다는 사실을 알게 되었다.[448]

---

446 아파리시오 사라비아 다 로사(Aparicio Saravia Da Rosa, 1856~1904). 정치인이자 군인으로 지방 호족의 이해관계(연방주의)를 대변하던 우루과이 민족당의 대표적 인물이었다.

447 Luis Melián Lafinur(1850~1939). 우루과이 출신의 법률가이자 역사학자, 외교관, 정치가. 그는 무장봉기에도 두 번이나 참여했을 정도로 정치 활동에 깊숙이 관여했다. 보르헤스의 아버지의 삼촌이다.

448 버턴에 따르면 베두인족은 아랍의 도시에 가서도 손수건으로 코를 가리거나 솜으로 코를 막는다고 한다.

세 번째는 우리 집안에 구전되는 이야기이다. 1870년 말경 흔히 '엘 춤비아오'[449]라고 불리던 가우초가 이끄는 로페스 호르단[450]의 부대가 파라나시[451]를 포위하기 시작했다. 어느 날 밤 경계가 느슨해진 틈을 이용해 적의 방어선을 돌파한 반란군은 말을 타고 중앙 광장을 누비면서 〔인디언처럼〕 손으로 입을 치

한편 암미아누스에 의하면 훈족은 무덤만큼이나 집을 두려워했다고 한다. 이와 마찬가지로 5세기경 영국을 침략한 색슨족은 로마 제국의 도시를 정복하고도 두려움 때문에 눌러살 생각을 하지 못했다. 그들은 결국 도시가 폐허로 변할 때까지 방치해 두었다. 후일 그들은 폐허로 변한 도시를 보고 슬퍼하면서 비가(悲歌)를 지었다.(원주)
리처드 프랜시스 버턴 경(Sir Richard Francis Burton, 1821~1890)은 영국의 탐험가이자 역사학자이고 암미아누스 마르켈리누스(Ammianus Marcellinus, 325 혹은 330~391)는 로마의 역사가이다.

449 El chumbiao. 본명은 카피탄 로메로(Capitán Romero)로 로페스 호르단의 부하였다. 연방주의 군대가 부에노스아이레스의 중앙 집권주의자들에게 패한 뒤 쫓기는 신세가 된 엘 춤비아오는 밀림을 돌아다니며 해외로 망명한 로페스 호르단이 돌아오기만을 기다렸다고 한다.

450 리카르도 라몬 로페스 호르단(Ricardo Ramón López Jordán, 1822~1889). 아르헨티나의 군인이자 정치인으로, 부에노스아이레스의 중앙 권력에 대항한 최후의 지방 호족 가운데 한 명이다. 세 차례에 걸쳐 봉기를 일으켰으나 모두 실패로 돌아갔다.

451 아르헨티나 중서부에 위치한 도시로, 왼편으로 파라나강이 흐른다.

며 "우." 하고 소리를 지르고, 야유와 조롱 섞인 말을 퍼부었다. 잠시 후 그들은 계속 야유를 퍼붓고 휘파람을 불어 대면서 그곳을 빠져나갔다. 그들에게 전쟁은 어떤 계획을 일관되게 실행에 옮기는 것이라기보다 남자다움을 과시하는 일종의 놀이에 가깝다.

네 번째이자 마지막 이야기는 동양학자 르네 그루세[452]의 명저 『유라시아 유목 제국의 역사』에서 옮긴 것이다. 2장의 두 문단이 특히 중요하다. 먼저 첫 번째 문단을 인용한다.

> 칭기즈 칸이 1211년부터 진나라를 상대로 벌인 전쟁은 잠깐씩 휴전이 이루어지기는 했지만 그가 죽을 때(1227년)까지 계속되다가 결국 그의 후계자에 의해 종지부를 찍었다.(1234년) 몽골족은 용맹한 기마 군단이 있었기에 벌판과 마을을 마음껏 유린할 수 있었다. 하지만 오랜 세월 동안 그들은 중국 기술자들이 요새화한 도시와 마을을 쉽게 점령할 방법을 찾지 못했다. 더구나 몽골족은 중국에서도 초원 지대에서와 같은 방법으로 싸웠다. 즉, 연속적으로 대규모 공격을 감행한 뒤 전리품을 챙겨서 곧바로 철수하는 식이었다. 그들이 물러나면 후방 지역으로 피신해 있던 중국인들이 다시 도시로 들어와 전쟁으

452 René Grousset(1885~1952). 프랑스의 역사학자로, 아카데미 프랑세즈의 회원이었다. 그는 특히 아시아와 동양 문명에 대한 책으로 유명한데, 『십자군의 역사(Histoire des Croisades)』(1934~1936)와 『유라시아 유목 제국의 역사(L'Empire des Steppes)』(1939)가 대표작이다.

로 파괴된 건물을 복구하고 무너진 진지와 성벽을 고칠 수 있었다. 따라서 전쟁이 계속되는 동안 몽골의 장수들은 같은 장소를 두 번, 세 번에 걸쳐 다시 정벌해야 했다.

다음은 두 번째 문단이다.

베이징을 점령한 몽골족은 주민을 무참히 살육하고 약탈한 뒤 집집마다 불을 질렀다. 학살과 방화, 약탈이 난무하는 암흑세계는 한 달간 계속되었다. 한 가지 분명한 것은 유목민들이 자기들이 점령한 거대한 도시를 어떻게 처리할지, 스스로의 권력을 강화하고 확대하기 위해 이를 어떻게 활용할지 전혀 몰랐다는 점이다. 이처럼 아무 준비 과정도 없이 오로지 우연에 의해 도시 문명을 갖춘 오래된 나라를 수중에 넣었을 때 초원 지대 민족이 처한 곤경은 인문 지리학의 전문가들에게 매우 흥미로운 주제일 것이다. 하여간 그들이 살육과 방화를 자행한 것은 단지 사디즘 때문이라기보다 〔대도시 문명을 접하고〕 당혹스러운 나머지 닥치는 대로 파괴하는 것 외에 별 뾰족한 수가 없었기 때문이다.

지금부터 내가 할 이야기는 이 분야의 권위자들도 인정하는 사실이다. 칭기즈 칸의 마지막 원정 때 어떤 장수가 중국인들은 전쟁을 못해서 전혀 쓸모가 없다고 말했다. 따라서 도시를 남김없이 파괴하고 사람들을 몰살한 다음 끝없이 펼쳐진 중국 제국을 몽골 말들을 키울 광활한 목초지로 만들어 버리는 것이 마땅하다고 주장했다. 그렇게 하면 적어도 땅만큼은 제대로 활용할 수 있을 테니 말이다. 이처럼 몽골족에게는 땅 말고는 아무것도 쓸모가 없었다. 칭기즈 칸이 장수의 진언을 따르려는 순간 다른 신하가 나서서 〔무조건 파괴하기보다〕 중국의 모든 땅과 상품에 세금을 매기는 편이 더 득이 되리라고 말했다. 우여곡절 끝에 중국 문명은 살아남았고, 몽골족은 한때 파괴하려 했던 도시에서 오랫동안 살았다. 그리고 그들은 대칭형 정원에서, 하찮게 여기던 문예와 도예를 조용히 즐길 수 있게 되었다.

지금까지 내가 소개한 이야기들은 아득히 먼 옛날 먼 나라에서 전해지던 것들이지만 사실 하나의 이야기가 다양하게 변주된 것에 불과하다. 주인공은 영원히 변하지 않는 반면 안마당으로 이어지는 문 뒤에 몸을 숨긴 채 사흘을 보낸 일꾼〔말 조련사〕은(결국 〔대도시에 와서〕 꼴이 우습게 됐지만) 용맹무쌍한 대초원의 말을 타고 두 개의 활과 말총으로 만든 올가미, 언월도로 세계에서 가장 오래된 제국을 멸망시킬 준비를 하던 이와 동일한 인물이다. 어쨌든 이처럼 다양하게 변하는 시간의 가면 밑에서 변하지 않고 등장하는 기마병과 도시를 찾아보는 것도 재미있을 것이다.[453] 하지만 우리 아르헨티나 사람들에게는 내가 소개한 이야기들의 그러한 즐거움조차 씁쓸한 뒷맛으로 남는다. 왜냐하면 아르헨티나인들은 (에르난데스의 가우초 작품[454]

---

453 이달고, 아스카수비, 에스타니슬라오 델 캄포, 루시츠의 작품은 말 탄 이들이 도시와 대화를 나누는 재미난 장면이 자주 나타나는 것으로 유명하다.(원주)

454 『마르틴 피에로』를 의미한다.

때문에, 아니면 우리를 짓누르는 과거의 무게 때문에) 결국 패배자를 의미하는 말 탄 이들과 자신을 동일시하는 경향이 있기 때문이다. 가령 라피테스족에게 패한 켄타우로스족[455]과 농부이던 카인의 손에 죽은 양치기 아벨, 워털루에서 영국 보병에게 패한 나폴레옹의 기병대 등은 그러한 운명의 상징이자 그림자이다.

말을 타고 지평선 너머로 사라지면서 좌절과 패배를 암시하는 이가 아르헨티나 문학에도 등장하는데, 가우초가 그 전형이다. 『마르틴 피에로』의 한 구절을 살펴보자.

> 농장을 떠난 크루스와 피에로는
> 말 떼를 모아들였다.
> 경험 많은 가우초답게
> 그들은 능숙하게 말 떼를 몰고 갔다.
> 그리고 아무한테도 들키지 않고
> 곧장 국경을 넘었다.
> 국경을 넘은 뒤
> 날이 훤히 밝아 오자
> 크루스가 피에로에게 저 너머에
> 있는 마지막 마을을 보라고 했다.

---

455 라피테스족은 익시온의 인간 후예로, 테살리아의 산악 지방에 살았다. 라피테스족의 왕 페이리토스가 결혼식을 하면서 친척인 반인반마의 켄타우로스족을 초대했는데, 왕위를 놓고 두 종족 사이에 큰 싸움이 벌어졌다. 싸움에서 대패한 켄타우로스족은 테살리아에서 추방되었다.

그 순간 굵은 눈물 두 방울이
피에로의 뺨을 타고 흘러내렸다.

가던 길을 계속 따라간 두 사람은
곧 인적 없는 광막한 벌판으로 들어섰다.

그리고 루고네스의 『파야도르(El payador)』[456]에는 이런 구절이 나온다.

온 세상이 비둘기 날개처럼 불그스레하게 변할 무렵 그가 칙칙한 빛깔의 참베르고 모자를 쓰고, 어깨에는 축 늘어진 깃발처럼 잔뜩 주름진 판초를 걸친 채, 두렵지 않다는 걸 보여주려는 듯 말을 타고 천천히 정든 고갯길을 넘어가는 모습을 우리 눈으로 보았을지도 모른다.

이와 함께 구이랄데스의 『돈 세군도 솜브라』도 살펴보자.

언덕 위로 대부(代父)의 자그마한 실루엣이 나타났다. 나는 나른한 팜파스 위에서 움직이는 작은 그림자를 눈으로 열심히 좇았다. 이제 언덕 꼭대기에 다다르면 저 작은 점마저 자취를 감출 것이다. 마치 누군가가 밑을 조금씩 깎아 내기라도 하는 것처럼 그의 그림자마저 점점 줄어들었다. 그의 마지막

456 루고네스의 시와 산문이 수록된 작품집으로 1916년에 출판되었다.

흔적이라도 붙잡으려는 듯이 나는 검게 보이는 그의 모자 끝 부분에서 한순간도 눈을 떼지 않았다.

위에 인용한 글에서 공간은 시간과 역사를 의미하는 역할을 한다.

말을 탄 남자의 모습은 은근히 애처로워 보인다. '신의 저주'라고 알려진 아틸라와 칭기즈 칸, 티무르[457] 치하에서 말을 탄 이는 광활한 왕국을 닥치는 대로 파괴한 다음 다른 왕국을 세웠지만 다 헛되고 부질없는 짓이다. 그의 손으로 파괴하고 건설한 모든 것 또한 그와 마찬가지로 덧없고 무상할 뿐이다. 땅을 일구는 농부로부터 '문화'가, 도시로부터 '문명'이라는 말이 유래했다. 하지만 말을 탄 이는 시간이 지나면 사라지는 폭풍우와 같다. 이에 관해 카펠레[458]는 『대이동 시대의 게르만 민족(Die Germanen der Völkerwanderung)』에서 그리스와 로마, 게르만 민족은 모두 농경 민족이었다는 주장을 폈다.

---

457 Tīmūr(1336~1405). 몽골 투르크계 지도자로, 몽골 제국을 계승해 중앙아시아부터 이란에 걸친 지역을 지배한 이슬람 왕조인 티무르 제국(1370~1507)의 창시자이다.

458 빌헬름 카펠레(Wilhelm Capelle, 1871~1961). 독일 출신의 고전 문헌학자이다.

단도

마르가리타 붕헤[459]에게

서랍 속에 단도가 하나 있다.

그것은 19세기 말 〔스페인의〕 톨레도에서 만들어진 칼이다. 그 단도는 아버지가 우루과이에 머물 당시 〔그의 삼촌인〕 루이스 멜리안 라피누르에게 받은 것으로, 지금도 소중히 간직하고 있다. 언젠가 우리 집을 방문한 에바리스토 카리에고가 그 칼을 손에 쥐어 보기도 했다.

그 단도를 본 사람이라면 누구라도 손에 쥐고 만지작거릴 수밖에 없다. 마치 오랫동안 찾던 물건이라도 되는 것처럼 주

459 Margarita Bunge(1913～1991). 아르헨티나의 작가로, 대표작은 『죽음의 인상(Fisonomías de la muerte)』이다.

인을 애타게 기다리던 손잡이를 전광석화처럼 덥석 쥔다. 그리고 충직하면서도 날카로운 칼날이 정확하게 칼집을 드나든다.

그렇지만 그 단도가 원하는 것은 따로 있다.

그 단도는 단지 금속으로 만들어진 물건 이상이다. 남자들이 그 단도의 모양을 머릿속으로 그리면서 만들 때 한 가지 명확한 목적만 생각했을 것이다. 그것은 어젯밤 타콰렘보에서 어떤 이를 죽인 단도이고, 카이사르의 몸을 난도질한 단도들이라는 점에서 〔역사에서〕 영원히 반복되는 칼이다. 그것은 누군가를 죽이고, 예고 없이 피를 보고 싶어 한다.

원고와 편지가 어지럽게 널려 있는 내 책상 서랍 속에서 단도는 단순하기 그지없는 호랑이 꿈을 꾸고 있다. 그것을 쥐고 휘두르는 순간 차가운 금속뿐 아니라 손의 감각 또한 되살아난다. 누군가가 그 칼을 손에 쥐는 순간 금속은 그 손의 주인이 자신이 기다리던 살인자임을 직감하기 때문이다.

서랍 속에 잠들어 있는 저 칼을 볼 때마다 안쓰러운 마음을 금할 수 없다. 그토록 강하고 한결같은 믿음을 가지고 있을 뿐 아니라 그토록 무던하고 때 묻지 않은 자존심을 지키고 있는 칼이건만 서랍 속에 갇힌 채 하릴없이 세월만 보내고 있으니 말이다.

에바리스토 카리에고의 시전집에 붙이는 서문

오늘날 우리는 에바리스토 카리에고를 허름한 변두리 동네를 상징하는 존재로 여긴다. 따라서 카리에고가 (동네 건달과 삯바느질로 연명하는 아낙네들, 이탈리아에서 건너온 사람들처럼) 카리에고라는 인물이라는 사실을 잊어버리기가 쉽다. 우리가 카리에고를 떠올리는 팔레르모가 그의 작품이 빚어낸 하나의 영상이자 환영(幻影)에 가까운 것처럼 말이다. 오스카 와일드는 일본, 즉 일본이라는 말에서 떠오르는 이미지가 실상은 호쿠사이[460]에 의해 만들어진 것이라고 주장했다. 그런데 에바리

460 가쓰시카 호쿠사이(葛飾北斎, 1760~1849). 일본 에도 시대에 활약한 목판화가로, 대표적인 우키요에(에도 시대에 유행한 일종의 풍속화 장르) 작가이다. 그의 작품은 모네, 반 고흐 등 서양의 인상파 및 후기 인

스토 카리에고의 경우는 일종의 상호 작용(팔레르모는 카리에고를 만들어 낸 동시에 그에 의해 재창조된다.)의 과정으로 봐야 할 듯하다. 카리에고는 실제 팔레르모와 트레호[461]의 연극과 밀롱가에 나타난 팔레르모로부터 영향을 받았지만 이를 통해 변두리 동네를 자신의 관점으로 표현했다. 그러한 관점은 현실을 〔부단히〕 변화시킨다.(이후 현실은 탱고와 대중 연극에 의해 훨씬 많이 변화된다.)

그런데 어떻게 이런 일들이 일어났을까? 그리고 변두리의 가난뱅이에 불과하던 카리에고가 어떻게 우리의 가슴에 영원히 남을 존재가 될 수 있었을까? 이에 대해서는 카리에고 본인조차 속 시원한 대답을 내놓기 어려울 것이다. 지금으로서는 이 문제에 대해 달리 생각할 능력이 없기 때문에 독자들에게 다음과 같은 설명을 내놓고자 한다.

1904년 어느 날 지금도 온두라스 거리에 남아 있는 집에서 에바리스토 카리에고는 샤를 드 바츠,[462] 즉 다르타냥 백작

상파 화가들에게 영향을 주었다. 대표작으로 「붉은 후지산」(1825), 「가나가와의 거대한 파도」(1825), 「고이시가와의 아침 설경」(1830) 등이 있다.

461 네메시오 트레호(Nemesio Trejo, 1862~1916). 아르헨티나의 극작가이자 파야도르의 선구자이다.

462 샤를 오지에 드 바츠 드 카스텔모(Charles Ogier de Batz de Castelmore, 1611~1673). 루이 14세의 호위대장으로 활약한 프랑스의 군인으로, 흔히 다르타냥 백작이라고 불린다. 그의 생애는 후일 알렉상드르 뒤마의 소설 『삼총사(Les trois mousquetaires)』(1844)의 바탕이 된다.

의 모험담을 읽느라 정신이 팔려 있다가 자신도 모르게 슬픔이 복받쳐 올랐다. 그가 그 책에 푹 빠진 것은 다른 이들이 셰익스피어나 발자크, 월터 휘트먼을 읽으면서 느끼는 것, 그러니까 충만한 삶의 묘미를 뒤마에게서 맛보았기 때문이다. 반면 그가 슬픔에 잠긴 것은 아직은 젊고 자존심이 강할 뿐 아니라 내성적이고 가난했던 데다 자신이 삶과 현실로부터 추방되었다고 생각했기 때문이다. 〔그가 동경하던〕 삶은 칼과 칼이 맞부딪치거나 나폴레옹의 군대가 온 세상을 뒤덮던 프랑스에 있었다. 그런 그가 하필 20세기에(20세기라는 늦은 시기에) 그것도 남아메리카의 초라한 변두리 동네에 살고 있다니……. 그런 생각에 잠겨 있던 카리에고에게 무언가 〔신비한 현상이〕 일어났다. 열정적으로 기타를 퉁기는 소리, 그의 창가에서 내다보이는 납작한 집들과 꼬불꼬불한 골목길, 인사에 대한 답례로 참베르고 모자챙을 살짝 들어 올리는 후안 무라냐(그저께 밤 수아레스, 일명 엘 칠레노의 얼굴에 "칼자국을 남긴" 바로 그 후안 무라냐), 네모난 정원으로 쏟아져 내리는 달빛, 싸움닭을 고이 안고 가는 노인, 어떤 것, 〔혹은〕 그 무엇이든. 정확히 되살려 낼 수는 없는 그 무엇, 의미는 알지만 형태는 도무지 알 수 없는 어떤 것, 너무 평범하고 흔해서 그때까지 눈에 띄지도 않았지만 우주(단지 뒤마의 작품뿐 아니라 어디에서든 매 순간 자신의 모습을 온전히 드러내는 우주)가 〔프랑스뿐 아니라〕 바로 그곳에도, 다시 말해 지금 이 순간, 1904년 팔레르모에도 있다는 것을 카리에고에게 계시하는 무엇이. "어서 들어오세요." 에페소스 출신의 헤라클레이토스는 아궁이 앞에 쭈그려 앉아 불을 쬐고 있다가 자기를 찾아온 이들에게 말했다. "여기에도 신들이 계시니까요."

누구의 삶이든(그것이 아무리 복잡하고 충만하다 할지라도) 실제로 한순간, 그러니까 자신이 누구인지 영원히 알 수 있는 순간으로 이루어져 있을지도 모른다는 생각이 문득 들 때가 있다. 내가 직관으로 파악하고자 했던 불분명한 계시를 통해 보니 카리에고는 카리에고이다. 그는 몇 년 뒤 다음과 같은 시를 쓸 수 있었던 시인이다.

> 깊은 상처가, 폭력의 상흔이 그의 얼굴을
> 가로지르고 있다. 아마 그는 지워지지 않는
> 핏빛 훈장을 달고 다니는 게 자랑스러운 모양이다.
> 계집애처럼 변덕스러운 단도의 마음을.

마지막에 이르면 놀랍게도 전사가 자신의 무기와 행복한 합일을 이룬다는 중세의 상상력이 메아리처럼 되풀이된다. 데틀레프 폰 릴리엔크론[463]의 유명한 시에 나오는 상상력처럼 말이다.

> 프리슬라트인[464] 사이에서 그는 자신의 검 힐프노트를 배신

---

463 Detlev von Liliencron(1844~1909). 독일 출신의 서정 시인이자 소설가이다. 여기서 인용된 시구는 그의 대표적 시집 『부관(副官)의 말(Adjutantenritte)』(1883)에 수록된 「아벨왕의 죽음(König Abels Tod)」의 일부이다.

464 게르만족의 일파로, 북해에 위치한 프리슬란트에서

했고,

그 검 또한 오늘 그를 배신하고 말았다.

1950년 11월
부에노스아이레스에서

오래전부터 살았다. 로마와 프랑크족에 의해 지배받던 그들은 16세기 무렵 동맹을 결성하여 오늘날 네덜란드의 모태가 되었다.

탱고의 역사

비센테 로시와 카를로스 베가,[465] 카를로스 무시오 사엔스 페냐[466]는 〔아르헨티나 음악의〕 충실한 연구자로서 탱고의 기원에 관해 저마다 다른 견해를 제시했다. 물론 나는 그들이 내린 모든 결론에(그 밖에 어떤 결론이라도 마찬가지겠지만) 아무 주저 없이 동의한다. 그리고 탱고의 운명을 감상적으로 다룬 영화가 이따금 나오기도 한다. 그런 영화에 따르면 탱고는 부에노스아이레스의 변두리 동네, 특히 가난한 노동자들이 모여 살

---

465 Carlos Vega(1898~1966). 아르헨티나의 음악 연구자이자 작곡가, 시인으로, 흔히 아르헨티나 음악 연구의 아버지라고 불린다.

466 Carlos Muzzio Sáenz-Peña(1885~1954). 아르헨티나의 작가이자 언론인으로, 오랫동안 《엘 문도(El Mundo)》의 편집장을 지냈다.

던 콘벤티요(마치 사진 속의 한 장면 같은 느낌을 주던 보카델리아추엘로 지역이 가장 각광받았다.)에서 탄생했다고 한다. 상류 계층은 애당초 탱고에 심한 거부 반응을 보였지만 1910년경 파리에서 〔탱고가〕 선풍을 일으키자 마침내 변두리의 흥미로운 문화에 마음의 문을 활짝 열었다. 이러한 교양 소설,[467] 그러니까 "어느 청년의 밑바닥 인생을 다룬 소설"은 이제 논란의 여지가 없을 정도로 엄연한 사실로 굳어진 듯하다. 〔하지만〕 어느덧 50줄에 접어든 나의 기억을 더듬어 보고, 그간 구전 전통에 대해 해온 연구를 되짚어 보건대 그것은 결코 사실이 아니다.

그사이 나는 「펠리시아(Felicia)」와 「라 모로차」를 작곡한 호세 사보리도,[468] 「돈 후안(Don Juan)」을 만든 에르네스토 폰시오,[469] 「라 비루타(La viruta)」와 「라 타블라다(La tablada)」를 작곡한 비센테 그레코 형제, 팔레르모 출신의 정계 두목 니콜라스 파레데스, 그와 잘 알고 지내던 몇몇 파야도르 가수들을 만나 이 문제에 관해 대화를 나눈 적이 있다. 그 자리에서 나는 뻔한 대답이 나오는 질문을 던지는 대신 그들의 말을 잠자코 듣기만

467 주인공이 어린 시절의 시련과 역경을 딛고 일어서 시민 사회의 이념에 동화되어 가는 성장 과정을 다룬 작품을 말한다. 여기서는 자신의 고향에서 박대받다가 세계 문화의 중심인 파리에서 당당히 성공을 거둔 뒤 금의환향한 탱고의 운명을 빗대어 말한 것이다.

468 José Saborido. 탱고 음악가 엔리케 사보리도의 오기로 보인다.

469 Ernesto Ponzio(1885~1934). 이른바 구아르디아 비에하 세대에 속하는 탱고 바이올린 연주자이다.

했다. 내가 탱고의 발생지에 대해 묻자 그들의 입에서는 놀라울 정도로 다양한 지명이 튀어나왔다. 가령 우루과이 출신인 사보리도는 탱고가 몬테비데오에서 탄생했다고 주장한 반면 레티로 지구에서 태어난 폰시오는 부에노스아이레스의 레티로를 꼽았다. 부에노스아이레스의 남쪽 출신들은 탱고의 발생지로 칠레 거리를 지목한 반면 북쪽 출신들은 템플레 거리와 후닌 거리의 사창가를 꼽았다.

앞서 언급한 정도만 해도 놀라운데, 라플라타[470]나 로사리오[471] 출신의 사람들에게 물어본다면 실로 엄청나게 다양한 대답이 나올 것 같다. 이처럼 저마다 다른 견해를 피력하지만 한 가지 중요한 사실, 그러니까 탱고가 사창가에서 유래했다는 사실에 대해서만큼은 이견이 없다.(마찬가지로 탱고가 시작된 시점에 대해서도 별다른 이견이 없다. 다시 말해 탱고가 1880년대 이전이나 1890년대 이후에 비롯되었다고 보는 이는 아무도 없다.) 이런 증언을 뒷받침해 주는 증거는 적지 않다. 우선 초기 탱고 오케스트라에서 사용하던 악기(피아노, 플루트, 바이올린 그리고 조금 뒤에 등장한 반도네온)의 가격만 봐도 쉽게 알 수 있다. 이는 탱고가 초라한 변두리 지역에서 등장하지 않았다는 분명한 증거인 셈이다. 알다시피 그런 동네라면 여섯 줄짜리 기타 한 대면 충분했을 테니 말이다. 〔탱고가 사창가에서 시작되었다는〕 또 다른 증거도 있다. 외설적인 탱고 스텝과 몇몇 탱고곡 제목에 담

470 아르헨티나 동부에 위치한 도시로, 부에노스아이레스 주의 주도이다.

471 산타페주에 있는 아르헨티나 제3의 도시이다.

긴 성적인 뉘앙스(대표적인 예로 「엘 초클로(El choclo)」와 「엘 피에라소(El fierrazo)」[472]를 들 수 있다.) 그리고 내가 어릴 때 팔레르모에서, 나중에는 차카리타와 보에도 거리에서 목격했듯 한 쌍의 남자가 길거리에서 탱고를 추었다는 사실이다. 〔남자들끼리 춤을 춘 것은〕 당시 동네 여인들이 그렇게 음란한 춤판에 끼어들고 싶어 하지 않았기 때문이다. 에바리스토 카리에고는 『이단 미사』에서 그 장면을 이렇게 묘사한다.

> 거리에서는 선남선녀들이 달콤하면서도
> 외설적인 말을 주고받느라 여념이 없다.
> 왜냐하면 변두리 출신의 두 남자가 「라 모로차」라는 탱고 리듬에 맞추어
> 날렵하면서도 도발적인 스텝을 과시하고 있기 때문이다.[473]

또 다른 시에서 카리에고는 변두리 동네의 결혼식 피로연에서 벌어지는 참담한 장면을 자세히 그린다. 신랑의 형은 감옥에 갇혀 있는 데다 술에 취한 젊은이 두 명이 으르렁거리며 소란을 피우자 하는 수 없이 동네 건달들이 나서서 으름장을 놓고 사태를 수습해야 한다. 질시와 반목이 눈에 띄지 않게 사

472 '엘 초클로'는 원래 옥수수의 연한 이삭을 의미하지만 남성의 성기를 뜻하는 은어로도 쓰인다. 반면 '엘 피에라소'는 큰 막대기라는 뜻이지만 성교나 사정을 의미하기도 한다.

473 「변두리의 영혼」의 일부이다.

람들 사이를 갈라놓고, 차마 입에 담지 못할 상소리가 난무하기도 하지만

〔잔치에서〕 춤을 추는 것이 좋을지 결정지어야
하는 신부의 삼촌도 충격을 받았는지
설령 장난이라도 코르테스 스텝은
절대 허용할 수 없다고 못을 박았다.

"고상하게 구는 것까진 바라지도 않아. 하지만 저 불한당 같은 놈들이 어떻게 할지 안 봐도 뻔하지…… 두고 보거라.

우리 집안 형편이야 어렵지. 아무도 이를 부정하지는 않아.

하지만 우리는 말이다, 비록 가난할지언정 부끄럽게 살지는 않았어."[474]

위의 두 연에서 볼 수 있듯이 그 순간 삼촌이 보인 단호한 태도는 당시 처음 탱고를 본 사람들의 반응과 다르지 않았다. 루고네스가 〔탱고에 대한〕 경멸을 간결하게 표현했듯 당시 사람들의 눈에 탱고는 "사창가에서 기어 나온 벌레"(『파야도르』, 117쪽)나 다름없었다. 부에노스아이레스 북부 지구의 콘벤티요로 탱고가 흘러 들어가기까지는(물론 파리에서 호평을 받은 뒤의 일이지만) 여러 해가 걸렸다. 그렇지만 그곳 사람들이 탱고를 완전히 받아들였는지 여부는 여전히 불확실하다. 한때 난

---

474 『변두리의 영혼』에 수록된 「결혼식」의 일부이다.

잡한 장난에 불과하던 것이 이제는 〔거리에서 흔히 볼 수 있는〕 걸음걸이가 되었다.

호전적인 탱고

탱고의 성적인 성격에 관해서라면 이미 여러 사람이 밝혔지만 그것의 호전적인 측면은 전혀 조명받지 못했다. 사실 그 두 가지는 동일한 욕망이나 충동의 〔서로 다른〕 양태 혹은 표현이라고 볼 수 있다. 내가 아는 모든 언어에서 '남자'라는 단어는 성적인 능력과 호전적 성향을 모두 내포한다. 그리고 라틴어로 '용기'를 의미하는 'virtus'는 '남성'을 뜻하는 'vir'에서 비롯되었다. 이와 마찬가지로 소설 『킴(Kim)』[475]에서 한 아프가니스탄 남자는 이렇게 주장한다. "열다섯 살 때 나는 어떤 남자를 총으로 쏴 죽이고 어떤 남자를 낳았소." 마치 그 두 가지 행동이 본질적으로 하나인 것처럼 말이다.

하지만 탱고의 폭력적 측면을 언급하는 것만으로는 충분치 않다. 내가 보기에 탱고와 밀롱가는 시인들이 종종 언어로 표현하고자 했던 무언가를, 그러니까 싸움도 축제가 될 수 있다는 믿음을 직설적으로 표현하려는 것 같다. 6세기경 요르다

---

475 1901년에 발표된 러디어드 키플링의 장편 소설로, 2차 아프간 전쟁 직후를 배경으로 중앙아시아에서 영국과 러시아의 정치적 갈등과 암투가 생생하게 묘사돼 있다.

네스가 쓴 『고트족의 역사』[476]에 따르면 샬롱에서 패하기 전 아틸라는 병사들에게 "이 전투의 기쁨"을 누리는 행운을 맞이할 것이라고 열변을 토했다고 한다. 〔호메로스의〕 『일리아스』에는 아카이아인들에게는 텅 빈 배로 사랑하는 조국에 돌아가는 것보다 전쟁이 훨씬 더 기쁘고 즐거운 일이었다고 쓰여 있다. 이와 더불어 어미를 찾아 갈기를 휘날리며 달리는 말처럼 전쟁터를 향해 달려가는 프리아모스의 아들 파리스의 모습도 자세하게 기술되어 있다. 고대 영어로 쓰인 서사시 『베어울프(Beowulf)』에서 시인은 전투를 일컬어 "검들의 유희"라고 했다. 11세기 스칸디나비아의 시인들은 이를 "바이킹들의 축제"라고 불렀다. 그리고 17세기 초 케베도는 연가에서 결투를 "검들의 무도회"라고 했는데, 이는 작자 미상의 앵글로색슨 서사시에 나온 "검들의 유희"와 아주 흡사한 표현이다. 화려한 수사를 자랑하는 빅토르 위고는 워털루 전투를 떠올리며 병사들이 "다가올 축제에서 죽게 될 운명임을 직감한 듯" 폭풍우가 몰아치는 벌판에 선 채 그들의 신인 황제의 이름을 연호하며 경의를 표하는 장면을 생생하게 그린다.

앞에서 인용한 글은 그동안 닥치는 대로 책을 읽다가 옮겨 적은 것들인데, 이와 유사한 예라면 얼마든지 찾을 수 있을 것

---

476 6세기경에 활동했던 로마의 관료이자 역사가 요르다네스(Jordanes)가 쓴 책으로, 원래 제목은 『고트족의 기원과 업적에 관해서(De origine actibusque Getarum)』이다.

이다. 가령 『롤랑의 노래(Chanson de Roland)』[477]나 아리오스토의 장시(長詩)[478]만 봐도 어렵지 않게 발견할 수 있을 것이다. 여기 옮겨 놓은 글 중에서도 어떤 것(예를 들어 케베도의 글이나 아틸라에 관한 기록)은 시적 효과가 아주 뛰어난 편이다. 하지만 앞에 언급한 글은 모두 문학적인 것의 원죄로부터 자유롭지 못하다. 여기서 문학적인 것의 원죄는 〔그 작품들이 모두〕 말(단어)로 된 구조이자 상징으로 이루어진 형식이라는 사실을 가리킨다. 예를 들어 "검들의 무도회"는 읽는 이의 마음속에서 춤과 전투라는 서로 다른 두 가지 표상을 〔하나로〕 결합시킴으로써 후자〔"무도회"〕가 전자〔"검들"〕에 기쁨과 희열을 불어넣는 효과를 낳는다. 하지만 그 표현은 우리의 뜨거운 피에 직접적으로 호소하지도, 그렇다고 우리의 마음속에서 다시 기쁨을 일으키지도 않는다. 쇼펜하우어(『의지와 표상으로서의 세계』 I권 52쪽)에 따르면 음악은 세계 자체만큼이나 우리에게 직접적으로 존재한다고 한다.[479] 만약 세계가 없거나 언어에 의해 환기될 수 있는 우리의 공유 자산, 즉 기억이 없다면 문학은 존재하지 않을 것이 분명하다. 반면 음악은 굳이 세계를 필요로 하지 않는

477　작자 미상의 프랑스 무훈시로 구전되었다.

478　루도비코 아리오스토(Ludovico Ariosto, 1474~1533)는 이탈리아의 시인으로, 보르헤스가 언급한 장시는 그의 대표작 『광란의 오를란도(Orlando Furioso)』(1516)이다. 사라센에 대항해 싸운 샤를마뉴와 오를란도의 무훈을 노래한 서사시이다.

479　음악이 세계를 반영하거나 표상하는 것이 아니라 세계로부터 독립적으로 존재하는 실체라는 뜻이다.

다. 다시 말해 세계가 없어도 음악은 존재할 수 있을 것이다. 음악은 의지이자 열정이다. 음악으로서 초기 탱고는 먼 옛날 그리스와 게르만 민족의 시인들이 언어로 표현하려고 했던 전쟁의 기쁨을 직설적으로 전달한다. 오늘날에도 과거의 영웅적이고 용감한 곡조를 되살려 내려 하는 작곡가들이 있는데, 이들은 특히 바테리아와 바리오델알토 지구에 관한 밀롱가를 만들어 내는 데 심혈을 기울이고 있다. 하지만 의도적으로 옛날풍의 가사와 곡을 만들어 내려는 그들의 노력은 지나간 세월에 대한 향수의 표현이자 이미 사라져 버린 것에 대한 넋두리일 뿐이다. 그래서인지 멜로디는 경쾌함에도 이러한 밀롱가들은 슬프고 우울하기 짝이 없다. 따라서 이런 곡들과 〔비센테〕 로시의 책에 나와 있는 투박하면서도 때 묻지 않은 밀롱가의 관계는 『돈 세군도 솜브라』와 『마르틴 피에로』나 『파울리노 루세로(Paulino Lucero)』[480]의 관계와 유사하다고 볼 수 있다.

오스카 와일드의 대담집에 따르면 음악은 우리가 전혀 모르던 개인적 과거를 우리에게 드러내 줌으로써 〔실제로〕 우리에게 일어나지 않았던 불행한 사건을 안타까워하고, 우리가 저지르지 않은 행동에 대해 죄의식을 느끼게 만든다고 한다. 솔직히 말하면 나도 이와 비슷한 경험을 한 적이 있다. 가령 나는 「엘 마르네(El marne)」[481]나 「돈 후안」을 들을 때마다 내가 경

480 19세기 중반 폭군 후안 마누엘 데 로사스에 맞서 싸운 가우초들의 이야기를 다룬 일라리오 아스카수비의 서사시(1849)이다.

481 1919년 에두아르도 아롤라스(Eduardo Arolas, 1892

험하지도 않은 과거의 사건(아주 엄숙하면서도 격렬한 일들이다.)이 눈앞에 선명하게 떠오른다. 〔그 환상에서〕 나는 상대에게 결투를 신청한 뒤 용감하게 싸우다 흐릿한 칼싸움 장면에서 조용히 최후를 맞이한다. 아르헨티나 남자들에게 〔자신이〕 과거에 용감했을 뿐 아니라 남자로서 용기와 명예를 지킬 의무를 다했다는 확신을 심어 주는 것, 이런 것이야말로 탱고의 고유한 역할이 아닌가 싶다.

한 가지 남은 수수께끼

탱고의 보상적인 작용을 인정한다 해도 여전히 풀리지 않는 수수께끼가 하나 남는다. 사실 아메리카의 독립은 상당 부분 아르헨티나가 주도했다고 해도 과언이 아니다. 아르헨티나인들은 마이푸, 아야쿠초, 후닌[482] 등 전투가 벌어진 곳이라면 아무리 멀어도 마다하지 않고 달려가 싸웠다. 〔독립을 쟁취한〕

~1924)가 작곡한 탱고 기악곡으로, 후일 극작가이자 작사가인 마누엘 로메로(Manuel Romero, 1891~1954)가 가사를 붙였다.

482 마이푸는 칠레 독립에 결정적인 역할을 한 마이푸 전투(1818)가 벌어진 곳이다. 페루의 팜파스인 아야쿠초는 라틴아메리카의 독립 전쟁이 대단원의 막을 내린 곳이다. 후닌은 페루 중부에 위치한 주로, 독립 전쟁이 벌어진 곳이다.

후에도 아르헨티나는 내전과 브라질 전쟁,[483] 로사스 및 우르키사에 대항한 봉기,[484] 파라과이 전쟁[485]과 국경 지대에서 벌어진 인디오와의 전쟁[486] 등을 잇달아 겪으면서 극도의 혼란에 빠졌다. 이처럼 과거에 군인들이 우리 역사의 흐름을 결정지은 사례는 무수히 많다. 그런데 한 가지 분명한 사실은 스스로 용감하다고 여기는 아르헨티나인이 그런 과거 역사(물론 우리 나라 학교의 역사 교육에서는 그런 점이 더 중시되지만) 대신 가우초와 콤파드레라는 인물을 자신과 동일시한다는 점이다. 내 생각이

483 스페인 식민 지배에서 독립한 리오델플라타 연합주 군대와 포르투갈로부터 독립한 브라질 제국이 오늘날의 우루과이와 히우그란지두술 지역의 영유권을 놓고 1825년부터 1828년 사이에 벌인 전쟁이다. 이 전쟁의 결과로 시스플라티나주가 브라질로부터 독립하면서 신생국 우루과이가 건국되었다.

484 로사스와 우르키사는 아르헨티나 각 지역을 할거하던 군벌 호족으로, 가우초를 사병(私兵)으로 거느리고 있었다. 하지만 독립 이후 부에노스아이레스를 중심으로 형성되기 시작한 부르주아 계층(중앙 집권주의자들)이 그들에게 맞서면서 내전과 봉기가 발생했다.

485 흔히 삼국 동맹 전쟁으로 불리는 파라과이 전쟁은 1864년에서 1870년까지 브라질, 아르헨티나, 우루과이의 삼국 동맹과 파라과이 간에 발생한 전쟁이다. 라플라타강 유역의 영유권을 둘러싼 이 전쟁의 결과 파라과이는 패망 직전에 이르렀다.

486 아르헨티나 정부는 1878년에서 1885년 사이에 팜파스와 파타고니아 지역에 거주하던 인디오들을 추방하거나 학살하고 그곳을 국내 영토로 편입함으로써 근대 민족 국가의 기틀을 잡았다.

틀리지 않는다면 〔아르헨티나인들이 지닌〕 이러한 역설적인 특이성은 어떤 식으로든 설명이 가능하다. 아르헨티나인들이 군인 대신 가우초에게서 자신의 상징을 찾는 이유는 구전 전통에서 부각시킨 가우초의 용기가 특정한 목적이나 대의명분을 달성하기 위한 수단이 아니라 그 자체로 순수한 목적이기 때문이다. 이처럼 가우초와 콤파드레는 대중의 상상 속에서 언제나 반항아의 상징으로 살아 있다. 북아메리카나 대부분의 유럽 사람들과 달리 아르헨티나인들은 자신을 국가와 동일시하지 않는다. 아마도 이러한 현상은 국가가 상상할 수 없는 추상적 관념이라는 일반적인 사실 때문으로 여겨진다.[487] 실제로 아르헨티나인은 개인일 뿐 시민이 아니다. 따라서 "국가는 윤리 이념의 현실태"[488]라는 헤겔의 아포리즘은 아르헨티나인이 보기에 음험한 농담에 불과하다. 할리우드에서 제작된 영화들은 범인을 경찰에 넘기기 위해 그와 친구가 되려고 접근하는 주인공(대개의 경우 신문 기자)의 이야기를 자랑스럽게 내세운다. 하지만 우정은 순수한 열정인 반면 경찰은 마피아라고 믿는 아르헨티나인에게 그 '주인공'은 도무지 이해할 수 없는 비열한 인간으로 보일 뿐이다. 아르헨티나 사람은 오히려 "저 사

487 국가는 비개인적이거나 비인격적인 것이다. 아르헨티나인들은 모든 것을 개인 간의 관계로 생각한다. 따라서 아르헨티나인들은 남의 돈을 훔치는 것을 범죄로 여기지 않는다. 지금 나는 사실을 밝힐 뿐 이를 정당화하거나 변명하려는 것이 아니다.(원주)

488 헤겔의 『법철학 요강(Grundlinien der Philosophie des Rechts)』(1821)에 나온 말이다.

람들이 각자 저지른 죄에 대해서라면 저세상에 가서 응분의 대가를 치르면 될 일 아니겠소."나 "정직한 사람들이 자기와 아무 관련도 없는 다른 이들의 형 집행자 노릇을 한다는 것은 그다지 좋은 일이라고 할 수 없겠지요."[489](『돈키호테』 I권 22장)라는 돈키호테의 말에 고개를 끄덕일 것이다. 물론 공허한 대칭을 추구하는 스페인의 문체를 볼 때마다 우리가 스페인과 너무 다르다는 생각이 들기도 하지만 앞서 인용한 『돈키호테』의 두 문장으로 내 생각이 틀렸음을 쉽게 알 수 있다. 그 문장들은 〔아르헨티나와 스페인 사람들의 생각이〕 얼마나 유사한지를 조용하고 은밀하게 보여 주는 상징과 같다. 아르헨티나 문학에 등장하는 그날 밤이 그러한 유사성을 선명하게 드러내 준다. 시골 경찰 소속의 어느 경사가 용감한 남자를 죽이려는 범죄에 가담할 수 없다고 선언한 뒤 탈영병 마르틴 피에로와 함께 정부군에 맞서 싸우기 시작한 밤 말이다.

가사

알다시피 탱고의 가사는 (그것이 영감의 산물이든 노력의 결실이든 간에) 수백, 아니, 수천의 서로 다른 펜 끝에서 나온 터라 수준이 고르지 않지만 반세기가 흐르면서 복잡하게 뒤얽힌

489 돈키호테가 숲을 지나가던 죄수들의 죄목을 일일이 물어본 다음 인간의 법에 의한 처벌의 부당함에 대해 형리(刑吏)들에게 훈계하는 장면이다.

하나의 거대한 '시 전집'을 이루어 왔다. 물론 앞으로 아르헨티나 문학사가들은 이 가사들을 〔우리의 문학 작품으로〕 읽거나 적어도 〔그것의 문학적 가치를〕 옹호하게 될 것이다. 세월이 흘러 탱고의 저속한 취향이 대중의 뇌리에서 잊히게 되면 학자들은 과거를 그리워하며 이를 예찬할 뿐 아니라 수많은 논쟁을 벌이고 낯선 용어를 설명하느라 애를 쓸 것이다. 서글픈 추측이기는 하지만 1990년 무렵이면 엔리케 반츠스의 『항아리(La urna)』[490]나 마스트로나르디의 「전원의 빛(Luz de provincia)」[491]이 아니라 《노래하는 영혼(El alma que canta)》[492]에 수록된 투박한 노래에서 우리 시대의 진정한 시적 서정미를 발견할지 모른다는 의혹이나 확신이 제기될 가능성이 있다. 게으른 탓에 나는 그 잡지에 무질서하게 실려 있는 탱고 가사를 구해 연구하지 못했지만 그 다양성과 점점 넓어지는 주제 분야에 대해 전혀 모르는 것은 아니다. 초기 탱고만 해도 가사가 없었다. 설령 있다 해도 외설적인 내용을 즉흥적으로 갖다 붙인 것에 불과했다. 일부 탱고 가사는 촌스럽고 투박하기까지 했다.("나는 정절을 지키는/ 부에노스아이레스 가우초의 아내랍니다.") 탱고 작곡가들이 주로 통속적인 취향의 노래를 만들려고 했던 데다 당시만 해도 변두리 동네 사람들의 타락한 생활은 시의 소재가 될 수

490 애절한 사랑을 담은 시집으로, 1911년에 출간되었다.

491 아르헨티나의 시인 카를로스 마스트로나르디(Carlos Mastronardi, 1901~1976)의 대표작이다.

492 비센테 부키에리(Vicente Bucchieri, 1901~1985)가 1916년에 창간한 탱고 전문 잡지로, 1961년에 폐간되었다. 당시 유행하던 탱고 가사를 실었다.

없었기 때문이다. 반면 다른 탱고(가령 비슷한 종류의 밀롱가[493]) 가사는 유쾌하면서도 넉살맞은 허세가 돋보인다.("내가 탱고를 출 때는 몸이 어찌나 날렵하던지/ 더블 스텝을 밟으면/ 북쪽 동네의 남정네들이 탄성을 내지르지/ 정작 나는 남쪽 동네에서 춤을 추고 있는데.") 그 후로도 탱고 장르는 프랑스 자연주의 소설이나 윌리엄 호가스의 판화 작품 「매춘부의 일대기」와 마찬가지로 변두리 동네 사람들의 박복하고 파란만장한 삶을 노래했다.("얼마 후 너는 늙은 약사의/ 첩으로 들어갔지/ 그러고 나서 어느 경찰서장의 아들 녀석이/ 내가 가진 돈을 다 가지고 달아나 버렸어.") 그리고 싸움질이나 일삼는 가난한 동네와 부자 동네가 나누는 참담한 대화가 이어진다.("알시나 다리[494]야,/ 너희 동네에 살던 깡패들은 다 어디 간 거야?"라든지 "그 사내들과 더러운 계집들은 다 어디 간 거야?/ 목에 빨간 천을 두르고 참베르고 모자를 쓰고 다니던 자들 말이야. 그들이라면 레케나 가문[495]의 사람들이 잘 알지./ 그런데 예전의 비야크레스포,[496] 나의 멋진 모습은 대체 어디로 갔담?/ 유대

---

493 나는 알토 출신이지,
나는 레티로 구역에서 왔다네.
나는 결투를 벌일 상대가 나타나면
절대 망설이지 않는 사람이지.
내가 밀롱가를 출 때면
어느 누구도 다가오지 못한다네.(원주)

494 라이추엘로강을 건너 부에노스아이레스 남쪽 누에바 폼페야 구역의 사엔스 대로로 이어지는 다리로, 수많은 탱고 곡의 무대가 되었다.

495 부에노스아이레스의 발바네라를 지배하던 가문.

496 부에노스아이레스의 중심 지구.

인들이 몰려들면서 삼두 정치도 끝장나고 말았어.") 남몰래 가슴을 태우는 사랑의 열병은 처음부터 탱고 작사가들이 앞다투어 다루던 주제였다.("내 곁에 있던 때를 그대는 기억하나요?/ 그대는 모자를 쓰고 있었고,/ 내가 어떤 여자에게서 빼앗은/ 가죽 허리띠를 매고 있었죠.") 반면 비난의 탱고, 미움의 탱고, 조롱과 원한의 탱고도 나왔지만 제대로 남아 있지 않을뿐더러 기억하는 이도 거의 없는 실정이다. 간단히 말해 과거에는 도시의 번잡하고 시끌벅적한 광경이 모두 탱고 속으로 흘러 들어왔다. 그렇다고 도시 변두리의 비천한 삶이 탱고의 유일한 주제는 아니었다. 유베날리스[497]는 『풍자 시집(Satura)』 서문에, 사람의 마음을 움직이는 것이라면 무엇이든(다시 말해 욕망, 두려움, 분노, 육체적 쾌락, 호기심, 행복) 자기 책의 소재가 될 수 있다는 명언을 남겼다. 다소 과장스럽게 보일지도 모르겠지만 유베날리스의 유명한 경구인 "사람들이 무엇을 하든"을 모든 탱고 가사에 적용해도 무리가 없을 듯하다. 이와 더불어 탱고 가사들이 부에노스아이레스의 삶을 다룬 거대하면서도 이질적인 '인간 희극'이라고 할 수도 있을 것이다. 잘 알려진 바와 같이 18세기 말의 철학자 볼프[498]는 『일리아스』가 하나의 서사시로 자리 잡기 전 일련의 노래와 시구에 불과했다고 주장했다. 이러한 논리대로

---

497 데키무스 유니우스 유베날리스(Decimus Iunius Iuvenalis, 55~140). 고대 로마의 시인으로, 로마의 황제들과 귀족들, 당대의 사회상을 통렬하게 비판하는 풍자시를 써서 이름을 떨쳤다.

498 크리스티안 볼프(Christian Wolff, 1679~1754). 독일의 계몽주의 철학자.

라면 탱고의 가사도 장차 세속적인 장시(長詩)가 될 수 있고, 아니면 어떤 이는 그런 시를 쓰겠다는 야망을 품을지도 모른다.

앤드루 플레처[499]는 "내가 어느 나라의 민요를 다 쓸 수만 있다면 누가 법을 만들든 상관하지 않으리."라는 말을 남겼다. 이러한 주장은 우리 모두의 시나 전통적인 시가 정서에 영향을 미칠 뿐 아니라 태도를 좌우하기도 한다는 뜻을 담고 있다. 이러한 논의를 아르헨티나의 탱고에 적용해 본다면 탱고가 우리 현실을 반영하는 거울이고, 분명 우리에게 해로운 영향을 미치는 모델이자 멘토라는 것을 알 수 있다. 요즘 사람들의 눈에는 초기의 밀롱가나 탱고가 우둔하거나 최소한 경박해 보일지도 모르지만 용감하고 쾌활한 측면도 있다. 반면 최근의 탱고는 마음에 맺힌 것이 있어 자신의 불운에 대해 과하다 싶을 만큼 애통해하면서도 타인의 불행을 보면서 뻔뻔스러울 정도로 기뻐하는 사람과 같다.

1926년경 나는 탱고의 질이 저하된 것이 이탈리아 사람들(구체적으로 말하면 보카 지구에 몰려든 제노바 사람들) 때문이라고 비판한 적이 있다. 이처럼 우리 "크리오요만의 고유한" 문화가 "이탈리아인들"에 의해 더렵혀졌다는 그릇된 통념이나 망상에서 얼마 뒤 세계를 짓밟아 버린 이단적인 국가주의(이 또한 이탈리아인들의 무서운 기세로 이루어졌다.)의 징후가 분명히 보인다. 지금의 탱고를 만들어 낸 것은 내가 언젠가 겁쟁이

499 Andrew Fletcher(1655~1716). 스코틀랜드 출신의 정치가이자 저술가로, 잉글랜드에 의한 스코틀랜드 병합 계획에 반대한 것으로 유명하다.

라고 부른 반도네온이나 〔라플라타〕강 주변의 판자촌에 살던 부지런한 작곡가들이 아니라 아르헨티나 공화국 전체이다. 더구나 탱고를 창시한 늙은 크리오요들의 이름은 베빌락쿠아[500]와 그레코, 데 바시[501] 등이다.

오늘날 탱고의 수준이 떨어졌다는 내 주장에 대해 이렇게 반박하고 싶은 이들도 있을 것이다. 대담무쌍함과 허세, 과시욕이 지배하던 분위기가 서글픈 자기 연민으로 바뀌었다고 해서 꼭 탱고가 변질되었거나 쇠퇴했다고 보기보다 오히려 한층 더 성숙해졌음을 알려 주는 증거로 볼 수 있다고 말이다. 머릿속에서 나와 논쟁을 벌이는 이들은 또 이런 주장을 덧붙일지도 모른다. 때 묻지 않고 용감한 아스카수비와 비탄에 젖은 마르틴 피에로의 관계는 최초의 탱고와 가장 최근의 탱고의 관계와 같을 뿐 아니라 〔탱고에서〕 즐거움과 행복한 분위기가 사그라졌다는 사실에서 『마르틴 피에로』가 『파울리노 루세로』보다 수준이 떨어진다고 감히 추론할 수 있는 사람은 호르헤 루이스 보르헤스 말고는 아마 아무도 없을 것이라고 말이다. 이에 대한 반론을 펴기는 어렵지 않다. 문제는 탱고 특유의 쾌락주의가 아니라 도덕적 분위기에 있다. 부에노스아이레스의 일상에서 볼 수 있는 탱고와 가족의 밤샘 잔치나 고상한 분위

---

500 알프레도 베빌락쿠아(Alfredo Bevilacqua, 1914~1945)는 탱고 작곡가이자 피아니스트로, 구아르디아 비에하 세대의 대표적인 인물 중 하나이다.

501 아르투로 데 바시(Arturo De Bassi, 1890~1950). 아르헨티나의 극작가이자 탱고 작곡가.

기의 카페에서 즐기는 탱고에는 시시껄렁한 천박함, 다시 말해 단도와 사창가의 탱고는 생각지도 못했던 저속한 취향이 판을 친다.

음악적 측면에서 볼 때 탱고는 그리 중요하지 않을지도 모른다. 탱고의 유일한 중요성은 우리가 그것을 중시한다는 점이다. 이는 〔탱고에 대해서〕 타당한 견해지만 이 세상 모든 것에 적용될 수 있다. 가령 우리의 죽음이라든지 우리의 진심을 무시하는 여인에 말이다. 탱고에 관해서는 무엇이라도 논의될 수 있고, 실제로 우리는 그것에 관해 의견을 주고받는다. 하지만 거짓이 아닌 모든 것과 마찬가지로, 탱고에도 한 가지 비밀이 숨겨져 있다. 음악 사전은 모두가 수긍할 수 있을 만큼 간결하고 적절하게 탱고를 정의한다. 탱고의 사전적 정의는 이해하는 데 전혀 어려움이 없을 정도로 단순하다. 그러나 만일 프랑스나 스페인의 작곡가가 그러한 정의에 따라 하나의 '탱고'를 만들어 본다면 놀랍게도 우리의 귀가 알아듣지 못하고 우리의 기억이 받아들이지 못할 뿐 아니라 우리의 몸에서 거부 반응을 일으키는 〔낯선〕 무엇이 만들어졌음을 알게 될 것이다. 결론적으로 어떤 탱고도 부에노스아이레스의 저녁과 밤 없이는 절대 만들어질 수 없으며, 탱고의 플라톤적 이데아, 다시 말해 탱고의 보편적 형식이 하늘나라에서 우리 아르헨티나 사람들을 기다리고 있을 뿐 아니라 아무리 천박하다 해도 탱고는 이 세계에서 자신만의 자리를 가지고 있다고 말할 수 있으리라.

결투 신청

부에노스아이레스에는 용기를 예찬하고 숭배하는 전설이나 역사 혹은 역사이자 전설에 속하는 사실(이는 아마 전설을 의미하는 또 다른 방식일지도 모른다.)과 관련된 이야기가 전해진다. 이처럼 사람들의 입에서 입으로 전해지던 이야기들은 에두아르도 구티에레스의 소설(이런 작품들이 완전히 잊혔다는 것은 참으로 부당한 일이다.) 『검은 개미(Hormiga negra)』와 『후안 모레이라』에 가장 온전하게 남아 있다. 구전되는 이야기 중에서 내가 가장 먼저 알게 된 것은 교도소와 강과 공동묘지로 둘러싸여 있다고 해서 흔히 티에라델푸에고(불의 땅)라고 불리는 동네에서 들었다. 그 이야기의 주인공은 바로 후안 무라냐이다. 마부이자 칼잡이였던 무라냐는 지금도 부에노스아이레스 남부의 변두리에 전해지는 건달들의 무용담에 빠지지 않고 등장하는 인물이다. 첫 번째 이야기는 아주 단순하다. 후안 무라냐의 명성을 익히 들어 알고 있던(물론 직접 본 적은 없다.) 한 남자가 결투를 벌이기 위해 남쪽의 변두리 동네(코랄레스인지 바라카스인지 잘 모르겠지만)에서 그를 찾아왔다. 술집으로 들어온 남자가 먼저 무라냐에게 싸움을 걸었다. 두 사람은 결투를 벌이기 위해 거리로 나갔다. 싸우는 과정에서 둘 다 상처를 입었지만 마침내 무라냐가 상대의 얼굴에 '칼자국'을 남기며 말했다. "다음에 나를 찾아올 수 있도록 오늘은 살려 보내 주지."

이 이야기에서 가장 인상 깊었던 것은 그들이 어떤 사심이나 목적 없이 결투를 벌였다는 점이다. 그 후 나는 친구들과 대화를 나눌 때마다(내 친구들은 이런 사실을 너무 잘 안다.)

그 이야기를 빠뜨리지 않았다. 그러다 1927년경 결국 그 이야기를 글로 썼고, 거기에 일부러 「싸움을 즐긴 사내들(Hombres pelearon)」이라는 간결한 제목을 붙였다. 몇 년 후 운 좋게도 나는 그 일화를 바탕으로 「장밋빛 모퉁이의 남자(Hombre de la esquina rosada)」[502]라는 단편(별로 좋은 작품은 아니지만)을 구상할 수 있었다. 그러다 1950년에 아돌포 비오이 카사레스[503]와 나는 그 이야기를 토대로 '변두리 동네 남자들(Los orilleros)'이란 제목의 영화 각본을 썼지만 영화 제작사 측으로부터 보기 좋게 퇴짜를 맞았다. 어쨌든 꽤나 오랜 세월 동안 애를 쓴 끝에 마침내 사심 없이 벌어진 결투 이야기와 작별을 고하게 된 셈이다. 그런데 올해 치빌코이[504]에 갔다가 우연히 〔결투에 관한〕 아주 놀라운 이야기를 듣게 되었다. 아무쪼록 이 이야기가 진짜라면 좋을 텐데. 사실 운명은 여러 형태로 반복되기를 좋아해서 한 번 일어난 일이 여러 번 일어나는 경우가 많기 때문에 내

---

502 무라냐의 결투 이야기를 주제로 쓴 보르헤스의 첫 작품은 1927년 2월 《마르틴 피에로(Martín Fierro)》에 실린 「탐정 이야기(Leyenda policial)」이다. 이후 그 이야기는 「싸움을 즐긴 사내들」이라는 제목으로 『아르헨티나 사람들의 언어(El idioma de los argentinos)』(1928)에 수록되었다. 「장밋빛 모퉁이의 남자」는 『불한당들의 세계사(Historia universal de la infamia)』(1935)에 실려 있다.

503 Adolfo Bioy Casares(1914~1999). 아르헨티나의 작가로 주로 환상 문학과 탐정·과학 소설을 썼다. 보르헤스와 함께 쓴 작품도 많을 뿐 아니라 보르헤스의 작품의 등장인물로도 자주 등장한다.

504 아르헨티나 부에노스아이레스주 서부에 위치한 도시.

가 들은 두 이야기도 모두 사실일 수 있을 것이다. 그렇고 그런 수준인 두 편의 짧은 이야기와 내가 보기에 썩 괜찮은 영화 각본은 모두 〔내가 처음 들은〕 빈약하고 변변치 않은 이야기를 토대로 썼다. 반면 〔내가 치빌코이에서 들은〕 두 번째 이야기는 워낙 완벽해서 어느 한구석 나무랄 데가 없는 터라 그것으로는 어떤 작품도 쓸 수 없을 듯하다. 따라서 풍경 묘사나 비유를 일절 덧붙이지 않고, 내가 들은 그대로 그 이야기를 전하고자 한다. 그들의 말에 따르면 그 사건은 1870년 무렵 치빌코이에서 벌어졌다고 한다. 주인공의 이름은 바로 웬세슬라오 수아레스이다. 당시 마흔에서 쉰 살 정도이던 그는 작은 오두막에 살면서 가죽 끈 꼬는 일을 했다. 하지만 그는 용감한 남자로 명성이 자자했는데, (내가 들은 이야기에 따르면) 한 번에 한두 명 정도는 너끈히 해치울 정도였다고 한다. 비록 사람을 죽이긴 했지만 남자들끼리 정정당당하게 싸운 결과였기 때문에 특별히 양심에 거리끼거나 그의 명예를 더럽힐 것도 없었다. 그러던 어느 날 저녁 그의 삶에 놀랄 만한 사건이 일어난다. 동네 가게[505]에 있던 그에게 편지 한 통이 날아왔다. 웬세슬라오 수아레스는 까막눈이었기 때문에 가게 주인이 그 편지를 한 글자 한 글자 풀어서 읽어 주어야 했다. 그런데 격식을 차리느라 상당히 공을 들인 것을 보면 그 편지 또한 보낸 사람이 직접 쓰지는 않

505 아르헨티나의 풀페리아(pulpería)는 주류는 물론 식품, 의류를 판매할 뿐 아니라 주민들이 모여 도박도 하는 일종의 생활 공간이었다. 여기서는 '동네 가게'로 옮긴다.

은 듯했다. 생면부지의 낯선 사람이지만 그는 날렵한 칼 솜씨와 대범한 자세를 높이 평가하는 친구들을 대표해 웬세슬라오 수아레스에게 경의를 표했다. 그의 편지에 따르면 수아레스는 아로요델메디오[506]를 넘어 산타페에 이르기까지 명성이 자자한 터라 허름하기 짝이 없지만 혹시라도 자기 집에 왕림해 준다면 극진한 대접을 받을 것이라고 했다. 그러자 수아레스는 그 자리에서 가게 주인에게 답장을 받아쓰게 했다. 수아레스는 우선 그의 친절한 마음에 감사를 표한 다음 당장이라도 찾아가고 싶은 마음이지만 연로하신 어머니를 홀로 두고 떠날 엄두가 나지 않기 때문에 치빌코이에 있는 자기 집으로 그를 초대하고 싶다는 뜻을 전했다. 대신 이곳으로 와 준다면 바비큐와 포도주 따위를 융숭히 대접하겠다는 말도 덧붙였다. 그로부터 몇 달이 지난 어느 날 이곳에서와는 다른 방식으로 마구와 안장을 얹은 말을 타고 온 한 남자가 가게 안으로 들어오더니 수아레스의 집이 어디인지 물었다. 마침 고기를 사러 가게에 들른 수아레스가 낯선 이의 이야기를 듣고는 누구이기에 자기 집을 찾는지 물었다. 그가 몇 달 전 주고받은 편지 이야기를 꺼냈다. 그러자 수아레스는 반색하며 먼 길을 마다 않고 와 준 그에게 깊은 감사의 뜻을 표했다. 두 사람은 그 즉시 가게를 나와 벌판으로 갔다. 거기서 수아레스는 바비큐를 준비했다. 두 남자는 함께 먹고 마시면서 오랫동안 대화를 나누었다. 대체 무슨 이야기를 나누었을까? 아마 잔인한 결투와 죽음에 관

---

506 부에노스아이레스주 북쪽 끝에 위치한 작은 마을로, 산타페주와 맞닿아 있다.

한 이야기였겠지만 방심하지 않고 상대의 눈치를 조심스럽게 살피며 말을 했을 것 같다. 점심을 다 먹었을 무렵 한낮의 열기가 대지를 뜨겁게 달구고 있었다. 바로 그 순간 낯선 남자가 웬세슬라오 씨에게 칼싸움 대련을 청했다. 이를 거절하면 수아레스는 그간의 명예를 한순간에 다 잃고 말 터였다. 두 사람은 단도를 들고 싸우는 연습을 하기 시작했다. 처음에는 칼로 싸우는 시늉만 했지만 웬세슬라오는 낯선 이가 정말로 자기를 죽이려 한다는 낌새를 알아차렸다. 그가 편지에 왜 그렇게 번드르르한 말을 쏟아 냈는지 그제야 깨달은 웬세슬라오는 너무 많이 먹고 마신 것이 후회스러웠다. 이런 상태로 결투를 벌인다면 아직 혈기왕성한 청년인 상대보다 먼저 지칠 것이 분명했기 때문이다. 깔보고 그런 것인지 아니면 예우 차원에서 그런 것인지 잘 모르겠지만 그가 웬세슬라오에게 잠깐 쉬자고 했다. 어쨌든 웬세슬라오는 이를 받아들였다. 결투가 재개되자마자 판초를 말아 쥐고 있던 그의 왼손이 상대의 칼에 찔리고 말았다.[507] 칼에 손목을 깊이 베이는 바람에 손이 팔 끝에 대롱거리

---

507 몽테뉴(『수필집』 I권, 49쪽)는 이처럼 망토와 단검을 가지고 싸우는 것은 매우 오래된 방식이라고 말한다. 그러고는 "그들은 모두 왼팔에 망토를 두른 채 검을 뽑았다."라는 카이사르의 말을 인용한다. 한편 루고네스는 『파야도르』(54쪽)에서 16세기 베르나르도 델 카르피오(Bernardo del Carpió)의 시 한 구절을 인용한다.

팔에 망토를 두르면서
그는 검을 뽑았다.(원주)

며 매달려 있었다. 잽싸게 몸을 날려 뒤로 물러선 수아레스는 피투성이가 된 손을 바닥에 대더니 가죽 장화로 밟아 단번에 잡아 뜯었다. 그러고는 곧바로 외지인의 가슴을 찌르는 척하다가 단칼에 그의 배를 갈라 버렸다. 그 이야기는 그렇게 끝이 난다. 그 직후 산타페에서 온 남자의 목숨이 끊어졌다고 하는 이야기꾼이 있는 반면 그가 살아서 고향으로 돌아갔다고 이야기하는 사람(이 경우는 남자답게 죽을 기회마저 박탈한 셈이다.)도 있다. 후자의 이야기에 따르면 수아레스가 점심 식사 때 마시다 남은 럼주로 응급조치를 해서 그의 목숨을 구했다고 한다.

'외팔이' 웬세슬라오(요즘은 수아레스의 용기를 기리는 뜻에서 이렇게 부른다.)의 무용담에 나타난 그의 온화면서도 정중한 면모(평소 가죽 끈 꼬는 일을 하는 모습, 어머니를 홀로 남겨 두지 않으려 하는 자상한 성격, 낯선 이와 주고받은 화려한 편지, 그와 점심을 먹으면서 허심탄회하게 나눈 대화)가 잔인한 장면이 주는 충격을 덜어 줄 뿐 아니라 극적 효과를 극대화시킨다. 수아레스의 그러한 면모는 이 이야기에 서사시적인 웅장함과 『마르틴 피에로』에서 술에 취해 싸우는 장면이나 이와 비슷하지만 더 처절한 후안 무라냐와 남쪽에서 온 남자의 이야기에서는 결코 찾을 수 없는(우리가 마음먹지 않으면) 기사도 문학의 고결성마저 더해 준다. 어찌 보면 이 두 가지 이야기는 의미심장한 공통점을 지니는 듯하다. 그 공통점은 결투를 신청한 남자가 결국 패하고 만다는 사실이다. 물론 이는 그 지방의 영웅이 반드시 이겨야 한다는 단순하면서도 하찮은 강박 관념에서 비롯된 것일 수도 있지만 내 생각에는 이러한 영웅담을 통해 무분별한 도전을 암묵적으로 비난하려는 의도로 보인다. 그렇지만 『신곡』「지옥편」26곡에서 오디세우스가 탄식한 것처럼 불행한 운명을 만드는 것은 인간 자신이라는 암울하고도 비극적인 확신에서 그런 결말이 이루어졌다고 보는 것이 가장 타당해 보인다. "금욕주의는 학교에서 배우는 것이 아니라 혈통에서 비롯된다."(『영웅전』[508])라는 플루타르코스의 말에 찬사를 보낸 에머슨이라면 아마 이런 이야기를 무척이나 경멸했을 것이다.

이런 이야기를 통해 우리는 가난에 찌든 남자들과 가우초들, 라플라타강과 파라나강 주변의 변두리 동네 사람들을 만난다. 이들은 의도치 않게 신화와 순교자를 통해 하나의 종교, 그러니까 언제든지 죽이고 죽을 수 있는 용기와 사나이다움을 맹목적으로 숭배하는 무자비한 종교를 만들어 냈다. [폭력을 숭배하는] 이러한 종교는 이 세계만큼이나 오래되었지만 목동, 도축업자, 소몰이꾼, 도망자, 뚜쟁이에 의해 아메리카 대륙의 여러 공화국에서 재발견되고 되살아났다. 에스틸로[509]나 밀롱가, 초기의 탱고가 바로 그 종교의 음악이다. 앞에서 나는 그 종교가 아주 오래된 것이라고 했는데, 12세기 북유럽의 전설과 무용담에도 이런 구절이 나온다.

---

508 고대 그리스의 역사가 플루타르코스(46~120)가 카이사르, 알렉산드로스 대왕, 폼페이우스 등의 고대 영웅들의 미덕과 결점 등을 대비해서 기술한 전기로, 당시의 역사뿐 아니라 지식인들의 삶과 사유를 이해하는 데 중요한 자료이다.

509 감상적인 리듬으로 사랑을 노래하는 기타곡으로, 주로 라플라타강 주변의 변두리 동네에서 연주된다.

> "당신은 무엇을 믿는지 말해 주오." 백작이 청하자
>
> 지그문트는 "나는 나 자신의 힘을 믿습니다."라고 대답했다.

웬세슬라오 수아레스는 물론 이름 없는 그의 상대 그리고 신화가 잊어버리거나 이 두 사람과 합쳐 버린 수많은 이들 또한 〔지그문트처럼〕 사나이다운 믿음을 가슴에 품고 있었을 것이다. 이처럼 강고한 믿음은 허세라기보다 신이 모든 사람에게 깃들어 있다는 깨달음일지도 모른다.

두 통의 편지

(「탱고의 역사」의 일부가 지면에 소개된 직후 필자는 다음과 같은 두 통의 편지를 받았다. 이 편지가 책의 내용을 더 풍부하게 해 주리라 믿는다.)

1953년 1월 27일 콘셉시온델우루과이(엔트레 리오스주)에서

호르헤 루이스 보르헤스 씨께

나는 선생이 12월 28일자《라 나시온》에 쓴「결투 신청」을 인상 깊게 읽었습니다.

글을 보니 선생은 그런 문제에 대해 상당히 관심이 많으신 것 같더군요. 그래서 생각 끝에 오래전에 돌아가신 제 아버지가 직접 목격한 이야기를 선생께 들려 드릴까 하는데, 아마 마음에 드실 겁니다.

장소: 구알레구아이 부근의 푸에르토루이스[510]에 있는 산 호세 육류 소금 절임 공장.(라우렌세나·파라추·마르코 기업이 운영하던 공장)

시대: 1860년경.

스페인 바스크 출신이 대부분을 차지하던 공장 직원들 중에 푸스텔이라는 이름의 흑인이 한 명 있었는데, 칼을 다루는 솜씨가 얼마나 뛰어난지 명성이 타지까지 알려질 정도였답니다.

그러던 어느 날 당시 유행하던 옷을 멋지게 차려입은 한 남자가 좋은 말을 타고 푸에르토루이스에 왔더랍니다. 그는 메리노 양털로 짠 치리파[511]와 칼손시요 크리바도[512]에 은화로 장식된 허리띠를 매고, 목에는 실크 스카프를 두르고 있었다더군요. 더구나 말은 금장식이 된 은제 굴레와 등자, 가슴걸이와 재갈, 단도 등으로 호화찬란하게 꾸몄다고 해요.

자신이 프라이벤토스 육류 소금 절임 공장에서 왔다고 밝힌 그는 그곳에서도 푸스텔의 명성을 익히 들어 잘 알고 있다고 했답니다. 그러고는 평소에 자신이 사나이답다고 여기던 터라 푸스텔과 한번 겨뤄 보고 싶다는 뜻을 내비치더랍니다.

그런 일을 성사시키는 건 그다지 어렵지 않았죠. 두 사람 사

510 아르헨티나 엔트레 리오스주의 도시로, 구알레구아이에서 9킬로미터가량 떨어져 있다.

511 아르헨티나와 우루과이의 가우초들이 입던 의상으로, 네모난 천을 접어 가랑이 사이로 돌린 다음 허리띠로 묶어 착용한다.

512 가우초들이 축제나 파티에 갈 때 입는 바지로, 밝은 빛깔의 천에 수를 놓고 아랫부분에는 술을 단다.

이에 어떤 원한도 없었기 때문에 정해진 날짜와 시각에 같은 장소에서 결투를 벌이기로 합의를 보았답니다.

공장 직원들과 구경 온 동네 사람들이 둥그렇게 둘러싼 가운데 드디어 결투가 시작되었어요. 두 사람 모두 칼 다루는 솜씨만큼은 일품이었다고 하더군요.

한참이 지나서야 흑인 푸스텔이 가까스로 칼끝으로 상대의 이마를 찔러 상처를 냈답니다. 상처는 그리 크지 않았지만 피가 철철 흘러나오기 시작했대요.

그러자 외지인이 칼을 버리고 푸스텔에게 악수를 청하면서 이렇게 말하더랍니다. "친구여, 당신이야말로 진정한 사나이요."

그리고 둘은 좋은 친구 사이가 되었답니다. 심지어 작별 인사를 나누면서 우정의 표시로 단도를 교환했을 정도지요.

사실이 틀림없는(제 아버지는 절대 거짓말을 하지 않았으니 말입니다.) 이 사건이 선생께서 특유의 멋진 필치로 영화 각본을 다시 쓰는 데 어느 정도 도움이 될지도 모른다는 생각이 드는군요. 그리고 이왕이면 제목도 '변두리 동네 남자들' 말고 '가우초의 기품' 같은 것으로 바꾸는 편이 좋을 것 같습니다.

그럼 안녕히 계십시오.

에르네스토 T. 마르코

* * *

1952년 12월 28일 치빌코이에서

《라 나시온》 전교(轉交) 호르헤 루이스 보르헤스 씨께

삼가 아룁니다.

주제: 「결투 신청」(1952년 12월 28일)에 대한 논평

나는 선생의 글을 정정하려는 것이 아니라 몇 가지 알려 드릴 것이 있어 이 편지를 올립니다. 따라서 중요한 내용은 그대로 두되 그 사건에 관한 몇 가지 세부 사항만 손보겠습니다.

오늘 자《라 나시온》에 실린 「결투 신청」의 바탕이 된 결투에 대해서라면 아버지로부터 수없이 많이 들었습니다. 당시 아버지는 도냐 이폴리타 상점 부근의 농장을 소유하고 있었죠. 그런데 바로 그 상점에 딸린 공터에서 웬세슬라오와 그에게 도전하기 위해 찾아온 아술[513] 출신의 가우초(그는 웬세슬라오를 만나자마자 자신이 아술에서 왔다고 밝히면서 자기 고향에도 그의 명성이 자자하다고 치켜세웠다고 해요.) 사이에 결투가 벌어졌답니다.

건초를 쌓아 둔 곳 옆에 자리를 잡고 식사를 하는 동안 두 사람은 아마 서로를 면밀히 관찰했을 겁니다. 분위기가 한껏 달아오르자 남쪽에서 온 가우초가 칼싸움 대련을 청했고, 우리의 영웅 웬세슬라오가 이를 그 자리에서 받아들였답니다.

아술 출신의 가우초는 빠른 발을 이용해 웬세슬라오의 칼끝을 피했다더군요. 쉽게 승부가 나지 않자 웬세슬라오가 점점 불리한 상황에 몰리게 됐죠. 무언가 심상치 않은 낌새를 눈치챈 도냐 이폴리타 상점 종업원은 일찌감치 가게 문을 닫고

513 부에노스아이레스주의 중앙에 위치한 도시.

건초 더미 위로 올라가 일진일퇴를 거듭하는 결투를 지켜보았답니다. 단번에 승부를 결정지으려는 듯 웬세슬라오가 경계를 늦추며 망토로 둘둘 말고 있던 왼팔을 앞으로 내밀었다더군요. 아술 출신의 남자가 그 기회를 놓치지 않고 전광석화처럼 상대의 손목을 내리치는 순간 웬세슬라오의 칼끝이 그의 눈을 찔렀답니다. 곧이어 귀를 찢는 듯한 비명 소리가 팜파스의 정적을 깨뜨렸죠. 아술 출신의 가우초가 달아나 상점의 육중한 문 뒤로 몸을 숨긴 사이 웬세슬라오는 팔 끝에 매달려 있던 왼손을 발로 밟은 다음 단번에 잡아 뜯더니 품속에 집어넣더랍니다. 그러고는 도망친 가우초를 쫓아가서는 당장 나와 승부를 보자고 사자처럼 포효했답니다.

그날 이후 그는 '외팔이' 웬세슬라오라는 이름으로 널리 알려지게 되었죠. 그는 가죽 끈 꼬는 일을 하면서 살았지만 먼저 싸움을 건 적은 한 번도 없었습니다. 어떤 술집이든 그가 모습을 드러내기만 하면 쥐 죽은 듯 조용해졌다고 해요. 싸움꾼들이 소란을 피우다가도 그가 남자다운 목소리로 한마디만 하면 다들 풀 죽은 표정을 지으며 자리를 피했답니다. 그는 자존심이 워낙 강해서 어떤 모욕이나 무례한 언동도 일절 용납하지 않았기 때문에 소박한 그의 삶에는 나름대로 중요한 의미가 있었죠. 그리고 인간의 약점을 누구보다 잘 알던 그는 당시에 공명정대한 재판은 기대하지도 않았습니다. 바로 그 때문에 그는 〔법의 힘을 빌리지 않고〕 늘 자기 손으로 정의를 실현하려고 했던 겁니다. 자기 스스로를 지키는 문제에 관해 그가 저지른 오류는 바로 그런 점에서 비롯되었다고 볼 수 있겠죠.

어느 이탈리아인이 비겁한 짓을 저지르자 그는 그의 사나

이답지 못한 행동을 응징할 수밖에 없었습니다. 하지만 그것이 결국 그의 파멸의 시작이 되고 말았죠. 나쁜 놈들을 찾기 위해 술집에 들어선 그는 민간인들로 구성된 자경단에게 포위되고 말았답니다. 결국 그는 칼을 들고 다섯 명을 상대해야 했습니다. 당연히 싸움은 웬세슬라오에게 유리하게 풀려 나갔지요. 하지만 칼을 휘두르며 용감하게 싸운 13구역의 영웅은 결국 누군가가 쏜 흉탄에 맞아 세상을 등지고 말았습니다.

선생이 쓰신 나머지 내용은 모두 정확합니다. 그는 홀어머니를 모시고 오두막에 살았지요. 이웃 사람들(그중에는 제 아버지도 있었습니다.)이 그 집을 짓는 걸 도와주었거든요. 넉넉지 못한 형편이었지만 그는 절대 남의 물건을 빼앗지 않았습니다.

나는 이 글을 빌려 탁월한 재능을 가진 작가에게 다시 한번 경의를 표합니다.

후안 B. 라우이라트

작품 해설

청년, 변두리의 철학을 꿈꾸다

I부 『내 희망의 크기』 김용호

대부분의 보르헤스 독자들이 알고 있듯이, 움베르토 에코의 『장미의 이름』에는 보르헤스를 패러디한 인물이 등장한다. 그는 묵시론적 열정에 사로잡힌 채 웃음을 사악하게 여기는 장님 사제 호르헤 수도사로, 모든 걸 희생해서라도 아리스토텔레스의 『시학』 2권을 감추려 드는 인물이다. 그 책이 세상을 파괴하고 신의 위대함을 무너뜨릴 것이라고 믿었기 때문이다. 그래서 "세상이 소실되었다고 믿거나 아예 씌어지지도 않았다고 믿도록"[1] 문제의 서적에 독약을 발라 수도사들을 죽음으로 내몰았고, 더 이상 진실을 감출 수 없는 상황에서조차 스스로 독이 묻은 서책을 뜯어 삼키고 장서관을 불태워 버리면서

I 움베르토 에코, 이윤기 역, 『장미의 이름』(열린책들, 2004), 853쪽.

까지 자신의 신념을 지키려고 최선을 다한 것이다.

그런데 아리스토텔레스의 『시학』 2권이 단순한 허구의 산물이었다면, 보르헤스의 『내 희망의 크기』는 실제로 작가에게 그 존재를 부정당한 작품이다. 1926년 아르헨티나의 프로아 출판사에서 출판했지만, 무슨 이유에서인지 보르헤스는 이 작품을 자신의 작품 목록에서 영원히 추방시켰고 재출간을 금지하는 것은 물론 이 책에 대한 언급조차 거부함으로써 자연스럽게 잊히길 원했던 작품이다. 하지만 작가의 의도와는 다르게 오히려 수많은 억측과 전설을 양산하며 책의 유명세만 배가시킨 아이러니로도 유명하다.

역자는 『내 희망의 크기』가 보르헤스에 대한 일반적인 인식과는 정반대되는 에세이들을 모은 책이라고 생각한다. 보르헤스는 20세기 라틴아메리카 문학이 보편성을 획득하고 세계화되는 과정에서 가장 중요한 역할을 담당했던 작가 중 하나이다. 1960년대부터 붐을 이뤘던 라틴아메리카 작가들, 예컨대 훌리오 코르타사르부터 가브리엘 가르시아 마르케스, 호세 도노소, 마리오 바르가스 요사, 카를로스 푸엔테스, 옥타비오 파스에 이르기까지 수많은 작가들이 보르헤스의 영향을 받았고, 비평 쪽에서는 당시 지성계를 풍미하던 프랑스 구조주의와 후기 구조주의자들, 예컨대 푸코부터 주네트, 토도로프에 이르기까지 보르헤스를 언급하지 않은 비평가가 없을 정도였다. 그런데 미국의 대학은 물론 수많은 영화감독과 철학자들이 앞다퉈 그에게 경의를 표했던 가장 큰 이유는 그가 아르헨티나라는 제한된 배경과 민족성에 국한된 계몽주의나 합리주의를 극복했다는 데 있기보다는 오히려 '상호 텍스트성'이나

'저자의 죽음'이라는 포스트모더니즘의 주제에 일찌감치 주목했다는 데 있다. '진리'에 대한 명분을 시대착오적인 주장이라고 비판했고, 유토피아에 대한 전망을 디스토피아로 치환했기 때문에 보르헤스에게 열광한 것이라고 생각한다.

하지만 『내 희망의 크기』에 등장하는 에세이들은 보르헤스의 이런 모습들과는 사뭇 다르다. 아니, 오히려 정반대의 모습을 보여 준다. 이 글들에서 보르헤스는 아르헨티나의 특수성과 세계적인 보편성 사이의 조화를 추구한다. 자신의 크리오요적 과거를 정면으로 직시함으로써 부에노스아이레스와 지방은 물론 라틴아메리카와 유럽, 엘리트와 대중이라는 상이한 경험들까지 문화적으로 혼합하려고 시도한다. 아르헨티나의 파편화된 전통들을 끌어모으고 사라져 버린 아르헨티나 작가들의 글쓰기를 복구함으로써 새로운 민족주의적 전통을 창조하려고 노력한다. 그 과정에서 그는 때로는 열정적인 인문주의자나 계몽주의자의 모습을 보이고, 때로는 민족주의를 넘어 급진적인 크리오요주의자의 모습까지 보여 준다. 문학과 사회는 물론 세계에 대해 보여 준 후기의 모습들과는 너무도 다른 것이다.

하지만 역자는 이러한 이유 때문에라도 『내 희망의 크기』가 보르헤스 문학의 기원을 이해하는 데에 필수적인 작품이라고 생각한다. 보르헤스가 유럽에서 귀환할 때인 1920년대에 유럽과 아르헨티나는 모두 급격한 변화의 소용돌이에 휩쓸리고 있었다. 유럽은 세상이 침몰하고 있다는 극단적인 허무주의에 빠져 있었고, 아르헨티나는 독립 국가의 정체성으로 크리오요주의를 내세우고 있었다. 당대의 라틴아메리카 작가들,

훗날 개인주의를 극복하고 사회성 짙은 진보적 작가로 진화할 바예호나 네루다, 카르펜티에르 등이 아직까지 유럽의 허무주의에 젖어 있을 때, 보르헤스는 허무주의를 극복할 대안을 찾아 아르헨티나의 토착성에 주목한 것이다. 삶을 긍정하고 기쁨의 원천으로 삼았던 가우초를 복원시키고, 콤파드리토들을 가우초의 생명력을 도시로 가져온 영웅으로 바라봄으로써 아르헨티나의 새로운 문화를 정립하고 허무주의를 극복하려고 시도했던 것이다. 그 과정에서 콤파드리토의 구어를 문학 언어로 승화시켜, 개방적이고 복합적인 아르헨티나만의 고유한 언어를 창조하려고 시도했다.

『내 희망의 크기』에는 서로 다른 두 개의 이데올로기가 결합되어 있다. 첫째는 루고네스 및 모데르니스모와의 단절을 통해 낭만주의로 대변되는 허무주의를 극복하려는 시도이고, 둘째는 부에노스아이레스라는 변두리 지역의 철학을 정립함으로써 새로운 아르헨티나의 문화를 창조하려는 시도이다. 당시는 1년에 수만 명씩 약 200만 명의 이민자가 아르헨티나로 몰려들던 시대였다. 그러한 시대에 보르헤스는 아르헨티나를 건설한 가우초의 긍정적인 모습을 영웅화하고 도시의 새로운 가우초인 콤파드리토와 변두리 지역의 문화를 고양함으로써 새로운 아르헨티나 문화를 정립하고자 시도했던 것이다. 그리고 이러한 그의 노력이 결집된 것이 바로 『내 희망의 크기』이다.

이 에세이집은 크게 다섯 가지 주제로 분류할 수 있다. 첫째는 부에노스아이레스라는 변두리 지역의 철학을 정립하려는 시도로 크리오요주의를 구축하는 내용이다. 「내 희망의 크기」

부터 「크리오요 『파우스토』」, 「팜파스와 변두리는 신의 모습이다」, 「카리에고와 변두리의 의미」를 거쳐 「『보랏빛 대지』」에 이르기까지 크리오요주의를 설명하고 있다. 둘째는 크리오요주의에 이어 근본적인 문제인 아르헨티나의 언어 정체성 문제를 다루고 있는 부분으로, 「끝없는 언어」부터 「시어에 대한 장광설」, 「형용사의 활용」에서 언어 문제를 중점적으로 다루고 있다. 셋째는 문학 작품을 크리오요적인 관점에서 분석한 부분이다. 다루고 있는 문학 작품의 국적에 따라 다시 크리오요 문학 작품과 스페인 및 영국 문학 작품을 분석하는 세 부분으로 나눌 수 있다. 「우루과이의 나무 숭배」와 「주석」에서 페르난 실바 발데스와 올리베리오 히론도 및 레오폴도 루고네스의 작품을 분석한 부분에서 크리오요 문학 작품을 분석했다면, 「토착화된 민요」와 「《프로아》를 폐간하면서 보내는 편지」, 세르반테스의 소네트를 분석한 「분석 연습」 및 「공고라의 소네트에 대한 검토」에서는 스페인의 문학 작품을 크리오요적인 관점에서 비평하고 있다. 또한 「주석」에서 『성녀 잔 다르크』를 분석한 부분과 「밀턴과 그의 운율 비판」 및 『리딩 감옥의 발라드』를 분석한 부분은 영국 문학 작품을 크리오요적인 관점에서 비평한 부분이다. 넷째는 보편적인 유대주의를 탁월하게 분석한 부분으로, 「주석」에 나오는 『하누카의 촛불』과 「천사들에 관한 이야기」가 해당한다. 마지막으로 이 에세이집의 목적이자 보르헤스가 꿈꿨던 희망에 관한 내용으로, 「모험과 규칙」 및 「아라발레로에 대한 비판」, 「문학적 믿음에 대한 예언」을 꼽을 수 있다. 먼저 크리오요주의와 언어 문제를 정립한 후에 아르헨티나, 우루과이, 스페인, 영국의 문학 작품을 크리오요적 관점에서 분석했고, 그런 뒤 마지막에 문학적 믿음을 피력하면서 끝내는 것이다.

부에노스아이레스를 사랑한 작가, 보르헤스

2부 『아르헨티나 사람들의 언어』 황수현

보르헤스와 아르헨티나

다시 보르헤스를 만났다. '문학적 본질로서의 미로를 만든 창조자이고, 시간의 후미진 곳을 탐험하는 철학자이며 우주의 수수께끼를 풀고자 도전한 형이상학적 작가'로 추앙받았으며 '완벽주의자이며 믿음을 상실한 회의주의자'로 회자되어 왔던 그립고도 불편한 존재. 그리움이란 오마주와 불편함이란 보르헤스 읽기의 어려움을 미리 각오하며 그의 작품을 읽고 또 읽었다. 번역은 반역이나 보르헤스 번역은 '보르헤스 거리(Calle Borges)'를 찾아가는 즐거운 길 찾기였다. 보르헤스가 만든 지적 미로에서 이리저리 두리번거리며 길을 잃고 헤매다 시(詩)와 단편 소설에서 만난 보르헤스와는 다른 얼굴의 보르헤스를 만났다. 아니, 민낯의 보르헤스와 조우했다.

20세기 후반 문학 담론을 이끈 후기 구조주의, 포스트모더니즘 논쟁의 진원지에 위치한 보르헤스. 그는 『픽션들』, 『알레프』와 같은 단편집에서 백과사전적 지식의 아카이빙 시스템을 가동하여, 고대 그리스에서 20세기에 이르는 주요 인물을 역사와 신화로부터 소환하고 픽션의 옷을 입혀 새로운 인물로 탈바꿈하는가 하면, 나침반 없이 동서양을 종횡하며 세계 혹은 우주라는 소재에 전설과 민담을 첨가하여(혹은 윤색하여) 새로운 글쓰기의 형태를 제시한 작가였다. 스페인어권, 영어권, 프랑스어권의 세계 문학에 정통하고, 이슬람과 히브리 문화는 물론 불교와 힌두 문화에 깊은 지식 지평을 지닌 작가이니, 보르헤스를 떠올리면 특정 언어권에 갇힌 작가가 아니라 세계 지도를 펼쳐 놓고 어디를 표시하더라도 그 문화에 대한 이야기를 술술 펼칠 것 같다는 느낌이 드는 것이 사실이다. 이렇듯 보르헤스는 문학적 세계성 혹은 보편성의 고유 명사가 되었다.

주지하다시피 작가가 태어나고 성장한 도시 공간은 문학 작품 형성에 지대한 영향을 미친다. 보르헤스와 더불어 20세기 소설 장르를 대표하는 작가 제임스 조이스에게는 '더블린의 거리'와 '더블리너'가 있으며 프란츠 카프카의 작품에는 '프라하 성(城)'이 영감으로 녹아 있다. 거리와 사람들이 작품에 말을 거는 '도시 공간의 문학적 형상화'. 하지만 보르헤스를 이야기하며 아르헨티나를 떠올리고 부에노스아이레스의 거리를 연결시키기는 왠지 낯설다. 이는 국내에 '포스트모더니즘 논쟁'과 더불어 소개된 보르헤스의 작품이 다룬 다양한 주제와 소재에서 '세계성' 혹은 '보편성'을 확인하기는 쉬우나 라틴아메리카의 끝에 자리한 아르헨티나의 지역성을 감지하기가 어려웠던 이유일 것이다. 이제까지 국내에 소개된 작품이 주로 단편 소설 위주였고, '형이상학', '메타픽션'으로 대별되는 보르헤스 작품에 나타난 환상성과 경이로움에 매료된 독자들이 보르헤스를 라틴아메리카의 어느 지역에서 온 작가가 아니라 보르헤스만의 우주에서 출현한 작가(?)로 간주한 때문일지도 모르겠다. 결국 국내에 출판된 책들은 코즈모폴리턴 작가 보르헤스의 이미지를 유포하는 데 기여했으나 정작 보르헤스 문학의 시원으로 거슬러 가지 못했다. 보르헤스의 문학적 요람인 아르헨티나와 부에노스아이레스, 그 거리에 보르헤스 문학의 수원지가 있음에도 불구하고.

아르헨티나적 작가 보르헤스

보르헤스의 문학을 이야기할 때 꼬리표처럼 따라다니는 표현이 보르헤스 문학의 형이상학적 요소이리라. 관념적이며 몽상적인 보르헤스의 단편이 보르헤스 문학을 대표한다고 생각하는 사람들에게 『아르헨티나 사람들의 언어』는 낯설고 불편하다. 아르헨티나적인 것 혹은 부에노스아이레스의 언어에 천착한 이야기는 아르헨티나의 독립으로부터 시작한다. 19세기, 스페인으로부터 독립한 아르헨티나 사람들은 아메리카(라틴아메리카)라는 새로운 대지에서 아르헨티나 혹은 아르헨티나 사람들의 개성을 온전히 담아낼 수 있는 것들을 독립 국가의 징표로 내세우고자 했고 이는 근대성의 표지 부에노스아이레스라는 도시와 전통의 얼굴인 팜파스로 대별되었다. 아르헨티나의 작가들은 끝없이 펼쳐진 초원에서 소 떼를 키우는 팜파스의 전원 풍경에서 낭만주의 문학의 발아를, 부에노스아이레스라는 이종의 문물이 오가는 근대 도시에서 모데르니스모와 아방가르드 예술의 확산을 목도했다. 전통과 외래 요소의 접변은 아르헨티나의 작가들로 하여금 민족주의 진영에 설 것인지 코즈모폴리턴 혹은 세계주의의 대열에 설 것인지 선택하도록 강요했고 이분법적 편 가르기는 평생 보르헤스를 민족주의 진영의 비판으로부터 자유롭지 않은 작가로 만들었다. 그의 문학 작품이 사실주의 경향을 띠지 않고 아르헨티나의 전통을 강조하지 않았다고 한 비평가의 생각은 성급한 것이었다. 왜냐하면 누구보다 아르헨티나적이며 '아르헨티나성'을 고민한 작가의 지적 궤적이 『아르헨티나 사람들의 언어』에 온전히 녹아 있기 때문이다.

『아르헨티나 사람들의 언어』는 이렇듯 보르헤스의 문학적 요람을 찾아가는 문화 산책이자 보르헤스 문학의 정체성을 찾아가는 지적 탐색이다. 보르헤스 문학을 태동케 한 거리와 풍경을 더듬어 가며 당대 문예 지형을 가늠하고 작가들의 문학 세계를 탐구하는 것은 전환기 아르헨티나 사회와 문화에 대한 고찰은 물론 보르헤스 깊이 알기의 출발점이다. 보르헤스는 소년기와 청년기 몇 년을 제외하고 평생 아르헨티나에 살며 아르헨티나의 정치와 사회에 대한 애정과 고민을 성찰적 글쓰기로 녹여냈다. 그래서 보르헤스의 진면목을 확인하기 위해서는 『아르헨티나 사람들의 언어』를 꼭 읽어야 한다. 이 책에서 보르헤스는 체스 게임과 아르헨티나식 카드놀이 트루코를 즐기고 탱고의 전신 밀롱가의 기원을 밝히고자 하며 변형된 현대적 탱고에 못마땅해하고 부에노스아이레스 사람들의 비속어 사용을 걱정하는 아르헨티나의 자연인으로 돌아간다. 그래서 이 책에는 부에노스아이레스 거리의 풍경이 펼쳐지고 변두리의 부산함과 웅성거림과 비속어가 들리며 선술집과 탱고 음악 그리고 힘자랑하는 콤파드리토의 다툼이 묻어난다. 이렇듯 도시 공간을 문학적으로 형상화한 보르헤스의 『아르헨티나 사람들의 언어』는 아르헨티나와 부에노스아이레스의 속살을 여과 없이 보여주는 부에노스아이레스 문화 기행문이자 비망록이다.

이 책은 출간 당시 청년 보르헤스의 지적 관심사를 반영하는데 언어와 문법에 대한 관심과 인지 언어학적 관점을 고찰한 「단어의 탐구」, 아르헨티나, 특히 부에노스아이레스 사람들의 언어 사용에 대해 고찰한 「아르헨티나 사람들의 언어」, 스페인 및 아르헨티나의 대표적인 작가들의 작품을 비평한 「글로 쓴 행복」, 「또다시 은유」, 「과식주의」, 「돈 프란시스코 데 케베도의 소네트」, 「호르헤 만리케의 『코플라』」, 「문학의 기쁨」, 「세르반테스의 소설적 행동」, 아르헨티나의 전통을 찾아가는 모색의 과정과 '아르헨티나성'의 가치를 찾아가는 기원 찾기 작업인 「탱고의 기원」, 「날짜」, 「두 길모퉁이」, 「에두아르도 윌데」, 「알마푸에르테의 위치」 등으로 구분할 수 있다. 서문에서 밝힌 것처럼 자신의 글쓰기 취향과 불멸에 대한 형이상학적 고찰, 수사학에 대한 고민을 담아내고 아르헨티나와 부에노스아이레스의 희망에 대해 이야기한 이 책은 그래서 자신의 '희망의 크기'를 담아낸 지극히 인간적인 글 모음이다. 보르헤스는 다독한 독자이자 도서관의 미로에서 길을 잃은 철학자였던 만큼 그의 비평은 날카롭고 매섭다. 게다가 인간사의 불확실성과 혼돈을 문학 작품에 구현하고 싶어 한 작가였으니 보르헤스의 산문은 냉소적이며 아이러니하다. 보르헤스 특유의 능치는 표현과 조롱이 그의 습관적인 반어법에 더해지니 때로는 공격적이라는 느낌을 지울 수 없다.

우주처럼 펼쳐진 보르헤스의 단편들이 하나하나 빛나는 별이라면 지구 혹은 외딴섬에 거주할 것 같은 보르헤스는 정작 아르헨티나와 부에노스아이레스의 어느 거리에서 탱고를 들으며 체스를 두고 있을 것이다. 간간이 들리는 은어와 비속어에 눈살을 찌푸리며…….

미학적 사건: 영원성 그리고 생명의 힘

3부 『에바리스토 카리에고』 엄지영

『에바리스토 카리에고』(1930)는 다소 낯설어 보이지만, 앞으로 전개될 그의 문학 세계가 잠재적인 형태로 살아 숨 쉬고 있는 텍스트이다. 우선 이 텍스트를 접한 독자라면 누구든 19세기 말을 대표하는 시인이자 부에노스아이레스의 변두리를 따뜻한 언어로 그려 낸 에바리스토 카리에고(1883~1912)에 대한 '전기(biografía)' 혹은 평전을 떠올리기 마련이다. 하지만 한 사람의 삶에 대한 일관된 기록이어야 하는 전기와 달리 『에바리스토 카리에고』는 여러 주제의 글과 단편들을 모아 놓은 산문집에 가깝다. 실제로 이 텍스트에는 그의 삶을 간략히 다룬 「에바리스토 카리에고의 어떤 삶」과 그의 작품을 설명한 「『이단 미사』」를 제외하면, 시인과 직접적으로 관련이 없는 주제들(가령 「부에노스아이레스의 팔레르모」라든지 「말 탄 이들의 이야기」나 「단도」 그리고 「탱고의 역사」)로 가득 차 있다. 따라서 아르헨티나 사회학자 베아트리스 사를로가 지적한 것처럼 『에바리스토 카리에고』는 "전기라는 장르의 규칙에 관해 비판적으로 문제를 제기하는"[1] 텍스트인 동시에 카리에고라는 시인을 빌려 보르헤스 자신의 이야기를 전기 형식으로 기술하는 일종의 "전(前) 텍스트"[2]로 봐야 마땅하다. 결국 보르헤스는 카리에고의 문학에서 자신이 1920년대에 쓴 시(『부에노스아이레스의 열기(Fervor de Buenos Aires)』(1923)나 『팜파스에 뜬 달(Luna de enfrente)』(1929))를 정당화할 수 있는 "구실"을 발견한 셈이다.[3] 이처럼 『에바리스토 카리에고』는 처음부터 기존의 장르를 넘어서는 새로운 글쓰기의 실험일 뿐만 아니라 보르헤스 (미래) 문학의 방향을 알려 주는 이정표이다.

반복 그리고 일시적 정체성: 공동체의 원리

보르헤스 자신도 「에바리스토 카리에고의 어떤 삶」의 서두에서 전기의 '역설'을 분명히 밝히고 있다. "어떤 사람이 제삼

1 Beatriz Sarlo, *A writer on the edge*(London: Verso, 1993), p. 24.

2 같은 책, p. 13. 사를로가 언급한 전(前) 텍스트(pre-texto)는 구실 혹은 핑계(pretexto)라는 의미로 해석할 수도 있다.

3 Beatriz Sarlo, *Una modernidad periférica: Buenos Aires 1920 y 1930*(Buenos Aires: Ediciones Nueva Visión, 2003), p. 46.

자에 관한 기억을 다른 이의 머릿속에 떠올리게 하고 싶어 하는 것은 명백한 역설이다. 하지만 이러한 역설을 자유롭게 추구하는 것이야말로 모든 전기(傳記)가 지닌 순수한 의지이자 소망이다."(339쪽)라고 말이다. 이처럼 "역설을 자유롭게 추구" 하려는 전기의 "순수한 의지"에 보르헤스 문학의 근원적인 비밀이 숨어 있다. 그 비밀은 기억의 문제가 아니라 바로 '반복'에 있다. 즉, "다른 기억들에 관한 기억들과 그 기억들에 관한 기억들"이 머릿속에 켜켜이 쌓여 있는데, "원래의 기억들 중 사소한 것 하나라도 사실에서 벗어나면 글을 쓸 때마다" 미세한 왜곡과 변형이 점점 늘어나면서 새로운 세계를 구성한다는 점이다. 존재와 세계에 대한 변형은 필연적으로 무한한 반복의 연쇄를 낳게 되고, 이는 결국 좀처럼 변화가 일어나지 않는 것으로 보이는 일상성에 미세한 틈과 균열을 일으키게 된다. 이 균열을 통해 우리는 또 다른 세계, 즉 "쇠창살 울타리 너머"(316쪽)의 세계를 (일시적으로나마) 경험하게 된다.(보르헤스의 문학은 동일한 것을 미세하게 변형시켜 반복하는 것이다.) 에바리스토 카리에고가 1904년 어느 날 책을 읽던 중(!)에 우연히 경험한 사건 또한 이와 크게 다르지 않다. 19세기 프랑스의 삶을 동경하던 그에게 부에노스아이레스는 "남아메리카의 초라한 변두리 동네"에 불과했기 때문에 그는 언제나 자기 스스로를 "삶과 현실로부터 추방"된 저주받은 존재라고 생각했다. "그런 생각에 잠겨 있던 카리에고에게 무언가 〔신비한 현상이〕 일어났다. 열정적으로 기타를 퉁기는 소리, 그의 창가에서 내다보이는 납작한 집들과 꼬불꼬불한 골목길, 인사에 대한 답례로 참베르고 모자챙을 살짝 들어 올리는 후안 무라냐(……) 네모난 정

원으로 쏟아져 내리는 달빛, 싸움닭을 고이 안고 가는 노인, 어떤 것, 〔혹은〕 그 무엇이든."(447쪽)

따지고 보면 달리 새로울 것도 없는 변두리의 일상에 불과하지만, 이는 카리에고와 보르헤스의 문학을 하나로 연결해 주는 경험이기도 하다. 이 신비한 사건은 마치 형태가 정해지지 않은 유기체처럼 언어, 즉 재현(representación)의 경계를 끊임없이 넘나든다. "정확히 되살려 낼 수는 없는 그 무엇, 의미는 알지만 형태는 도무지 알 수 없는 어떤 것, 너무 평범하고 흔해서 그때까지 눈에 띄지도 않았지만 우주(단지 뒤마의 작품뿐 아니라 어디에서든 매 순간 자신의 모습을 온전히 드러내는 우주)가 〔프랑스뿐 아니라〕 바로 그곳에도, 다시 말해 지금 이 순간, 1904년 팔레르모에도 있다는 것을 카리에고에게 계시하는 무엇이."(447쪽) 이 "불분명한 계시"는 마치 알레프(Aleph)처럼 현재라는 "한순간" 속에 우주의 은밀한 비밀이 응축되어 있음을 알려 준다. 따라서 "그가 산 모든 세월은 단 하루의 삶이나 다름없었다." 그런데 계시를 통해 드러나는 우주의 비밀은 놀랍게도 인간의 "공통성"에 기반을 두는 공동체의 원리이다.

> 그의 삶에서 자주 일어난 일(……)을 돌아보면 그것의 평범하고 진부한 표면 속에 〔우리 마음을〕 끌어들이는 동시에 순환하는 무언가가 있는 듯한 느낌(el sentido de inclusión y de círculo)이 든다. 사실 이러한 것들은 〔단순히〕 공동체적인 활동으로 볼 수도 있지만 공통성에 대한 근본적인 인식으로 인해 우리 일상에서 자주 반복되던 일이 우리로 하여금 그에게 더 가까이 다가갈 수 있게 해 주리라 믿는다. 그가 일상적으로

되풀이하던 활동은 우리 안에서 그가 무한히 반복해서 나타나도록 해 준다. 마치 카리에고가 우리의 운명 속에 흩어져 지속되기라도 하는 것처럼, 더 나아가 우리 각자가 단 몇 초 동안만이라도 카리에고 자신이 되기라도 하는 것처럼 말이다. 나는 정말 그렇다고 믿는다.(358쪽)

카리에고가 (혹은 보르헤스가) 책을 읽던 중에 경험한 신비한 사건은 나, 즉 자아의 관념을 환각에 지나지 않는 것으로 만들어 버린다. 보르헤스에 따르면, "온전한 나(yo de conjunto)"는 "형이상학적인 근거나 내적인 실재가 없는" 한갓 "꿈"일 뿐이다.[4] 다시 말해 "나"는 독립적인 실재가 아니라 감각의 덩어리 속에서 시시각각 다른 모습으로 현상하는 환상에 불과하다.(나와 자아의 부정은 보르헤스 문학 세계를 가로지르는 핵심적인 개념이다.) 따라서 "나"는 불변의 실체가 아니라 우주라는 감각의 양태(樣態)일 뿐이다.(보르헤스가 "논리적이고 중심적인 진리가 아니라 모나고 파편적인 진리의 한 양태"(313쪽)라는 드 퀸시의 글을 제사(題詞)로 삼은 것도 이와 같은 맥락일 것이다.) 우리가 카리에고 자신이 되고, 카리에고가 우리의 삶 속에 지속되는(그리고 "카리에고에서 보르헤스로, 또 보르헤스에서 카리에고로"[5] 변하는) 정체성의 일시적 착종 속에서 나는 "어떤 것"일 뿐만 아니라 "그 무엇"이라도 된다. 다시 말해 우리는 카리에고-보르헤스와 더

4 Jorges Luis Borges, *Nadería de la personalidad*, *Inquisiciones*(Barcelona: Seix Barral, 1994), p. 93.

5 Beatriz Sarlo, 앞의 책, p. 46.

불어 "이제 그 어떤 것도 더 이상 〔고정된〕 의미를 갖지 않는 아나키즘적인 세계(no nada significa nada en ese mundo anárquico)"[6]로 진입한 셈이다. 따라서 그 무엇으로도 변할 수 있는 "나"는 현실의 질서에서 배제된 "타자"가 되기도 한다. 죽음과 고통 그리고 어둠과 부정의 의미를 전제로 하는 서구 철학(하이데거, 레비나스, 블랑쇼 등)에서의 타자 개념과 달리 보르헤스에 있어서의 타자는 우리 자신의 한 양태일 뿐이다. 이처럼 타자의 존재가 의지를 갖고 대면해야 하는 대상이 아니라 그 자체로 우리의 일부를 구성하고 있다는 보르헤스의 인식은 문학의 지평을 한층 더 넓힌 것이 분명하다.

영원성 혹은 미학적 사건: 시간으로서의 공동체를 향해

이와 더불어 보르헤스-카리에고의 세계에서는 당연히 생명(삶)과 죽음의 경계 또한 존재하지 않는다. 왜냐하면 죽음은 존재의 생물학적인 소멸이 아니라 존재가 비존재 영역으로 확대되는 것을 의미하기 때문이다. 존재와 비존재가 뒤엉키는 죽음은 부정적인 것이 아니라 무엇인가를 끊임없이 생산하는 무(無, 능산적 자연으로서의 죽음)와 동일한 것으로, 가능한 것을 무한하게 생산할 수 있는 잠재적 역량과 다름없다.("이는 러디어드 키플링의 소설 『킴(Kim)』에 등장하는 한 아프가니스탄 남자의 말과

6 Jorge Luis Borges, *Macedonio Fernández, Prólogos con un prólogo de prólogos*(Madrid: Alianza, 1998), p. 87.

다르지 않다. '열다섯 살 때 나는 어떤 남자를 총으로 쏴 죽이고 어떤 남자를 낳았소.' 마치 그 두 가지 행동이 본질적으로 하나인 것처럼 말이다."(455쪽)) 텍스트에 자주 등장하듯이 죽음은 "〔눈에 보이지 않는〕 미세한 구멍을 통해 인간에게 서서히 스며"(359~360쪽) 든다거나 "여윈 몸에 늘 검은 옷을 입고 다니면서 작은 눈으로 무언가를 예리하게 살피던" 카리에고의 얼굴에 늘 "죽음의 그림자"(340쪽)가 짙게 드리워 있다는 식의 표현도 그런 맥락에서 이해해야 마땅할 것이다.

> 이처럼 〔우리가〕 일시적으로 경험하는 〔여러〕 정체성들(이는 〔동일한 것의〕 단순한 반복이 아니다!)만으로도 시간이 〔계속〕 흐른다는 그릇된 통념을 폐기할 수 있을 뿐 아니라 영원성을 증명할 수 있다.

일시적인 정체성의 경험을 통한 인간의 공통성 혹은 공동체적 원리의 인식은 결국 "영원성"이라는 시간의 문제로 확대·발전된다. 하지만 여기서 말하는 영원성은 시간의 질서를 벗어난 초월성을 의미하는 것이 아니다. 오히려 타자와 죽음마저 끌어들일 뿐만 아니라 시간의 흐름을 부정하고 과거, 현재, 미래를 동일한 평면에 나란히 세우는, 그래서 새로운 무엇인가를 끊임없이 생성하는(삶의 진부한 표면 속에서 무언가를 끌어들임과 동시에 무한히 순환시키는) 세계를 가리킨다.

따라서 보르헤스가 인식하는 시간은 무한히 순환하고 반복되는, 또 여러 사건과 행위가 동시적으로 존재하는 이질적 연속체, 즉 영원성이라는 미로와 다름없다.(『에바리스토 카리에고』가 여러 종류의 이질적인 단편들로 구성된 것도 바로 이런 이유 때문인 것으로 보인다.) 그렇다면 그의 눈에 비친 세계는 "미로들의 미로, 과거와 미래를 내포하고 어떤 방식으로든 천체들까지도 포함시키는 그런 점점 증식하는 구불구불한 미로"[7]이자 다양한 미래들(모든 미래가 아니라)뿐만 아니라 다양한 과거들(모든 과거가 아니라)이 공존하는 시간들의 미로라고 할 수 있지 않을까? 다시 말해 "시간의 무한한 연속들, 현기증이 날 정도로 어지러이 증식되는, 즉 분산되고 수렴되고 평행을 이루는 시간들의 그물(……). 서로 접근하기도 하고, 서로 갈라지기도 하며, 서로 단절되기도 하고, 수백 년 동안 서로에 대해 알지 못하기도 하는" 시간의 구조로 이루어져 있다면, 현재라는 순간이 삶의 "모든 가능성"을 포괄하는 것 아닐까? 따라서 하나의 이야기에서 비롯된, 혹은 변주된 모든 이야기들은(반복, 동일한 것의 반복이 아니라!) 마치 미세한 그물 조직처럼 짜인 가능성(잠재성)들의 체계와도 같기 때문에 존재하는 것에 대한 대안적 세계로 드러나는 것이 아닐까? 이러한 가능성들의 세계 혹은 대안적 세계를 통해서 우리는 지금 존재하는 것("명징한 인식")뿐만 아니라 아직 존재하지 않는 것, 미래에 도래할 것("예지력")을 인식할 수 있다.

나는 가끔 이렇게 상상하곤 한다. 죽음은 〔눈에 보이지 않는〕 미세한 구멍을 통해 인간에게 서서히 스며들기 때문에 그

---

7 Jorge Luis Borges, *El jardín de senderos que se bifurcan*, *Ficciones*, *Obras completas I*(Barcelona: Emecé Editores, 1989), p. 475.

> 것이 가까이 다가오면 인간은 언제나 불쾌한 기분에 휩싸이면서도 명징한 인식을 갖게 될 뿐 아니라 믿기 어려울 정도의 주의력과 예지력을 얻게 된다고 말이다.(359~360쪽)

『에바리스토 카리에고』에서 반복을 통해 드러나는 영원성은 "나"라는 허상을 벗어나 무수히 많은 타자가 될 수 있는, 그리고 어떤 사물이라도 고정된 어떤 것이 아니라 그 무엇으로도 변모하고 새로이 생성될 수 있는 "아나키즘적인 세계"이다. 그렇지만 그 영원성이 결코 무질서와 혼돈이 지배하는 세계를 가리키는 것은 아니다. 오히려 그것은 "자신이 누구인지 영원히 알 수 있는 순간"이 있음을 알려 주는 "불분명한 계시"(448쪽)일지도 모른다. 그러한 계시 속에서 카리에고는 수많은 이들의 가슴속에 영원히 살아 있을 뿐만 아니라 "카리에고는 카리에고다(Carriego es Carriego)"라는 명징한 인식에 이르게 된다. 따라서 보르헤스의 영원성은 "불투명한 삶의 표면 아래 감추어진 은밀한 진실",[8] 즉 자유로운 개인들이 자발적으로 뭉쳐 살아가는 세계, 아직 도래하지 않은 공동체의 모습을 일시적으로 보여 준다. 이는 보르헤스 문학 세계에서 가장 중요한 요소인 "미학적 사건(hecho estético)"과 크게 다르지 않다.

> 음악, 행복의 여러 상태들, 신화, 시간의 흔적이 고스란히 남은 얼굴들, 어떤 황혼과 어떤 장소들은 우리에게 무언가를

8 Ricardo Piglia, *Tesis sobre el cuento*, *Crítica y ficción*(Buenos Aires: Ediciones Siglo Veinte, 1990), p. 90.

말하고 싶어 한다. 아니면 우리가 놓치지 말았어야 할 무언가를 이미 말했거나 곧 무언가를 말하려는지도 모른다. 끝내 나타나지 않지만 이처럼 임박한 계시, 어쩌면 이것이 바로 미적 사건일지도 모른다.[9]

여기서 보르헤스가 말한 "미학적 사건"은 누구나 꿈꾸지만 아직 도래하지 않은, 그리고 무한히 연기(보르헤스의 『토론(Discusión)』(1932)에 나오는 「아킬레우스와 거북의 영원한 경주」 참조)되는 보이지 않는 "계시"로서의 생명 공동체를 의미하는지도 모른다. 물론 보르헤스가 (무의식적으로(!)) 꿈꾸는 세계는 현실적, 물리적 공간으로서의 공동체가 아니라 시간, 그것도 여러 시간들의 흐름이 공존하는 시간으로서의 공동체이다. 보르

9 Jorges Luis Borges, *La muralla y los libros*, *Otras inquisiciones*, *Obras completas II*(Barcelona: Emecé Editores, 1989), p. 13. 일반적으로 "hecho estético"를 "미적 행위"라거나 심지어 "미적 현상(aesthetic phenomenon)"으로 옮기는 경우도 있지만(Jorge Luis Borges, *Labyrinth: Selected stories & other writings*, ed. by Donald A. Yates and James E. Irby(New York: New Directions, 1964), p. 188) 이보다는 "미학적 사건"이 더 적절해 보인다. "미학적 사건"은 가시적인 현상이나 행위라기보다는 눈에 보이지 않지만 어렴풋이 예감할 수 있는 어떤 사건 혹은 현실의 "중단"을 가리키기 때문이다. 또한 "사건" 개념(어떤 사물의 질서나 상태를 다른 사물의 상태와 질서에 연결시킴으로써 계열을 형성하는 개념)을 미학에 접합시키려는 보르헤스의 시도에 대해서는 별도의 논의가 필요해 보인다.

헤스식으로 말하자면 공간의 공동체를 생각하는 경우는 많아도 시간의 공동체를 상상하는 이는 거의 없었던 셈이다.

보르헤스가 상상한 미학적 사건으로서의 시간-공동체는 따라서 "시간-사이(entre-temps)"와 흡사하다. 들뢰즈에 따르면 시간-사이란 영원에 속하는 것도, 그렇다고 시간의 질서에 속하는 것도 아니다. 그것은 사건의 영역, 즉 외부 조건과의 결합을 통해 뜻밖의 사건이 일어나는, 그래서 현실을 무한한 잠재성으로 변환시키는 "생성에 속해 있다." 아래의 인용문을 보면 보르헤스의 신비한 현상이나 미학적 사건이 들뢰즈의 시간-사이와 동일한 인식 기반에서 비롯된 것임을 확인할 수 있다.

> '시간-사이'로서의 사건은 언제나 죽어 있는 어떤 시간, 아무것도 일어나지 않는 시간, 이미 까마득하게 지나가 버린 무한한 기다림, 기다림과 저장이다. 이러한 죽어 있는 시간은 어떤 일이 일어난 뒤에 연속되는 것이 아니라, 순간 혹은 우연한 상황과 공존한다. (……) 시간들은 서로 연속하지만, 모든 '시간-사이들'은 서로 포개어진다. (……) 그러나 시간-사이들이라는 구성 요소들과, 사건이라는 구성된 생성만을 지닐 뿐인 잠재성 안에서는 아무것도 일어나지 않는다. 거기에서는 아무 일도 일어나지 않지만 모든 것이 생성되며, 그리하여 사건은 시간이 지나갔을 때 다시 시작하는 특권을 갖는다. 아무 일도 일어나지 않았음에도 모든 것은 변해 있다.[10]

---

10 질 들뢰즈·펠릭스 가타리, 이정임·윤정임 역, 『철학이란 무엇인가』(서울: 현대미학사, 1999), 226쪽.

시간-사이로서의 사건은 "끝내 나타나지 않지만" 언제나 어렴풋하게 나타나는 "계시"로서의 미학적 사건과 마찬가지로 뜻밖의 접속을 통해 일어날 수 있는 새로운 생성(새로운 삶의 형식과 공동체)에 대한 무한한 기다림과 저장과 다름없다. 결국 보르헤스와 들뢰즈의 시간-사건은 불가능성의 논리로 우리의 현실을 해체함으로써 우리 삶의 근원적인 조건을 바꾸고자 하는 열정, 즉 문학이라는 코뮤니즘의 보이지 않는 지반을 이룬다.

탱고: 국가와 언어의 폭력을 넘어서는 생명의 약동

이와 더불어 『에바리스토 카리에고』가 다루는 또 다른 문제는 폭력이다. 보르헤스에 따르면, 폭력은 두 가지 종류, 즉 국가(법)와 언어에 의한 폭력과 생명의 원초적인 힘으로서의 폭력으로 나누어진다. 이 두 가지 폭력은 마치 도펠갱어(Doppelgänger)처럼 상호 적대적인 힘인데, 이를 가장 분명하게 드러내 주는 것이 바로 탱고의 역사이다. 탱고는 오늘날 아르헨티나의 문화적 상징으로 자리 잡았지만, 그 기원은 불법과 폭력으로 점철되어 있다. 대부분의 증언에 따르면 탱고는 부에노스아이레스의 "초라한 변두리 동네"가 아니라 "사창가에서 유래"했다고 한다. 그 스텝과 가사가 얼마나 선정적이었는지 "당시 동네 여인들이 그렇게 음란한 춤판에 끼어들고 싶어 하지 않았기 때문"(453쪽)에 거리에서 남자들끼리 춤을 추었을 정도였다. 따라서 20세기 초 콘티넨털 탱고가 파리를 휩쓸면서 "변두리의 홍미로운 문화에 마음의 문을 활짝 열 때"

까지 상류 계층이 탱고를 얼마나 수치스럽게 여겼을지는 충분히 상상할 수 있다. 그 후로 그들은 탱고를 일종의 "교양 소설" 즉 "어느 청년의 밑바닥 인생을 다룬 소설"(451쪽)로 둔갑시켜 버렸다. 그뿐만 아니라 '탱고'라고 하면 "결투"와 "칼싸움"을 연상시킬 정도로 폭력적이었다고 한다. 하지만 "탱고의 폭력적 측면을 언급하는 것만으로는 충분치 않다. 내가 보기에 탱고와 밀롱가는 시인들이 종종 언어로 표현하고자 했던 무언가를, 그러니까 싸움도 축제가 될 수 있다는 믿음을 직설적으로 표현하려는 것"(455쪽) 같기 때문이다. 「탱고의 역사」에서 보르헤스가 강조하고자 한 것은 바로 폭력의 축제적-디오니소스적 성격인 것으로 보인다. 이런 종류의 폭력은 생명이 지닌 원초적이면서도 파괴적인 힘, 다시 말해 모든 것을 파괴하고 탕진시킴으로써 새로운 생명을 약동시키려는 노력이다. 결국 탱고는 인위적인 현실에 갇힌 생명의 힘을 자유롭게 해방시킴으로써 "남자로서 용기와 명예"(459쪽)를 지키려는 욕망의 표현과 다름없다.

이와 반대로 이러한 생명의 원초적 힘을 끊임없이 억압하고 부정하려는 또 다른 폭력이 존재한다. 이러한 폭력은 우리의 삶을 전면적으로 지배하는 권력의 작용이다. 보르헤스가 제일 먼저 꼽은 권력의 폭력은 바로 "말(단어)로 된 구조이자 상징으로 이루어진 형식"인 문학 언어를 통해 드러난다. 이는 "서로 다른 두 가지 표상을 〔하나로〕 결합"[11] 시킨 "문학적인 것

11 보르헤스는 두 가지 이질적인 요소, 즉 구체적인 사물 이미지와 추상적인 관념을 하나로 결합시키는 알레

의 원죄"(457쪽)인 셈이다. "우리의 뜨거운 피에 직접적으로 호소하지도, 그렇다고 우리의 마음속에서 다시 기쁨을 일으키지도 않는" 문학 언어(알레고리와 재현)는 생명의 힘을 좁은 현실과 존재 속에 가둠으로써 원초적 자유를 빼앗는 법의 폭력에 불과하다. 하지만 우리의 삶이, 그리고 우리의 현실이 언어로 조직되어 있다는 점에 있어서 이 문제는 단지 문학의 영역에 국한되지 않는다. 많은 아르헨티나인들처럼 보르헤스 또한 국가라는 폭력을 직관적으로 인식한다.(국가 비판은 보르헤스 문학의 주요소들 중 하나이다.) 그는 국가와 민족이라는 환각이 아니라 "가우초와 콤파드레"와 같은 사회에서 배제된 존재들을 "자신과 동일시"하려고 한다.

> 아르헨티나인들이 군인 대신 가우초에게서 자신의 상징을 찾는 이유는 구전 전통에서 부각시킨 가우초의 용기가 특정한 목적이나 대의명분을 달성하기 위한 수단이 아니라 그 자체로 순수한 목적이기 때문이다. 이처럼 가우초와 콤파드레는 대중의 상상 속에서 언제나 반항아의 상징으로 살아 있다. 북아메리카나 대부분의 유럽 사람들과 달리 아르헨티나인들은 자신을 국가와 동일시하지 않는다. 아마도 이러한 현상은 국가가 상상할 수 없는 추상적 관념이라는 일반적 사실 때문

고리는 결국 괴물과 같은 이중 구조를 출현시키기 때문에 "미학적 오류(error estético)"에 지나지 않는다고 주장한다. Jorge Luis Borges, *De las alegoría a las novelas*, *Otras inquisiciones*, p. 122.

으로 여겨진다.(461쪽)

보르헤스에게 있어서 국가나 민족은 문학 언어와 마찬가지로 어떤 목적에 봉사하는 "추상적 관념"에 불과한 반면 가우초나 콤파드레는 수단이나 도구가 아니라 순수한 목적으로서의, 다시 말해 매개되지 않은 생명의 순수한 힘으로서의 용기와 명예("반항아의 상징")를 가지고 있다. 따라서 아르헨티나인은 법에 구속받지 않는 자유로운 "개인"일 뿐 "시민"이나 국민이 되기를 거부한다. 따라서 "국가는 윤리 이념의 현실태"라는 헤겔의 아포리즘은 아르헨티나인들에게 "음험한 농담"에 불과하다. 반대로 "저 사람들이 각자 저지른 죄에 대해서라면 저세상에 가서 응분의 대가를 치르면 될 일 아니겠소."나 "정직한 사람들이 자기와 아무 관련도 없는 다른 이들의 형 집행자 노릇을 한다는 것은 그다지 좋은 일이라고 할 수 없겠지요."(462쪽)라는 돈키호테의 말에서 우리는 삶에 대한 아르헨티나인들의 태도를 엿볼 수 있다.

앞서 언급한 언어와 국가의 추상성과 달리 음악은 그 어떤 상징이나 재현에 의지하지 않고 법의 바깥, 즉 무질서와 혼란, 축제의 광란 속에서 살아 움직이는 "의지이자 열정"(458쪽)이다. 특히 음악으로서 초기 탱고는 "먼 옛날 그리스와 게르만 민족의 시인들이 언어로 표현하려고 했던 전쟁의 기쁨을 직설적으로 전달"(458쪽)한다는 점에 있어서 특히 그렇다. 순수한 의지와 열정으로서의 탱고는 "도시의 번잡하고 시끌벅적한 광경"뿐만 아니라 "사람의 마음을 움직이는 것이라면 무엇이든(다시 말해 욕망, 두려움, 분노, 육체적 쾌락, 호기심, 행복)" 가리지 않고 자기화하면서 근원적인 자유와 해방의 땅에 도달하려는 호전적인 힘이다. 『에바리스토 카리에고』의 다양한 단편 텍스트들 또한 끊어질 듯 이어지는 탱고의 리듬에 맞춰 모든 것을 끌어들이는 동시에 무한히 순환시킴으로써 도래할 새로운 삶의 방식("구성된 생성")을 보여 주는 "거대하면서도 이질적인 '인간 희극'"(465쪽)이라고 할 수 있다. 실제로 아무 일도 일어나지 않았지만 모든 것이 생성되며, 아무 일도 일어나지 않았지만 모든 것이 변해 있다. 그것이 바로 『에바리스토 카리에고』이다.

작가 연보

1899년 8월 24일 아르헨티나 부에노스아이레스에서 변호사의 아들로 태어남.

1900년 6월 20일 산 니콜라스 데 바리 교구에서 호르헤 프란시스코 이시도로 루이스 보르헤스라는 이름으로 세례를 받음.

1907년 영어로 다섯 페이지 분량의 단편 소설을 씀.

1910년 아일랜드의 작가 오스카 와일드의 『행복한 왕자』를 번역함.

1914년 2월 3일 보르헤스의 가족이 유럽으로 떠남. 파리를 거쳐 제네바에 정착함. 중등 교육을 받고 구스타프 마이링크의 『골렘(Golem)』과 파라과이 작가 라파엘 바레트를 읽음.

1919년 가족이 스페인으로 여행함. 시 「바다의 송가」 발표.

1920년 보르헤스의 아버지가 마드리드에서 문인들과 만남. 3월 4일 바르셀로나를 출발함.

1921년 부에노스아이레스로 돌아옴. 문학 잡지 《프리스마(Prisma)》 창간.

1922년 마세도니오 페르난데스와 함께 문학 잡지 《프로아(Proa)》 창간.

1923년 7월 23일, 가족이 두 번째로 유럽으로 여행을 떠남. 플리머스 항구에 도착하여 런던과 파리를 방문하고, 제네바에 머무름. 이후 바르셀로나로 여행하고, 첫 번째 시집 『부에노스아이레스의 열기(Fervor de Buenos Aires)』 출간.

1924년 가족과 함께 바야돌리드를 방문한 후 7월에 리스본으로 여행함. 8월에 리카르도 구이랄데스와 함께 《프로아》 2호 출간.

1925년 두 번째 시집 『맞은편의 달(Luna de enfrente)』 출간.

1926년 칠레 시인 비센테 우이도브로와 페루 작가 알베르토 이달고와 함께 『라틴아메리카의 새로운 시(Indice de la nueva poesia americana)』 출간. 에세이집 『내 희망의 크기(El tamano de mi esperanza)』 출간.

1927년 처음으로 눈 수술을 받음. 후에 노벨 문학상을 받게 될 칠레 시인 파블로 네루다와 처음으로 만남. 라틴아메리카의 최고 석학 알폰소 레예스를 만남.

1928년 시인 로페스 메리노를 기리는 기념식장에서 자신의 시를 낭독. 에세이집 『아르헨티나 사람들의 언어(El idioma de los argentinos)』 출간.

1929년 세 번째 시집 『산마르틴 공책(Cuaderno San Martin)』 출간.

1930년 평생의 친구가 될 아돌포 비오이 카사레스를 만남. 『에바리스토 카리에고(Evaristo Carriego)』 출간.

1931년 빅토리아 오캄포가 창간한 문학 잡지 《수르(Sur)》의 편집 위원으로 활동함. 이후 이 잡지에 본격적으로 자신의 글을 발표함.

1932년 『토론(Discusión)』 출간.

1933년 여성지 《엘 오가르(El hogar)》의 고정 필자로 활동함. 이 잡지에 책 한 권 분량의 영화평과 서평을 발표함.

1935년 『불한당들의 세계사(Historia universal de la infamia)』 출간.

1936년 『영원성의 역사(Historia de la eternidad)』 출간.

1937년 버지니아 울프의 『자기만의 방(A Room of One's Own)』과 『올랜도(Orlando)』를 스페인어로 번역함.

1938년 아버지가 세상을 떠남. 지방 공립 도서관 사서 보조로 근무함. 큰 사고를 당하고 자신의 지적 능력이 상실되었을지 몰라 걱정함. 프란츠 카프카의 『변신』 번역.

1939년 최초의 보르헤스적인 작품으로 평가되는 「피에르 메나르, 『돈키호테』의 저자(Pierre Menard, autor del Quijote)」를 《수르》에 발표함.

1940년 아돌포 비오이 카사레스와 실비나 오캄포와 함께 『환상 문학 선집(Antología de la literatura fantástica)』 출간.

1941년 『두 갈래로 갈라지는 오솔길들의 정원(El jardin de senderos que se bifurcan)』 출간. 윌리엄 포크너의 『야생 종려나무(The Wild Palms)』와 앙리 미쇼의 『아시아의 야만인(Un barbare en Asie)』 번역.

1942년 비오이 카사레스와 공저로 『이시드로 파로디의 여섯 가지 사건(Seis problemas para Isidro Parodi)』 출간.

1944년 『두 갈래로 갈라지는 오솔길들의 정원』과 『기교들(Artificios)』을 묶어 『픽션들(Ficciones)』이라는 제목으로 출간.

1946년 페론이 정권을 잡으면서 반정부 선언문에 서명하고 민주주의를 찬양했다는 이유로 지방 도서관에서 해임됨.

1949년 히브리어의 첫 알파벳을 제목으로 삼은 『알레프(El

Aleph)』 출간.

1950년 아르헨티나 작가회의 의장으로 선출됨.

1951년 로제 카유아의 번역으로 프랑스에서 『픽션들』이 출간됨.

1952년 에세이집 『또 다른 심문들(Otras inquisiciones)』 출간됨.

1955년 페론 정권이 붕괴되면서 국립 도서관 관장으로 임명됨.

1956년 '국민 문학상' 수상. 부에노스아이레스 대학에서 영국 문학과 미국 문학을 가르침. 이후 12년간 교수로 재직.

1960년 『창조자(El hacedor)』 출간

1961년 사무엘 베케트와 '유럽 출판인상(Formentor)' 공동 수상. 미국 텍사스 대학 객원 교수로 초청받음.

1964년 시집 『타인, 동일인(El otro, el mismo)』 출간.

1967년 예순여덟 살의 나이로 엘사 아스테테 미얀과 결혼. 비오이 카사레스와 함께 『부스토스 도메크의 연대기(Cronicas de Bustos Domecq)』 출간.

1969년 시와 산문을 모은 『어둠의 찬양(Elogio de la sombra)』 출간.

1970년 단편집 『브로디의 보고서(El informe de Brodie)』 출간. 엘사 아스테테와 이혼.

1971년 영국 옥스퍼드 대학에서 명예 박사를 받음.

1972년 시집 『황금 호랑이들(El oro de los tigres)』 출간.

1973년 국립 도서관장 사임.

1974년 보르헤스의 전 작품을 수록한 『전집(Obras completas)』 출간.

1975년 단편집 『모래의 책(El libro de arena)』 출간. 어머니가 아흔아홉의 나이로 세상을 떠남. 시집 『심오한 장미(La rosa profunda)』 출간.

1976년 시집 『철전(鐵錢, La moneda de hierro)』 출간. 알리시아 후라도와 함께 『불교란 무엇인가?(¿Qué es el budismo)』 출간.

1977년 시집 『밤 이야기(Historias de la noche)』 출간.

1978년 소르본 대학에서 명예 박사를 받음.

1980년 스페인 시인 헤라르도 디에고와 함께 '세르반테스 상'을 공동 수상. 에르네스토 사바토와 함께 '실종자' 문제에 관한 공개서한을 보냄. 강연집 『7일 밤(Siete noches)』 출간.

1982년 『단테에 관한 아홉 편의 에세이(Nueve ensayos dantescos)』 출간.

1983년 미국 위스콘신 대학에서 명예 박사를 받음. 프랑스 국가 최고 훈장인 레지옹 도뇌르 훈장을 받음. 『셰익스피어의 기억(La memoria de Shakespeare)』 출간.

1984년 도쿄 대학과 로마 대학에서 명예 박사를 받음.

1985년 시집 『음모자(Los conjurados)』 출간.

1986년 4월 26일에 마리아 코다마와 결혼. 6월 14일 아침에 제네바에서 세상을 떠남. 1936년부터 1939년 사이에 《엘 오가르》에 쓴 글을 모은 『나를 사로잡은 책들(Textos cautivos)』 출간.

『내 희망의 크기』 옮긴이

김용호

서울대학교 서어서문학과를 졸업하고 콜롬비아 하베리아나 대학교에서 문학 석사를, 스페인 마드리드 콤플루텐세 대학교에서 라틴아메리카 문학 박사 학위를 받았다. 울산대학교 연구 교수, 주 멕시코 대사관 문화홍보관 등을 역임했으며 현재 서울대학교와 고려대학교에서 강의하고 있다. 주요 논문으로 「탈식민적 관점에서 바라본 카리브해 문학」, 「한국 문학 속의 가르시아 마르케스—배제된 유희의 기능」 등이 있다.

『아르헨티나 사람들의 언어』 옮긴이

황수현

경희대학교 스페인어학과를 졸업하고 스페인 마드리드 콤플루텐세 대학교에서 라틴아메리카 문학 전공으로 박사 학위를 받았다. 현재 경희대학교 스페인어학과 교수로 재직하고 있으며 저서로는 『유토피아의 귀환』(공저), 『스페인 문화 순례』(공저), 역서로는 『El regalo del ave(새의 선물)』 등이 있으며, 보르헤스 관련 연구 논문으로 「한국 문학과 보르헤스식 글쓰기」, 「책과 밤을 함께 주신 신의 아이러니—보르헤스의 축복의 시」 등이 있다.

『에바리스토 카리에고』 옮긴이

엄지영

한국외국어대학교 스페인어과를 졸업하고, 동 대학원에서 석사 및 박사 과정을 수료한 뒤, 스페인 마드리드 콤플루텐세 대학교에서 라틴아메리카 문학 박사 과정을 수료했다. 현재는 한국외국어대학교에 출강 중이다. 역서로는 마세도니오 페르난데스의 『계속되는 무』, 페데리코 가르시아 로르카의 『인상과 풍경』, 로베르토 아를트의 『7인의 미치광이』, 리카르도 피글리아의 『인공호흡』, 루이스 세풀베다의 『길 끝에서 만난 이야기』 등이 있다.

아르헨티나 사람들의 언어
보르헤스 논픽션 전집 I

1판 1쇄 펴냄 2018년 1월 31일
1판 2쇄 펴냄 2021년 11월 1일

지은이 호르헤 루이스 보르헤스
옮긴이 김용호 황수현 엄지영
발행인 박근섭 박상준
펴낸곳 (주)민음사

출판등록 1966. 5. 19. 제16-490호
주소 서울시 강남구 도산대로 1길 62(신사동)
강남출판문화센터 5층 (우편번호 06027)
대표전화 02-515-2000 팩시밀리 02-515-2007
홈페이지 www.minumsa.com

한국어판 © (주)민음사, 2018. Printed in Seoul, Korea

ISBN 978-89-374-3649-9(04800)
ISBN 978-89-374-3648-2(04800)(세트)

* 잘못 만들어진 책은 구입처에서 교환해 드립니다.

아이레스의 희망에 대해 이야기한 이 책은 그래서 차라리 절망의 기록을 [illegible] 지극히 인간적인 [illegible]이다. 보르헤스 [illegible] 그의 [illegible] 대해서 [illegible] 헤스의 [illegible] 보르헤스 [illegible] 지난 [illegible] 국회적이라는 느낌을 지울 수 없다.

우리 [illegible] 보르헤스의 단편들이 하나하나 [illegible] 떠나는 [illegible] 어떤 느낌을 [illegible]……